Hans Fallada

# Altes Herz geht auf die Reise



aufbau taschenbuch

Rudolf Ditzen alias HANS FALLADA (geboren 1893 in Greifswald, gestorben 1947 in Berlin), zwischen 1915 und 1925 Rendant auf Rittergütern, Hofinspektor, Buchhalter, zwischen 1928 und und 1931 Adressenschreiber, Annoncensammler, Verlagsangestellter, 1920 Roman-Debüt mit »Der junge Goedeschal«. Der vielfach übersetzte Roman »Kleiner Mann – was nun?« (1932) macht Fallada weltbekannt. Sein letztes Buch, »Jeder stirbt für sich allein« (1947), avancierte rund sechzig Jahre nach Erscheinen zum internationalen Bestseller. Weitere Werke u. a.: »Bauern, Bonzen und Bomben« (1931), »Wer einmal aus dem Blechnapf frißt« (1934), »Wolf unter Wölfen« (1937), »Der eiserne Gustav« (1938).

Eines Tages steht ein fremder Junge im Studierzimmer von Professor Kittguß und bringt eine Botschaft: Rosemarie, das längst vergessene Patenkind, braucht Hilfe. Also macht sich der Professor auf eine beschwerliche Reise. In Unsadel, tief im Mecklenburgischen, findet er nur Zwietracht und Misstrauen unter den Dorfleuten. Alles läuft schief, und um des Professors Rettungsmission stünde es schlecht, gäbe es nicht die Kinderbande und ihren Schwur, das Dorf zu bessern und Rosemarie, ihre Königin, aus der Tyrannei der Pflegeeltern zu befreien.

Hans Fallada

# Altes Herz geht auf die Reise

Roman

atb aufbau taschenbuch

Textgrundlage dieser Ausgabe:
Hans Fallada. Altes Herz geht auf die Reise.
Aufbau-Verlag Berlin und Weimar 1985

MIX
Papier aus verantwortungsvollen Quellen
FSC® C083411
FSC
www.fsc.org

ISBN 978-3-7466-5331-0

Aufbau Taschenbuch ist eine Marke
der Aufbau Verlage GmbH & Co. KG

5. Auflage 2022

Umschlaggestaltung U1berlin, Patrizia Di Stefano
unter Verwendung eines Bildes von
© Kirn Vintage Stock / Alamy Stock Foto Bridgeman
Druck und Binden CPI Books GmbH, Leck, Germany
Printed in Germany

www.aufbau-verlage.de

# Inhalt

## 1. Kapitel

### Worin Professor Gotthold Kittguß von einem Engel besucht und nach Unsadel gesandt wird

Es war einmal ein alter Professor namens Gotthold Kittguß, der hatte weder Weib noch Kind. Bis zu seinem fünfzigsten Lebensjahr war er schlecht und recht an einem Berliner Gymnasium Lehrer der christ-evangelischen Religion gewesen. Zudem hatte er die jüngeren Jahrgänge in die lateinische und griechische Sprache eingeführt, während er mit den älteren, soweit sie sich später der Gottesgelehrsamkeit widmen wollten, das Neue Testament im griechischen Text gelesen und das Hebräische exerziert hatte.

Diese fünfundzwanzig Jahre seines Lehrerdaseins hatte eine wahre Liebe zu den heranwachsenden Knaben erwärmt, und sein eifrigstes Bemühen war dahin gegangen, ihnen nicht nur die Schrift, sondern auch den Geist, der in dieser Schrift wohnt, recht faßlich zu machen. Viele Male schon hatte er den Jungen das Neue Testament erklärt und damit auch die Offenbarung Johannis, aber nie hatte er versucht, gerade an dieses letzte und ihm sehr liebe Buch der Heiligen Schrift mit eigenen Deutungen heranzugehen.

»Da aber ließ mir«, wie er in seinem Tagebuch niedergeschrieben, »der Herr mit einemmal ein Licht aufgehen, durch das mir die Pforte zum göttlichen Bau der Offenbarung aufgeschlossen ward. ›Wie‹, fragte ich mich, ›wenn zwar für die Herrlichkeit des vollendeten Reiches Gottes keine Zeitschranke gesetzt wäre, wohl aber für den vorangehenden Jammer, welcher der Weg zu dieser Herrlichkeit ist?‹ Mit der stärksten Klarheit und Überzeugung stellte sich diese Vermutung vor meine Seele, und ich ward so sehr von ihr eingenommen, daß ich nicht mehr imstande war, die Unterrichtung meiner Knaben fortzusetzen ...«

Trotz mancher an ihn gerichteten Bitte von Mitlehrenden und Schülern suchte er um seine Pensionierung nach, die ihm schließlich auch gewährt wurde. Und nun zog er sich ganz in seine Berechnungen, Textvergleichungen und Schriftdeutungen zurück.

Nur einem Studienfreunde von ehemals, einem Geistlichen Thürke im Mecklenburger Lande, hatte er von den tieferen Gründen zur Veränderung seiner Lebensumstände Mitteilung gemacht, und zwar mit den Briefworten: »Es ist mir nicht möglich, Dir eine Nachricht vorzuenthalten, von der ich gleichwohl wünschen muß, daß Du sie vorerst ganz für Dich behältst ... Unter dem Beistand des Herrn habe ich die Zahl des Tieres gefunden. Dieser apokalyptische Schlüssel ist von Wichtigkeit, denn diejenigen, welche jetzt geboren sind, kommen in wunderbare Zeiten hinein. Auch Du hast Dich darauf gefaßt zu machen, denn Weisheit wird nottun ...«

Dies war im Dezember geschrieben, und es wurde März, ehe Professor Kittguß eine Antwort seines Freundes Thürke in Händen hielt: Es sei ihnen ein Töchterchen geboren, das in der Taufe den Namen Rosemarie erhalten habe, und als Taufpaten habe man auch den Herrn Professor Gotthold Kittguß in das Kirchenbuch eingetragen, weswegen man seine Zustimmung erhoffe. – Es freuten den Freund die wunderbaren Zeiten, denen dies Mägdlein entgegengehe! Indessen möge er, der Kittguß, seine Untersuchungen beschleunigen und sobald wie tunlich abreisen in die ländliche Pfarre, sich das Patenkind zu beschauen. Auch auf dem Lande fehle es nicht an Zeichen kommender guter Zeiten: in diesem Jahre sei der Frühling eher, denn je erhört, gekommen, auf dem Kirchgang seien die Schwalben schon über dem Täufling mit ihrem Zwi-Wit hingeschossen ...

Professor Kittguß hatte einen Augenblick nachsinnend über diesem Brief gesessen, in seiner dunklen Wohnung war es für eine kurze Frist hell gewesen; er hatte den Brief auch beantworten wollen. Dann aber war er zwischen andere Papiere geraten, die Berechnungen, was eine halbe Zeit, ein καιρός, und eine gemessene Ewigkeit, ein αἰών seien, hatten den Professor wieder ganz gefangengenommen. Und so blieb der Brief unbeantwortet und vergessen, durch sechzehn Jahre, wie die ganze Umwelt vergessen und ohne Lebenszeichen vom Professor blieb.

Wir haben ihn uns in all diesen fast nur hinter dem Schreibtisch verbrachten Jahren vorzustellen als einen immer noch ansehnlichen, großen Mann mit einem breiten, fleischigen, weißen Gesicht, festem Kinn, starken, dunklen Augenbrauen, braunen, freundlichen, aber etwas fremden Augen und sorgfältig gescheiteltem, weißem, etwas gewelltem Haar. Er gab viel auf Sauberkeit, stets war er glatt rasiert, seine weißen Halsbinden waren sorgfältig gestärkt und geplättet, seine weißen, sehr kleinen, etwas vollen Hände, an deren Handgelenken erst da und dort der erste gelbe Altersfleck auftauchte, trugen trotz aller Bücher und Schreibereien nie ein Spürchen Staub oder Tinte.

Betreut wurde der Professor von der Witwe Müller, die hinten in der Küchenregion lautlos wirtschaftete, lautlos ihm das Essen hinstellte, an jedem Sonnabend ungefragt die frische Wäsche über den Stuhl legte und nie ein überflüssiges Wort sprach.

Die beiden waren so ineinander eingelebt, daß sie oft viele Wochen nicht einmal miteinander sprachen. An jedem Morgen jedes Monatsletzten fand Professor Kittguß über seinen Schreibtischsessel gebreitet liegen: den Mantel, dazu den Hut und den Stock. Aus einer Lade hob er dann das Sparbuch, ging langsam durch die Straßen zu seiner Kasse, wartete bedächtig versonnen am Schalter, bis er angesprochen wurde, hob das – immer gleiche – Wirtschaftsgeld ab, ließ den Rest der Pension seinem Guthaben zuschreiben und ging langsam – jetzt schon wieder voll mit seiner Arbeit beschäftigt – nach Haus. Dort wartete bereits im Flur die Müllern – nahm Mantel, Hut, Stock und Wirtschaftsgeld wortlos entgegen, und Professor Kittguß setzte sich wieder für einen neuen Monat an seine geduldige, grüblerische Arbeit.

Zu Beginn seiner Studien hatte er in der Erleuchtung gemeint, dem Ziele ganz nahe zu sein. Aber je länger er arbeitete, um so ferner schien es zu rücken. Er saß und sann und grübelte über jedem Wort, und die Jahre rannen dahin. Aber wenn wir von ihrer sechzehn gesprochen haben, so muß bemerkt werden, daß Professor Kittguß von *dieser* Zahl nichts wußte, denn sie waren ihm alle wie *ein* Tag. Daß er selbst nun schon stark auf die siebziger Jahre seines Lebensalters losmarschierte, war ihm noch nie bewußt geworden über der Auslegung eines Briefes, wie dieser ist: »Und ich hörete eine Stimme in der Mitte der vier Tiere sagen: Ein Vierling Weizen um einen Zehner und drei Vierling Gersten um einen Zehner, und dem Öl und dem Wein tue kein Leid.«

Er saß und las und sann und schlug nach und bedachte dieses und jenes, und schließlich schrieb er nieder: »Hier ist die Rede von einer Zeit, die für das Öl und den Wein besser ist als für die Gerste und den Weizen. Alles miteinander aber zielt auf eine gemäßigte Teuerung. Weizen und Gerste, Öl und Wein sind die gemeinsten und nötigsten Lebensmittel. Also hält der hier gegebene Befehl gar viel in sich. Unter Trajans Regierung hat es, besonders im Süden, in Ägypten, das sonst ein fruchtbares Land und vieler Völker Kornboden war, eine namhafte Teuerung gegeben.

Wenn der Nil sich nicht hoch genug, sondern unter vierzehn Schuh ergoß, gab es gewiß Teuerungen, wie Plinius Buch 5, Kapitel 9 bezeugt. Anno 110 im dreizehnten Jahre Trajans stieg der Nil nur auf sieben Schuh, wie Harduinus mit einer alten Münze beweist ...«

So weit war Professor Kittguß mit seiner Auslegung der Offenbarung Johannis an diesem trüben Oktobernachmittag des Jahres 1912 gekommen, als ihm bewußt ward, daß es an seiner Tür gepocht hatte, daß jemand an seinem Schreibtisch stand. Langsam und ein wenig widerwillig blickte er hoch und sah in das Gesicht der Witwe Müller. Dieses Gesicht drückte so vielerlei aus, vom Unwillen über die Störung an, die sie verursachen mußte, bis zu einem gewissen, ziemlich deutlichen Ekel, daß er ganz unwillkürlich sein Schweigen brach und fragte: »Nun, Witwe Müller, was gibt es?«

»Ein Junge«, flüsterte die Witwe Müller unwillig.

»Also ein Junge«, antwortete der Professor beruhigend, und eine Erinnerung an seine Lehrerjahre kam ihm. Er sah zur Tür und meinte schon den Klassenprimus Porzig eintreten zu sehen, die rote Schülermütze mit dem weißen Band in der Hand. Manchmal hatte Porzig – oder auch ein anderer – ihn in solch dämmriger Stunde aufgesucht und hatte die eine oder andere Frage gestellt, die schließlich alle darauf hinausliefen: wenn ich gläubig bin, muß ich *alles* glauben?

Wie eine Vorahnung kommender Ereignisse rührte den alten Professor ein Erinnern an jenes holde, vertrauensvolle Ehemals an – er sah auf die Tür, die Müllern ...

Er vergaß, daß der Klassenprimus Porzig jetzt ein Mann Mitte der Dreißiger sein mußte, daß ihm eine sehr lange Spanne Zeit über dem Papier zerronnen war, daß es unter den jetzt Jungen niemanden gab, der auch nur seinen Namen wußte.

Beinahe lächelnd sagte der alte Mann: »Und warum kommt der Junge nicht herein, Frau Müller?«

Die Müller wußte viel von ihrem Herrn, sie hatte ihn schon verstanden. »Nicht solch ein Junge«, murmelte sie unwillig.

»Nun, was es auch für ein Junge sei«, sagte der Professor fröhlich und stand groß und stattlich hinter seinem Schreibtisch auf, »lassen Sie ihn herein, Witwe Müller. Unsere Tür ist niemandem verschlossen.«

Er nickte ihr aufmunternd zu und ging selbst, das Deckenlicht einzuschalten. Dann blieb er stehen und sah auf die Tür.

Die Tür aber tat sich einen Spalt weit auf, und herein schob sich ein Geschöpf, ein Sohn Labans, ein trauriger Bengel, verdreckt und verkommen. Da stand er auf der Kokosmatte, eine alte Mütze in der Hand drehend, und sah nicht hoch und sprach kein Wort.

Nie in seinem ganzen behüteten Leben hatte der Professor Kittguß solch ein Geschöpf gesehen. Aber da stand es nun: überlang, mit schlottrigen Gliedern, die roten, unförmigen Hände waren geschwollen und aufgesprungen. Das Gesicht, sterbensbleich, mit einer riesigen, betrübten Nase, wulstigen Lippen, die halb offenstanden und gelbe große Pferdezähne sehen ließen, und dazu eine niedrige, weit vorgebuckelte Stirn, unter der die kleinen blicklosen Augen fast verschwanden –: so stand der Besucher da: ein armer Tölpel ... Und es griff dem Professor ans Herz, daß auch dieser Schwachsinnige ein Geschöpf Gottes sei, mit weniger Gaben für dies Leben als die meisten, mit einem dafür um so schwereren Weg ...

Kittguß sah zur Tür, die Müllern hatte sie nicht ganz geschlossen, sicher stand sie Wache auf dem Flur. Der Professor reichte an dem Jungen vorbei und zog die Tür sachte ins Schloß. Dann ging er zum Schreibtisch, aber er ging nicht an seinen Schreibplatz, er stellte sich vor ihn hin. Die Arbeit lag ihm im Rücken, Kittguß sah auf den Besucher.

Der stand noch immer wortlos, blicklos da, als wüßte er nicht, warum er hier stünde.

»Wie heißt du, mein Junge?« fragte der Professor sanft.

Die Antwort kam überraschend schnell, mit einer überraschend tiefen, rauhen Stimme: »Dat segg ick nich!«

Kittguß überdachte den Fall. Vielleicht war der Junge fehlgelaufen. »Ich heiße Gotthold Kittguß«, erklärte er.

»Dat weet ick!« sagte der Besucher wiederum rasch und rauh.

»Sprichst du nur plattdeutsch?« fragte der Professor.

»Joa!« antwortete der Junge.

»Von wo bist du denn?«

»Dat segg ick nich!« kam's wieder, rauh und böse.

Eine Weile war Stille, der Professor sah sich zweifelnd in seinem Arbeitszimmer um. Das Deckenlicht beleuchtete friedlich die Regale, deren Bretter sich unter der Last der Bücher krumm gezogen hatten. Es warf seinen Schein auf den Berg beschriebenen, teils schon vergilbenden Papiers, der griffbereit neben dem Schreibtisch in einem Ständer lag. Es verklärte auch die heutige Tagesarbeit auf dem grünen Filztuch, die vorwurfsvoll das Ende der Unterbrechung abzuwarten schien.

»Man müßte«, dachte der Professor, »hierzu auch noch den jüngeren Plinius zitieren, der als ganz Ungewöhnliches gemeldet hat, daß Trajan Anno 98 den Ägyptern mit Brotfrucht aushelfen mußte ...« Darüber fiel ihm etwas ein. Er ging hinter den Schreibtisch und öffnete ein Fach, in dem er zur Linderung seines Hustens einen braunen Malzzucker aufbewahrte. Er wählte ein großes Stück, machte einen Schritt nach dem Besucher hin, kehrte aber wieder um und nahm noch ein kleines Stück dazu. Das große gab er dem Jungen in die Hände, das kleine behielt er selbst. »Da, iß, Junge«, sagte er. »Es ist Zucker. Ich esse auch davon.«

Der Junge wollte das Stück Zucker zurückweisen, es wurde ihm schwer. In das arme, ausdrucklose Narrengesicht kam etwas wie Leben, in den Augen wurde etwas wach wie ein Blick ...

»Du magst ruhig essen«, sagte der Professor sanft, »deswegen brauchst du mir doch nicht zu sagen, was du nicht willst.«

Der Junge aß gierig. Mittendrin deutete er mit dem Kopf nach dem Schreibtisch. »Se schriew'n –? Jümmer?«

Der Professor erriet mehr, als er verstand. »Ja, ich schreibe«, antwortete er. »Meistens.«

»Setten Se sick dal«, sagte der Junge. »Un schriewen Se!«

»Was soll ich schreiben?«

»Wat Se süs (sonst) schriewen. Ick will sehn ... Ick will sehn ...«

»Was willst du sehen –?«

Aber der Junge antwortete nicht. Er war mit seinem Zucker fertig und stand nun wieder blick- und bewegungslos auf der Kokosmatte. Der Professor betrachtete ihn aufmunternd. Vielleicht steckte doch ein Sinn hinter all dieser Hilflosigkeit und Blödheit. Er machte ein paar Schritte, zögerte, tat noch einen Blick – nichts war verändert – und setzte sich auf den Sessel.

Er sah in das Geschriebene ...: »Wie Harduinus mit einer alten Münze beweist«, stand da.

»Richtig. Nun wollte ich noch den jüngeren Plinius anführen.« Und laut sprach er. »Setze dich doch hin, mein Junge, da auf den Stuhl, du siehst müde aus.« Und wieder zu sich: »Steht er noch da? Unverändert. Beinahe ist es wie ein Traum. Hätte ihn die Müllern nicht gebracht ...

Also, der jüngere Plinius. Er muß es in seiner Lobrede auf Trajan Anno 100 gesagt haben ...«

Die rotgeschwollene Hand schob sich ihm zwischen Auge und Manuskript. Sie verschwand, und auf der Erklärten Offenbarung Johannis lag ein Zettel, ein Wisch, ein schmutziges Blatt, sichtlich aus einem Schulheft gerissen, aber ebenso sichtlich am rechten Platz, denn: »Herrn Professor Gotthold Kittguß« stand darauf zu lesen. Der Professor sah hoch, der Junge war lautlos auf den Platz an der Tür zurückgeglitten. Wieder hatte er sich nicht gesetzt, sondern stand dort mit einem Gesichtsausdruck, als grübele er etwa über dem Unterschied zwischen Schaf und Kuh.

»Herrn Professor Gotthold Kittguß« stand noch immer auf dem Schreiblappen. Für dieses Mal dachte der Professor nicht an das kostbare Manuskript, das darunter lag. Er entfaltete das nur ineinandergesteckte Blatt, las die Überschrift, stutzte, las noch einmal, sah zur Tür (der Junge stand) und machte sich endlich an den Brief.

»Lieber Pate«, las er. »Bei uns in Unsadel geht die Rede: ein Gau ist rauh, aber ein Schlieker ist ein Betrüger. Erst bin ich bei den Gauens geschlagen, nun wollen die Schliekers mich um mein Erbteil bringen. Du hast meinem seligen Vater die wunderbaren Zeiten, in die ich hineingeboren sei, zugesagt – willst Du nicht einmal kommen und nach mir sehen? Es eilt sehr. Matthäus 7,7. Deine Rosemarie«

Eine Nachschrift: »Ob Du kommst oder nicht, gib dem Philipp Geld für Essen, er hat zwei Tage zurückzulaufen.«

Die zweite Nachschrift: »Er soll Dir den Brief nur geben, wenn Du der rechte Mann für uns bist.«

»Oh, mein Herr und mein Gott!« rief Professor Kittguß über diesem jämmerlich stolzen Brief zu sich und legte die Hände recht theatralisch an den Kopf: »Was soll dies?! Was soll mir dies?!«

Er starrte auf den Brief. Ihm war wie einem Schläfer, der, aus einem sanften Traum geweckt, in einen schlimmeren Traum verstrickt wird, der nicht mehr weiß: wacht er, schläft er, wo ist er?

»Ein Gau ist rauh, aber ein Schlieker ist ein Betrüger«, murmelte er. »Rosemarie – Philipp – zwei Tage Weg – Narren und Narrenstreiche«, dachte er unwillig. »Philipp!«

Etwas wie ein Geräusch ließ ihn hochsehen, er blickte zur Tür, der Platz an der Tür war leer. Mit einem völlig jugendlichen Ruck war der Professor hoch und lief, »Frau Müller! Frau Müller!« rufend, in den Flur.

Die Tür zum Treppenhaus stand offen, er meinte Poltern auf den unteren Stufen zu hören. »Der Junge, der arme, blödsinnige Junge – ich muß ihm Geld geben!« rief er aufgeregt zur Müllern.

Seine Versorgerin sah ihn wortlos an.

Er überwand sich. »Philipp!« rief er ins Treppenhaus hinab. »Philipp! Du bekommst noch Geld ...«

Der Professor wurde ein wenig rot unter dem Blick der Müllern. »Er hat noch zwei Tage zu laufen«, versuchte er zu erklären. »Und er hat Hunger. Ich habe es gesehen, als er meinen Malzzucker aß ...«

»Ihren bayerischen Malzzucker, Herr Professor«, sagte die Müllern voll Empörung. »Solche wie die«, erklärte sie mit all der Verachtung der Armen für die Ärmsten, »kommen nie um.«

»Frau Müller, Witwe Müller«, sagte der Professor mit erhobener Stimme, »was steht Matthäus 7,7?«

Sie antwortete nicht, aber sie lavierte den Aufgeregten, ohne daß er dessen achtete, in sein Zimmer zurück.

»Bittet, so wird euch gegeben; suchet, so werdet ihr finden; klopfet an, so wird euch aufgetan.«

Er stand an seinem Schreibtisch, in der stillen, geborgenen Helle des Arbeitszimmers, ein alter, noch stattlicher Mann, zur Stunde ein wenig erregt.

»Ich«, sagte er leise, »bin gebeten worden. Ich«, sagte er, »bin gesucht worden. Bei mir hat er angeklopft. Frau Müller, ich fahre morgen nach Unsadel.«

»Unsadel –?« fragte die Müllern, »wo ist denn das?«

»Ich weiß es nicht«, sagte der Professor. »Aber auf der Eisenbahn werden sie es wissen. Dies zu wissen ist dort ihr Beruf.«

»Eisenbahn!« verwirrte sich Frau Müller und war sofort den Tränen nahe. »Herr Professor, ich bin siebenundzwanzig Jahre bei Ihnen, und Sie sind nie mit der Eisenbahn gefahren!«

»Das hat hiermit nichts zu tun«, antwortete der Professor milde. »Dies heißt den Fall zu weiblich betrachten.«

»Und Ihre Arbeit?« rief die Müllern, warf einen Blick auf den Schreibtisch und brach nun wirklich in Tränen aus. »Ihre Arbeit, Herr Professor?! Ich hatte mich so gefreut, Sie kamen in der letzten Zeit so gut voran.«

»Meine Arbeit?« fragte der Professor betroffen und sah mit ihr auf den Tisch voll Papier. »Ja freilich, meine Arbeit. Haben Sie mitgelesen? Ist sie gut?«

»Und ob sie gut ist!« rief die zu weiblich denkende Müllern. »Eine ganze Seite haben Sie in der letzten Woche jeden Tag geschrieben!«

»Meine Arbeit«, sagte der Professor noch einmal wehmütig. Er schwankte. Aber auf ihren Blättern lag der Brief, nicht mehr fortzudenken. Er hob ihn auf. Mit festerer Stimme sagte er: »Hier steht Matthäus 7,7. Das ist unverbrüchlich. Ich bin gerufen.«

»Von solchem Schmierian, Herr Professor!« widersprach die Witwe Müller.

»Liebe Witwe Müller«, sagte der Professor Gotthold Kittguß und war nun wieder ganz daheim in seiner milden

Ferne. »Es ist ausgemacht und mit vielen Stellen der Heiligen Schrift belegt, daß Gott seine Boten und Engel durchaus nicht immer in der seligen weißen Flügelgestalt auf diese Erde sendet, wie wir als einfältige Kinder wähnten.«

Und als die Müllern noch weiter widersprechen wollte: »Genug und übergenug, es ist endgültig beschlossen: ich folge dem Ruf. Morgen in der Frühe fahre ich nach Unsadel.«

## 2. Kapitel

### Worin Professor Kittguß einen fetten Bauern am Baum hängen und ein Mädchen am Zaun weinen sieht

Der frühe Oktobernachmittag war sonnig und windstill. Dennoch – wenn Professor Kittguß bei seinem Marsch auf dem sandigen Heckenweg einen Vogel im Geäst aufscheuchte, glitten lautlos von der flügelschlagenden Flucht des Tieres viele goldene, rote und braune Blätter zur Erde.

Langsam und bedächtig wandelte der alte Lehrer den Sandweg. Ab und zu blieb er stehen, setzte die Reisetasche ab, trocknete die Stirn vom Schweiß der ungewohnten Anstrengung und zog die Uhr zu Rate. Nun ging er schon fast zwei Stunden, auf der Station aber hatten sie gesagt, es sei nur eine knappe Stunde bis Unsadel. Doch soviel er auch nach Haus und Mensch aussah, es waren nur die Hecken da und hinter den Hecktoren herbstlich stille Äcker.

»Ja, ja«, seufzte der Professor, aber er war nicht unzufrieden, nein, die weite Stille mit dem hohen, blaßblauen Himmel darüber tat ihm wohl. »Den Abendzug heute werde ich freilich nicht mehr erreichen. Nun – es wird sich Gelegenheit finden, im Dorf zu übernachten. Und um so gründlicher kann ich dann bis morgen abend alles regeln.«

Was dies »Alles-Regeln« eigentlich hieß, davon hatte er nur eine sehr unklare, nein, gar keine Vorstellung aber –: »Die Rosemarie wird mir schon sagen, was ich zu tun habe. Irgendwie wird es sich um ihr Erbteil handeln.«

Er seufzte wieder »Ja, ja«, nahm die Tasche und wandelte weiter. Die Hecken schienen kein Ende zu nehmen, der einsame Sandweg schlängelte sich bald nach rechts, bald nach links. Manchmal stand auch eine hohe Pappel oder eine Weide da, dann betrachtete der Professor den Baum, beifällig nickend, »Ja, ja«, und setzte sich langsam wieder in Gang.

Eben stellte er fest, daß er nun schon zweiundeinehalbe Stunde unterwegs war, als er wie eine Frucht zwischen den Heckenzweigen das Gesicht eines Jungen über sich entdeckte, ein derbes, rotes Gesicht, mit einem blonden, gänzlich ungekämmten Schopf darüber. Dies Gesicht betrachtete den Professor scharf.

»Lieber Sohn«, fragte der. »Wie lange gehe ich noch bis Unsadel?«

»Sie sollen nicht nach Rosemarie fragen, sondern bei Päule Schlieker ein Zimmer mieten«, flüsterte der Junge eindringlich.

»Lieber Sohn!« rief der Professor. »Lieber Junge, warte doch ...«

Aber die Zweige rauschten auf, und die Hecke war ohne Gesicht.

Der Junge, lieb oder nicht, war fort. Der Professor trabte beinahe zum nächsten Hecktor, doch auf der Koppel hinter der Hecke sah er nur Rinder und einen wolligen Schäferspitz, der wütend zu bellen anfing. Kein Junge – soviel auch der Professor gegen das Gebell anlocken mochte.

So ging er denn schließlich weiter, verwundert, verdrossen. »Nicht fragen soll ich, sondern einfach bei Päule Schlieker mieten ... Aber ein Schlieker ist ein Betrüger ... Man sollte solch bösen, ehrabschneiderischen Reim nicht einmal im Scherz sagen ...: Päule ... was das nun wieder soll? Paul –?«

Plötzlich hörten die Hecken auf. Licht und weit wurde das Land, Felder und Wiesen flossen sanft zu einem großen, grünen See hinab. Drüben, am jenseitigen Ufer, stieg in allen lodernden Herbstfarben ein Wald uferan, aber auf dieser Seeseite lag mit roten Ziegeldächern und altersschwarzen Strohhauben das Dorf. Der Professor schritt rascher aus.

Am Eingang des Dorfs stand feierlich, mit ruhenden Flügeln, eine große Windmühle. Hühner suchten verloren, ohne sich um den Wanderer zu kümmern, auf der Straße ihr Futter; eine Schar Gänse kreuzte, eifrig schnatternd, seinen Weg; eine Katze sah, regungslos auf den Latten eines Zauns hockend, wie verzaubert den Professor an.

Aber kein Mensch – Professor Kittguß sah in jedes Fenster, spähte in jeden Hofraum –: nein, kein Mensch. Er hörte die Pferde im Stall scharren, Kühe rasselten mit ihren Ketten – aber an diesem gesegneten Wochentagnachmittag war kein Mensch sichtbar in Haus, Hof, Straße, Dorf.

Nun stand da eine stattliche Wirtschaft mit breiten, einladenden Steinstufen am Wege. »Krug von Otto Beier« war zu lesen über der Haustür.

Erleichtert trat Professor Kittguß auf den dämmrigen Hausflur, an einer Tür entzifferte er die Inschrift »Gaststube«, er klopfte, er trat ein. Ein paar Tische, eine Theke, die Flaschen hinter der Theke, die Gläser auf der Theke, ein Strickstrumpf mit dem Knäuel daneben im grünen Sofa – aber kein Mensch.

Professor Kittguß wartete, er ging hin und her, er

scharrte mit den Füßen, er räusperte sich, er hustete, er rief mit schwacher, dann mit starker Stimme: »Ach, bitte –!«

Aber kein Mensch.

Er klopfte gegen eine Tür, er klopfte noch einmal, er klinkte sie vorsichtig auf – und sah in den weiten, leeren, staubigen Tanzsaal. Verschmutzt und zerknittert hingen von der Decke grüne Papiergirlanden, auf der Bühne lagen umgeworfene Stühle – aber kein Mensch.

Kopfschüttelnd klopfte der Professor an eine zweite Tür und kam in ein kleines, düsteres Zimmer. Auf dem ungedeckten, fleckigen Holztisch stand eine Terrine, benutzte Teller und Löffel, als seien sie von den Essern hastig aus der Hand gelegt. Professor Kittguß sah sich um, sah sich wieder um, rief: kein Mensch. Er beugte sich über die Terrine, der Suppengeruch erinnerte ihn daran, daß er seit dem frühen Morgen, seit seinem Abschied von der Müllern nichts gegessen hatte. Ihm wurde ein wenig schwach.

Eiliger ging er, nach hastigem Anklopfen, in den vierten Raum. Bei seinem Eintritt lief das Heer der Schaben, leise rasselnd und knitternd, über Herd und schmutzigen Backsteinboden in die bergenden Ritzen.

Noch eine Tür – und von der Steinschwelle sah Professor Kittguß in einen herbstlichen, verliederten Garten, mit zerscharrtem, vertrampeltem Gras, zusammengeklappten Eisentischen, traurig verkommenen Bäumen. Unten aber an seinem Ende leuchtete der grüne, große, reine See, golden lodernd stieg feierlich schweigend der Buchenwald uferan. Eine Weile sah der Professor still auf das schöne Bild, seufzte »Ja, ja« und ging durch den verlassenen Gasthof auf die verlassene Dorfstraße zurück, weiter hinein in dies verlassene Dorf.

Zum erstenmal auf seiner abenteuerlichen Fahrt, zum erstenmal seit vielen, vielen Jahren hatte ihn ein seltsames

Gefühl angerührt, ein Gefühl aus seinen Jugendjahren. Im Anblick des schweigenden Landes, hinter sich den verkommenen Gasthof, hatte er zu sich gesprochen: »Welch wunderbare Wege führst du deine Kinder, Herr!« Und an die Stille seines Studierzimmers hatte er dabei gedacht, das er nun, am Rande des Greisenalters, auf die Botschaft welch seltsamen Engels verlassen hatte, um einer Ungewißheit entgegenzugehen, der er sich längst entrückt glaubte.

Aufatmend hörte er plötzlich Geschwirr von vielen Stimmen, Gelächter, Zurufe, Schreie. Rascher schritt er aus. Ein offenes Tor führte ihn zu einer großen Hofstatt, auf der das ganze Dorf versammelt schien. Was irgend gehen, was nur kriechen konnte, stand hier, lachend, schwatzend oder stumm wartend: alte Bauern und junge Arbeitsleute, Frauen, unter der bedruckten blauen Schürze die Hände, junge, derbe Burschen in hohen Stiefeln. Schulkinder drängten sich überall durch das Gewimmel, die jungen Mädchen hatten die Köpfe zusammengesteckt und flüsterten. Und alle, alle sahen sie so gespannt nach der breitästigen, uralten Linde in der Mitte des Hofs, daß sie nicht einmal den näher tretenden Fremden, den Professor Kittguß, beachteten.

Der aber sah staunend hängen an einem hohen Ast der Linde einen starken Balken wie einen Wiegebalken. Und an dem Wiegebalken hingen zwei Schalen, groß und kräftig. Aus festen Brettern gefertigt. In der einen Schale aber schwebte ein ungeheurer, dicker Bauersmann mit fröhlich lachendem, rotem Gesicht, in der andern aber, noch leichteren Schale, türmte es sich hoch von geräucherten braunen Würsten, fast schwarzen, derben Schinken, langen, goldbraunen Speckseiten.

»Seht ihr, es reicht nicht, es reicht immer noch nicht!« rief der fette Bauer, vor fröhlichem Lachen prustend. »Ich hab's dir längst gesagt, Lowising, deine ganze Räucherkammer wird dieses Jahr leer!« Er sah sich triumphierend um: »Habt ihr das gedacht?! Klugschnacker! Im vorigen Jahr habt ihr schon gesagt, ich könnte nicht mehr dicker werden – und nun bin ich doch noch wieder dicker geworden!« Er lachte triumphierend, und alle lachten mit. »Lauf, Lowising, hilf ihr, Maxe, min Söning. Holt noch den Schinken von der Fünfzentnersau! Dann wird es reichen!«

Von seiner unbekümmerten Fröhlichkeit angesteckt, liefen eine große, derbknochige Bauersfrau und ein starker Bengel ins Haus.

»Ihr da –! Fritze, mein Gerhardchen, komm auch du, Elli, haltet meine Schaukel ein wenig fest, sie schwankt so! Heute mittag hab ich gesulzten Aal mit Bratkartoffeln gegessen, der wird mir wieder lebendig von der Schaukelei. Ich fühl's, wie er sich schlängelt ...« Er lachte. »So ist es besser, Kinder. – Wirst du ruhig sein, Aal!« schrie er plötzlich. »Es schaukelt jetzt gar nicht mehr, nichts hast du noch zu krabbeln in mir –!«

»Oh, bitte!« flüsterte Professor Kittguß zu seinem Nachbarn. »Was geschieht hier?«

Der fragte erstaunt: »Haben Sie noch nie von dem lustigen Bauern Tamm in Unsadel gehört?«

»Nein«, sagte der Professor gehorsam.

»Dann kommen Sie von weit her«, entschied der Mann. »Hier im Lande weiß vom dicken Tamm jeder.«

»Ich nicht«, sagte der Professor sanft.

»Dies ist so einer von seinen Narrenstreichen. Jeden Herbst vor dem ersten Schlachten schenkt er sein volles Gewicht in Geräuchertem den Dorfarmen. Damit seine Räucherkammer leer wird und er was lachen kann. – Da – das wird reichen!«

Aus dem Haus waren Frau und Bursche gekommen, einen ungeheuren Schinken schleppend. Sie legten ihn auf die Schale. Der große Wiegebalken bewegte sich seufzend in den Stricken, Fritze, Elli, Gerhardchen ließen den Bauern los. Der stieg und stieg in die Krone hinauf »Der Aal! Der Aal!« jammerte er und stieg schwankend weiter, indes die Schale mit dem Geräucherten zur Erde sank.

Viele jubelten: »Es reicht! Es reicht!«

»Es ist zuviel«, rief die Bauersfrau und wollte wenigstens eine Mettwurst retten.

»Laß sein, Lowising, immer sinnig! Was einmal auf der Schale liegt, bleibt. – Ist es reell mein Gewicht?« rief er gegen die Stallwand, wo die Alten standen.

»In Ordnung, Tamm!« – »Hat seinen Schick, Tamm!« riefen die zurück.

»Dann runter mit euch vom Hof!« befahl der Bauer, und während die Alten eilfertig fortzogen, Maxe hinter ihnen das Tor schloß, kletterte der Bauer unter Hilfe vieler ächzend von seinem Sitz. »Los. Kinder, lauft, Mädchen! Macht es ihnen schwer! Los! Los!«

Und die ganze Hofstatt geriet in einen wirbelnden Aufruhr, denn alles lief mit den Würsten, Schinken und Speckseiten, sie zu verstecken, an Baumäste zu hängen, in Winkel zu schieben.

Ruhig in all dem Treiben standen nur der dicke Bauer, mit ermunternden und verweisenden Rufen, und der Professor Kittguß am Tor.

»Barthel, laß den Schweinkram! Willst du mal den Schinken nicht im Mist verstecken! Legt ihn auf den Holzfeimen, ganz hoch! Maxe, hilf ihnen!«

Jetzt hatte der Bauer den Fremden gesehen und gab ihm die Hand: »Nun kommt was zum Lachen! Sie sind fremd hier?«

»Ja.« Und schon wollte Professor Kittguß trotz des Verbots nach Rosemarie Thürke fragen, da tat sich feierlich langsam das Hoftor auf.

»Lauft!« rief der Bauer, und herein liefen, humpelten, trippelten, ächzten die Alten, die Armen, die Huster, die Krächzer, die Kracher; standen einen Augenblick spähend, entdeckten ein Ziel: eine Wurst, eine Speckseite. Keuchten dahin, sie zu erfassen, jammerten: »Ich lange nicht an!« – »Für mich bleibt nichts!«

»Willst du mal! Die Wurst ist meine!«

»Nein, meine! Ich habe sie zuerst gesehen!«

»Ich –!«

»Doch meine!«

»Meine!«

Und indes die beiden Weiber streitend an der Riesenwurst zerrten, hob ein dritter, ein schlauer, trockener Alter, aus dem gleichen Nest, in dem die Wurst gelegen, schmunzelnd einen derben Schinken.

Ein rüstiger Greis hatte um einer Speckseite willen die Hoflinde erklettert und rutschte behutsam, in Sorge um seine alten Knochen, auf einem Ast dem lecker baumelnden Ziel näher. Doch schon nahte unten mit einer Schubkarre der Feind in Gestalt einer derben Frau. Unter dem Speck kippte sie die Karre um, stieg auf sie, und eben griff der Alte von oben zu, als die Frau von unten zog.

»O weh, nichts bleibt für mich!« rief der Alte auf seinem Ast. »Schämst dich was, Gesche, zehn Jahre bist du jünger ...«

Er brach ab. Vom hohen Sitz hatte er den ungeheuren Schinken auf der Spitze des gut zwei Meter getürmten Holzfeimens entdeckt. Als sei der alte, seit sechzig Jahren zur Ruhe gegangene Knabenmut wieder über ihn gekommen, rutschte er vom Zweig, hing einen Augenblick zappelnd zwischen Himmel und Erde und ließ sich dann, die Gesche als Halt benutzend, zu Boden gleiten. Beide stürzten sie. Die Speckseite entfiel der Frau, zwei, schon drei eilten hinzu, diesen leckeren Vogel zu fangen.

Der Hof brauste und dröhnte von Gelächter.

»Greif dir die Seite, faß zu, Wilhelm!« ermunterten die Leute. Aber den Spatz um der Taube willen verschmähend, lief der Alte zum Feimen.

»Ich kann nicht mehr!« stöhnte prustend Bauer Tamm. »Lieber Mann (Hachhach!), schlagen Sie mir ein paarmal auf den Rücken! (Hachhach!) Aber kräftig!«

Und hier stand nun auf einem Hof in Unsadel der stille Professor Kittguß, Ausleger und Deuter der Offenbarung Johannis, und schlug einem lachenden Bauern, der sich stets von neuem verschluckte, den Buckel.

Dicht bei beiden hatte sich ein altes Weiblein hingehockt, in der Schürze fünf Würste und eine Speckseite. »Ich hab für mich genug. Ich dank auch schön, Tamm. Mit Geräuchertem hab ich für diesen Winter ausgesorgt. Huste nur tüchtig, Tamm. Wer lange hustet, lebt lange.« Und sie kicherte zufrieden.

Der alte Kraxler hatte indessen schon zwei vergebliche Angriffe auf den Holzfeimen gemacht – halb oben, beinahe oben, war er wieder abgerutscht. Da half nichts, er mußte zurück und als Unterbau die Karre holen. Doch bei seiner Rückkehr bestürmten schon drei andere den hölzernen Schinkenberg. Einer, der es auch mit Klettern versuchte, konnte ihm kaum gefährlich werden; aber die beiden andern, ein altes Ehepaar wohl, das im Verein arbeitete, schienen dem Sieg nahe.

»Mir bleibt nichts«, jammerte der Greis, aufgeregt die Karre erkletternd. »Mir geht alles schief! Immer ist mir alles schiefgegangen. Stets waren meine Birnen mulsch!«

Vom alten Ehepaar hatte der Mann sich hingehuckt, die Frau aber war ihm auf die Schultern gestiegen. Von der anderen Seite angelte der Greis auf der Karre. Ach! der Vierzig-Pfund-Schinken war den alten Händen zu schwer, nur ins Rutschen brachten sie ihn, halten konnten sie ihn nicht.

Wie eine Lawine rollte er, vom Staubschnee der mitgerissenen Holzscheiter gefolgt, den Feimen hinab, fegte den Kraxler mit schwerem Schlag zur Erde, rollte ein Stück auf den Hof …

Und der Alte in der Hucke vergaß ganz sein Weib auf dem Buckel. Wie ein Hofhund auf allen vieren kroch er eilig dem Schinken nach. Die kleine Alte tat einen hellen Aufschrei und fiel. Doch ihr Mann hatte sich über den Schinken geworfen, er deckte ihn mit dem Leib gegen den wütenden Angriff des alten Wilhelm, der seine zweite Niederlage nicht ertragen wollte.

»Komm, komm, Wilhelm!« mahnte die Bäurin Tamm. »Ich hab noch was für dich im Hinterhalt. Leer sollst du nicht ausgehen. Nein, nun mußt du dem Goldner seines lassen. Es muß ja Spaß bleiben, nicht?«

»Welch fröhliches, welch gutes Dorf!« rief Professor Kittguß begeistert.

»O Gott!« antwortete fast erschrocken Tamm. »So was sagen Sie man bloß nicht. Wenn *ich* nicht hier wäre –! Und ich bin auch bloß so, weil die andern gar nicht so sind.« Er sah, plötzlich ernst geworden, den Professor vorwurfsvoll an. »Nun, wenn Sie bleiben, werden Sie's schon erleben. Sie sind doch zu Ferien hier? Jaha, wenn Sie noch nichts haben, ich vermiete auch Zimmer. – Halt!« rief er, sich umdrehend. »Jetzt stellt euch in eine Reihe, damit wir sehen, ob auch alles gefunden ist. Also auf nachher, Herre. Ich muß aufpassen, daß alles seinen Schick hat.«

Er schritt die Reihe der Alten ab, lobend, tröstend, lachend, und Professor Kittguß sah ihm zu.

Etwas berührte seine Hand. Er blickte hinunter auf ein kleines Mädchen mit langen, blonden Zöpfen. »Nun, mein Kind?« fragte er freundlich. »Was möchtest du wohl?«

Die Kleine flüsterte hastig: »Beim Spritzenhaus müssen Sie rechts gehen. Es ist der letzte Hof mit den fünf Tannen davor. Sie dürfen nicht nach Rosemarie fragen. Sie dürfen sie gar nicht kennen.«

Und sie lief fort.

»Aber Kind –!« rief er ihr nach.

Doch sie war schon untergetaucht in den Wirbel der andern. Wieder eine Botin – und welch eifrige!

»Die Kinder scheinen alle von mir zu wissen. Und die Großen gar nichts«, dachte er verwundert. »Aber über all dem Scherz hier habe ich die Rosemarie doch fast vergessen.«

Er sah sich um. Einige gingen schon. Das Lachen war vorbei, die frühe Oktoberdämmerung kam.

»Jetzt habe ich keine Zeit mehr, mit dem Bauern zu sprechen«, entschied er und ging durch das Tor auf die Dorfstraße hinaus.

Plötzlich war die Müdigkeit Herr über ihn geworden, mühsam ging er durch das rasch dunkler werdende Dorf. Oft wechselte er die Handtasche von der rechten in die linke Hand, sie war wie Blei. Die bevorstehende Aussprache mit der Rosemarie beschäftigte, die Ungewißheit, auf welch Kissen er diesen Abend sein Haupt legen würde, bedrückte ihn. Als Nachhall des ungewohnten Lachens auf dem Hof des Bauern Tamm war ihm ein unbestimmtes Gefühl grundloser Traurigkeit geblieben.

Nach einer Weile kam er an einen dunklen, langgestreckten Schuppen. Hier verzweigte sich der Weg. Also war er beim Spritzenhaus und mußte nach rechts. Er ging, an sechs, acht kleinen Häusern vorbei, einen Weg, der, schmäler werdend, auf einen Hügel führte. Von der Höhe des Hügels sah er vor sich gegen den noch ein wenig hellen Himmel die Tannen und, lang hingestreckt, geduckt, lichtlos, das Haus.

Eine Weile stand er, schweigend in Betrachtung versunken. So still war dies zur Ruhe gehende Land, mit See,

Wald und Acker. Dann hörte er eine Kuh im Dorf brüllen, er seufzte, sprach: »Wohlan!« und ging auf das düstere Haus zu.

Neben seinem Weg lief ein Staketenzaun, dunkel standen im Garten reihenweise zum weißlich schimmernden See hinab Büsche. Er war schon nahe seinem Ziele; es war nicht zu leugnen, daß sein Herz ein wenig rascher klopfte – da blieb er lauschend stehen: was hörte er? Noch ein paar Schritte tat er, hielt wieder an und fragte sachte ins Dunkle: »Weint hier jemand?«

Es war ganz still, dann fing auf dem Hof ein Hund an zu bellen – und zerriß die Stille.

»Komm, mein Mädchen. Komm, meine Rosemarie«, sagte der Professor sanft. »Ich bin es, dein Pate Kittguß, der Jugendfreund deines Vaters.«

Zwischen den Büschen bewegte es sich, eine schlanke Gestalt trat an den Zaun, kaum unterschied er das weiß dämmernde Gesicht. Er tastete nach ihrer Hand, die kalt war.

»Warum weinst du, Rosemarie?«

Ihre helle Stimme, mit einem eigenwilligen spröden Klang kam überraschend böse zu ihm: »Und wo bist du so lange gewesen?! Vor drei Stunden hat der Hütefritz mir sagen lassen, daß er dich gesehen hat. Bist du auch wie die andern Männer, die sich erst Mut aus dem Krug holen?«

»Kind! Kind!« rief der Professor erschrocken. »Was redest du?! Ich trinke nie, was trunken macht. Ich habe mich bei dem lustigen Bauern Tamm verweilt. Das war nicht recht – verzeih also.«

Sie schwieg.

»Und all diese Stunden hast du hier in der Kälte gestanden und auf mich gewartet?«

»Ja!« rief sie böse. »Und ich habe meine Arbeit darüber versäumt, und die Schliekers haben nach mir gesucht und mich viele Male gerufen. Und wenn ich jetzt komme, wird er mich anbrüllen, und sie wird mich kneifen und an den Haaren ziehen. Das macht sie immer, wenn sie böse auf mich ist, und sie ist immer, immer böse auf mich!«

»Keiner wird dich anbrüllen, und keine wird dich an den Haaren ziehen«, tröstete der Professor. »Denn ich werde mit dir gehen und zu ihnen sprechen.«

»Nein, nein«, flüsterte sie hastig. »Du mußt erst viel später kommen, in einer viertel oder halben Stunde. Dann mußt du um ein Zimmer fragen und tun, als ob du mich gar nicht kennst. Sonst ist gleich alles verloren.«

»Aber, Rosemarie, Kind«, sagte der Professor mahnend, »dann müßte ich ja lügen. Und das weißt du wohl noch von deinem lieben Vater, daß wir nicht lügen dürfen. Du lügst doch nicht?«

»Die lügen und die betrügen!« rief sie. »Und wenn wir gegen sie aufkommen wollen, hilft uns allein die List.«

»Die List ist bei den Bösen, Rosemarie«, warnte der Professor. »Bei uns aber muß die Wahrheit sein.«

»Ach!« rief sie verzweifelt. »Warum habe ich dich nur gerufen?! Wenn du nicht auf mich hören und mir nicht so helfen willst, wie ich es dir sage, so machst du alles nur schlimmer. Die Kinder helfen mir schon und tun, was ich will. Vielleicht schaffe ich es mit ihnen allein. Es ist *mein* Haus, das dort«, rief sie leidenschaftlich. »Und es ist *mein* Hof und *mein* Vieh und *mein* Acker, und die Schliekers wollen es mir stehlen. Aber ich lasse es ihnen nicht! Der Philipp hat mir gesagt, wenn es ganz schlimm kommt, so zünden wir es lieber an und verderben alles, als daß ...«

»Still! Still!« rief der Professor erschüttert. »Du weißt ja nicht, was du sprichst, du armes, unseliges Kind du! Haben sie dich so gequält?!«

Sie war still nach dem Ausbruch, nur ihr leises, jammervolles Weinen war zu hören.

»Rosemarie«, sagte er sanft. »Es gibt einen hellen Weg

und es gibt einen dunklen Weg. Möchtest du denn deine liebe Mutter und deinen guten Vater nie wiedersehen?«

Sie weinte leiser.

»Ich bin«, sprach er, »vielleicht ein weltunerfahrener Mann. Aber ich bin ein sehr alter Mann und weiß eines, daß denen, die Gott lieben, alle Dinge zum Besten dienen. Liebst du Gott, Rosemarie?«

Sie schwieg.

»Siehst du«, sagte er. »Es geht nicht um die Schliekers und um das Kneifen auch nicht und nicht um Haus und Hof – es geht um dich, meine Rosemarie. – Und nun zeige mir den Weg in das Haus, Rosemarie, und ehe wir auf den Hof kommen, kette den Hund an – ich habe Furcht vor Hunden.«

Und bezwungen von seiner Sanftheit, sagte sie leise: »So komm.«

Sie gingen den Zaun entlang, und bei der Zauntür nahm sie ihn bei der Hand und sagte: »Fürchte dich nicht, mein Bello soll dir nichts tun.«

## 3. Kapitel

### Worin Professor Kittguß einen Besuch macht, der im Kohlenstall endet

Der zottige Hofhund Bello hatte wirklich dem Professor nichts getan, sondern sich freundlich winselnd an Rosemarie gedrückt. Dann leitete den Paten die feste Hand seines Mädchens durch einen lichtlosen Raum, in dem es dumpf nach fauligen Kartoffeln und lau nach dem Spülstein roch, und nun stand er, plötzlich losgelassen, in einer häßlichen grünen, kleinen Küche, und der Rücken Rosemaries verschwand rasch durch eine Tür, hinter der Kindergeschrei laut wurde.

»Rosemarie!« rief er ihr nach.

»Marie, du Stromerin!« schalt eine herbe, böse Stimme vom Herdwinkel – und verstummte.

Die Frau drehte sich scharf nach dem Besucher um. Der Schein der Küchenlampe fiel ihr ins Gesicht. Es war blaß, mit großen braunen Augen, vorspringenden Backenknochen; es war noch jung, aber der Mund, wie ein scharfer, schmaler Strich, war alt und böse, fast ohne Lippen, und das Kinn vorgebogen und stark.

»He?!« fuhr die Frau mit ihrer harten Stimme den späten Besucher an und betrachtete ihn, ohne sich vom Fleck zu rühren.

»Gott zum Gruß!« antwortete der Professor und ging einen Schritt näher. »Ich bin der Professor Kittguß und ...«

»Und«, setzte die Frau fort und überstürzte den armen Professor mit einem ganzen Schwall von bösen, schreienden Worten, »... und wenn Sie vom Amt kommen, so ist das keine Art, derart am späten Abend, und die Kinder zeige ich Ihnen heute nicht! Die Leute im Dorf mögen euch Briefe schreiben, soviel sie wollen, wegen Mißhandlung und schlechter Nahrung und keine Pflege, und ihr mögt mir jede Woche und jeden Tag und jede Stunde solch hochnasige Gemeindeschwester auf den Hals schicken, oder ihr mögt auch selber kommen, ihr großer Professor, ihr – ihr verdient euer Geld im Sitzen, wo ich mir um dreißig Mark im Monat für solch uneheliches Balg das Fleisch von den Händen mit den eingedreckten Windeln wasche! Aber heute zeige ich Ihnen die Kinder doch nicht, und wenn Sie da stehenbleiben bis Mitternacht, wo mir mein Mädchen auch noch weggelaufen ist und sich rumgetrieben hat. Der werde ich wieder einmal zeigen, wo das rechte Ende am Besen sitzt! Schlecht sind die Menschen alle, und darum möchten sie einen auch schlecht machen, und wenn Sie was wollen, so kommen Sie morgen früh um zehn, und da können Sie sich die ganze fünffache Sündenherrlichkeit frisch gewaschen und sauber angezogen betrachten dürfen – wenn sich nicht gerade wieder eines im letzten Augenblick vollmacht –!«

Zuerst hatte der Professor noch versucht, die Frau Schlieker zu unterbrechen, dann aber hatte er still und geduldig unter diesem Wortschwall gestanden, und ein ganz ähnliches Gefühl von Trauer und Bestürzung war in ihm aufgestiegen wie vorhin bei dem Ausbruch Rosemaries am Zaun. Als sie aber geendet hatte, ging er auf die Frau zu, streckte ihr die Hand hin und sagte: »Gott zum Gruß, Frau Schlieker!«

Sie sah die Hand verblüfft an, als habe sie einen Schlag bekommen, aber sie faßte sich und murmelte nur mürrisch: »Ja, ja, schon gut. Guten Abend also, und machen Sie, daß Sie jetzt weiterkommen.«

»Nein«, beharrte er und bot ihr weiter die Hand. »Gott zum Gruß, habe ich gesagt. Das bedeutet etwas anderes.«

Eine Weile war es still. Die weiße Männerhand zeigte immer weiter auf die Frau. Schließlich lachte die böse und doch verlegen auf: »Also, meinethalben: Gott zum Gruß.«

Und sie berührte für eine Sekunde mit ihrer kühlen, feuchten Hand die des Professors.

»Nun aber sehen Sie, daß Sie weiterkommen. Ich habe nicht so viel Zeit wie Sie. Ich habe fünf Gören zu versorgen.«

»Und das sechste ist Rosemarie«, sprach der Professor sanft. »Haben Sie Rosemarie gemeint, als Sie von Ihrem Mädchen sprachen, das sich rumgetrieben hat?«

»Ach nee«, antwortete die Frau gedehnt; der Zwischenfall eben war schon ganz vergessen und die alte, böse, streitlustige Stimmung erwacht. »Sie fragen also um die Marie –? Und warum tun Sie so, als kämen Sie vom Amt, und dabei kommen Sie von der Vormundschaft?! – *Wir* haben vor keinem Richter und vor keinem Gendarm Angst, daß Sie es nur wissen!! Und wenn Ihnen das Gör jetzt seine Lügen geschrieben hat, so wird ihr mein Mann schon zeigen, was *er* für eine Hand schreibt! Denn den alten Spruch kennen Sie ja wohl auch: Pastors Kinder und Müllers Vieh gedeihen selten oder nie ...«

Sie schoß zum Küchenfenster: »Päule! Päule! Sollst einmal kommen, wir haben feinen Besuch.«

Und ohne Atemholen schalt sie weiter: »Aber wenn ich sie unser Mädchen nenne, so stehe ich auch dazu, denn was gehört ihr schon weiter von dem ganzen Betrieb hier als die Schulden?! Mein Mann und ich, wir dürfen uns ja wohl totschuften, bloß damit das feine Fräulein was vor den Schnabel kriegt, und mit fünf Unehelichen plagt man sich, nur damit sie im Winter was Warmes im Leibe und auf dem Leibe hat – aber danken tut es einem keiner! – Päule, da ist einer vom Vormundschaftsgericht und fragt nach der Marie.«

Ein langer, rotblonder, noch junger Mann war in die Küche getreten, einen Eimer mit Milch in der Hand. Er lächelte den Besucher friedlich und freundlich an und sagte: »Na, Mali, dann wirst du heute mal die Milch durchdrehen müssen.«

»Ich!« rief die Frau. »Ich – bei all meiner Arbeit, wo das Gör sich den ganzen Nachmittag rumgetrieben hat, und du liegst auch am liebsten auf dem Sofa! Ach, Päule, wenn der Gendarm wenigstens den Philipp zu fassen kriegte – ich wollte ihm schon eine Heimkehr besorgen!«

»Sssssst!« machte der Päule so scharf, daß der Professor zusammenfuhr. »Willst du mal deinen Mund halten! Marsch, los mit der Milch, eh sie kalt wird.«

Selbst der Professor merkte es, daß der große, lange, freundliche Mann jetzt gar nicht mehr freundlich, sondern sehr finster aussah. Und die Frau hatte auch schon den Eimer genommen und war aus der Küche fort, wortlos, wie eine, die Angst hat.

Aber gleich war der Herr Schlieker wieder nett: »Hier lang, bitte. Unsere gute Stube ist zwar kalt, aber Sie müssen's nehmen, wie Sie's finden. Wir sind arme Leute, aber ehrlich, wir stehlen kein Holz aus dem Wald wie die andern im Dorf. Lieber frieren wir und heizen bloß das Kinderzimmer, damit die junge Brut es warm hat ... Nun warten Sie einen Augenblick hier, ich hole gleich die Lampe. Bleiben Sie hier fein still stehen. Es ist ein bißchen sehr dunkel, und hinten ist die Kellerluke offen, wo wir die Runkeln rausholen ... Machen Sie bloß kein Schrittchen, daß Sie nicht ins Loch fallen, der Keller ist tief.«

Die Tür klappte, und der alte Professor blieb, die Reisetasche noch immer in der müden Hand, im Finstern. Eine lange, lange Weile stand er so und wagte nicht, den Fuß zu heben, aus Furcht vor der offenen Rübenluke. Ihm dünkte, als hätte man in der Zeit zwanzig Lampen füllen, zurechtmachen und anzünden können. Der freundliche Päule kam selbst seinem menschengläubigen Herzen gar nicht freundlich vor, sondern von Grund auf falsch und hinterlistig, und wenn man sich auch vor böser Nachrede hüten mußte, das Wort ging ihm doch im Kopf herum: »Ein Gau ist rauh, aber ein Schlieker ist ein Betrüger ...«

»Und«, dachte der Professor, »so viel weiß ich doch noch von meinem alten Fritz Reuter, daß ein Schlieker ein Schleicher heißt.« »Gott schütze mich!« rief er ängstlich bei sich, »wohin gerate ich –?! Welche Welt – sofort müßte ich heim. Aber das Kind, das arme, verkommende Kind – das Haus anstecken – und sie spricht es mit ihren Kinderlippen aus! Nein, bleiben muß ich nun und es durchkämpfen ...«

Da wurde es hell, und der Wirt kam mit der Lampe.

»Es hat wohl ein bißchen gedauert? Ja, ja, hohe Herren warten nicht gern, und ein Armer muß zehnmal laufen, ehe ein Reicher auch nur aufsteht. Ich habe den Schweinen schnell Futter eingetan, wir sind bloß Bauern, Herr, bei uns kommt das Vieh vor dem Menschen. – Und so haben Sie hier denn in der Ecke gestanden und keinen Fuß vor den andern gesetzt, und ich Dösbartel denke nicht einen Augenblick daran, daß dies ja dem alten Pastor Thürke sein Arbeitszimmer ist, und kein Gedanke an eine offene Rübenluke im Fußboden. Nun, Sie als studierter Herr werden ja auch manchmal nicht alle Ihre Gedanken auf einem Haufen beisammen haben, und so dürfen Sie es einem einfältigen Menschen nicht für ungut nehmen, daß es ihm auch nicht anders geht ...«

Über all dem bösen, scheinheiligen Geschwätz hatte sich der Professor umgesehen, und ein richtiges pastörliches Studierzimmer war es, dem eigenen gar nicht unähnlich, in dem er da war, mit Stehpult und großem Schreibtisch, einem grünen Plüschsofa in der Ecke und einem Mahagonitisch davor. Auf das Sofa ließ er sich langsam nieder und warf dabei einen halb sehnsüchtigen, halb traurigen Blick auf die hohen Regale, die um die Wände herumliefen. Denn es jammerte sein Herz, wie da die Bücher, dick verstaubt, durcheinander lagen, mit großen Lücken dazwischen, und manche sogar aus den Einbänden gefallen.

Aber dies vertraute Zimmer gab ihm doch auch trotz aller Müdigkeit – eine freundliche Langmut, und so sagte er denn zu seinem Wirt: »So müssen Sie nicht mit mir reden, Herr Schlieker. Ich versteh auch so, daß ich Ihnen kein erwünschter Gast bin. Und sobald ich weiß, was es mit der Rosemarie für eine Bewandtnis hat und wie ihr zu helfen ist, will ich Ihnen nicht weiter zur Last fallen, sondern gehen.«

»Ja, ja«, sagte Päule, rieb sich bedachtsam das rotblonde Kinn und sah den Professor starr an. »So hat sich denn also die Marie mal wieder hingesetzt und eine Beschwerde über die bösen, betrügerischen Schliekers ans Vormundschaftsamt geschrieben. Aber die hohen Herren dort müssen ja rein gar nichts zu tun haben, daß sie ohne jede Anfrage an mich oder den Schulzen gleich losfahren auf die Anzeige von solch unmündigem Kind.«

»Nein«, antwortete der Professor hastig. »Das ist ein Mißverständnis von Ihrer Frau, Herr Schlieker, ich bin niemand vom Amt oder Gericht, ich bin der Professor Gotthold Kittguß aus Berlin.«

Der andere rieb sich weiter das Kinn, und es war so, als riebe er ein Lachen über das ganze, immer fuchsmäßiger werdende Gesicht breit. »Wer das gedacht hätte«, wunderte er sich. »Also nichts Amtliches, gar nichts.« Er beugte sich über den Tisch und sah dem Professor nahe in die Augen. »Aber etwas Verwandtes zur Marie sind Sie doch, nicht wahr? Verwandtschaft ist doch da –?«

Der Professor hielt dem lauernden, lächelnden Gesicht mutig stand. »Nein, auch das bin ich nicht. Aber ich bin ein alter Studienfreund vom seligen Pastor Thürke und will ihm …«

Er brach ab, denn der andere hatte mit einem Ruck den Tisch zwischen ihnen beiden fortgerissen und stand nun vor ihm, die Fäuste geballt und das Gesicht scharlachrot vor Wut. »Und da kommen Sie her«, schrie er, und seine Stimme kippte in die Fistel vor Wut, »kommen her ohne ein Recht und ein Gesetz und stänkern in meinem Haus und hetzen die kleine, widerborstige Hexe nur noch mehr gegen uns auf! Ich pfeif auf Ihre Professorenschaft, ich schmeiße Sie raus aus dem Haus, Sie alter Stänkerer, Sie! Ich schlage Ihnen alle Knochen im Leibe entzwei, wenn ich Sie hier noch einmal sehe, Sie … Sie …«

Er sah wirklich so aus, der Päule Schlieker, als wollte er sich sofort auf den alten Professor stürzen, und wenn er aufhörte mit Brüllen, so nur darum, weil er den Atem verloren hatte.

Aber der alte Professor Kittguß mochte sich vor Hunden, Ratten, Fröschen und mancherlei anderm harmlosen Getier graulen: vor Menschen hatte er keine Furcht. Langsam und bedächtig erhob er sich von dem Sofa und stand freundlich vor dem Zornigen. Sanft und fest legte er ihm eine Hand auf die Schulter, und mit der andern deutete er ihm auf die Brust und sprach: »Da tut es weh, Herr Schlieker? Nicht wahr? Das ist der böse Zorngeist, der in Ihnen sitzt, der tut weh. Ehe Sie den nicht ganz von sich abtun, werden Sie auch nicht glücklich sein. Und das möchten Sie doch, nicht wahr?«

Der andere zog und zerrte mit seiner Schulter unter dem Griff des alten Mannes, und einen Augenblick war es sogar, als wollte er ihn vor die Brust stoßen. Aber das vermochte er nun doch nicht über sich, und seine Schulter bekam er auch so aus der schwachen Greisenhand frei. Päule Schlieker tat einen Schritt zurück vor den großen braunen Augen, die ihn so durchdringend ansahen, rückte seine Jacke zurecht und sagte verdrossen: »Über Sie kann einer bloß lachen ...«

»Und, Herr Schlieker«, fuhr der Professor unbeirrt fort, »dieser böse Zorngeist ist's auch, der Ihnen lauter Dinge zu sagen eingibt, die Sie gar nicht meinen. Als da ist: den Hund auf mich hetzen, mir die Knochen im Leibe zerschlagen und so fort. Er sagt's aus Ihnen, aber Sie meinen's gar nicht. Und warum meinen Sie es nicht, Herr Schlieker?« fragte der Professor und sah seinen Gegner groß an – »weil Sie nämlich von Grund aus ein guter Mensch sind!«

»Da soll mich doch –!« sagte der Päule vollkommen erschlagen und tat schnell einen tiefen Atemzug. Denn wenn ihm in seinem Leben schon vielerlei gesagt worden war – und es war ihm vielerlei gesagt worden, und kein Schimpfwort, das nicht schon in Anwendung auf ihn gebracht worden wäre –, *dies* hatte ihm noch keiner gesagt.

»Ach was«, sagte er schließlich verdrossen. »Mit Ihnen kann ja kein vernünftiger Mensch reden. Sagen Sie also schnell, was Sie eigentlich wollen, sonst werde ich Sie doch nicht los, das sehe ich schon.«

»Ich will mich um mein Freundeskind, die Rosemarie, kümmern, Herr Schlieker«, sagte der Professor.

»Kümmern, ja kümmern!« höhnte der Schlieker. »Aber wie wollen Sie sich kümmern? Um ihr bißchen Eigentum – und das ist bloß der Katen hier mit seinen fünfunddreißig Morgen Land – kümmern wir uns schon, und wir kümmern uns gut darum, das glauben Sie man! Jedes Jahr reiche ich der Vormundschaft die Abrechnung ein, und nicht einmal, daß die Herren was zu meckern gehabt haben.«

»Wenn Sie sich um Rosemaries irdisches Erbe kümmern«, sagte der Professor, »so will ich Ihnen nicht dareinreden, und es soll mir recht sein. Aber wie steht es mit ihrem himmlischen Erbteil?«

»Nun, Herr Professor«, lachte der Päule Schlieker merklich erleichtert. »Wenn meine Mali und ich auch bloß einfache Leute sind, Heiden sind wir darum doch nicht, und unser ›Komm, Herr Jesu‹ beten wir Mittag und Abend vor jeder Mahlzeit. Aber für die Marie ist das alles nichts, und im ganzen Dorf gibt es kein vertrotzteres und verstockteres Mädchen als sie.«

»Das mag ich doch nicht auf ein bloßes Wort hin glauben«, sagte der Professor. »Ich habe meinen lieben Freund Thürke, der Rosemarie Vater, gekannt, und ein sanfterer, friedfertigerer Mensch hat nicht oft gelebt.

Und seine Frau Elise habe ich auch gekannt, und von ihr darf man wohl sagen, daß sie in einer wahren Märchen-

und Wunderwelt zu Hause war und von diesem Leben nicht mehr wußte als ein Kind. Wenn wir aber sagen, daß der Apfel nicht weit vom Stamm fällt, so muß das auch hier seine Geltung haben, und darum bitte ich Sie, Herr Schlieker, holen Sie mir das Kind einmal. Ich habe es nur erst im Dunkeln gesehen, und ich möchte meines Freundes Tochter einmal im Licht anschauen und in Ihrer Gegenwart einmal mit ihr reden und sie befragen.«

»Sie hat jetzt keine Zeit«, sagte der Schlieker mürrisch. »Sie hat sich den ganzen Nachmittag herumgetrieben, jetzt soll sie erst einmal ihre Arbeit tun.«

»Nun«, antwortete der Professor sanft, »sie wird ja nicht die ganze Nacht zu arbeiten haben. Ich warte dann hier. Ich bin zwar sehr müde und sehr hungrig, aber ich warte dann hier, Herr Schlieker.«

Und der Professor setzte sich langsam und bedächtig wieder in seine Sofaecke.

Der Mann der List, Schlieker, sah halb wild, halb verzweifelt auf diesen Mann der sanften Geduld. »Und werden Sie gleich weggehen, Herr Professor«, fragte er, »sobald Sie mit ihr gesprochen haben?«

»Natürlich«, sagte der Professor milde. »Was sollte ich dann noch hier?«

»Und es wird nicht lange dauern?«

»Nein, nein«, beruhigte ihn der Professor. »Ich denke schon daran, daß die Rosemarie hier auch Pflichten hat.«

»Also meinethalben«, sagte Schlieker und ging aus der Tür. »Aber nicht länger als fünf Minuten.«

Nun war der Professor Kittguß allein im kalten Studierzimmer des toten Freundes und, wie er da in seiner Sofaecke saß, war ihm, halb verhungert, wie er war, recht erbärmlich zumute. Dann aber fiel sein Blick wieder auf die schmutzigen, verliederten Bücherregale, und sein Herz tat ihm wieder weh. Er stand, trotz der schmerzenden Glieder, noch einmal auf und trat an solch Regal und hob einen Band heraus. Er blätterte und las den Titel – und nun blätterte er noch hastiger, und jetzt stieg ihm das Blut zu Kopfe ...

Als aber der Päule Schlieker mit der Rosemarie hinter sich eintrat, und die Frau Mali bildete den Nachtrab, da dachte der Professor nicht an Freundestochter und Auftrag und Erbteil, sondern nur an das Buch in seiner Hand, und flammend trat er dem Mann entgegen und fragte: »Und was ist dieses hier, Herr Schlieker?!«

»Ein Buch«, sagte der ganz verblüfft.

»Ja, ein Buch! Und warum ist es zerrissen, und warum fehlen Seiten?«

»Ach, die ollen Scharteken!« ließ sich Frau Mali wegwerfend vernehmen, »zu nichts sind sie nutze, und keiner mag einen Blick in das langweilige Zeug werfen. Wir haben versucht, den Kram zu verkaufen, aber keiner will ihn, nicht einmal der Herr Pastor in Kriwitz.«

»Und wissen Sie auch, was das für ein Buch ist!« rief der Professor Kittguß, und nun hatte einmal ihn der Zorngeist fest in der Hand. »Das sind des Schuhmachers Jakob Böhme ›hohe und tiefste Gründe von dem dreifachen Leben des Menschen‹!«

Er sah die beiden flammend an. »O weh!« rief er dann klagend. »Und es ist die Ausgabe von 1682, zu Amsterdam gedruckt mit einem Kupfer. Und der Kupfer fehlt, und Seiten fehlen auch, gut die Hälfte der Seiten fehlt!«

»Natürlich fehlt sie«, sagte Frau Mali frech. »Und es fehlt noch viel mehr. Was kümmern wir uns um den alten Dreck! Uns geht an, daß unsere Stube schnell warm wird, und wenn wir dazu Papier brauchen, so nehmen wir es, wo wir es finden. Und hier finden wir es ja«, schloß sie zufrieden, mit einem Blick über die Bücherbretter. »Und wir werden's auch weiter finden.«

»Verbrannt! Der Jakob Böhme zum Feueranmachen verbrannt!« klagte der Professor. »Nicht, daß ich alles von ihm billigte, denn offenbar kommt er mit der Heiligen Schrift oft nicht überein, aber er hat doch auch wieder über die Maßen schöne Sachen!« Ein neuer Gedanke kam ihm. »Sie haben mir gesagt, Herr Schlieker, daß Sie gut nach dem weltlichen Erbteil unserer Rosemarie geschaut haben, und ich habe Ihnen darum versprochen, nicht dareinzureden. Aber Sie haben nicht die Wahrheit gesagt, Schätze haben Sie vertan und verbrannt – wissen Sie, daß Ihnen für dies Büchlein, wäre es noch heil, jeder Buchhändler in Berlin zwanzig, ja dreißig Mark bezahlt hätte!«

Jetzt aber hatte er sie! »Herr Professor«, sagte der Schlieker ganz betreten, »es kann nicht möglich sein ...«

»Für solch verstaubten, brüchigen Dreck!« ließ sich Frau Mali ungläubig vernehmen.

Aber da hörte man eine spröde, helle, mutige Stimme: »Ja, Pate, und wie sie's hier in diesem Zimmer getan haben, haben sie's auch draußen gemacht. Kein Obstbaum, der nicht verliedert ist, kein Acker, der nicht verqueckt, kein Pferd, das nicht zum Verbrecher geprügelt ist. Oh, mein lieber Pate, und die armen, unehelichen Kinder, die sie in Pflege genommen haben ...«

»Willst du stille sein, du Biest!« schrie Schlieker und faßte sie grob am Handgelenk.

»Du magst mir ruhig die Hand umdrehen, Päule«, sagte sie mutig und sah ihn groß an, »deswegen gibt deine Frau den Kindern doch bloß Magermilch ...«

»Stille biste!« schrie nun auch die Mali und griff über den Mund des Kindes.

»Sie lassen das Mädchen los!« rief der Professor mit starker Stimme und stand groß, das Gesicht von einem gesunden Zorn gerötet, vor den beiden. »Nehmen auch Sie die Hand fort, Sie, Frau! Schämt ihr euch denn nicht, ihr beiden?! Wißt ihr denn nicht mehr, daß unser Herr Jesus gesagt hat: ›und was ihr diesen Kindlein tut, das tut ihr mir‹?! – Oh, mein Mädchen, mein Mädchen« rief er jammervoll. »Da stehst du vor mir, und ich sehe zum erstenmal im Licht dein liebes Gesicht, das du von deiner seligen Mutter hast. Ja, es ist wahr: wunderbare Zeiten habe ich deinem Vater geweissagt, die da kommen würden für dich. Als sei ich ein Prophet. Aber es ist gewesen wie eben, über dem Buch von Jakob Böhme habe ich dich vergessen, die du doch hier unter der Tür standest. So habe ich viele, viele Jahre vergessen, und nun bin ich ein alter Mann, der leicht müde wird, und ich weiß nichts von der Welt und kann dir wohl gar nichts mehr helfen. Ach, meine Rosemarie: wirst du mich überhaupt noch gebrauchen können –!«

Sie stand da, und seltsam war sie anzuschauen in ihrer verschmuddelten, mißfarbigen Magdtracht mit den Holzpantoffeln an den Füßen. Aber auf den schmalen Schultern saß ein schöner, zierlicher Kopf mit einem sehr kleinen, blaßroten Mund. Das Haar war hellblond, und leise Strähnen davon hingen wie hineingeweht in die hohe weiße Stirn. Die Augenbrauen waren auch hoch und schmal, schöne, nachdenkliche Bögen.

Aber das alles war es nicht. Es waren auch nicht die zartfarbenen, sanft gerundeten Wangen, sondern es war der ferne, wie wesenlose, wie unirdische Blick der Augen, die blaugrau waren, ein Blick, der durch die Dinge hindurch zu gehen schien, bis weit, weit hinter diese.

Dieser Blick war es, der den alten Mann ergriffen hatte; von der Mutter, die in einer Märchen- und Wunderwelt gelebt hatte, war er auf die Tochter gekommen, die mit schlimmen Leuten hausen mußte. Vor diesem Blick war das Böse, das ihm von ihr erzählt worden war, lügenhaft geworden, denn die Kinder des andern Reichs, das nicht auf dieser Erde ist, erkennen einander wohl. Und flüchtig dachte der alte Mann an den Sendboten der Rosemarie, den armen, blonden Jungen, den Philipp: »Wenn der ihr freundlich und zu Diensten ist, so kann kein Falsch an ihr sein.«

Er stand vor ihr und hatte die Hände wie um Verzeihung bittend an die Brust gehoben, und sie sagte nun mit ihrer spröden, hellen Stimme: »Es ist schon alles gut, Pate. Denn ich weiß, die wunderbaren Zeiten, die du mir versprochen hast und von denen ich immer geträumt habe, kommen nun. Und du hast recht: sie sollen nicht mit Lügen kommen.«

So standen sie einen Augenblick einander gegenüber und es war still, denn auch die Schliekers rührten sich nicht, bis ein, zwei Stuben ab ein Kind jämmerlich zu weinen anfing. Da war die Stille zu Ende, und die Schliekern sagte mit ihrer harten, bösen Stimme: »Genug Theater, Marie; daß du die Leute behexen kannst, wenn du willst, das wissen wir, aber bei uns verfängt es nicht, und so scher dich an deine Arbeit, das Gör brüllt sich ja wohl rein zu Tode.«

Die Rosemarie glitt ohne einen Laut aus dem Zimmer, und die Schliekern ging ihr nach.

Nun waren die beiden wieder allein, der Häusler und der Professor Kittguß, und Schlieker sah nachdenklich auf den alten Mann, der plötzlich nur noch müde und sehr elend war.

»Hören Sie, Professor«, sagte Schlieker mit einem Lachen, »ich sehe ja doch, so werde ich Sie nicht los. Da will ich Ihnen einen Raum zeigen, wo Sie sich ein bißchen hinlegen können, zum Erholen, und Sie werden sehen, daß, für wen ich sorge, ich gut sorge.«

Und damit nahm er ohne weiteres die Lampe, gab dem Professor die Reisetasche in die Hand und dirigierte ihn mit »Rechts« und »Links«, hinter ihm drein leuchtend, durch einen Flur aus dem Haus, über einen Hof, zu einer kleinen Bude.

Der Professor aber ging ganz gedankenlos und gleichgültig vor ihm her, und erst, als sein Wirt eine Tür in der Bude aufmachte und den Professor hineinnötigte, sagte er wie erwachend: »Aber wohin bringen Sie mich denn, Herr Schlieker?!«

Doch da schlug schon die Tür hinter ihm zu, und ein Schloß rasselte, und Kittguß hörte rufen: »In den Kohlenstall!« Und hörte seinen Wirt lachen und lachen.

Das Lachen entfernte sich, und Professor Kittguß stand allein im Kalten und Dunkeln.

## 4. Kapitel

### Worin Professor Kittguß der einen Nacht entrinnt, doch in eine noch dunklere gerät

Manch einer, männlich oder weiblich, hätte in der Lage von Professor Kittguß vielen Lärm gemacht, mit den Füßen gegen die Kohlenstalltür getrommelt, nach dem Schlieker geschrien oder geflucht oder geweint. Der Professor, der aus der Heiligen Schrift wußte, daß des Menschen Trachten böse von Jugend auf ist, der aber als rechter Jünger seines Herrn stets so gehandelt hatte, als sei es gut – der Professor also tat von alledem nichts, sondern stand stockstill hinter der zugeschlagenen Tür, wo er eben stand. Nicht einmal die Tasche setzte er ab.

Er war nun nichts wie ein sehr alter Mann, der seinen Kräften viel zuviel zugetraut hatte und den der Hunger mit Schwindel und aussetzendem Denken quälte. Er wußte nicht mehr recht, wo er eigentlich war und warum er hier war. Und wenn ihm dann wieder Sinn und Ziel seiner Reise in die Erinnerung kamen, so fiel ihm auch sofort ein, wie ahnungslos und fremd er in eine Aufgabe wie diese hineingeraten war, und keiner konnte von der eigenen Unzulänglichkeit überzeugter sein als er.

»Ach ja«, seufzte er einmal. »Ach, freilich ja.«

Und dann war er wieder still. Ein Geduldiger ist stark. Eine Nacht kann nicht ewig währen, und jede Tür wird einmal wieder geöffnet.

»Ach, freilich ja.«

Aus dem Dunkel kam es wie Antwort, raschelnd strich es näher. Dann glitt es um seine Beine, und grünlich glänzende Augen sahen ihn an. Es dauerte aber seine Zeit, bis Professor Kittguß begriff, welch Gefährtin sein Verlies teilte, und als er sich nun niederbeugte zur Katze, sie zu streicheln, da kam er nicht auf eins der vielen Koseworte, die wir Menschen für unsere uralte Hausgefährtin gefunden haben, von der Pussi über die Mieze zur Musch, sondern er sprach sie ganz schriftdeutsch und feierlich an: »Ja, meine liebe Katze ... Ja, meine gute Katze ...«

Die Katze war auch damit ganz zufrieden, und sie strich immer behaglicher um ihn und rieb den Kopf stets emsiger an seinen schwarzen Beinkleidern. Aber zum Schnurren geriet es ihr doch nicht, sondern plötzlich fing sie an zu miauen.

Sie miaute aber so eindringlich und stets stärker und fordernder, daß selbst dem tierfremden Professor der Gedanke kam, sie wolle noch anderes wie Streicheln. Und nach langem Überlegen riet er denn auch auf sein eigenes Leiden: den Hunger. Eine ganze Weile redete er dem Tier zu: »Katze, ich habe ja auch nichts ...« Bis ihm endlich einfiel, daß er doch etwas hatte. Nämlich von der Müllern als zweites Frühstück in der Reisetasche: ein hartgekochtes Ei und eine Buttersemmel.

Die kramte er aus, während das Tier ihn immer jämmerlicher bestürmte, und teilte brüderlich; wenn aber ein Anteil doch größer wurde, so war es nicht seiner. Dann stand er wieder geduldig im Dunkeln – das Katzentier hatte sich gesättigt verkrochen – und wartete. Schließlich – er wußte nicht, hatte er nun sehr lange oder erst kurze Zeit gewartet, klirrte die Tür wieder und tat sich auf. Der Ausblick auf den nachtdunklen Hof wurde frei, der seinen Augen nach dem schwarzen Kohlenstall freilich dämmerhell schien, und da stand Schlieker und sagte: »Na, nun machen Sie, daß Sie fortkommen. Das wird Sie lehren, sich in anderer Leute Sachen zu mengen.«

Der Professor sah den Schlieker wohl auf dem Hof, aber der Schlieker sah den Professor nicht im schwarzen Stall, und da es mit des Professors Entschluß zum Gehen nur langsam war – denn er wußte ja gar nicht wohin, und erledigt war auch nichts –, so bekam der Schlieker einen gewaltigen Schreck. Er stieß einen Fluch aus und sagte bei sich: »Es wird dem alten Knacker doch nichts passiert sein?! Das wäre eine schöne Geschichte! Ich will Licht ...«

Doch da trat der Professor aus der Bude und ging langsam und ein wenig wankend (denn es war ihm sehr schlecht, und das Gegessene vermehrte nur seine Übelkeit) an dem Bauern vorbei, als sehe er ihn nicht. Dann aber blieb er doch stehen, drehte sich um und sagte: »Auch die Katze zu füttern darf man nicht vergessen.«

Er ging wieder weiter, und dem Schlieker wurde es vor der stillen Gestalt fast unheimlich, stärker schien sie zu schwanken. Dann blieb sie wieder stehen und fragte, halb über die Schulter: »Wollen Sie mir nicht einen Handstock leihen? Ich bin ein alter Mann, und ich weiß nicht, wie weit ich diese Nacht noch zu gehen habe.«

»Jawohl, gern, Herr Professor«, rief Schlieker und sprang wie erlöst ins Haus. Denn wohl zumute war ihm vor seinem stillen Gast, der kein böses Wort sagte, aus vielen Gründen nicht; und wir alle kaufen uns gerne unser schlechtes Gewissen für einen Dreier ab. So sprang er erlöst ins Haus und brachte dem Professor eilfertig den Stock.

»Danke auch schön«, sagte der Professor.

»Nichts zu danken«, antwortete Päule Schlieker und hatte mehr recht damit, als er meinte.

»Ich schicke ihn dann morgen zurück«, sagte der Professor und ging. »Es eilt nicht. Es eilt gar nicht«, versetzte Schlieker und sah der hohen Gestalt nach. »Gute Nacht, Herr Professor«, rief er auch noch. Aber darauf bekam er keine Antwort mehr.

Nicht, daß der Professor dem Schlieker keine gute Nacht hätte wünschen mögen. Nein, aber er war mit seinen Gedanken schon weitab, er überlegte, wo er diese Nacht bleiben würde. Dabei dachte er an die Krugsküche mit den leise raschelnden Regimentern von Schaben, und es ekelte ihn in seiner Säuberlichkeit. Und wieder dachte er an den endlosen, sandigen Weg bis zum Bahnhof Kriwitz, und Müdigkeit und Gleichgültigkeit wuchsen so, daß er sich am liebsten auf einen Stein am Weg hingesetzt hätte, zum Einschlafen.

Aber auch davor bewahrte ihn sein Sinn für Ordnung, und plötzlich fiel ihm der fröhliche Bauer Tamm ein und gleich wurde ihm leichter. Es war, als ginge ein helles Licht von dieser Fröhlichkeit aus, in seine Brust hinein.

»Er ist gerade der Rechte für mich«, dachte er. »Und um Rat und Hilfe werde ich bei ihm auch nicht vergebens anklopfen.« –

Dann kam er aus dem Kalten ins Warme, aus dem Dunkel ins Licht, über seinem Kopf bimmelte die Türschelle endlos, und gerade vor ihm saß auf der Diele vor einem hochaufgefüllten Teller mit fettglänzendem Gesicht der dicke Bauer Tamm, links die Frau Lowising, rechts der Sohn Maxe.

»Ich bin nicht zu sprechen, ich esse«, rief Tamm und blinzelte mit seinen Äuglein, um den Besucher unter der Tür zu erkennen.

Der stand still.

»Oh, Vadding!« rief die Frau Louise, »das ist ja der alte Herr Professor, der zu Schliekers gegangen ist wegen der Marie. Hütefritz hat uns doch erzählt ...« Schon war sie hoch, faßte den alten Mann sanft bei der Hand, zog ihn unter das Lampenlicht und sah ihn besorgt an. Aber wie sie ihn so ansah, der da ganz ergeben und verloren lächelnd dastand, lief ein Lächeln über ihr Gesicht, und sie wollte es verschlucken. Aber es kam wieder und wurde stärker, und es wurde ein Lachen daraus, und jetzt lachten auch schon die beiden Männer, und es war eine ganze Weile weiter nichts zu hören als: »Haha!« und »Hihi!« und »Hoho!« und: »Haltet mich! Haltet mich! Ich darf bei vollem Magen nicht so lachen!«

Doch der alte Lehrer stand in all dem Lachen völlig verloren da, und einen Augenblick grübelte er darüber, ob wohl je in seinem Leben Menschen schon einmal so über ihn gelacht hätten.

Und dann fiel ihm wieder sein stilles Studierzimmer mit der stummen Müllern ein, wo ihm so etwas nie hätte geschehen können ... Aber da rief auch schon die Bäurin Tamm ganz erschrocken: »Nein, Herr Professor, es ist ja wohl eine Sünde und Schande, daß wir hier stehen und über solchen feinen Herrn lachen, dumme Menschen, die wir sind. – Willst du jetzt endlich ruhig sein, Maxe! Hol lieber den Spiegel! – Das sieht ja wohl ein jeder, daß Sie keine Ahnung haben, wie Sie ausschauen; und wer Sie so hinterlistig zugerichtet hat, das braucht uns keiner erst zu erzählen. Den Schleicher kennen wir alle hier im Dorf, plattdeutsch und hochdeutsch, Herr Professor. – Und nun weise dem Herrn mal sein Gesicht, Maxe!«

Der Professor blickte in den Spiegel, und da sah er denn, daß er von der Katzenstreichelei und Fütterei sein Teil Kohlenstaub aus dem Schliekerschen Stall abbekommen hatte. Und wenn schon das ganze Gesicht mit Schwarz und Schmuddelig und Grau schlimm genug aussah, um den Mund saß es in noch dickeren Krusten. Hatte ihm schon vorher das Abendessen nicht gutgetan, so wurde ihm jetzt, da er seinen wahren Brotbelag vor Augen hatte, völlig wind und wehe im Leib.

So hat sich wohl noch nie ein geistlicher Professor vom Königlichen Prinz-Joachim-Gymnasium an der Grunewaldstraße zu Berlin-Schöneberg ins Angesicht geschaut; und so tat er's denn mit aller Gründlichkeit und meinte dazu sachte: »Aber der Herr Schlieker hat dies denn nun doch nicht getan, liebe Frau. Ich habe nämlich die Katze in seinem Kohlenstall gefüttert.«

»O Gott, o Gott!« stöhnte der dicke Tamm auf seinem Sofa. »Ganz wie der schwarze König aus dem Mohrenlande. Und auch so freundlich. Haltet mich! Haltet mich!«

Aber bei ihm war das Halten nicht so notwendig wie bei einem andern, denn plötzlich sagte der Professor ganz kläglich: »Ich möchte Ihnen keine Ungelegenheiten machen. Aber ich glaube, ich falle um.« Und damit sank er auch schon an der starken Frau Lowising hin, und hätte sie nicht schnell den Ohnmächtigen umgefaßt, so wäre er wohl hart auf dem Steinfußboden hingeschlagen.

Sein in der Pfanne aufgebratenes Gänseweißsauer mit Röstkartoffeln, auf das er sich so gefreut hatte, hat der dicke Bauer Tamm an diesem Abend nur mit Unterbrechungen – und kalt – essen können. Denn er hat doch immer nachsehen müssen, ob der Professor Kittguß auch richtig ins Bett gebracht wurde und ob die Ziegelsteine, die sie ihm gegen die kalten, müden Füße legten, nicht zu heiß waren. Und in eigener Person ist er noch in Holztuffeln in die Schenke geschoben und hat mit dem Krüger Otto Beier beratschlagt, was so einem alten Mann wohl zur Stärkung anzubieten und einzuflößen wäre.

Mit einer Flasche schönem altem Rotwein ist er zurückgekehrt, und dann hat er mit seiner Frau in der Küche einen süßen Glühwein gekocht, und sie sprudelten auch noch ein Eigelb hinein. Aber dabei verabredeten sie, daß sie morgen früh den alten Herrn mit dem Stuhlwagen wieder auf die Bahn und nach Hause schicken wollten: Denn »denen hier ist er nicht gewachsen, nicht dem Schlieker und der Marie auch nicht. Und was will er hier überhaupt?! Wenn's der Behörde recht ist, wie Schliekers es treiben, so wollen wir uns um Gottes willen nicht einmischen. Den Schlieker mag niemand zum Feind, und unserer wäre er gleich, wohnte der alte Mann bei uns.«

Als sie aber mit ihrem Glühwein zum Bewußtlosen zurückkehrten, saß der aufrecht und gerade im Bett und sah sie groß und fremd an. Sie redeten ihm zu, er möge doch trinken und sich wieder hinlegen und gesundschlafen – da bat er nur sanft um seine Bibel aus der Handtasche.

Er bekam sie, aber wenn sich gleich dies Buch der Bücher von selbst bei der Offenbarung Johannis aufschlug: für dieses Mal blätterte der Professor Kittguß weit zurück. Er blätterte durch das ganze Neue Testament und blätterte weiter zurück, bis zu den Psalmen Davids. Und hier las er den 10. Psalm vom Übermut der Feinde, und er las unter anderm: »Herr, warum trittst du so ferne, verbirgst dich zur Zeit der Not? Weil der Gottlose Übermut treibt, muß der Elende leiden ... Der Gottlosen Mund ist voll Fluchens, Falschheit und Trugs, seine Zunge richtet Mühe und Arbeit an. Er sitzt und lauert in den Dörfern; er erwürgt die Unschuldigen heimlich ... Stehe auf, Herr; Gott, erhebe deine Hand, vergiß der Elenden nicht! ...«

Dann sah der Professor Kittguß seine Wirtsleute traurig

an, seufzte tief, legte sich auf die Seite und schloß die Augen. Tamms aber schlichen sich auf Zehenspitzen aus dem Zimmer und nahmen die Lampe mit fort.

Jawohl, ja, das Licht war fortgenommen, und Professor Kittguß lag allein mit sich im Dunkeln. Er war sehr traurig, sehr mutlos, sehr krank. Das ungewohnte Bett quälte ihn, ungewohnte Gedanken quälten ihn. Gerade vierundzwanzig Stunden und vier war es her, daß der närrische Bote sein geborgenes, weltfernes Heim betreten hatte, und hier lag er, schon am Ende der körperlichen Kräfte, aber auch müde, todmüde in seinem Geist ... Und morgen würde er wieder zu Päule Schlieker hingehen müssen, und wieder würde er der Tücke und der Falschheit ausgeliefert sein. Was aber würde er erreichen? Was wollte er erreichen? Was in aller Welt konnte er tun –?

Der Professor warf sich auf die andere Seite, aber eine tröstliche Seite war die auch nicht. Er dachte an Vorladungen, gerichtliche Streitigkeiten, Anwälte gar, an Prozesse hin und her – und nun war es ihm, als stünde er in seinem alten Klassenzimmer auf dem Katheder, und eine seltsame Schülerversammlung hatte er vor sich. Da waren bärtige Gesichter, die ihm bekannt und doch fremd erschienen; da waren aber auch der Hütefritz und der Greis, der nach dem Schinken geklettert war. Da saßen der dicke Bauer Tamm und seine Frau Lowising und der derbe Sohn; und nebeneinander hielten den Finger hoch der Päule Schlieker und sein Weib Mali.

An die Tafel aber hatte der Professor seine Gleichung zur Auflösung der apokalyptischen Zeitläufte geschrieben. Er sah sie an, und sie war richtig. Doch niemanden von all denen, die mit dem Finger zeigten, rief der Professor, sondern er sah angestrengt in den Ofenwinkel. Dort war es dämmrig, aber er meinte doch, eine sanfte Helligkeit zu schauen, und er rief leise: »Rosemarie!«

Langsam ging sie zu ihm aufs Pult, und wieder sah er den unbestimmten Märchenglanz ihrer blaugrauen Augen, und das Herz tat ihm weh.

Aber sie nahm von ihm nicht die Kreide, die er ihr bot zur Lösung der Gleichung, sondern sie nahm den Schwamm aus der Schale, und langsam löschte sie Zahl um Zahl. Wie aber eine Zahl nach der andern verging, war es, als breite sich die Schwärze der Tafel im Klassenzimmer aus, und von Zahl zu Zahl ward es dunkler, und schließlich verblieb dem alten Professor nichts wie ein heller Schimmer von ihrer Gestalt.

»Rosemarie!« rief er verzweifelt. »Was tust du?«

Da erlosch auch der Schimmer ihrer Gestalt. Und er war ganz allein und fürchtete sich.

Wiederum war es dem Professor, als läge er in seinem Bett. Er wußte aber nicht, ob er träumte oder wachte. Er hörte ein leichtes Prasseln gegen die Fenster, und aus dem Prasseln rief eine schwache Stimme: »Pate! Wach auf, Pate!«

Er stand auf aus dem Bett und ging ans Fenster und öffnete es, und ein Schatten im Dunkeln sagte: »Pate, kannst du mir denn nicht helfen?! Jetzt soll ich zur Strafe, weil du gekommen bist, die ganze Nacht Wäsche waschen, und ich bin doch so müde, daß ich die Beine nicht mehr unter meinem Leib spüre.«

Professor Kittguß aber rief unwillig: »Könnt ihr denn nicht Frieden halten?! Ich bin ein alter Mann und wünsche nur noch Ruhe und Frieden. Du hast mich nun schon hergerufen, in dies unfriedliche Dorf, zu unfriedlichem Volk, und heute nacht hast du mir auch noch meine Gleichung ausgelöscht, so daß ich nichts mehr habe. Wir alle müssen unsere Heimsuchungen und Plagen ertragen, und ich kann dir nicht helfen.«

Da war es, als weinte der Schatten leise, und dann zerging

er in der Nacht. Wo er gestanden hatte, war ein Busch, und traurig schloß der Professor das Fenster, legte sich nieder und quälte sich wegen der harten Worte, die er gesprochen hatte.

Darüber versank er in tiefen, traumlosen Schlaf, und als er erwachte, war es hell in seinem Zimmer von einer fröhlichen Oktobersonne.

An seinem Bett aber saß Frau Lowising, sah ihn freundlich an und sagte: »So, Herr Professor, nun frühstücken Sie erst einmal ordentlich, und wenn Sie dann kräftig genug sind, so ziehen Sie sich an, und unser Maxe fährt Sie zur Bahn. Sehen Sie, was wollen Sie sich hier auf Ihre alten Tage noch mit schlechten Leuten plagen und schlagen? Gegen die Schliekers ist noch keiner Herr geworden, so werden Sie's auch nicht. Die Rosemarie ist auch kein Engel, wenn ihr schon alles Tier- und Kinderzeug anhängt, und daß sie arbeiten lernt, ist ihr nur gut. Wenn Sie aber ganz etwas übriges tun mögen, und Sie haben es und können es, so schicken Sie den Schliekers allmonatlich Geld. Nicht zuviel, dreißig Mark vielleicht, und Sie bedingen sich aus, daß die Schliekers die Marie nett behandeln. Denn für Geld tun die alles, und da bringen sie es vielleicht sogar über sich, nett zu einem Menschen zu sein.«

Bei Beginn dieser Rede hatte der Professor noch eine deutliche Erinnerung an seinen Traum gehabt und hatte die Frau Louise unterbrechen und fragen wollen, ob Rosemarie wohl wirklich in der Nacht an seinem Fenster um Hilfe gerufen hätte. Aber je weiter die zutunliche Frau mit ihrer Rede kam, um so unwichtiger und unwirklicher wurde der Traum, und was sie sagte, schien ihm alles Hand und Fuß zu haben.

Wenn er also zuerst noch ein wenig ängstlich und schuldbewußt gefragt hatte: »Meinen Sie das wirklich?« – so war er nach drei Minuten schon fest überzeugt, daß es so das beste sei, und für sein Geld werde es die Rosemarie haben wie im Himmel.

»Ja, ja«, nickte er immer freundlicher zu der freundlichen Frau. »Dann machen wir es so ...«

»Gottlob, Herr Professor!« atmete Frau Tamm auf. »Sie wären ja wohl hier ganz hin geworden über aller Streiterei und Feindschaft. Und ich denke, der Maxe kann den offenen Stuhlwagen nehmen, es ist heute so ein freundlicher, heller Tag wie ein letzter Sommertag.«

»Ja, ja«, sagte der Professor zufrieden und sah vom Bett über die Schulter zum Fenster. »Es sieht heute sehr hell und freundlich aus.«

Darin aber irrten sie beide: die Bäuerin Louise Tamm wie der Professor Gotthold Kittguß aus Berlin: es war nicht hell und freundlich, es war finsterste Nacht für den Professor Kittguß.

## 5. Kapitel

### Worin Professor Kittguß den zweiten Ruf des Engels erfährt

Eigentlich saß Professor Kittguß, warm zugedeckt, recht gut neben Maxe, dem Kutscher – eigentlich trabten die beiden Braunen schön sachte über den Sandweg, der herwärts so mühselig gewesen –, eigentlich hatte das stille, friedliche Land mit dem herbstlichen Blätterfall seinem Herzen guttun müssen – aber nein, dem Professor war nicht wohl. Gar nicht! Es war angenehm, nun wieder planend an die große, sechzehnjährige, geruhige Arbeit zu denken und an den Vers, der als nächster zu deuten war – es war natürlich auch richtig, daß die Unruhe in der Brust von den Anstrengungen des gestrigen Tages kam und von nichts anderm, gar nichts anderm.

Aber schließlich kam doch ein Heckentor in Sicht, und auf ihm saß, mit den Beinen baumelnd und die Harmonika blasend, ein Junge. Der Professor erkannte ihn wohl: es war der Hütefritz. Und auch der Junge erkannte den Professor, und das Lied vom Heidenröslein brach mitteninne ab. Die Augen des Jungen wurden immer größer, bis sie so groß wie die Teetassenaugen aus dem Märchen schienen; er sah erstarrt, ohne jedes Beinebammeln, mit den großen Augen und dem ganz offenen Munde den abreisenden Professor an.

Der sah ihn wieder an, und die Unruhe in der Brust wurde stärker, wurde zu einem Druck auf dem Herzen. Am liebsten hätte er den Maxe um einen kurzen Halt gebeten. Am liebsten wäre er vom Wagen gestiegen und hätte dem Jungen erklärt, daß so doch nichts für seine Freundin Rosemarie zu tun sei, daß aber Geld geschickt werden und daß damit alles, alles gut werden würde ...

Aber es ging zu schnell, die Braunen trabten, und das Jammerbild auf dem Heckentor glitt vorbei. Nur der Maxe schnüffelte noch wütend durch die Nase und drohte: »Das werde ich dem Bengel, dem Hütefritzen, schon zeigen, ob er zu dudeln oder zu hüten hat! Immer gehen seine Kühe in unsern Klee!«

Worauf der Professor hastig erwiderte: »Oh, nicht doch! Oh, bitte nicht doch!«

Dann schwiegen sie wieder beide, bis die Hecken zurückblieben und das Land sich mit allerlei Äckern immer weiter auftat. Über einen Hügelrücken sah schon der schieferschwarze Kirchturm von Kriwitz, und Maxe verkündete: »Wir schaffen den Zug gerade noch.«

Doch zur gleichen Minute parierte er die Pferde in langsamsten Schritt und starrte verblüfft eine seltsame Prozession an, die ihnen auf dem Straßenrand entgegenkam. Es waren aber eins, zwei, drei, vier, fünf Diakonissen, die da in ihren schwarzen Übermäntelchen und weißen Hauben, eine hinter der andern, gegen den Stuhlwagen anrückten. Jede von den Schwestern trug ein Köfferchen in der Hand, und so gingen sie, ohne die Augen zu heben, heran – vorüber, und nur die letzte, eine derbe, rotbackige, wie gerade vom Lande geholt, hob für einen Augenblick die Augen und sagte leise: »Guten Tag.«

Weil aber die vorderste, ein wahrer Mannskerl von einer Frau, mit wehenden Haaren am Kinn, hustend brummte, erschrak sie und lief beschleunigt, das Täschchen schwenkend, hinter den andern drein.

Der Maxe, den Kopf im Nacken, starrte und starrte, bis die fünf Schwestern um die nächste Hügelecke verschwunden waren. Dann aber drehte er sich, vor Schadenfreude wahrhaft strahlend, dem Professor zu und sagte aus tiefster Brust: »O – haua – haua – ha! So mußte es kommen. Darauf freß ich einen Besen, der Päule Schlieker kriegt heute keinen guten Tag ...«

»Was haben denn die Diakonissen mit Herrn Schlieker zu tun?« fragte der Professor ängstlich.

»Zu tun –!?« fragte der Maxe dagegen, fast empört über so viel Unverstand. »Zu holen haben sie die Kinder!«

»Welche Kinder?« fragte der Professor und hätte doch lieber nicht weiter gefragt.

»Natürlich die Pflegekinder, die bei Schliekers sind. Aber wer nicht hört, muß fühlen. Jetzt holen sie ihm die Kinder fort und damit hundertfünfzig Mark im Monat! Ohgottegottegott – wie das den Schliekers weh tun wird!«

Und Maxe grinste über das ganze dicke, derbe Gesicht vor Mitgefühl.

Der Professor mußte immer noch weiter fragen, sein Gewissen ließ ihm keine Ruhe. »Halten die Schliekers denn die Kinder wirklich so schlecht?«

Aber der Maxe war ein Bauernsohn und vorsichtig wie

seine Eltern. »Weiß ich das?!« fragte er dagegen. »Ich gehe nicht zu Schliekers, und auf das Gerede der Leute darf man nicht hören. Aber jedenfalls sind die fünf Schwestern unterwegs, und ich gäbe einen Taler, wenn ich beim Wegholen über den Zaun sehen könnte. – Willst du mal laufen, Liese! Wir kriegen den Zug nicht mehr!«

»Und die Rosemarie?« fragte der Professor angstvoll. »*Das* Kind holen die Schwestern doch wohl auch?«

»Die kleine Thürke? Wieso denn die –?! Die Thürke ist Vormundschaft, und die fünf lütten Bälger sind Landratsamt – das hat doch nichts miteinander zu tun, Herr Professor!«

»Aber das Kind kann doch nicht dort gelassen werden«, protestierte der. »Wenn die Schliekers so schlecht sind ...«

»Da geht er hin!« schrie Maxe und hielt die Pferde mit einem Ruck an. »Haben wir's doch nicht geschafft! Ich sage es ja. Ich sage es ja!«

Und richtig – eben tauchte pustend und schnaufend hinter dem Kriwitzer Bahnhofshäuschen die Kleinbahnlokomotive auf, zwei Wägelchen hinter sich. Mit Klingling-Klingling fuhr sie die Hügelseite entlang und Klingling-Klingling verschwand sie im Walde.

»Da!« sagte der Maxe und starrte.

Der Professor Kittguß starrte mit. »Und was machen wir nun?« fragte er dann hilfeflehend seinen Kutscher.

»Fahren Sie doch mit dem Sechs-Uhr-Zug, Herr Professor«, sagte der Maxe überredend und erinnerte sich sehr, wie dringlich die Eltern diesen Gast aus dem Dorf gewünscht hatten. »Kriwitz kann man sich schon mal ein paar Stunden ansehen, und bei Stillfritzens im ›Erbherzog‹ ißt man großartig!«

Und damit war er auch schon runter vom Wagen, hatte die Reisetasche auf die Straße gesetzt und bot dem Professor die Hand zum Absteigen.

Der nahm sie mechanisch. »Beinahe«, sagte er bedenklich, »beinahe wäre es wohl Pflicht, wieder nach Unsadel zu fahren. Da nun die Schwestern zu Schliekers gehen ...«

»I wo, Herr Professor«, sagte Maxe leichthin und war schon wieder oben. »Was hat denn das mit dem zu tun? Ich sage es Ihnen doch, Amt ist Amt und Vormundschaft ist Vormundschaft. Auf Wiedersehen, Herr Professor, und gute Reise. Ich werde die Eltern auch schön grüßen.«

Damit aber stand der Professor Kittguß allein auf dem Vizinalwege von Unsadel nach Kriwitz und sah dem Stuhlwagen, den Braunen und dem Maxe nach, die sich eilig entfernten. Etwas war nicht recht, und was das Unrechte war, das wußte er auch, aber er wollte es nicht wissen.

So nahm er denn seine Tasche und ging langsam in das große Amts- und Pfarrdorf Kriwitz hinein, am Bahnhof vorüber durch die lange Häuserzeile mit ihren nicht städtischen und nicht ländlichen Häusern und mit ihren fünf gewaltigen Kaufläden. Denn Kriwitz ist ein rechter Landhandelsort, in dem der Bauer ein- und verkauft, was alles er braucht und erübrigen kann.

Der Professor aber wäre wohl in all seinen Gedanken immer weitergegangen durch den Ort, aus dem Ort in das herbstliche Land hinein, wenn er nicht plötzlich von einer stattlichen Torfahrt her angerufen wäre: »He, Sie! Ja, Sie mit der Tasche!«

Der Professor sah unschlüssig auf den Mann, der da mit listig und vergnügt funkelnden Augen und dem unglaublichsten blauroten Zinken von der Welt unter dem Tore stand.

»Meinen Sie etwa mich, lieber Herr?« fragte er behutsam.

Der andere sah suchend die Straße auf und ab. »Sehen Sie noch eine Tasche?« fragte er. »Ich jedenfalls nicht! – Nein, Sie sind der Mann, Sie hängen an der Tasche. Also sind Sie ein Reisender. Aber wenn«, sprach der Mann und rieb sich nachdenklich den Kolben, »ein Reisender in unsern schönen Ort kommt, so geht er nicht am ›Erbherzog‹ vorbei, sondern hilft dem armen Stillfritz, das Bier laufend zu halten. Das ist im Interesse aller.«

»Soso«, sagte der Professor vorsichtig. »Sie sind also ein Gastwirt?«

»Oh, lieber Herr«, rief der andere, »alles, was wir sind, waren und sein werden, das können wir uns drinnen bei einem Topp Bier viel besser erzählen!«

»Ich trinke nie Bier«, sagte der Professor, nicht ganz auf der Höhe eines Erklärers der Offenbarung. »Und am Vormittag schon gar nicht.«

»Aber einen lütten Köm?« fragte der Wirt und kniff die Augen ein. »Einen schönen, klaren Köm?«

»Nie!«

»Und doch so alt geworden«, meinte der Wirt bedauernd. »Aber Scherz beiseite, kommen Sie rein, und leisten Sie mir ein bißchen Gesellschaft. Ihre Zigarren oder was Sie da in der Tasche tragen, kriegen Sie immer noch in einer halben Stunde verkauft. Ach, lieber Herr«, bat er nun wirklich, »Sie ahnen ja nicht, was das für einen Gastwirt heißt, der sich Morgen für Morgen seine toten Bierhähne und die leere Gaststube anschaut – wie kümmerlich einem da zumute ist.«

Dem Professor war auch kümmerlich zumute, und die fünf oder sechs Stunden bis zum nächsten Zug abzulaufen ging über seine Kraft. Zweifelnd betrachtete er sich seinen seltsamen Partner. »Aber Bier oder Schnaps trinke ich nicht«, erklärte er dann.

»Müssen Sie ja gar nicht«, antwortete der Wirt. »Jetzt kommen Sie erst mal rein. Meine Frau hat eine schöne Hühnerbrühe auf dem Feuer, und wer sanft ist, will auch sanft essen – Sie sind doch sanft?«

»Ich hoffe es«, sagte der Professor und setzte sich aufatmend auf die Ofenbank.

»Habe ich gleich gesehen«, antwortete der Wirt zufrieden. »Also Hühnerbrühe? Ja? Wirklich –? Na, – denn schön und prost!«

Er zapfte sich am Bierhahn ein halbes Glas, betrachtete es kummervoll, murmelte: »Trübe, trübe« – kippte es und sprach lebhafter: »In diesem Sommer, so zur Heuernte, wir haben manchmal sogar Autofahrer als Gäste, wegen der schönen Natur, ich verstehe nichts davon, aber meinetwegen, soll sie schön sein! Aber essen Sie was, jetzt bestelle ich Ihnen erst mal die Brühe! Sie sehen so bleich um die Nase aus. Nehmen Sie da meinen Kolben!« (Und der war wirklich erstaunlich blaurot.) »Ich werde meinem Feldwebel sagen, er soll Ihnen ein Ei reinschlagen.«

Er stand tiefsinnig vor dem Gast und schlug sich die Serviette gegen die Hosen.

»Sie wollten mir eine Tasse Hühnerbrühe bestellen«, mahnte der Professor, als nichts mehr kam.

»Ja, richtig«, besann sich der Wirt, ging aus der Tür und war schon wieder da. »Daß einen heutzutage keiner mehr zu Worte kommen läßt, man vergißt seine eigene Rederei. Stehe ich also im Frühjahr hier unterm Torweg, und das tollste Gewitter geht herunter mit einem Gepladder wie aus Mollen, da spritzt ein Auto vor, so ein richtiger feiner Berliner Wagen ... Und halten und Schlag auf und raus schießen zwei Damen und wollen hier rein ... Ich aber stelle mich so recht breit hin und kriege die eine zu fassen und kriege die andere zu fassen und halte sie und sage ganz gemütlich: ›Nur nicht drängeln, meine Damen, es kommt jede rein. Wer ist denn nun die Feinste und hat den Vortritt?‹ Und der Regen pladderte runter auf sie und lief ihnen in den Nacken, und geschrien haben sie und gezappelt ...« Er sah den Gast gespannt an und rieb sich wieder einmal den Kolben, den Zinken, die Leuchtblüte. »Denken Sie, die haben den Spaß verstanden?! Nicht die Bohne! Geschimpft haben sie wie die Spatzen, und weggefahren sind sie ohne Einkehren. Was aber der Mann war, der dazu gehörte, der hat mich noch Pflaumenaujust geheißen – bin ich Pflaumenaujust –?«

»Ja«, sprach der Professor mit fester Stimme. »Und wenn Sie mir jetzt nicht sofort die Hühnerbrühe bringen, gehe auch ich!«

Vor diesen starken Worten war der Wirt Stillfritz bis ans Ende des Lokals gewichen. »Sehen Sie«, sagte er bitter und sah den Professor vorwurfsvoll an, »gibt man sich Mühe und erheitert die Gäste, gleich heißt man Pflaumenaujust. Scherz wird heute nicht mehr verstanden. Aber wie unsereinem dabei zumute ist, danach fragt keiner. Es ist ja nicht nur das Bier in den Hähnen, wenn Not am Mann ist, halte ich das auch allein laufend, es ist ...«, er sah schielend zur Decke – »es ist noch ganz was andres. Es rieselt. Es fällt. Ich wünsche Ihnen ein Landhotel und jeden Sonntagmorgen pünktlich grauen Himmel und Regen, da wissen Sie, was Pflaumenaujust heißt ... Die Hühnersuppe kommt sofort, Herr!« schnarrte er plötzlich und war aus dem Lokal, und der Professor saß allein.

Ja, allein, und nun war es ruhig um ihn. Eine Fliege burrte noch einmal schläfrig, ab und an fuhr ein Ackerwagen vorüber, aus der Küche rummelte ein Topf, und jetzt schalt eine Frau, und weinerlich antwortete die Stimme vom Wirt Stillfritz. Eine Uhr schlug, und das Eheduett in der Küche ging weiter, des Professors Kinn sank tiefer auf die Brust und der Kopf ganz vornüber. Ach, was ist der Ofen schön gelinde warm! – Und so war denn Professor Gotthold Kittguß nach den Strapazen des gestrigen Tages ein bißchen eingeschlafen und hätte sich über alle Gewissensbisse weg bis zum nächsten Zug hingeschlafen ...

Wenn nicht plötzlich die Gaststubentür geräuschvoll aufgegangen und jemand sehr festen Tritts mit jemandem sehr müden und hinkenden Tritts einmarschiert wäre. Als aber der Professor aus seinem Nickerchen etwas verlegen hochfuhr, da stand der feste Jemand vor ihm, hatte die Hand an den Tschako gelegt und sagte militärisch: »Sie gestatten, daß ich den Burschen mit reinbringe. Denn wenn ich ihn draußen lasse, türmt er bloß. Er ist schon zweimal getürmt, und darum sieht er auch so aus. Denn wer nicht hören will, muß fühlen!«

Damit blickte der Landgendarm Peter Gneis auf seinen Delinquenten und sagte bärbeißig, aber gar nicht böse: »So, mein Jungchen, dich hängen wir wohl am besten mit dem Kettchen hier an den Kleiderständer. Und wenn du dann mit einem Kleiderständer unterm Arm ausritzen willst, versuch es! Dämlich genug bist du dazu, wenn du auch lange nicht so dämlich bist, wie du aussiehst, und fassen tu ich dich allemal wieder.«

Der Professor sah, sah – und rieb sich die Augen. Aber was er sah, ließ sich nicht fortreiben: es war und blieb sein heimlicher Bote: Philipp, der vor zwei Tagen mit Rosemaries Brief bei ihm im Studierzimmer gestanden, der ihn nach Unsadel berufen hatte, um den er sich fast mit der jahrelang erprobten Witwe Müller gestritten hätte, derselbe Philipp – aber wie sah der Junge aus!

Damals schon war er ein recht kummervolles Geschöpf gewesen, aber wie er jetzt dastand und höchst naturgetreu tat, als sähe er nicht den Professor und gar nichts auf der Welt, schlotternd, mit hohlen Wangen und einem blaugeschlagenen oder -gefallenen Auge – da fiel dem Professor doch so allerlei auf die liebe Seele, und ganz unwillkürlich rief er: »Aber es ist doch nicht die Möglichkeit! Ist *er* denn das?!«

»Jawohl, ein entlaufener Knecht ist das«, sagte der Gendarm Peter Gneis strenge. »Und die Dresche, die ihm seine Dienstherrschaft bei der heutigen fröhlichen Heimkunft verabreichen wird, die möchten wir beide, Sie und ich, nicht besehen. – Ein Helles und einen Korn, Stillfritz. Ja, da staunst du. Das ist der entlaufene Knecht vom Päule Schlieker in Unsadel, und per Schub haben wir ihn, Kollege auf Kollege, von Gransee bis hier gebracht. Was in aller Welt er da gesucht hat, das wissen wir nicht und werden's auch nicht erfahren. Denn der stirbt eher, als daß er den Mund auftut.«

»Junge, Junge«, sagte Stillfritz und rieb sich wieder einmal seinen blauroten Methusalem. »Ich will es dir ja glauben, daß der Dienst beim Päule Schlieker nicht gerade ein Rosendienst ist. Aber das hättest du doch wissen müssen, daß man nach der Mecklenburgischen Gesindeordnung sein Jahr auszuhalten hat, gut oder schlecht. Aber wenn du nun einmal solch bösen Empfang haben sollst, oller Döskopp, du – keiner soll sagen, daß dich der Stillfritz zu deiner Prügelsuppe ohne eine Hühnersuppe hätte gehen lassen. Kiek mich an, Junge! Willst was essen –? Happenpappen, Happenpappen, so ... soooo?«

Und er kaute gewaltig schmatzend die Luft.

In das unbewegte Narrengesicht kam ein Schein von Leben und Helligkeit wie von einem Lächeln. Was aller Jammer und alle Entbehrung und alle wunden Füße nicht hatten vollbringen können, das vollbrachte jetzt der Wirt Stillfritz mit seinem Kauen: zwei einzelne, blanke, große Tränen rollten über die verhungerten Backen.

»Na, weine bloß nicht, Sohn! Gleich kriegst du was zu essen. – Nanu, was soll nun wieder das?!«

Denn da stand hoch und feierlich mit der Tasse Hühnerbrühe in der Hand der Professor Kittguß neben dem Wirt und sprach: »Wenn einer dem Jungen Essen zu geben hat, bin ich es. Und wenn einer fragt, Herr Gendarm, warum und zu wem er entlaufen ist, antworten Sie ihm: zu mir! Zu mir, dem Professor Gotthold Kittguß in Berlin, denn mir hat er einen Brief von meinem Patchen gebracht. Und wenn Kosten entstanden sind, will ich sie tragen. Und wenn es Prügel geben soll, will ich mitgehen, und es wird keine Prügel geben!«

»Ich denke, Sie reisen in Zigarren«, wunderte sich der Wirt.

»So – ho«, sagte der Gendarm amtlich und fingerte schon nach seinem Notizbuch. »Sie wollen also behaupten ...«

Und so wären sie denn wohl alle drei, nach Männerart, erst einmal in eine hübsche theoretische Verhandlung geraten, statt etwas Vernünftiges zu tun ..., wenn nicht der Duft der Hühnerbrühe dem verhungerten Philipp gar zu verlockend in die Nase gestiegen wäre. Fast riß er dem Professor die Tasse fort, setzte sie an, und leer war sie! Der Philipp aber blickte verblüfft in die Tasse und sah in diesem Augenblick genau wie jener berühmte Löwe aus, der meinte, ein Kalb zu verschlingen. Er erwischte aber die Erbse und fand, sein Maul blieb überraschend leer.

Da erkannten sie, was als erstes nottat, und keine fünf Minuten, so saß Philipp an einem Tisch, und die Kartoffelschüssel schien ihm keineswegs zu groß, und daß ein ausgewachsenes Suppenhuhn eigentlich ein Zweimännervogel ist, daran glaubte er auch nicht.

Er aß und aß, und die andern sahen ihm zu, und da ein tüchtiger Esser, der Gottes guter Gabe Ehre antut, stets Behaglichkeit verbreitet, so sagte auch der Landgendarm Peter Gneis jetzt ganz friedlich: »Ja, mein lieber Herr Professor aus Berlin, gutes Herz hin und schwacher Kopf her, aber Dienst ist Dienst und keine Hühnerbrühe, und eine Mecklenburgische Gesindeordnung steht nicht bloß auf dem Papier. Sie reden ja jetzt viel im Landtag, daß sie abgeschafft werden soll, weil sie menschenunwürdig ist, aber bis sie abgeschafft ist, muß ein entlaufener Dienstbote seiner

Herrschaft wieder zugeführt werden. Auf der Herrschaft Kosten, versteht sich. Und da wird es wohl verdammt nach Prügeln riechen, denn den Schliekers tut jeder Pfennig weh, den sie hergeben müssen.«

»Aber man kann den Jungen diesen rohen Leuten doch nicht einfach ausliefern!« rief der Professor und dachte nicht nur an den Jungen, sondern auch an ein Mädchen.

»Doch kann man«, sprach der Gendarm. »Man muß sogar! Man muß viele Dinge, von denen so ein feiner Herr wie Sie gar nichts weiß! Dienst ist Dienst, damit muß man sich eben abfinden. Aber«, sagte er, »das blaue Auge von dem Philipp Münzer da, das dürfen Sie mir nicht anrechnen, das ist mir schon in Fürstenberg übergeben und kommt vielleicht von Gransee und noch weiter her.«

»Aber man kann doch nicht –!« rief der Professor noch einmal. »Man kann es doch nicht so weiter laufen lassen, wenn man weiß, wie bös es ist. Sie müssen mir doch helfen können, Herr Gendarm.«

»Ja, helfen ...«, sagte der Gendarm und hielt den Löffel auf dem Weg zum Mund an. Denn nun aßen sie alle schon, sachte war es Mittag geworden, und Frau Stillfritz aß mit. Bloß ihr Mann stand noch hinter der Theke und trank weiter sein Bier.

Eine Weile war es still, und nur der blöde Junge klapperte munter mit seinem Eßgeschirr weiter. Als aber die Stille anfing drückend zu werden, ließ sich Frau Stillfritz vernehmen. Und was sie zu sagen hatte, das sagte sie sehr energisch, ja, sie schalt beinahe: »Da sitzt ihr, als wenn es Hühner schneite, und keiner weiß was. Denn so klug ihr reden könnt, ihr Männer, wenn es nur ums Reden geht, so dumm seid ihr, wenn nun wirklich mal was geschehen soll. Und mein Stillfritz, der auch immer die höchsten Töne singt, weiß auch nichts Besseres, als sich ein Glas nach dem andern einzuschenken. Solltest lieber was essen, Stillfritz, aber natürlich hast du wieder mal keinen Appetit, weil du dir ständig den Magen mit all dem Bier verdirbst ...«

»Ach Auguste«, sagte Stillfritz jämmerlich und schüttelte sein Bierglas.

»Jawohl, ach Auguste, ach Auguste, das ist alles, was du mit deinem klugen Männerverstand weißt. Aber, Herr Professor, Sie mögen ein sehr gelehrter Herr sein – davon, daß man aufsteht und ruft ›Man kann doch nicht!‹, wird die Welt nicht anders. Und nun noch dem Peter Gneis die Last zuzuschieben, das ist nicht hübsch von Ihnen! Der Peter Gneis ist Gendarm und für den Bengel verantwortlich. Ihnen zu Gefallen, Herr Professor, kann er den Jungen doch nun wirklich nicht laufen lassen.«

»Aber das verlange ich ja gar nicht«, sagte der Professor sehr kläglich. »Ich meine nur, man müßte ...«

»Aha!« unterbrach ihn Frau Stillfritz triumphierend. »Da hören wir es ja wieder: man! Man ist gar nichts, Herr Professor, entschuldigen Sie bloß, sondern Sie – Sie – Sie sind der Mann an der Spitze! *Sie* finden es bös, und also müssen *Sie* auch hingehen zum Päule Schlieker und es mit ihm zurechtbringen. Andere schicken, aber selbst hinter dem warmen Ofen hocken – ja, das glaube ich wohl!«

Und sie sah die Männer, einen nach dem anderen, funkelnd an, und dem Professor war unter ihrem Blick so schuldbewußt, viel schuldbewußter noch, als sie sich träumen ließ.

»Ich will ja auch gerne gehen!!« bat er.

»Na also«, antwortete sie, rasch versöhnt. »Man muß euch Männer nur immer wieder darauf stoßen, aber kräftig, daß ihr es auch begreift! Und meinen Stillfritz bringe ich auch noch mal in die Trinkerheilanstalt, wenn er gar nicht kapieren will, was ihm und unserm Hotel gut ist ...«

»Ach Auguste ...«

»Jawohl: ach Auguste ... Grade, ach Auguste! Aber

wenn Sie mitgehen, Herr Professor, bleibt es nicht beim Bösesein, sondern kann gut werden. Es wird Sie was kosten, daß der Schlieker den Jungen aus dem Dienst läßt, aber der Peter Gneis soll Ihnen helfen, dafür hat er die Amtsgewalt, und auch darauf sehen, daß es nicht zu teuer wird ...«

»Tu ich, mach ich«, sagte der Gendarm. »Recht haben Sie, Frau Stillfritz!«

»Natürlich habe ich recht«, sagte Frau Stillfritz. »Wenn ich eine Suppe abschmecke, so schmeckt sie auch! Aber wenn der Junge losgekauft ist aus dem Dienst, Herr Professor, ist noch lange nicht alles zurecht. Denn wohin mit dem Jungen?«

»Ja, wohin?« fragte der Professor ganz hilflos.

»Wenn ich Sie mir so ansehe, Herr Professor, so kann ich mir Ihre Berliner Wohnung recht deutlich vorstellen, kein Stäubchen, und jeden Tag wird in allen Ecken gefegt. Und dazu der Junge, der Philipp Münzer, und vielleicht haben Sie auch noch so einen richtigen Hausdrachen ...«

»Nein, nein«, protestierte der Professor. »Eine sehr ordentliche, genaue Witfrau ...«

»Ich sage es ja«, sagte die Stillfritzen hochbefriedigt – »also doch einen Hausdrachen! Lehren Sie mich die Weiber kennen, die alte Junggesellen betreuen! – Zu Ihnen kann er also nicht. Aber bei uns ist der Hausdiener fort, und zur Bahn findet er schließlich doch hin in all seiner Düsigkeit und holt einen Koffer und bringt einen Koffer, und unsern Garten kann er uns auch umgraben, aber nicht so obenhin gekratzt, Junge, sondern ordentlich tief ...«

»Jau, Meestern!« ließ sich der Junge zum erstenmal vernehmen.

»Na also, sehen Sie, Herr Professor. – Er fühlt schon, wo er hingehört. Und nun läßt du endlich mal deinen dämlichen Bierhahn los, Stillfritz, und sagst dem Nachbar, er hat 'ne Fuhre nach Unsadel. Denn jetzt nach dem Essen den ganzen Weg laufen, das ist für den alten Herrn zu weit, und das Geld für die Fuhre bezahlt er gerne. Hinten ist noch Platz für den Jungen und Herrn Gneis, und so hat jeder seinen Vorteil, und nur die ollen Pferde müssen sehen, wo sie bleiben in dem Sand!«

## 6. Kapitel

### Worin alles anders kommt und Professor Kittguß ein heimlicher Flüchtling wird

Den ollen Pferden war nicht anzumerken, daß sie unzufrieden waren: sie trabten vergnügt ins Land hinein, und auch allen auf dem Wagen war angenehm zumute. Das heißt, von dem Jungen war das so bestimmt nicht zu sagen, weil er noch immer stumm war. Professor Kittguß, dem nun in vierundzwanzig Stunden zum drittenmal der Unsadeler Landweg beschert war, sah diesmal ohne Gewissensbisse in den herbstlichen Sonnentag: in Kürze würde alles geregelt und jeder bestens zufrieden sein, und er würde heimkehren können zu seiner Apokalypse. Solchen Mut machte ihm der Gendarm Gneis.

Der Kutscher neben dem Professor, ein behaglicher Kritzer Ackerbürger, beschränkte die Unterhaltung völlig darauf, daß er von Zeit zu Zeit mit der Peitsche zeigte: »Das ist Hübners Brache. – Köllers Seradella könnte auch besser sein. – Sieh da, hat der Neitzel wirklich schon den Weizen in der Erde.«

Der Professor nickte dann mit dem Kopfe und sagte: »Ja so, ja so«, oder »Jawohl, jawohl«, und friedlich fuhren sie weiter.

Es schien ihm schon die selbstverständlichste Sache, daß

er da mit einem Wagen über Land fuhr, ein verdorbenes Schicksal hinter sich aufgehuckt und ein gefährdetes vor sich. Er fand alles so natürlich, daß er recht eigentlich auf ein bestimmtes Heckentor wartete und sehnlich wünschte, es säße ein Junge darauf, nämlich der Hütefritze, und sähe ihn zurückfahren, nämlich den Professor Kittguß.

Aber das Heckentor war leer, und nur die Peitsche wies in die Lücke: »Wilhelm Gau seine Weide. Auch mehr Kattensteert als Klee und Gras!«

»Ach ja, ach ja«, antwortete der Professor.

Dann fuhren sie wieder hinaus aus dem Heckenweg, und das Dorf Unsadel lag noch immer am Wasser, und immer noch stieg der Laubwald drüben flammend uferan.

Der Wagen rollte schneller und schneller, hinter der Windmühle kamen die ersten Häuser, und alles war wieder so still und verwunschen und ausgestorben, heute nachmittag wie gestern nachmittag.

»Nanu!« sagte der Gendarm Gneis und wunderte sich sehr.

Sie rollten am Krug von Otto Beier vorbei, und der Professor zog die Schultern hoch, denn die Schaben hatte er immer noch nicht vergessen. Aber vergeblich schaute er dann in den Hof vom lustigen Bauern Tamm, heute hing dort kein Bauer vom Baum, heute war dort kein Schinkenhüpfen. Alles war leer und still und verlassen.

»Verstehst du das, Karl, wo sind die Leute?« fragte der Gendarm den Ackerbürger.

»Es muß was los sein im Unterdorf. Vielleicht brennt es.«

»Dann hätten wir Rauch sehen müssen, vorhin, als wir über die Kuppe kamen!« Gesicht und Stimme des Gendarmen wurden schon ganz dienstlich. Denn es stimmte was nicht, und was nicht stimmte, das hätte bei einigem Nachdenken Professor Kittguß erzählen können.

Aber der dachte nicht nach, und so fuhren sie ahnungslos

an das letzte Gehöft heran und: »Da haben wir ja den Salat«, sagte der Kriwitzer Ackerbürger und parierte die Gäule.

»Was wollen denn hier all die Menschen –?« wunderte sich der Professor.

»Natürlich Päule Schlieker« – brummte der Gendarm und kletterte, den Jungen fest am Kettchen, vom Wagen. »Das sage ich dir aber, Junge, wenn du jetzt in dem Gedränge ausritzen willst und blamierst mich vor all den Leuten –!«

»Ach Gott, jetzt auch noch wieder der Professor!« rief die kräftige Frau Lowising. »Nun kommen auch Sie Unglückslamm zu all dieser Wirrnis und Frechheit ...«

»Natürlich, Karl, wenn was los ist bei uns, da müßt ihr Kriwitzer dabeisein!« lachte der dicke Bauer Tamm.

»Gottlob, daß du kommst, Peter Gneis«, sagte der Gemeindevorsteher Gottschalk schwitzend. »Er gibt sie nicht raus, und rein verrückt ist er ja wohl auch vor Wut. Er läßt keinen ins Haus.«

»Wer gibt wen nicht raus? Mach klar deine Meldung, Otto, dafür sind wir die Obrigkeit«, schnauzte der Gendarm, und ihm jedenfalls sah man die jetzt deutlich an.

Doch da brach es schon durch den ungeordneten Haufen Volks, der sich an Päule Schliekers Gartenzaun und in Päule Schliekers Einfahrt und auf Päule Schliekers Hof drängte – da brach es durch wie ein riesiger Heerbann, und eben jene fünf Diakonissen waren's, die der Professor heute am Vormittag gesehen und um die er seinen Zug versäumt hatte. Und genau wie am Vormittag hatten sie ihre Täschchen in der Hand und liefen eine hinter der andern im Gänsemarsch, und den Anfang machte der Mannskerl von Frau mit fliegenden Haaren am Kinn und den Beschluß die rotbackige Muntere wie frisch vom Lande.

Aber ganz anders als am Vormittag hingen ihnen jetzt die Haare verwirrt unter den Hauben hervor, und ihre

Augen funkelten, und ihre Gesichter waren weiß oder rot von Zorn.

Der Mannskerl blieb vor dem Gendarmen stehen, und mit einem Ruck standen auch alle andern, und nur ihre Täschchen pendelten noch ein Weilchen.

»Gottlob, Herr Gneis, daß Sie kommen«, keuchte die Große. »Seit vier Stunden stehen wir hier vorm Haus und bitten und flehen und geben gute und böse Worte, daß er uns einläßt und die Pflegekinder übergibt, wie er laut Anordnung vom Landrat zu tun hat. Aber da rührt sich rein nichts, die Schliekers sind vielleicht absichtlich weggefahren und lassen uns hier stehen ...«

»Da«, sagte der Gendarm und zeigte auf den Schornstein, aus dem leichter Rauch hochstieg. »Da, Schwester Adelaide!« Und als die ihn verständnislos ansah: »Säuglinge können kein frisches Holz aufs Feuer legen. Die sind zu Haus, Schwester Adelaide, und lachen sich einen Ast, und nachher sagen sie, daß sie nichts gehört haben, weil sie geschlafen haben. – Aber ich an deiner Stelle hatte längst die Tür aufgebrochen, Gottschalk, und mit den Wippchen und der ganzen zivilen Unordnung hat es jetzt überhaupt ein Ende. – Runter da alle vom Hof!« schrie der Gendarm. »Ihr habt hier gar nichts auf fremdem Eigentum zu suchen! – Soll ich dir Beine machen, Frieda? Junge, weg von der Hofmauer!«

Und mit Drängen und Schieben brachte er sie, immer seinen Gefangenen an der Kette, wirklich vom Hof und rief nun: »Jetzt! Mach das Hoftor zu, Gottschalk, und paß auf, daß keiner wieder reinkommt! Nur die Schwestern und du haben ein Recht hier – und höchstens noch der Professor – ja, wo ist der abgeblieben? – Na, egal, nun fange ich an!«

Damit schlug der Gendarm Peter Gneis kräftig gegen die Haustür und schrie: »Hier Gendarmerie! Öffnen Sie, im Namen des Gesetzes, Herr Schlieker – oder ich tret dir deine ollen Fichtenbretter in 'en Klump, daß nie wieder eine Tür daraus wird!«

Unterdes stand der Professor allein im Schliekerschen Garten. Die Menschenwoge hatte ihn vom Hof gespült, dann war er, ihr zu entgehen, ein paar Schritte um eine Hausecke gegangen und in den Garten geraten. Das war gut so, hier war er allein, schon war alles wieder zuviel gewesen, all die Menschen, ihr aufgeregtes Geschwätz, die Dinge, die geschehen waren und geschehen sollten, und an allem war er irgendwie beteiligt.

Undeutlich hörte er das Trampeln gegen die Haustür, die hallenden, kräftigen Rufe des Gendarmen – er setzte sich langsam auf eine Bank, die im Windschutz von Jasmin, Flieder und Pfaffenhütchen stand, und legte seinen großen, schwarzen, weichen Pastorenhut neben sich. Gedankenlos starrte er auf die paar verunkrauteten Herbstblumen zu seinen Füßen, ebenso gedankenlos lauschte er auf den Lärm vom Hof, der sich immer noch steigerte.

Da ließ ihn ein nahes Geräusch zusammenfahren. Eine Hintertür aus dem Haus zum Garten hatte sich geöffnet, ein Gesicht spähte vorsichtig hinaus. Professor Kittguß kannte dies Gesicht, ihm wurde angst.

Aber den Professor hinter seinen Büschen sah es nicht.

»Los, Marie!« rief Frau Schlieker, »es ist keiner hier. Ich will doch sehen, ob die ihren Willen kriegen!«

»Bitte nicht«, bat eine Stimme, die den Professor aufhorchen ließ. »Die Kinder können sich auf dem Wasser erkälten!«

»I wo, in der halben Stunde! Marie!« bat die Frau, »tu mir einmal im Leben einen Gefallen. Ich will auch so nett zu dir sein, wie ich kann. Wir haben doch recht, wenn sie so kommen, fünf Schwestern, das ganze Dorf, der Schulze und nun auch noch der eingebildete Narr, der Gendarm –

da sollen sie gerade ihren Willen nicht kriegen! Rosemarie!« bat die Frau. »Ich verspreche dir, morgen wollen wir die Kinder auf dem Amt abliefern. Nur heute nicht, wo *die* wollen!« Das Mädchen schien zu zögern, sich zu besinnen.

»Tu es doch, Marie!« drängte die Frau. »Bitte!«

»Und wir bringen sie morgen bestimmt zum Amt? Du versprichst es, Mali?«

»Mein heiliges Ehrenwort, Rosemarie!«

»Dann soll es so sein. Mir hilft auch keiner, nicht der Gendarm, der mich immer nur auslacht, nicht ...«

Der Professor stand auf.

Da huschte es schon eilig hinter seinen Sträuchern vorüber, durch den Garten, zum See. Er hörte unterdrückt sprechen, eine Kette klirrte, dann weinte ein Kind.

Er stand entschlußlos, die Frau lief wieder an seinem Versteck vorbei, verschwand im Haus. »Was tue ich, rufe ich den Gendarmen?« überlegte er.

Die Frau kam zurück, noch ein Kind auf dem Arm. Blind und taub lief sie an ihm vorbei. Er folgte ihr durch den Garten, ans Wasser. In einem Boot saß wartend Rosemarie, sein Patenkind, die Kinder hockten oder lagen auf dem Bootsboden.

»Hier, Marie!« sagte Frau Schlieker. »Also bis Dunkelheit bleibst du im Schilf versteckt. Und daß du keines von den Kindern schreien läßt! Ich habe den Nuckel von Erna mit eingebunden.«

»Rosemarie!« rief der Professor voll Schmerz.

Sie sah auf zu ihm, eine Röte stieg in ihre Wangen, wurde stärker ... »Bist du doch da, Pate?« flüsterte sie.

»Was machen Sie hier auf meinem Grundstück?!« fauchte die Frau böse. »Immer der alte Krauter, der zu nichts mehr gut ist. – Los, Marie!«

Und sie gab dem Boot einen Tritt, daß es in den See schaukelte.

»Ich mit!« rief der Professor überlaut und wagte auf seine alten Tage den Sprung.

Er flog, die Tasche in der Hand, dahin über die Wasser ..., sie erschienen ihm unendlich weit und gefährlich ...

Er landete irgendwo, stürzte, fiel. Mit dem Leib schlug er gegen etwas Hartes, ein atemraubender Schmerz durchfuhr ihn ...

»Zurück! Raus mit dem Alten!« rief die Frau am Ufer und faßte nach dem Bootshaken.

»Fahr los!« befahl der Professor. Er saß gelblich, die Hand gegen den Leib gepreßt, auf dem Bootsboden und rang um Atem.

Das Mädchen sah den Bootshaken näher kommen und legte sich in die Ruder. Das Boot schoß auf den See hinaus.

»Was ist denn das für ein Skandal?« fragte Schlieker maßlos verwundert und öffnete die Tür, an der sie jetzt schon mit Kuhfuß und Brechstange wuchteten. »Herr Wachtmeister, das gibt eine Anzeige wegen Sachbeschädigung.«

Er stand in der Tür, daß er sie versperrte, und sah überlegen grinsend auf die Wütenden. »Und du, Gottschalk, du alter Dussel, bildest dir auch ein, weil du Schulze bist, mußt du deine Nase in alles stecken. Meine Haustür bezahlst du!«

»Keine Beleidigungen, Herr Schlieker«, sagte der Gendarm Peter Gneis wütend. »Wir haben lange genug geklopft und geschrien. Wenn es eine Anzeige gibt, so gibt es eine wegen Widerstand – und mit Geld ist es diesmal nicht abgemacht.«

»Geklopft?« fragte der Schlieker lachend und wich nicht einen Tritt aus der Tür. »Geschrien? Ja, Herr Gneis, davon habe ich nun wirklich nichts gehört. Ich war im Keller und habe die alten Rattenlöcher mit Glas und Zement verschmiert. Im Keller hört man nichts, und deswegen darf einem die Tür noch lange nicht kaputt geschlagen werden. So viel verstehe ich auch von Recht und Gesetz.«

»Seht ihr«, sagte der Gendarm und sah Schwestern und Schulzen vorwurfsvoll an. »Genau, wie ich es mir gedacht habe! Genau so! – Aber, Schlieker, Schlieker, das kann ich Ihnen heute schon sagen und nehme es auf meinen Diensteid: Diesmal geht es schlimm für Sie aus!«

»Immer ›Herr‹ Schlieker für Sie, Herr Wachtmeister Gneis«, griente Schlieker. »Ich versteh es ja, Sie sind bloß den Umgang mit solchen Verbrechern, wie Sie da einen an der Kette haben, gewöhnt, aber darum bleibe ich doch für Sie immer der ›Herr‹ Schlieker. – Ach, Philipp, mein Junge«, sagte er plötzlich ganz leise und zärtlich: »Freust du dich auch so, daß wir uns wiedersehen? Wirst dich heute noch immer weiter freuen, das verspreche ich dir, hoch und heilig.«

»Lassen Sie die Faxen, Herr Schlieker«, antwortete der Gendarm böse. »Alles andere und der Junge dazu – das findet sich nachher. Jetzt geben Sie erst einmal die fünf Pflegekinder heraus. Es ist eine Sünde und Schande, daß Sie die Schwestern den weiten Weg hierher haben machen lassen, wo Sie schon dreimal vom Amt aufgefordert sind, sie freiwillig abzuliefern.«

»Und habe ich sie denn nicht abgeliefert?« rief Schlieker maßlos erstaunt. »Heute in aller Frühe schon ist meine Pflegetochter mit den Kindern losgefahren, und jetzt müssen sie längst auf dem Amt sein!«

»Das lügen Sie!« rief die rotbackige Schwester empört. »Ich habe doch ein Kind im Haus weinen hören!«

»Herr Schlieker«, sagte der Gendarm überredend. »Was sollen solche Witze? Ich muß bloß Haussuchung machen, und Sie laden sich da Geschichten auf den Hals ... Seien Sie doch ein einziges Mal sinnig und vernünftig und nicht immer mit dem Kopf durch die Wand!«

»Aber ich bin sinnig und vernünftig! Ich sage Ihnen ja, die Kinder sind Klock fünfe auf das Amt gefahren. Wenn Sie nachsehen wollen, bitte schön, Herr Wachtmeister!«

Und damit trat er aus der Tür und gab sie frei.

Die andern flüsterten noch einen Augenblick miteinander, und er sah ihnen zu und grinste. Dann machten sie ihre Haussuchung, und daß die erfolglos bleiben mußte, das wissen wir ja schon. Aber die wußten es nicht und gingen von Raum zu Raum, und die dicke, bärtige Schwester ließ nichts aus, sondern fiel in eigener Person vor jedem Bett auf die Knie, um darunter zu sehen, und wühlte in jeder Kiste und in jedem Korb, als könne ein Kind unter altem Papier und Holzwolle liegen.

»Vielleicht unterm Sofa, Schwester Adelaide?« fragte Schlieker freundlich und versetzte dem Jungen Philipp wieder mal heimlich einen Knuff in die Rippen. Das tat er, sooft er nur konnte. Der arme Kerl ließ sein armes Narrengesicht immer tiefer hängen, und die nun kommende Schliekerherrschaft schien ihm wohl so unerträglich – zumal seine Freundin Rosemarie nicht zu sehen war –, daß er all seine Verstandeskräfte zusammennahm und dem Gendarmen ins Ohr flüsterte: »De Koahn!«

»Wie?!« fragte von der einen Seite der Gendarm, und von der andern bekam Philipp solch einen Puff, daß ihm fürs erste einmal die Luft ausging.

»Vielleicht im Wrukenkeller, Schwester Adelaide?« fragte der Päule freundlich und lüftete einladend die Klappe. Überzeugt waren sie ja nun, daß wirklich nichts im Haus war und der Schlieker ihnen wieder einmal einen Streich gespielt hatte, aber die rotbackige Schwester stieg doch noch hinab und fand wiederum nichts.

»De Koahn!« sagte der Junge dringlicher. Die ganze Hölle wartete auf ihn, das wußte er, aber was so einer, der ihre Qualen schon kennt, für einen Mut haben kann, das geht manchem Gesicherten über alles Begreifen.

»Der Kahn –?« fragte der Gendarm nachdenklich gedehnt. »Wat seggst du?« rief Schlieker jähzornig. »Was hest du to seggen! Hol din Mul o'er ...« Und der Junge bekam das erste »oder« schon, einen Stoß nämlich, daß er gegen die Wand taumelte.

»Lassen Sie das, Herr Schlieker!« verbot der Gendarm. »Natürlich der Kahn. Der dämliche Bengel ist schlauer als wir alle. Schnell nach dem Kahn!«

Und schon liefen sie alle, als brennte der See, zum Bootssteg hinunter; vorauf der Gendarm Peter Gneis mit dem Jungen am Kettchen. Dahinter der dürre Gemeindevorsteher, schimpfend und brummend. Dahinter die fünf Schwestern, die alte Bärbeißige voran, die Rotbackige hintennach, und die Taschen flogen, so liefen sie. Und zu seiten des Zuges Päule Schlieker und seine Frau Mali – ja, auch die war plötzlich aufgetaucht und tuschelte mit ihrem Mann, tuschelte ...

Da aber lag der See vor ihnen, eine weite mattgrüne Fläche, unter einem blaßblauen Oktoberhimmel, und das Rohr stand still weithin an seinen Ufern.

Plötzlich stand diese ganze aufgeregte Schar Menschen stumm da und starrte auf den See und Steg, als sei da etwas zu sehen. Aber es war nichts zu sehen als eben Steg und See. Weiß der Himmel, was sie eigentlich erwartet hatten! Als könnten die Kindlein vom Himmel gefallen hier aufgereiht liegen – aber nichts, nichts, nichts!

»Und wo haben Sie Ihren Kahn, Herr Schlieker?« fragte der Gendarm mutlos.

»Meinen Kahn? Den habe ich meinem Vetter in Biestow geliehen. Der holt Holz mit ihm vom Biestower Warder.«

»Na schön«, sagte der Gendarm ergebungsvoll. »Sie müssen's ja wissen. Aber daß ich mir heute abend noch

Ihren Kahn in Biestow zeigen lasse, darauf können Sie ... Halt, Junge, was hast du da?«

Denn während er sprach, hatte Philipp, soweit es ihm das Kettchen erlaubte, sich zur Wasserkante gedrängt, und nun hatte er sich gebückt, und nun hob er's auf, und siehe, es war ein kleiner Kinderschuh, blauer Samt mit weißen Pünktchen.

»Herr Schlieker, ich frage Sie, wie kommt der Kinderschuh an Ihre Bootsstelle?« fragte der Gendarm feierlich, denn nun hatte er ein Indiz!

Aber der Schlieker antwortete nicht mit Worten, sondern mit Taten, für dieses Mal war ihm die Galle doch übergelaufen und die lange geübte Verstellungskunst verlorengegangen.

»Das werde ich dir weisen, verfluchter Spion!« Damit drang er auf den Jungen ein und mit ihm seine Frau, und die Schläge fielen hageldicht auf den armen Philipp, der unter ihrer Wucht und dem Anprall wankte.

Und weil er doch mit dem Gendarmen verkettet war, kam auch der ins Wanken, und Schläge bekam der auch, mit Absicht oder ohne, es war nicht zu protokollieren.

Er fluchte und hob die Hand, und Schulze Gottschalk sprang schlichtend dazwischen und machte es noch schlimmer. Nur die Schwestern schrien bloß aufgeregt, bis auf die Bärbeißige, die stumm Frau Schlieker von hinten festhielt.

Plötzlich aber fuhr aus all dem Geschrei und Gedräng und Geprügel eine zum Kratzen gekrümmte Hand auf des Gendarmen Gesicht zu, und als der die eigene zur Verteidigung hob, rutschte ihm der Knebel des Kettchens fort. Kaum aber merkte der Junge das, so schoß er wie eine Flintenkugel davon, einige zu Fall bringend, anderen zwischen den Beinen hindurch – und schon kletterte er über einen Zaun, lief durch einen Obstgarten, verschwand hinter Büschen, tauchte noch einmal auf, ferne schon am Waldrand.

»Da geht er hin!« sagte der Wachtmeister und ärgerte sich fast gar nicht.

»Haltet ihn! Haltet ihn!« rief der Dorfschulze und sperrte den Mund auf.

»Komm du bloß wieder!« drohte Päule Schlieker ingrimmig und rieb sich das Schienenbein, gegen das der verfluchte Bengel bei seiner Flucht mit aller Kraft getreten hatte, ob mit oder ohne Absicht, war wiederum nicht zu protokollieren.

»Sie werden mir mein Kleid bezahlen!« schrie Mali Schlieker Schwester Adelaide an.

Dann standen sie alle und starrten nur noch, der Junge war in dem herbstlich bunten Wald untergetaucht, und keiner hatte auch nur einen Schritt zu seiner Verfolgung getan.

»Den sehen wir so bald nicht wieder«, sagte der Gendarm ahnungsvoll. »Und den Kinderschuh, mein Indiz, hat der Bengel auch noch mitgenommen! Es hat ihn doch keiner –?«

Nein, keiner hatte ihn.

»Gehen wir also hinauf in Ihre Stube, Herr Schlieker, und nehmen ein Protokoll auf. Raus ist das aber lange noch nicht, daß ich nicht Sie statt des Jungen am Kettchen mitnehme.«

»Was Sie mir beweisen können, darauf bin ich wirklich gespannt«, sagte der unverbesserliche Päule. »Ich habe das Mädchen mit den fünf Bälgern zum Amt geschickt, und so können Sie mir gar nichts wollen. Warum soll nicht mal ein Schuh am Wasser liegen? Haben Sie 'ne Ahnung, wie bummlig die Marie Thürke ist?!« Und damit sah er im Weggehen noch einmal nachdenklich auf den See hinaus. Dort war aber wirklich nichts zu sehen als das Übliche: Wasser, Schilf und ein paar Enten.

»Wohin fahren wir, Pate?« hatte das junge Mädchen den alten Mann gefragt, als es mit zwanzig Ruderschlägen den

Kahn um eine Schilfecke und damit aus Gesicht und Gehör der scheltenden Frau auf dem Steg gebracht hatte.

»Ja, wo fahren wir hin, mein Kind?« hatte der Professor dagegen gefragt und die Hand gegen den schmerzenden Leib gepreßt. »Sieh einmal, Rosemarie«, sagte er mühsam weiter. »Ich bin ein alter Mann, ein sehr alter Mann, und bedarf der Ruhe und eines gewissen Grades von Behaglichkeit. Vor einer halben Stunde habe ich noch gedacht, es käme alles in Ordnung, und nun ist es wieder so heillos verwirrt; ich weiß eigentlich gar nicht, warum und wieso ...«

Er fuhr sich mit der Hand über die Stirn und seufzte. Dann warf er einen jämmerlichen Blick auf die Einlieger des Boots, von denen nun schon drei schrien.

»Und nun noch dazu alle diese Kinder«, seufzte er weiter. »Und ich glaube, ich bin nie in einem Kahn über die Wasser gefahren ...«

Das Mädchen mußte lachen, das überkam sie ob all dieser Hilflosigkeit. Aber sie brach gleich wieder ab und bat um Entschuldigung: »Verzeih, Pate, es ist nur alles so anders, als ich gedacht habe. Wie ich dir den armen Philipp schickte, da dachte ich an männliche Hilfe und Beistand. Der liebe Papa hat mir oft erzählt, du hieltest ganze Klassen mit dreißig, vierzig Jungens in Ordnung – und das muß doch furchtbar schwer sein –?«

»Mit Milde nicht«, sagte der Pate sanft. »Jedes Geschöpf ist der Milde zugänglich.«

»Ja«, sagte Rosemarie und betrachtete ihn nachdenklich. »Und *einen* Nuckel hat sie mir auch bloß mitgegeben, und jetzt schreien schon alle fünf. Die brauchen uns gar nicht zu suchen, das Gebrüll führt sie. – Möchtest du, daß sie uns finden?«

»Nein, nein«, rief der Professor angstvoll. »Wenigstens nicht gleich. Ich möchte mich erst etwas erholen, sie reden alle so viel, und wir müssen doch auch einmal feststellen, wie ich dir eigentlich helfen kann.«

»Vielleicht könnten wir zu dir nach Berlin fahren, Pate?«

»Ja«, sagte der Professor. »Ja, wahrlich, ja!« Und wie eine freundliche Vision tauchte vor ihm sein Studierzimmer auf. Doch mit dem Zimmer zugleich der Junge, der Philipp. »Nein, nein, es geht doch nicht«, sagte er kummervoll. »Ich habe es versprochen, ich kann den Jungen, den Philipp, nicht in deren Händen lassen.«

»Den Philipp –? Ist er denn wieder da?«

»Ja. Der Mann von der Polizei bringt ihn an einem Kettchen zu Herrn Schlieker.«

»Dann müssen wir ihn befreien, Pate!« rief Rosemarie. »Dann können wir nicht nach Berlin. Und wir können überhaupt nicht hin«, überlegte sie weiter. »Denn ich muß auf den Hof aufpassen, und sie würden mich auch gar nicht bei dir lassen. Sie haben ja noch das Recht auf ihrer Seite ...«

»Jaja«, sagte der alte Mann betrübt, denn der Gedanke an das stille Berliner Heim war einen Augenblick wie helles Licht in sein jetziges Dunkel gefallen, um gleich wieder zu erlöschen.

»Lieber Pate«, fragte das Mädchen leise, »möchtest du nicht versuchen, mein Vormund zu werden? Die andern kümmern sich ja nicht um mich! Ich will auch sehen, daß du hier ganz ruhig und behaglich lebst. Und schon morgen gehen wir zu Frau von Wanzka und zu Kaufmann Mühlenfeldt, die sind jetzt meine Vormünder, und zum Amtsgerichtsrat Schulz und bringen das in Ordnung. Bitte, bitte, lieber Pate, es soll auch in aller Ruhe gehen.«

»Ich glaube, ich verstünde nichts davon«, sagte der alte Mann bedenklich. »Ich bin kein Weltkind, Rosemarie.«

»Ach, das macht nichts«, rief Rosemarie. »Ich will dir auch immer genau erklären, was sein muß. Tu es doch, bitte, bitte!«

Sie hatte ihm die Arme um den Hals gelegt und den Kopf an seine Brust. So sah sie von unten zu ihm auf, und ihre schönen, unwirklichen Augen schwammen in klaren Tränen. »Ich bin erst sechzehn, Pate«, klagte sie, »und fast fünf Jahre geht nun der Jammer, erst mit den Gaus und nun mit den Schliekers. Nie habe ich ein offen Wort zu jemandem sprechen dürfen. – Doch! Doch!« rief sie und machte sich frei und sah ihn an zwischen Weinen und Lachen. »Mit den Tieren habe ich sprechen können und mit den Kindern. Alle Kinder, Pate, halten zu mir, hier im Dorf und in der ganzen Gegend.«

»Siehst du, mein Kind«, sagte der alte Professor, »Gott lädt unsern Schultern nie mehr auf, als sie tragen können.«

Sie sah ihn nachdenklich an, die weißen Zähne auf der Unterlippe. »Wirst du es tun?« fragte sie vorsichtig.

»Ich werde es mir überlegen, mein liebes Kind«, sagte der Professor friedfertig. »Nun aber mußt du wohl einmal sehen, daß erst diese Kindlein versorgt werden. Oder werden wir sie mit uns nehmen?« Die Kindlein waren ruhig geworden, sie lauschten wohl auf das Gluckgluck des Wassers und das leise Reiben des Schilfs gegen die Bootwand.

»Ja, die Kinder«, sagte auch Rosemarie nachdenklich, »meine kleinen Putschenutscher. Ach, Pate, du weißt gar nicht, wie süß sie sein können!«

Der Patenonkel sah etwas hilflos auf die weiß und rosa Pakete.

»Zu Schliekers sollen sie bestimmt nicht wieder. Und ich weiß auch schon, wohin ich sie bringe. Kannst du steuern?«

»Nein«, schüttelte der Professor betrübt den Kopf. »Ich fürchte immer wieder, ich werde dir wenig nützen können.«

»Das macht nichts, Pate«, sagte sie tröstend. »Ich krieg den Schiet auch so klar. Ach Gott!« rief sie und schlug sich mit der Hand auf den Mund. »Schiet hätte ich sicher nicht zu dir sagen dürfen, aber ich habe es mir bei Schliekers so angewöhnt. Und, Pate«, meinte sie und stieß das Boot aus dem Schilf und ruderte in die Dämmerung hinaus, »manchmal ist es sehr gut, wenn man so ein Wort sagen kann, es erleichtert so.«

»Ein Gebet, ein wirkliches Gebet erleichtert mehr. Und anders«, sagte der Professor.

»Jaha«, meinte Rosemarie über dem Rudern. »Du bist auch viel älter als ich, Pate.«

Und damit fuhren sie schweigend dahin über den See, bis es aus der beginnenden Dämmerung schwärzlich auftauchte und Rosemarie befriedigt meinte: »Habe ich es mir doch gedacht: noch nirgends ein Licht! Alle sind sie noch bei Schlieker.«

Sie legten an, und die Häuser des Dorfes Unsadel standen still, dunkel und verlassen über ihnen.

»Wohin bringst du denn die Kinder?« fragte der Professor, aus seinem Grübeln erwachend, als Rosemarie mit zwei Kindern fortwollte.

»Den Tamms lege ich sie in die Stube«, flüsterte das Mädchen.

»Das ist gut«, nickte der Professor befriedigt. »Frau Louise Tamm ist eine gute Frau.«

Das Mädchen lief hin und her, hin und her, hin und her. »So«, sagte es, stieg wieder ins Boot und stieß ab. »Ich habe sie alle noch einmal geherzt und abgedrückt. Es ist doch schwer, solche Trennung, gut haben sie es bei uns nicht gehabt, sie werden es jetzt sicher besser bekommen – aber was wird wohl werden aus ihnen im Leben?«

Sie ruderten eine lange, lange Zeit über den jetzt schon nächtlichen See.

»Wohin fahren wir?« fragte der Professor einmal. »Es wird recht feucht und kalt.«

»Wir sind bald da ...«, antwortete sie, und ihre Stimme schien durch das Dunkel aus weiter Ferne zu kommen.

Wieder verging lange Zeit, und dann legten sie an.

»Komm, Pate, ich helfe dir«, flüsterte sie. »Bleib fein still stehen. Deine Tasche hole ich schon.«

Der Professor Kittguß stand mit steifen Gliedern und schmerzendem Leib, unendlich müde, in einem nächtlichen Wald. »Was machst du da eigentlich?« fragte er nach einer Weile zaghaft.

»Ich stoße das Boot in die Strömung, daß es hier nicht gefunden wird«, flüsterte sie. »Sonst würden die doch gleich wissen, wo wir geblieben sind.«

»Und wo bleiben wir?« fragte er ängstlich. »Doch nicht hier im dunklen Wald?!«

»Du wirst gleich sehen«, sagte sie. »So«, und sie nahm ihn bei der Hand. »Jetzt treibt das Boot schon draußen. Geh ganz langsam und vorsichtig, Pate. Wir sind gleich da.«

Der Weg, wenn es ein Weg war, stieg uferan. Trockenes Laub raschelte unter ihren Füßen. Dann tat sich etwas wie eine Waldlichtung vor ihnen auf.

»Siehst du das Dunkle dort?« fragte Rosemarie und zeigte.

»Ja, vielleicht«, antwortete er zögernd.

»Das ist der alte Kuhstall«, rief Rosemarie triumphierend. »Und da werden wir ganz ungestört wohnen!«

»O Gott!« stöhnte der Professor.

## 7. Kapitel

### Worin Rosemarie Thürke einen vollkommen ungesetzlichen Hausstand begründet

Indem sie auf das Dunkle, auf den Schuppen, die Bude, den Katen, den alten Kuhstall zugingen, hob Rosemarie etwas wie einen Stein auf. Die schlimme Botschaft vom Nachtquartier im Stall hatte den müden Professor, und was an Protest in ihm steckte, wachgerüttelt, er beabsichtigte zu fragen, was das wohl für ein Stein sei und zu welchen Zwecken etwa ...

Aber Rosemarie hatte schon die Tür probiert, ließ den Stein fallen und sagte verblüfft: »Sie ist ja gar nicht verschlossen!«

»Rosemarie!« fragte der Professor streng. »Du wolltest doch nicht etwa mit einem Stein aufschließen –?!«

»Wenn ich keinen Schlüssel habe, ist solch Stein ein guter Schlüssel«, antwortete Rosemarie. Und leiser, aufgeregt flüsternd: »Pssst! Da ist schon jemand drin! Ganz still ...«

Es war draußen schon dunkel gewesen, völlig dunkel, sternenlose, mondlose Nacht. Aber hier drinnen im Gebäude war es so finster, daß einem die Dunkelheit wie eine schwarze Wand vor den Augen stand.

Eine Weile standen sie lauschend.

»Aber ...«, fing der Professor wieder an zu protestieren.

»Still doch!« flüsterte Rosemarie so ungeduldig, daß er zusammenfuhr. »Hör bloß ...«

Aus der tiefschwarzen Dunkelheit kam ein Geräusch wie ein Gurgeln, ein hohles Gurgeln. Dann schnaufte es. Eine Weile war es still, und nun setzte das Gurgeln wieder ein und – es war unheimlich anzuhören – wurde zum Röcheln. Die beiden standen Hand in Hand.

»Im Namen Gottes ...«, sprach der Professor halblaut und rührte beschwörend die Hand.

»Da schläft einer«, flüsterte das Weltkind Rosemarie. »Sicher ein Stromer, der sich eingeschlichen hat. Hast du Streichhölzer?«

Er hatte keine.

»So muß ich welche suchen. Ungefähr weiß ich hier auch im Dunkeln Bescheid. Steh ganz still, Pate, was auch geschieht, es kann eine Weile dauern.«

Der gute Professor Kittguß stand allein in der Schwärze, die weiter schnaufte, gurgelte, sterbend verröchelte. Wohl war ihm wieder einmal nicht zumute. Es war fast wie im Schliekerschen Kohlenstall gestern abend, nur daß es jetzt noch schlimmer war, denn der Kohlenstall war durch den Besitzer legalisiert gewesen, während hier …

»Rosemarie?« fragte er sacht.

»Pssst!« kam es zum Erschrecken scharf aus nächster Nähe.

»Ich wollte doch bloß fragen …«, bat er.

»Pssst!!!«

»Aber, Rosemarie, ich muß doch wissen …«

»Psssssst!!!«

Er war völlig verzweifelt, illegal … und nun noch dies Röcheln … Was war hier ordnungshalber zu tun? Plötzlich fiel etwas laut um, das Röcheln brach ab, in die eintretende Stille fluchte Rosemarie: »Au verdammt!«

Fluchen –! Er wollte das rügen, aber er kam nicht dazu. Denn schon wieder fing dies schreckliche Röcheln und Gurgeln an, auf das er horchen mußte, wie verzaubert …

Endlich, nach qualvoll langer Wartezeit glomm ein Flämmchen auf, es wurde heller. Mit einer Kerze kam Rosemarie auf ihn zu.

»Jetzt, Pate!« sagte sie und nahm ihn bei der Hand.

Sie näherten sich behutsam dem erschreckenden Nachtgeräusch.

»Wenn es ein Stromer ist, wird er mehr Angst vor dir als vor mir haben, Pate.«

»Furcht, nicht Angst«, verbesserte der alte Lehrer.

»Das ist doch gleich«, flüsterte sie.

»Nein, es ist nicht gleich«, beharrte der Professor. »Vor den Dingen dieser Erde haben wir Furcht, aber …«

»So komm schon, Pate«, mahnte sie ungeduldig und stieß mit dem Fuß auf. »Ich will endlich wissen … Denkst du denn, ich bin *so* mutig?! Aber wenn es ein Stromer ist, schmeißt du ihn einfach raus!«

Es war kein Stromer … Sondern im unbezogenen Wandbett lag, selbst jetzt im Schlaf die Arme vor dem Gesicht, als sei nicht einmal sein Schlaf vor Schlägen sicher – lag Philipp Münzer. Lag da, ihr Nacht- und Schreckgespenst, und eine ganze Weile standen sie stumm und sahen auf ihn hinab.

»Philipp!« flüsterte dann Rosemarie. »Mein guter Philipp!«

»Philipp!« flüsterte auch der Professor, und das arme Narrengesicht mit dem blaugeschlagenen Auge schien ihm in dieser Stunde etwas Schönes, denn eine Last war von seiner Seele genommen. »Bist du denen nun doch weggelaufen –?«

Der Schläfer bewegte sich, vom Kerzenschein beunruhigt. Er zog einen Arm dichter gegen die Augen und war doch schon hell wach, wie ein Waldtier, das stets zur Flucht bereit sein muß.

Schon wollte er aufspringen, doch da rief Rosemarie mit gemachter Strenge: »Philipp! Legt man sich mit Kleidern ins Bett?! Und gar mit schmutzigen Schuhen!?! Philipp, wann hast du dich das letzte Mal gewaschen? Philipp, Schmutzbartel …«

Aber längst war der Narr zu ihren Füßen, längst hatte er ihre Hände gegen seine Brust gedrückt. Der arme Junge, er konnte auch sonst kaum sprechen, es war nur Stammeln, abgerissene Wortfetzen höchsten Entzückens, tiefster Dankbarkeit: »Min Deern! Min lütt söt Mäten! Büst du dor? Ick heff all orntlich makt. Ich heff den Herrn funnen, he hett den Breef lesn …«

Jawohl, davon vergaß er zu sprechen, was er ausgehalten, er gelitten hatte. Er fragte sie stammelnd, ob sie böse gewesen seien mit ihr, die Schliekers, ob sie alles Wasser allein habe tragen müssen, ob das Holz gereicht habe, das er in Vorrat gehauen. »Wat rauh sin din Hän'n ...« Sicher habe sie immer allein waschen müssen und spülen im kalten See: »Un ick wär nich utreten, min Deern, wärst du dor west. Doch wie ich gesehen habe, du bist weg, da bin ich auch weggelaufen, hier in den alten Kuhstall – und nun bist du doch da!«

Er sah sie strahlend an, armer Narr, der er war, ein Zukurzgekommener des Lebens – von der ersten Kindheit an. Zu kurz gekommen – dieser arme Dorftrottel trug eine solche Liebeskraft im Herzen –: der Professor mußte, ob es auch Sünde war, des Briefes vom Apostel Paulus an die Korinther gedenken: »Die Liebe ... verträgt alles, sie glaubet alles, sie hoffet alles, sie duldet alles ...«

»Oh, meine Kinder«, sagte er und war nun nicht mehr müde und hatte keine Bedenken mehr. Denn wer von solch armem Geschöpf so geliebt wird, des Herz muß selbst voll Liebe sein, wie spröde es sich auch gebärde.

Und Rosemarie –? Rosemarie ließ ihm die Hände und sah still auf den ungestalten Kopf und sagte nur immer wieder beruhigend: »Ja, mein Junge. Jetzt wird alles gut. Ja, du bist treu, Philipp.«

Als aber das arme Herz sich gar nicht beruhigen wollte, nahm sie den Kopf fest zwischen ihre Hände und mahnte: »Philipp, was denkst du dir eigentlich? Willst du weiter faul sein?! Siehst du den Herrn Professor nicht? Er ist müde und hungrig, und ich bin auch müde und hungrig, und kalt ist es hier –! Du wirst jetzt tüchtig arbeiten. Marsch und hol erst mal Holz!«

Damit gab sie ihm einen zärtlichen Schlag auf die Schulter, und sofort war der Junge hoch, sah die beiden noch einmal strahlend an – und schoß aus der Türe.

Keine zehn Minuten, da saß der Professor schon gemütlich in einem großen ledernen Sessel, eine wollene

Decke über den Knien und seine schönen weichen Kamelhaarschuhe an den müden Füßen. Still zufrieden sah er in die prasselnde, lohende, so herrlich lebendige Flamme im großen Ziegelkamin, und dann sah er wieder lächelnd und ganz glücklich in den alten Kuhstall, der jetzt von einer großen Petroleumhängelampe sanft erhellt war.

Seine beiden Schutzbefohlenen wirtschafteten eifrig um ihn: Rosemarie bereitete irgendein Abendessen aus Tüten und Schachteln, und der Junge, der Philipp, war ziemlich geschickt sogar – damit beschäftigt, die Federbetten in der Nähe des Kamins anzuwärmen und zu beziehen.

Der Professor aber fühlte sich nach all dem Trubel der vergangenen Tage viel zu behaglich, als daß er gemerkt hätte, daß all diese Kisten, Wandschränke und Truhen auf eine nicht ganz legale Weise, nämlich nicht mit dem Schlüssel, sondern mit einem Stemmeisen, geöffnet wurden. Und Rosemarie ihrerseits war wiederum viel zu klug, bei diesem Öffnen unnötigen Lärm zu machen, sondern ließ sich ein kleiner Krach gar nicht vermeiden, fiel sicher grade ein Topf klappernd zur Erde, oder der Philipp klöbte krachend ein Buchenscheit auf.

Nein, nichts störte des Professors Frieden, einen Finger in der geliebten Offenbarung Johannis saß er glücklich da; bis er auf den Vers geriet: »Wer Unrecht tut, tue ferner Unrecht; und wer unflätig ist, treibe ferner Unfläterei; und der Gerechte tue ferner recht, und der Heilige heilige sich ferner ...«

Da war es freilich kein Wunder, daß er wieder in seine alten Bedenken geriet: »Wir dürfen doch auch hier sein, Rosemarie?«

Sie sah nur flüchtig auf und sagte mit einem leichten Anklang an den alten Trotz in der Stimme: »Natürlich dürfen wir hier sein, Pate. Niemand wehrt es uns.«

Der alte Mann nickte zufrieden mit dem Kopf. Da fühlte

er etwas Weiches und Warmes an seiner Hand, und als er hinabsah, war es der Rosemarie Wange, die sich da angeschmiegt hatte. Er sah aber nur den blonden Scheitel des hingeknieten Mädchens. »Nun, mein Kind?« fragte er sanft.

»Ich will dir alles erklären, Pate«, sagte sie. »Weil ich jetzt oft daran denke, daß man eine gute Sache nicht mit einer Lüge beginnen soll ...«

»Und das scheint manchmal schwer?« fragte er.

»Schwer, ja«, sagte sie. »Weil man es nicht einsehen kann, denn alle, alle machen es doch anders.«

»An die andern dürfen wir dabei nicht denken, mein Kind. Wir müssen an unser Herz und an Gott denken.«

»Ach«, sagte sie leise.

»Das möchtest du nicht, mein Mädchen, nein?« sagte er. »Du möchtest um deiner selbst willen rein sein? Ich weiß, ich weiß. Aber unsere Reinheit ist nichts, wenn sie nur um unserer selbst willen da ist, verstehst du das?«

Sie antwortete nicht, und er wartete umsonst wenigstens auf ein Nicken ihres Kopfes. »Also erzähle, Rosemarie«, sagte er geduldig. »Erzähle, was du sagen wolltest.«

»Ich«, sagte sie stockend. »Ich wollte von dem Waldhaus sagen ... Ach Pate!« Und nun sah sie voll zu ihm auf. »Ich denke immer daran, aber es ist, als gäbe es zwei Welten – und du und der Papa und die Mama – ihr seid in der einen, aber alle, alle andern leben in der zweiten. Und sechs Jahre muß ich nun doch schon in der zweiten sein – und bin erst sechzehn!«

»Du willst erzählen, was es mit diesem alten Waldhaus auf sich hat, mein Kind! Von den zwei Welten und daß du in keiner von ihnen zu Haus bist (denn du bist auch in der zweiten nicht zu Haus), davon wollen wir später sprechen.«

Damit legte er ihr die Hand aufs Haar und fühlte, wie erleichtert sie war, und sie sagte jetzt auch rasch und fröhlich: »Das ist alles ganz einfach, Pate. Wir dürfen wirklich hier sein, wenn ich auch nicht gefragt habe. Als ich noch bei den Gaus Pflegekind war, kamen jeden Sommer Gäste zu ihnen, ein Berliner wie du, Pate, aber mit seiner Frau – vielleicht kennst du ihn, Vogel heißt er ...«

»Nein, Berlin ist sehr groß, Rosemarie, viel größer, als du denken kannst.«

»Aber vielleicht hast du von ihm gehört. Er hat eine Fabrik und ein Automobil, das erste Automobil, das ich in meinem Leben gesehen habe! Sicher hast du von ihm gehört, Pate!«

»Nein – nein. Ich kenne nur sehr wenige Menschen in Berlin.«

»Ich dachte«, sagte sie ein wenig enttäuscht, »weil er doch eine Fabrik und ein Automobil hat.«

»Diese Motorwagen kommen immer mehr auf«, sagte der Professor mißbilligend. »Man muß auf der Straße so aufpassen. Manchmal verstehe ich unsere Obrigkeit nicht. – Nun, erzähle weiter, mein Kind!«

»Herr Vogel angelt immer auf dem See, aber die Fische braucht er gar nicht, er ißt keine Fische, sagt er, er verschenkt sie bloß, an Gaus und im ganzen Dorf. Und Frau Vogel badet immer, auch im See, denke dir, und sie kann schwimmen. Jeden Tag tut sie das, und hinterher liegt sie stundenlang in der Sonne – komische Leute gibt es.«

Sie saß nachdenklich.

»Und was ist es mit dem Waldhaus?« mahnte der Professor.

»Ja, richtig«, sagte sie und verließ die Erinnerung an den Badeanzug von Frau Vogel, rot mit weißem Besatz und einem langen Rock, der abgeknöpft werden konnte, es aber nicht wurde, denn wir schreiben das Jahr 1912 – sie wußte nicht, war er nun sehr unanständig oder sehr schön.

»Unsadel hat den Vogels schon gefallen«, fing sie wieder an, »aber Gaus gar nicht. So haben sie denn von ihnen den alten, verlassenen Kuhstall hier im Walde gepachtet und haben ihn ausbessern und den Kamin einbauen lassen …«

»Dat Dack …« ließ sich Philipp mahnend vernehmen.

»Wie –?! Ja, du hast recht, Philipp, das Dach haben sie auch neu decken lassen und die schönen Möbel hergeschafft – sie sagen, es ist doch nur altes Gerümpel, das ihnen auf dem Boden herumstand. Ja, und so ist denn der alte Kuhstall geworden, was er jetzt ist, und vom ersten Oktober bis ersten April kommen sie nie her, und so können wir hier ganz ungestört wohnen …«

»Ja«, sagte der alte Professor, »das wissen wir nun, Rosemarie, daß wir hier ungestört wohnen, aber *dürfen* wir hier auch wohnen?«

»Och!« machte sie nachdenklich. Aber dann sagte sie ganz schnell: »Und doch dürfen wir hier wohnen! Vogels haben wohl gesehen, wie schlecht Gaus zu mir waren, und wenn es nur irgend ging, haben sie gefragt: ›Frau Gau, kann uns die Rosemarie heute ein bißchen helfen? Wir bezahlen es auch.‹ Dann durfte ich, und Frau Vogel sagte: ›Setz dich fein still hin, Rosemarie, und stopf deine Strümpfe. Mein Mann mag ruhig das Wasser tragen und Holz hauen, das tut seinem Bauch besser als deinem Rücken.‹ Dann hat er geschimpft, aber nur so, bis sie lachen mußte. Sie haben sich überhaupt nie richtig gestritten, sie haben bloß miteinander gelacht – gibt es das überhaupt, Pate, Eheleute, die nicht streiten?«

»Natürlich gibt es das, Rosemarie«, sagte der Pate erschrocken. »Das weißt du doch gut. Denke einmal an deine lieben Eltern oder an den Bauern Tamm hier im Dorf.«

»Tamm –?« fragte Rosemarie gedehnt. »Wo *er* alles verschwendet und *sie* muß jeden Pfennig sparen? Und die Eltern …«

»Rosemarie«, sprach der Pate streng und richtete sich im Sessel steil auf. »Du kennst doch das vierte Gebot?«

»Ja, Pate«, antwortete sie gehorsam, und es schien, als wollte sie nicht weitersprechen. Aber dann sagte sie doch: »Es ist doch so, Pate, *es ist doch so*! Ich weiß noch genau, wie oft Mama geweint hat, wenn Papa wieder Geld verschenkte oder auslieh, weil er nicht nein sagen konnte. Es ist doch so!«

»Du irrst dich, Rosemarie«, sagte der Professor eindringlich. »Ich kenne doch meinen Freund Thürke. Du irrst dich bestimmt.«

Rosemarie schwieg.

»Und ist es nicht gut, mit seinem Geld andern Menschen zu helfen?« fragte der Professor wieder.

»Wenn es aber gar keine Hilfe ist, sondern wird nur vertan; wie von Stillfritz, der es nur vertrinkt –?«

»Oh, mein Kind, mein Kind«, rief der Professor traurig. »Wie schnell bist du fertig mit deinem Urteil über die andern, über die lieben Eltern, über alles! Der Stillfritz ist heute der einzige gewesen, der daran gedacht hat, deinem verhungerten Philipp eine Suppe zu geben …«

Sie schwieg.

»Warum sind wir hier? Mit welchem Recht sind wir hier?« fragte er wieder. »Ich muß das jetzt wissen.«

Sie sah ihn an. Sie war ein Mädchen, ein Kind nur, Klage und Anklage war in ihrem Blick, Trauer … Etwas regte sich in seinem alten Herzen, das er nie gekannt, »Holdseligkeit …«, dachte er … »ER hat auch die Kinder geliebt, sie stehen seinem Reich am nächsten …« Das kam und ging, aber die Wärme blieb und wurde stärker, als er ihr die Hand auf die Schulter legte und sagte: »Ich bin hungrig und sehr müde – und ihr werdet es auch sein. Es ist tiefe Nacht. Aber besser wäre es uns, auf dem Weg zum nächsten Gasthaus liegenzubleiben, als ungerecht hier zu verweilen.«

Sie hatte auch die Wärme gespürt, das nahe Gefühl, die echte menschliche Bekümmertheit. »Aber wir dürfen wirklich bleiben, Pate«, sagte sie sanft. »Da reichen keine zwanzigmal, daß Frau Vogel mir gesagt hat: ›Wenn du es gar nicht aushältst, Rosemarie, kommst du zu mir. Ich will dir mit allem und in allem helfen.‹ Und es ging *uns* doch ganz schlecht«, sagte sie, und ein leises Lächeln kam in ihr Gesicht, ein leises, schalkhaftes Lächeln. »Und ich bin doch nun hier bei ihr zu Gast ...?«

»Ich hoffe, es ist alles richtig«, murmelte der Professor und sah unsicher auf das Mädchen.

»Sie würde bestimmt nichts dagegen haben!«

»Aber ich –? Und der Junge –?« fragte der Professor noch einmal.

»Ach, ihr!« rief sie, fast übermütig, »ihr gehört doch zu mir! Und schließlich, Pate, wenn du willst, kannst du es ihr ja später in Berlin bezahlen.«

Er atmete tief auf. »Richtig«, sagte er erlöst, »richtig! Daß ich doch nie an das Geld denke! Frau Stillfritz mußte mich heute mittag auch erst an das Bezahlen erinnern. Du wirst mich an diese Schuld erinnern, Rosemarie, ehe wir uns trennen?«

»Das werde ich!« lachte sie. »Aber ich denke immer, wir trennen uns noch lange, lange nicht. Du weißt ja, Pate, was du überlegen wolltest. Und eigentlich möchte ich, daß du nicht nur mein Vormund, sondern auch mein Pflegevater würdest!«

»O Gott!« sagte er, wieder einmal sehr erschrocken. »Nein nein, Rosemarie«, meinte er dann. »Nicht so hastig. Das müssen wir alles lange bedenken und verständige Leute darum befragen. Ich weiß auch gar nicht, ob dir Berlin gefallen würde ...«

»Ja«, sagte sie nachdenklich und gestand nicht, daß sie an keinen Pflegevater in Berlin, sondern an einen auf ihrem Unsadeler Hof dachte, statt des Päule, trotzdem das eigentlich kaum auszudenken war.

»Eten fertig!« mahnte Philipp.

»Gleich!« sagte sie. Sie sah ihn noch einmal an, wie er da vor dem Kaminfeuer saß, den Kopf müde auf der Brust – und eigentlich sieht so keine sechzehnjährige Tochter ihren bald siebzigjährigen Pflegevater an, sondern eine Mutter ihr hilfloses Kind.

So half sie ihm auch beim Essen – und ein etwas seltsames Essen war es, denn die vorgefundenen Vorräte waren nicht sehr ausgiebig gewesen. Es gab eine Erbssuppe von Erbswurst und rosa Pudding von Puddingpulver – und der Professor aß alles auch brav, trotzdem er nicht ganz sicher war, daß es ihm auch bekommen würde. Es war alles gar nicht wie bei der Witwe Müller. Sie aber half mit ihrem Geplauder, daß er lächelte und sich wohl fühlte.

Als dann der Professor wieder warm mit seiner Bibel am Kamin saß, flüsterte sie beim Abwaschen heimliche Worte mit Philipp, und lautlos verschwand der Junge aus dem Waldhaus in die Nacht.

Dann kehrte sie nach getaner Arbeit zu dem alten Mann zurück, setzte sich auf ein Bänkchen zu seinen Füßen und faßte zart seine Hand. Er sah von seinem Buch einmal zu ihr hin und lächelte. So saßen sie still beieinander, die Flammen lohten, sangen und prasselten, und allmählich wurde der Professor Kittguß sehr müde, sein Buch sank in den Schoß, er schlief ein.

Sie saß weiter still vor dem Feuer, die alte Hand des Schläfers in ihrer jungen, wachen: sie sah in das Feuer, und seit vielen, vielen Tagen war es in ihrem Leben die erste Abendstunde, da keine harte Stimme scheltend ihre müden Füße zur Arbeit trieb.

Sie wußte, es konnte nicht währen, es durfte so auch nicht werden, denn wenn sie irgend nach getaner Arbeit auf der Welt stillzusitzen hatte, dann allein auf ihrem Unsadeler Hof. Dies Jetzt war schön, aber es war vergänglich, weil sie nicht in ihrem Heim saß und nicht auf ihrem Boden. Ihr Heim war in Gefahr, ach, sie kannte alle Ränke und Schliche, mit denen Päule Schlieker, das Gesetz im Rücken, es bedrohte.

Und sie war nichts. Die Vormünder hörten nicht auf sie. Sie hatten dem Ehepaar Schlieker dies Monatsgehalt von hundert Mark bewilligt, sie sagten, es sei nicht zuviel für die Arbeit von zweien! Vielleicht war es wirklich nicht zuviel, aber etwas anderes war es, ob dieser Hof, diese fünfunddreißig Morgen, hundert Mark im Monat hergaben! Etwas anderes war es, wie wenig Arbeit für so viel Geld getan wurde!

Sie waren ja vorsätzlich faul, sie ließen ja absichtlich alles verkommen, denn dann konnte Schlieker am Schluß des Jahres mit seiner Rechnung vor den Vormündern klagen: »Nun hat es wiederum nicht gelangt für mein Gehalt! Der Herr Pastor Thürke hat ganz schön und erbaulich reden können, aber von Landwirtschaft hat er soviel verstanden wie die Kuh vom Seradellahandel – solchen Dreckhof zu kaufen! Man schuftet sich noch tot auf dem verhungerten Boden. ›Von nichts wird nichts‹, sagte der Hund und fraß die Wurst, und so muß ich bitten, daß mir eine Sicherungshypothek für mein Gehalt auf den Hof eingetragen wird!«

Ihnen tat es nicht weh, sie ließen eintragen: im ersten Jahr sechshundert Mark Restforderung, im zweiten achthundert dazu, und in diesem Jahre würde er vielleicht schon tausend fordern ... Und zu den Hypotheken kamen die Zinsen, Stunde um Stunde, Monat um Monat, Jahr um Jahr ..., es war der Rosemarie, als kämpfe sie versinkend in einem Strom mit immer neuen, immer stärkeren Wogenbächen ...

Sie war allein, und keiner wollte sie verstehen, und keiner half ihr. Die Flammen lohten, das Buchenholz knisterte und prasselte, durch die Asche lief aufleuchtend ein

Faden Glut. Sie starrte darauf, ein trockenes, heißes Brennen in den Augen, sie redete wieder – wie dutzendmal schon – zu Frau von Wanzka, zu Kaufmann Mühlenfeldt.

Jawohl, es war nicht nur zuviel Geld, es war auch böse Absicht, Betrug. Wo waren die fünfzehn Zentner Roggen hingekommen im vergangenen Herbst? Wo blieben die vielen Äpfel? War es etwa auch richtig, daß er die fünf Pflegekinder mit ihrer Kuhmilch ernährte und steckte das Pflegegeld in die Tasche?

Betrug! Betrug!! Betrug!!!

»Bring uns Beweise, Kind«, sagten sie. »Wie heißt er, der den Roggen, die Äpfel gekauft hat? Für das Milchgeld hat Schlieker Kohlen angeschafft und dir ein Kleid. Nein, geh jetzt, wir haben es über. Erst waren dir die Gaus nicht recht, und nun, da wir dich zu den Schliekers gegeben haben, sind die wieder nicht gut. Keiner kann sich den Napf aussuchen, aus dem seine Eltern ihm das Essen geben!«

»Puh, diese Großen«, dachte Rosemarie und stieß mit dem Schürhaken zornig in die Glut, daß die Flammen hoch in den Schornstein schlugen.

Sie berührte leise und zärtlich die Hand des Schläfers, zärtlich sah sie in das alte, gütige Gesicht; das auch im Schlaf gütig blieb. Sie war sicher, daß sie ihn führen könnte, wie sie wollte, sie überschaute ihn: er war gütig, unerfahren, ruhebedürftig, sagte ungern nein.

Einen Augenblick regte sich etwas wie Unruhe in ihr, als sie den ausdrucksvollen Mund, das feste Kinn betrachtete. Einen Augenblick erinnerte sie sich, daß sie beide in keiner Sache fast einer Ansicht waren. Einen Augenblick überkam sie eine Ahnung von der Macht, die in seiner beharrlichen Milde lag. Aber das kam und ging. Sie war sechzehn, sie vertraute ihrer Kraft, sie glaubte die Welt noch formen zu können nach ihrem Bilde.

Kleine Flammen prasselten und tanzten jetzt, Rosemarie hob den Kopf höher. Die kleinen Flammen tanzten und sangen ein Siegeslied, *ihr* Siegeslied. Sie hatte heute viel erreicht: sie war los von den Schliekers, sie hatte ihnen mit den fünf Pflegekindern einen Streich gespielt, der ihnen übel bekommen konnte, und sie war ganz allein mit dem alten Professor, im tiefen Wald, fast zwei Gehstunden von Unsadel. Keiner konnte auf ihn einreden, sie hatte ihn allein, in der Ruhe, in der Geduld.

»Siegerin Rosemarie!« hüpften und sangen die Flammen. »Siege weiter. Sei lebendig wie wir, Rosemarie! Kämpfe!«

Sie saß da, den Kopf erhoben, mit strahlenden Augen und leuchtenden Wangen – sie ahnte nicht, daß eines Abends größere, grausige Flammen ihr ein ander Lied singen würden, ein Lied von Zerstörung und dem ewig Verlorenen, ein Lied von der Unwiederbringlichkeit des Gestern, ach, des eben noch gehegten Hoffens ...

## 8. Kapitel

### Worin nächtlich beraten und der Belagerungszustand über Schliekers verhängt wird

Rosemarie fuhr hoch aus Plänen, Bedenken, Hoffnungen: ein kalter Luftzug kam von der Tür, etwas Weiches drängte sich winselnd an sie, schmiegte den Kopf in ihren Schoß.

»Mein Bello, Bello!« flüsterte sie entzückt. »Bist du nun auch hier! Guter Hund! Ja, ich weiß, du hast dich gesehnt! Sei leise, Lieber, er soll nicht aufwachen. Ganz leise!«

Der Hund sah unter dem zottigen Stirnhaar mit seinen bernsteinbraunen Augen liebevoll zu ihr auf, er drückte den Kopf fester an sie, selig die Wiedervereinigung genießend ...

In der Tür stand Philipp und flüsterte: »Se sund dor. Schalln se rinkamen, o'er kümmst du buten?«

Sie zog die Decke auf des Schläfers Knien zurecht und sagte: »Ich komme nach draußen ...«

Den Hund am Halsband, ging sie leise aus dem Waldhaus. »Philipp, bleib du hier. Sobald er aufwacht, rufst du mich.«

Ein wenig Mond, ein letztes Viertel, erhellte die Baumblöße mit blassem Schein so weit, daß Rosemarie die Gruppe der Wartenden erkennen konnte. Sie ging ihnen entgegen, fragte: »Sind alle da?«

Es war Hütefritz, der vortrat: »Ja, Rosemarie, alle bis auf Heini Beier. Er wollte, aber im Krug ist noch Licht, da hat er sicher nicht fortgekonnt.«

»Aber sieben seid ihr *doch*?« fragte Rosemarie.

»Ein Neuer«, murmelte Hütefritz verlegen. »Ich wollte ihn nicht mitnehmen, aber die andern sagten, wer mitmachen will, darf nicht zurückgewiesen werden.«

»Nein«, sagte Rosemarie rasch. »Darf er auch nicht. Es soll *ein* Zusammenhalt werden von allen Jungen im Dorf.«

»Aber es ist Otsche Gau«, beharrte der Hütefritz.

»Otsche Gau!« rief Rosemarie und war still.

Auch die andern waren still. Ja, sie traten zurück, so daß der neue Junge Rosemarie allein gegenüberstand. Sehr still war es, nur der Nachtwind lief einmal rasch über die Kronen der Bäume und verlor sich.

Der kleine, gedrungene, schwarzhaarige Otsche Gau, der manches Jahr Rosemaries schlimmster Feind gewesen, der das Pflegekind seiner Eltern wie ein rechtes Aschenputtel gekniffen und geschlagen, verpetzt und geschunden hatte, sagte endlich mürrisch: »Ich habe gehört, es geht gegen die Schliekers. Ich kann die Schliekers nicht riechen. Wenn du mich also nehmen willst, Marie ...«

»Ich heiße Rosemarie«, antwortete sie heftig. »Wenn mir die Großen meinen Namen nicht geben wollen, das ist mir egal. Wir sind keine Großen, und bei uns heiße ich Rosemarie, Otsche!«

»Na schön«, sagte der Junge trödelig. »Ich heiße auch eigentlich Georg, aber mir ist Otsche lieber. Aber gut, wenn ich gegen Schliekers mitmachen kann, sage ich auch Rosemarie.«

»Er ist ein Taps, Rosemarie«, gab Hütefritz zu bedenken. »Aber nützlich kann er sein ...«

»Ja, schon«, sagte Rosemarie, noch immer erbittert. »Und ich will auch gerne alles vergessen, Otsche, was gewesen ist, trotzdem du oft hundsgemein zu mir warst ...«

»Na, na«, sagte der dreizehnjährige Otsche beruhigend. »Immer halblang, Rosemarie, immer sachte! Denn wie oft du mich auf die Zehen getreten hast, wenn's keiner sah, daran denkst du natürlich nicht mehr.«

»Also gut, wir wollen alles vergessen«, sagte Rosemarie nach einigem Nachdenken sanfter. »Aber wenn du meinst, wir haben uns bloß zusammengetan wegen der Schliekers, Otsche, dann irrst du dich gewaltig. Die Schliekers müssen raus aus dem Dorf, das ist die eine Sache, aber das ganze Dorf muß anders werden, das ist die Hauptsache!«

Die Kinder im Kreis murmelten Beifall.

»Und was fehlt denn dem Dorf?« fragte Otsche Gau dröhnig. »Ich find, es ist ein ganz gutes Dorf, das Unsadel.«

»Gut?!« rief Rosemarie. »Was fehlt?!« rief Rosemarie. »Frag lieber, was da ist, Otsche!«

»Na, was fehlt denn?« fragte der Junge hartnäckig.

»Höre«, sagte Rosemarie eindringlich. »Du willst zu uns, Otsche, und das ist vielleicht gut, denn dein Vater hat den größten Hof. Die Schliekers gehören nach Biestow, wenn die Schliekers weg sind, ist Unsadel, was es vorher war, und das ist gar nichts. Wir wollen ein anderes Dorf Unsadel, unser Adel heißt das, und so soll das Dorf auch werden!«

»Ich versteh nichts«, beharrte Otsche Gau. »Unser Hof ist uns gut genug, wir ernten mehr als jeder andere im Dorf.«

»Wir wollen ein anderes Dorf, Otsche«, sprach Rosemarie. »Wie ist es denn jetzt? Jeder ist jedes Feind. Ihr Gaus seid mit allen verstritten, Hübners reden nicht mit Strohmeiers, Schulze Gottschalk ist aller Prügeljunge, die Frauen von Witt und Schluck haben sich gezankt, und seitdem schabernacken die Männer einander, wo es nur geht ...«

»So ist es doch überall«, sagte der Gaujunge.

»Aber bei uns soll es nicht mehr so sein«, rief Rosemarie. »Wir sind uns einig geworden, wir wollen das nicht mehr. Jeder soll jedem Freund sein, jedem helfen ... Da sind Robert Hübner und Albert Strohmeier, du weißt, wie ihre Väter stehen – na, vertragt ihr euch beide nicht hier?«

»Doch, doch!« riefen sie.

»Das geht, solange es geht«, widersprach beharrlich Otsche. »Aber laß Robert nur mal ein bißchen nah an die Grenze pflügen – gleich ist der Krach da!«

»Er wird eben nicht zu nah pflügen!« rief Rosemarie. »Nicht wahr, Robert?«

»Nein, werd ich nicht! ...«, bestätigte Robert Hübner.

Der junge Gau stand nicht mehr so unerschütterlich, und als er nun sprach, klang es nicht mehr so dröhnig: »Na ja, das klingt alles ganz schön, aber ...«

»Halt, Otsche!« rief der kleine Witt. »Hör mal zu! Was kostet 'ne Leiter? Sieben Meter lang?«

»Was die kostet?« Otsche war etwas verblüfft. »Die Sprosse fünfzig Pfennig, zwanzig Sprossen und vier Scheiden zwölf Mark. Aber was soll das?«

»Schmeißt du zwölf Mark weg –?«

»Quatsch!«

»Kiek mal hinter deines Vaters Scheune, da hängt so 'ne Leiter. Ich kann sie immer von unserm Garten aus sehen, und hübsch ist sie auseinandergefault, deine Zwölfmarkleiter! Futsch ist die!«

Otsche Gau kratzte sich den Kopf. »Die hat Vater wohl ganz vergessen. Es ist«, sagte er entschuldigend, »weil wir fast nie hinter die Scheune kommen.«

»Siehst du! Und wenn wir nun nicht verkracht wären, hätte ich dir längst gesagt: sieh mal nach deiner Leiter ... Aber so – sind zwölf Mark hops.«

»Na schön«, gab Otsche Gau zögernd zu, »ich will ja nichts gegen eure Ideen sagen, aber ...«

»Und es ist nicht nur euer Schaden, sondern auch unser Schaden. Denn weil ihr nie hinter die Scheune kommt, wächst da lauter Unkraut. Und im Herbst wehen alle Schweinsdisteln in unsern Garten, und wir können hacken und hacken ...«

»Siehst du, Otsche«, sagte Rosemarie. »So denken wir uns das. Und wenn du nun mitmachen willst, gibst du jetzt jedem von uns die Hand und sprichst unsern Spruch: Ich für dich und du für mich, Unsadel blühe ewiglich!«

»Na schön«, gab Otsche klein bei. »Ich will es denn ja auch tun, Marie – nein, Rosemarie. Aber ist das in Ordnung, daß die Wittens uns den Pflaumenbaum abgesägt haben –?«

»Bist du jetzt ruhig mit deinem dußligen Pflaumenbaum«, schrie Hütefritz wütend. »Seit zwei Jahren quatscht ihr Gaus ewig von dem Pflaumenbaum, und nun fängst du hier auch noch davon an, wo es ums ganze Dorf geht ...«

»Aber es war ...«, fing der echte Sohn des Bauern Gau an.

»Gibst du die Hand: Ich für dich, du für mich, Unsadel blühe ewiglich?!« schrie der Hütefritz wütend. »Du bist genauso ein Dickkopf wie dein Alter! Ernst Witt, willst du dem 'nen Pflaumenbaum schenken, wenn du den Hof übernimmst?«

»Meinswegen«, sagte Ernst Witt, zwölfjährig. »Was das schon ist! Drei Mark kostet ein Pflaumenbaum in der Baumschule. Wenn dafür der ewige Stank weg ist ...«

»Also, du hast's gehört, Otsche, du kriegst deinen Pflaumenbaum. Und nun dein Versprechen ...«

Es klang hell im Kreise: »Ich für dich und du für mich, Unsadel blühe ewiglich!«

»Schön, Otsche«, sagte Rosemarie und freute sich doch. »Aber jetzt muß ich erst wissen, ob die Kinder gefunden sind?«

»Seht ihr«, sagte Hütefritz strahlend, »ich habe es euch doch gleich gesagt, das war die Rosemarie!«

»Natürlich war ich das. Und wer hat sie gefunden?«

»Ich!« schrie der Hütefritz. »Oh, Rosemarie, ich kam grade mit Tamms Kühen auf den Hof, und von der andern Seite kamen Tamms gelaufen – sie hatten sich doch bei Schliekers versäumt, weil sie durchaus wissen wollten, ob der Gendarm den Päule nun mitnahm oder nicht ...«

»Und hat er ihn mitgenommen?« fragte Rosemarie gespannt.

»Warte doch! – Also die liefen, daß sie zum Melken zurechtkamen, und ich lief auch, weil ich mich mit meinen Kühen versäumt hatte. Und die dämliche Bleß stellt sich wieder so verrückt an und brüllt und muht, weil sie nie in den Stall will. Es ist ein Spektakel, und ich horch und ich hör: ich hör doch was! Und plötzlich schreit die Frau: ›Das sind doch Kinder, die schreien! Jetzt weiß ich, sie sind mit Schliekers Kahn ertrunken, und nun spuken sie durchs Dorf!‹ Und ein Geschrei und ein Gezeter, als wollte man einem Huhn den Hals abhauen, na ja, ich sage bloß, die Frauen ...«

»Fritze!« rief Rosemarie wütend. »Nimmst du das zurück, du dämlicher Bengel! Auf der Stelle nimmst du das zurück!«

»Dich meine ich doch nicht, Rosemarie!« sagte Fritz gekränkt. »Wir wissen doch alle, wie dein Vater das Gespenst an der Kriwitzer Brücke verjagt hat und daß es überhaupt keine Gespenster gibt, wenn man ›Im Namen Gottes!‹ sagt. Darum bin ich doch auch rein ins dunkle Haus, und du kannst mir glauben, es hörte sich im Windfang grausig an. Da reichen keine zwanzigmal, daß ich ›Im Namen Gottes‹ gesagt habe, aber es wurde nicht still. Ich habe gestanden und mir überlegt, wenn sie auf Gottes Namen nicht still werden, sind es auch keine Gespenster. So habe ich schließlich die Schlafkammertür aufgemacht, und da quäkten sie so vor sich hin ... Wir haben es ja alle hier – bis auf den Otsche – oft genug gehört, wenn die Schliekers über Land waren und wir haben dir Gesellschaft geleistet, und so kannte ich es und machte Licht. Und da lagen sie ja nun auf den Betten ...«

»Und keines war runtergefallen?« unterbrach Rosemarie aufgeregt. »Ich habe immer Angst gehabt darum ...«

»Keines runtergefallen!« beruhigte sie Hütefritz. »Das war ja nun nichts zum Fürchten, und so kriegte ich denn schließlich die Tamms herein und erfuhr so allmählich, warum sie denn nun eigentlich hier lagen. Ich wußte ja noch gar nichts.«

»Und was wurde?« fragte Rosemarie gespannt. »Sind sie wieder zu Schliekers gekommen?«

»Ach nee! Was du nur denkst! Ich kenne doch den Peter Gneis, und kaum wußte ich Bescheid, war ich auch schon im Krug, und da saß er nun so wütend über den verlorenen Tag wie nur möglich. Das wurde ein ander Gesicht, als er meine Botschaft hörte, und hin zu den Tamms, er wollte es erst gar nicht glauben!

Aber dann nicht lange gewunderwerkt, sondern den Maxe auf dem Rade den Schwestern, die schon wieder auf dem Wege nach Kriwitz waren, nachgeschickt, und ist runter zu Schliekers wie ein geölter Blitz. Da hat er aber so getan, als wüßte er nichts, und hat den Schlieker nur gebeten, er möchte mal mit zu August Tamm kommen, der hatte ein Geständnis gemacht.«

»Der August Tamm? Wieso?« fragte Ernstel Witt ganz verblüfft.

»Mensch, das ist doch nur eine Kriegslist gewesen, kapierst du das denn nicht?!!« fragte Hütefritz empört. »Er bringt also den Schlieker auf die Diele, wo August Tamm schon wartend sitzt. Es war nämlich vorher so verabredet, Ernst, mit deiner langen Leitung!«

»Roß!«

»Schafskopp!«

»Dösbartel!«

»Ruhe!« befahl Rosemarie. »Ihr werdet euch nachher beide hauen, damit die Stänkerei alle ist. Und weil Hütefritz schon vierzehn ist und Ernstel erst zwölf, wird Hütefritz ein Arm auf den Rücken gebunden ...«

»Meinshalben, ich ...«

»Ruhe jetzt! Erzähl weiter, Fritze!«

»Der August Tamm macht ein ganz unglückliches Gesicht, und Peter Gneis sagt ganz höflich: ›Nehmen Sie bitte Platz, Herr Schlieker. Ich habe Ihnen Unrecht getan, Herr Tamm hat jetzt alles gestanden.‹

›Was hat er gestanden?‹ fragt Päule. So dumm ist er ja nun nicht, daß er den Dreck nicht riecht, er weiß bloß nicht, woher es stinkt.

›Daß er Ihnen die Kinder gestohlen hat!‹

›Gestohlen, der Tamm? Ich hab die Kinder aufs Amt geschafft!‹

›Nein, ich hab sie dir gestohlen, Päule, weil ich mir mal wieder 'nen Witz machen wollte.‹

›Die Kinder sind auf dem Amt!‹

›Können Sie das beschwören, Herr Schlieker?‹

›Ich hab's ja schon zu Protokoll gegeben, daß ich sie hingeschickt habe.‹

›Also hier bei Tamm sind sie nicht?‹

›Sie sind auf dem Amt.‹

Und grade da kräht eines los!

›Herr Paul Schlieker – und was ist das?‹

Da gab's kein Halten, wir haben die Tür aufgemacht und haben reingesehen, und der Päule Schlieker hat in der Schlafkammertür gestanden und war weiß vor Wut. Und dann hat er gesagt: ›Hat die verdammte Giftkröte mir doch einen Streich gespielt, wenn ich die erwische …‹ – ›Erst mal sind Sie erwischt, Herr Schlieker‹, hat Gneis gesagt. ›Und nun kommen Sie ohne Widerstand mit, denn daß ich Sie ein bißchen mitnehme, das brauche ich Ihnen wohl nicht erst zu erzählen …‹«

»Und Schlieker –?«

»Ist ohne ein Wort mit dem Gendarmer fort, und jetzt sitzt er schon im Kriwitzer Loch bei Thode Brummig.«

»Dann habe ich gewonnen«, rief Rosemarie jubelnd. »Jetzt *müssen* ihn die Vormünder absetzen. – Hütefritz Hütefritz«, rief sie und schüttelte ihn bei der Schulter. »Freust du dich denn gar nicht?!«

»Du bist eben doch ein Mädchen«, sprach der Hütefritz mißbilligend, »wenn du auch die Klügste von uns allen bist. Das solltest du nun doch schon wissen, daß Päule Schlieker immer wieder auf die Beine fällt, sooft man ihm auch ein Bein stellt.«

»Aber wo er schon im Loch sitzt!«

»Der Päule wird sich schon freischwindeln. – Was würdest du denn nun tun, Rosemarie?«

»Ich will morgen mit dem Professor zu Frau von Wanzka und Kaufmann Mühlenfeldt gehen und verlangen, daß Schlieker als Pflegevater abgesetzt und Professor Kittguß eingesetzt wird.«

»Nein, Rosemarie, mindestens mußt du abwarten, was der Amtsgerichtsrat tut. Und dann der alte Professor ...«

Hütefritz sah sich um, und – siehe – die andern murmelten Beifall.

»Was ist's mit dem Professor?« fragte Rosemarie ärgerlich. »Der war der älteste Freund meines Vaters und ist überhaupt der beste Mensch von der Welt!«

»Das mag sein, aber richtiger ist doch, du schickst ihn wieder zurück nach Berlin. Denn wir sind uns alle einig, daß er zu nichts nutze ist, und du kannst ihn auch nicht brauchen, Rosemarie. Das weißt du natürlich noch nicht, daß er sich heute früh von Tamms hat überreden lassen, wieder nach Berlin zu fahren, weil ihm die halbe Stunde in Schliekers Kohlenstall schon zuviel geworden ist ...«

»Ist das wahr, Hütefritz?« rief Rosemarie. »Nein, das kann nicht wahr sein, er müßte es mir doch wenigstens gesagt haben. Ohne ein Wort weg, es kann nicht möglich sein.«

Sie sah böse auf all die mondscheinhellen Gesichter, die sie mit schwarzen Augenflecken starr ansahen. Aber keines wollte ihr zunicken.

»Es *kann* nicht wahr sein, Hütefritz!«

»Es ist wahr, Rosemarie! Frau Tamm hat es mir gesagt, und ich habe ihn in Tamms Stuhlwagen auf dem Wege nach Kriwitz gesehen. Darum sagen wir, schick ihn zurück, er macht uns nur Unfug. Wir wollen unter uns Jungen bleiben.«

»Und wieso ist er wieder hier?«

»Weiß ich, was ihm eingefallen ist?! Weg hat er gewollt, so viel ist sicher. Schick ihn fort, Rosemarie.«

»Es ist gut, Fritze«, sagte Rosemarie. »Wenn es so ist, wie du sagst, soll er fort. Ich werde mit ihm sprechen. Und was sollen wir tun, denkst du?«

»Ja«, sagte Hütefritz nachdenklich. »Bestimmt müssen

wir erst einmal abwarten, was mit Päule Schlieker wird. Bleibt er drin, wird alles glattgehen – aber kommt er raus ... Ich hab dir ja erzählt, Rosemarie, wie er gedroht hat; dich darf er nicht wieder erwischen ...«

»Nein«, sagte Rosemarie, »nein, du hast recht. Ich bleibe erst einmal hier. Aber dann müßt ihr mir was zu essen besorgen, es ist fast nichts hier. Für mich und Philipp und den Bello – und auch für den Professor, erst mal.«

»Das machen wir, da hilft jeder mit«, sagte Hütefritz, und die andern bestätigten es. Wäre es heller gewesen, hätte man ihnen ansehen können, wie sie im Geist einen Überschlag über die mütterliche Speisekammer machten. »Hungern sollt ihr hier nicht!«

»Schön«, sagte Rosemarie. »Und einer sagt mir jeden Tag Bescheid, was im Dorf los ist.«

»In Ordnung.«

»O Gott, ihr habt es gut, und ich werde hier ewig sitzen und nicht wissen, was ich tun soll. Fritz, ihr müßt auch auf den Hof aufpassen, da sind Weizen und Roggen und Kartoffeln – ihr müßt genau aufpassen, ob die Mali was wegschleppt und zu wem.«

»Schön«, sagte Hütefritz. »Es werden immer zwei die Schule schwänzen müssen, wer will es sein?«

Da war keiner, der nicht »Ich« rief.

»Wie ihr mit Lehrer Schlitz auseinanderkommt«, sagte Hütefritz nachdenklich, »das ist eure Sache. Also Essen verschaffen wir dir, und den Hof bewachen wir dir auch. Schön, Rosemarie, und ist das nun alles?«

»Ich denke, ja«, sagte sie zögernd und sah auf die Getreuen.

»Na also«, sagte Hütefritz, »so ist denn wohl alles fertig, und wir können sehen, daß wir noch ein bißchen schlafen. Rosemarie ...«

»He, Hütefritz«, rief der Knirps Witt schnell. »Nicht so

eilig! Erst soll ich dich noch verdreschen, das haben wir ausgemacht!«

»Du mich verdreschen?!« höhnte Hütefritz. »Komm bloß her ...«

»Halt!« riefen die andern. »Erst deinen rechten Arm auf den Rücken!«

»Ich hau ihn auch mit dem linken zu Mus!«

»Platte Wanze!« schrie schrill Witt die augenblicklich schwerste Beleidigung der Unsadeler Dorfjugend.

»Los!« kommandierte Rosemarie, denn schon war dem Hütefritz der Arm mit Sackband auf den Rücken geschnürt.

Die Kämpfer stürzten aufeinander, Hütefritz hob drohend den linken Arm, aber Witt war schon darunter weg. Ein auf den Rücken geschnürter Arm hindert rasche Bewegungen: wie ein Ziegenbock rannte mit eingezogenem Kopf Ernstel Witt Hütefritzens Hinterfront an. Der flog los, wie aus der Kanone geschossen, stolperte über eine Baumwurzel, angelte krampfhaft um Balance mit einem Arm ... Noch ein Prellstoß des Böckleins, und schon schwamm Hütefritz bäuchlings auf dem Boden wie eine Padde, und die andern jubelten ...

»Was geht denn hier vor?« fragte von der Hütte her der Professor Kittguß, dem der ganze Elfen- und Rüpelzauber des Sommernachtstraums auf dieser mondbeschienenen Waldwiese lebendig geworden schien. »Rosemarie, mein Kind, was begibt sich hier?«

Lautlose Stille nach dem Lärm, nur der Hütefritz schwamm noch, wütend um Hilfe flüsternd, auf dem Wiesenboden.

»Es sind bloß meine Freunde aus dem Dorf, Pate«, sagte Rosemarie unschuldig.

»Hier? Mitten in der Nacht?! Es ist bald elf. Du müßtest längst im Bett sein, mein Kind.«

»Sie gehen schon, Pate. Los, Witt, hilf Fritzen auf. Bind ihm den Arm los ...« Witt half. »Jetzt gebt euch die Hand. Und nun unsern Vers ...«

»Ich verstehe alles nicht«, murmelte der Professor unter der Türe hilflos.

»Ich für dich, du für mich, Unsadel blühe ewiglich«, murmelten die beiden Kämpfer.

»Los mit euch«, rief Rosemarie. »Im Wald könnt ihr noch schwatzen. Aber beim Dorf seid ihr mucksruhig. Gute Nacht!«

»Gute Nacht, Rosemarie!« riefen sie und vergaßen den Professor.

»Das ist unser Spruch, Pate«, erklärte Rosemarie. »Ich für dich, du für mich, Unsadel blühe ewiglich. Gefällt er dir?«

»Ich glaube, Rosemarie«, sagte der Professor, »du bist schon ein sehr großes Mädchen.«

Er stand nachdenklich. »Ich für dich, du für mich ...«

Dann bewegte er die Schultern: »Aber, ob groß oder klein, du mußt jetzt zu Bett gehen. Der Philipp ist längst eingeschlafen. Komm.«

Sie gingen ins Waldhaus, und beide sprachen nicht mehr von dem, was sie auf den Herzen hatten, sondern jedes ging still hinter seinem Vorhängchen zu Bett und schlief nicht schlecht.

## 9. Kapitel

### Worin ein Angeklagter zum Ankläger wird und Päule Schlieker einen Fang tut

Wie Päule Schlieker diese Nacht in der Gefangenenzelle des Amtsgerichts Kriwitz geschlafen hatte, wird nicht berichtet. Der Justizwachtmeister Thode, genannt Thode

Brummig, erkundigte sich auch nicht danach, sondern schnauzte bloß: »Mitkommen!«

Der Gefangene ging brav voran, der Wachtmeister ging brummig hintennach. Sie kamen durch eine Gittertür über einen staubigen Gang mit Aktenregalen, und dann klopfte Wachtmeister Thode gegen eine Tür, öffnete sie und meldete: »Polizeigefangener Paul Schlieker aus Unsadel, Herr Amtsgerichtsrat.«

»Großartig!« krähte Amtsgerichtsrat Schulz. »Sie bleiben hier, Wachtmeister!«

»Zu Befehl, Herr Amtsgerichtsrat«, sagte Thode Brummig und dachte noch brummiger an seinen ungegrabenen Garten.

Der Amtsgerichtsrat besah sich seinen Gefangenen, aber der Gefangene sah seinen Richter nicht an. Er wußte nämlich auch so, wie der aussah, denn Amtsgerichtsrat Schulz war im Landkreis Kriwitz ein sehr bekannter Mann. »Schreischulze« hieß er, und diesen Übernamen hatte er davon, daß er auch noch die verbissensten Parteien im schlimmsten Wortgefecht überschreien konnte. Was ihm an Länge fehlte – und es fehlte ihm viel daran –, das ersetzte die Stimme. Und kein Landstreicher, kein Wilddieb, kein Holzfrevler und Mausehaken, der diese Stimme einmal kennengelernt hatte, versuchte, zum zweitenmal gegen sie aufzukommen. Sondern sah zu, daß die Verhandlung schön sänftiglich ging. Im übrigen war der Amtsgerichtsrat Schulz man bloß ein Männchen, er war sogar so klein, daß er sich den kurulischen Sessel in der Amtsstube und seinen Stuhl hinter dem Stillfritzschen Stammtisch zwanzig Zentimeter höher als jeden andern Kriwitzer Stuhl hatte bauen lassen.

Aber daraus machte er kein Hehl, sondern sagte stolz von sich: »Klein, aber fein; klein, aber oho!« Und schaltete wie ein rechter Hausvater in seinem Landbezirk, mahnend, strafend, wehrend und belehrend.

Jetzt sah er mit seinen raschen schwarzen Augen hoch von der Meldung des Gendarmen Gneis und auf den Landmann Paul Schlieker, der da mit gesenktem Blick vor ihm stand, strich sich dabei nachdenklich den schwarzen, seidig glänzenden Vollbart, seinen Stolz, und sagte schließlich freundlich: »Guten Morgen, Herr Schlieker!«

»Guten Morgen, Herr Amtsgerichtsrat«, antwortete Schlieker gleichmütig und sah ihn nicht an.

»Setzen Sie sich ein bißchen, Herr Schlieker«, sprach der Amtsgerichtsrat noch freundlicher. »Thode, geben Sie dem Herrn Schlieker einen Stuhl.«

»Danke, Herr Amtsgerichtsrat«, sagte Schlieker und setzte sich.

»Wir kennen uns ja bereits«, meinte der Amtsgerichtsrat, unverändert freundlich. »Wir sind uns hier ja schon ein paarmal begegnet.«

»Jawohl!, Herr Amtsgerichtsrat.«

»Und ich hoffe, Sie werden keine Fisematenten machen, Herr Schlieker!« sagte der Amtsgerichtsrat schon lauter.

»Gar nicht«, antwortete Schlieker.

»Sie werden doch nicht etwa halsstarrig und trotzig sein, Herr Schlieker?« mahnte der Richter laut.

»Nein, Herr Amtsgerichtsrat.«

»Sie werden doch nicht etwa lügen und faule Ausreden gebrauchen wollen, Schlieker!« schrie er immer lauter.

»Nein, Herr Amtsgerichtsrat.«

»Seien Sie nicht so verstockt«, brüllte Schreischulze aus voller Kraft. »Stehen Sie auf, Schlieker, und sehen Sie mich an!«

Der Schlieker tat's, und es war wirklich ein recht freundlicher Blick, den er dem Richter zuwarf.

»Warum haben Sie die fünf Pflegekinder nicht ausgeliefert, Schlieker, wie's Ihnen das Amt dreimal aufgegeben hatte?!«

»Weil der Wagen kaputt war, Herr Amtsgerichtsrat.«

»Warum haben Sie sich keinen andern Wagen im Dorf geborgt?«

»Weil mir keiner einen geliehen hätte.«

»Weil Sie ein unverträglicher, streitsüchtiger, gehässiger Mensch sind, Schlieker, das wollen Sie doch sagen.«

»Nein, sondern weil ich aus Biestow bin. Was nicht aus Unsadel ist, gilt auch nichts in Unsadel«, sagte Schlieker mit unendlicher Sanftmut.

»Warum haben Sie denn da dem Amt keine Nachricht gegeben, Schlieker?«

»Weil ich die Kinder gestern sowieso abliefern wollte.«

»Gestern war der Wagen also wieder heil?«

»Jawohl, Herr Amtsgerichtsrat.«

»Was war denn am Wagen kaputt?«

»Das linke Vorderrad.«

»Felgen oder Speichen?«

»Beides, Herr Amtsgerichtsrat.«

»Dann haben Stellmacher und Schmied daran arbeiten müssen, nicht wahr?«

»Jawohl.«

»Welche?«

»Schmiedemeister Gleiß und Stellmacher Stark in Biestow.«

»Das werden wir untersuchen«, sagte der Amtsgerichtsrat ganz sänftiglich. »Das werden wir Punkt für Punkt untersuchen. – Und warum haben Sie nun nicht aufgemacht, Schlieker, wie die Schwestern geklopft haben?«

»Weil ich im Keller war, Rattenlöcher verschmieren. Da hört man nichts.«

»Und wo war Ihre Frau unterdessen?«

»Auch im Keller.«

»Auch Rattenlöcher verschmieren?«

»Nein, sie hat Äpfel sortiert.«

»Haben Sie viele Ratten im Haus, Schlieker?«

»Es geht an, Herr Amtsgerichtsrat.«

»Sie müssen doch ziemlich viele haben, wenn Sie drei Stunden lang Rattenlöcher verschmieren, denn so lange haben die oben geklopft«, meinte der Amtsgerichtsrat.

»Na ja, ziemlich viele«, gab Schlieker zögernd zu. Er roch die Falle, aber er sah sie nicht.

»Und da bewahren Sie Äpfel im Keller auf?!!!« schrie der Amtsgerichtsrat. »Sie haben gelogen, Schlieker! Die Ratten würden Ihnen ja nicht einen Apfel lassen!«

»Ratten fressen doch keine Äpfel«, versuchte Schlieker sich schnell zu retten.

»Und das wollen Sie einem Richter auf dem Lande einreden, Sie Schafskopf!« schrie Schulz. »Thode, fressen Ratten Äpfel?«

»Meine massenhaft, Herr Amtsgerichtsrat«, brummte Thode. »Soviel sie kriegen können.«

»Sehen Sie!« triumphierte der Amtsgerichtsrat. »Bei *dem* Schwindel haben wir Sie schon erwischt, Schlieker, Ihre Frau hat keine Äpfel sortiert, und also haben Sie auch das Klopfen gehört!«

»Jawohl, Herr Amtsgerichtsrat!« sagte Schlieker friedlich.

»Wie –?!« fragte der Amtsgerichtsrat verblüfft. »Warum haben Sie denn da nicht aufgemacht?«

»Weil wir uns geschämt haben.«

»Ach nee! Sie haben sich geschämt? Warum denn?«

»Weil das ganze Dorf Unsadel zusah und wir doch aus Biestow sind.«

»So ist das!« meinte der Richter. »Da fällt mir was ein, Schlieker. Welches Hinterrad an Ihrem Wagen war doch entzwei?«

»Das linke Vorderrad, Herr Amtsgerichtsrat. Aber es war nicht entzwei, der Wagen war heil.«

»War heil?! Das war also auch gelogen?«

»Jawohl, Herr Amtsgerichtsrat. Ich will aber jetzt auch nicht mehr lügen, Herr Amtsgerichtsrat. Ich sehe doch, Sie sind zu schlau für mich.«

»Habe ich Ihnen nicht gesagt, Sie sollen keine Fisematenten machen, Schlieker?!« schrie der Amtsgerichtsrat. »Das ist eine Unverschämtheit zu sagen, ich bin zu schlau für Sie. Jetzt, grade jetzt wollen Sie mich einseifen bis über die Ohren.«

»Nein, Herr Amtsgerichtsrat, ich will die reine Wahrheit sagen.«

»Also Sie gestehen zu, daß Sie die Kinder nicht ausliefern wollten?«

»Doch, Herr Amtsgerichtsrat«, sagte Päule mit dem blauesten Blick seiner Augen. »Die Kinder wollte ich gestern wirklich und wahrhaftig abliefern, und nur die Giftkröte, die kleine Thürke, hat mir einen Streich gespielt.«

»Schlieker«, sagte der kleine Mann sehr befriedigt, »so gefallen Sie mir viel besser. Leugnen, das paßt zu Ihnen, aber gestehen, ach nee, Schlieker. – Also, wie haben Sie denn das nun gemacht mit der sogenannten Ablieferung?«

»Klock fünfen am Morgen habe ich die Thürke mit den Kindern ins Boot gesetzt ...«

»Das Boot war also nicht bei Ihrem Vetter in Biestow?«

»Nein doch, Herr Amtsgerichtsrat, das habe ich bloß dem Herrn Gneis so erzählt.«

»Erzählt? Erstunken! – Also weiter! Warum ins Boot?«

»Weil sie doch über den See fahren sollte für die Ablieferung ...«

»Aber Sie lügen ja schon wieder, Schlieker«, schrie Schreischulze wütend. »Thode, kann man von Unsadel in einem Boot zum Amt fahren?«

»Erst wenn Sintflut gewesen ist, Herr Amtsgerichtsrat.«

»Sehen Sie, Schlieker!«

»Und es ist doch so, wie ich sage. Ich habe genau mit der Giftkröte die Stelle verabredet, wo wir uns am Kriwitzer Weg treffen wollten, da, wo am See die drei Silberpappeln stehen.«

»Sie hatten's doch einfacher durchs Dorf?«

»Aber wo wir uns doch so geschämt haben, Herr Amtsgerichtsrat, meine Frau und ich. Die im Dorf sollten's doch gar nicht erfahren, daß ich die Kinder abliefern mußte. Darum habe ich die Rosemarie mit den Kindern über den See ans andere Ende vom Dorf geschickt, und ich wollte mit dem leeren Wagen hin und erst drüben aufladen.«

»Na, geschämt haben Sie sich wohl nicht so sehr, Schlieker, aber die Schadenfreude haben Sie den andern nicht gönnen wollen, was?«

»Das ist doch dasselbe, Herr Amtsgerichtsrat. Aber wie ich nun mit Wagen und Pferden zu den Pappeln hinkomme, ist keine Rosemarie mit den Kindern zu sehen, nein, gar nicht. Diese Giftkröte! Und kommt auch nicht, solange ich warte! Schließlich fahre ich nach Haus, und meine Frau und ich, wir suchen stundenlang im Schilf, aber da rührt sich nichts, und kein Kind plärrt. Und darum, Herr Amtsgerichtsrat, habe ich auch nicht aufgemacht, als die klopften. Ich wußte doch rein gar nicht, was ich sagen sollte. Geglaubt hätte mir ja keiner meine Geschichte, und vorweisen konnte ich die Kinder auch nicht.«

Der Amtsgerichtsrat hatte sehr aufmerksam und sehr ruhig zugehört. Nun nahm er die Meldung des Gendarmen Peter Gneis noch einmal, warf einen flüchtigen Blick auf sie und legte sie entschlossen fort.

»Hat Sie wohl jemand mit dem Wagen durchs Dorf fahren sehen, Schlieker?« fragte er.

»Es mag sein, es mag aber auch nicht sein, Herr Amtsgerichtsrat. Denn fortwärts war es noch ganz dunkel und heimwärts habe ich keine Gedanken für anderes gehabt, als daß die Kinder weg waren und die Thürke dazu.«

»So«, sagte der Amtsgerichtsrat. »So.« Er strich nachdenklich seinen Bart und ließ den Päule keinen Augenblick aus den Augen. Der aber stand so brav und bieder da wie nur einer und hatte Warten gelernt.

»Haben Sie denn«, fing der Amtsgerichtsrat achtsam wieder an, »in der letzten Zeit mit Rosemarie Thürke solchen Streit gehabt, daß Sie ihr einen so hinterlistigen Streich zutrauen? Ich dachte, es ginge jetzt besser, bei mir hat sie sich lange nicht sehen lassen.«

»Das will ich glauben«, sagte der Schlieker, legte den Giftpfeil auf den Bogen, spannte und schoß. »Denn jetzt hat sie es nicht mehr mit den Vormündern und mit Ihnen, sondern mit dem alten Lustgreis.«

»Mit wem?!« schrie der Amtsgerichtsrat und sprang so plötzlich vom hohen Stuhl, als hätte der Pfeil ihn körperlich getroffen. »Was ist denn das nun wieder?!«

»Das ist es, Herr Amtsgerichtsrat«, sprach Schlieker unerschütterlich, »daß vorgestern abend ein alter Knacker bei mir angekommen ist, mit heuchlerischem Augenverdrehen und Redensarten vom Seelenheil. An die Siebzig muß er auf dem Buckel haben, nannte sich Freund vom Pastor Thürke selig, und um die Rosemarie wollte er sich kümmern. Ja, kümmern.«

Schlieker hüstelte höhnisch.

»Und wie er nicht nachließ, und immer wieder wollte er die Rosemarie sehen und sprechen – und geküßt hat er sie dann auch, und sie ist doch kaum sechzehn –, da habe ich ihn in meinen Kohlenstall gesperrt, weil ich mit dem Schulzen Gottschalk seinetwegen sprechen wollte. Aber am Morgen war er weg, und wer ihn rausgelassen hat, das weiß ich auch, denn gleich hinterher verschwand die Marie mit den Kindern. Den Streich hat der ausgebrütet, da fresse ich ein Pfund Arsen, Herr Amtsgerichtsrat ...«

Aber der Amtsgerichtsrat lag fassungslos im Stuhl und stöhnte: »Entweder sind Sie verrückt geworden, Schlieker, mir solchen Kohl vorzusetzen, oder aber ... Aber nein, soweit kenne ich nun doch die Rosemarie Thürke, alter Kerl und die –! Es ist ausgeschlossen!«

»Muß das Kind es denn wissen?« fragte Schlieker sanft und eindringlich. »Wenn er es man weiß. Er tut ja so mild und väterlich. Aber ein ganz Gerissener ist er, meinen entsprungenen Knecht, den blöden Philipp Münzer, hat er auch mit sich fortgenommen ...«

»Jetzt machen Sie Schluß, Schlieker!« rief der Amtsgerichtsrat wütend. »Was hat Ihr blöder Knecht damit zu tun –?!«

»Das hat er damit zu tun, daß er doch der einzige ist, der die Berliner Wohnung von dem alten Kerl kennt. In Berlin bei ihm ist er gewesen, da fragen Sie mal den Herrn Gneis.«

»Es muß etwas dran sein«, murmelte der Amtsgerichtsrat. »Dies denkt sich keiner aus. Thode, Gendarm Gneis soll sofort zu mir kommen. Und Sie gehen dann zu Kaufmann Mühlenfeldt und fragen nach, ob sich sein Mündel Thürke hat sehen lassen. Eventuell mit einem alten Mann. Und dann radeln Sie zu Frau von Wanzka und fragen dasselbe. Natürlich – wenn Sie die Thürke sehen oder den alten Kerl, sofort mitbringen!«

»Zu Befehl, Herr Amtsgerichtsrat!«

Die Tür klappte, und Justizwachtmeister Thode Brummig war weg.

»Und nun hören Sie, Schlieker«, sagte der Amtsgerichtsrat Schulz in ganz anderm Tone zu seinem Gefangenen. »Daß Sie ein schlechter Kerl sind, das wissen wir beide, davon wollen wir jetzt nicht reden ...«

»Herr Amtsgerichtsrat ...«, sagte Schlieker wütend.

»Ruhe!« schrie der Amtsgerichtsrat mit einem letzten Anfall von Schreierei. »Und ob Sie aus der Sache mit den nicht abgelieferten Pflegekindern sauber fortkommen, das weiß ich noch nicht. Was Sie mir da erzählt haben, kann sein und kann nicht sein – das werden wir bald heraus haben. Wenn aber was Wahres dran ist an der andern Geschichte von dem alten Kerl, dann müssen Sie jetzt ohne Hintergedanken und ohne Lüge aussagen, sonst lernen Sie mich kennen, Schlieker, wie Sie mich noch nie kennengelernt haben!«

»Ja doch, Herr Amtsgerichtsrat!« beteuerte Schlieker.

»Denn ich kann alles vertragen in meinem Bezirk, und meinethalben auch eine Messerstecherei beim Tanzvergnügen, aber so was mit altem Kerl und halbem Kind, das will ich nicht haben bei mir, Schlieker, verstanden?!«

»Gewiß doch, Herr Amtsgerichtsrat! Wenn sie ihn bloß nicht wieder aus meinem Kohlenstall herausgelassen hätte! Vielleicht ist sie doch kein bloßes Kind mehr –?«

»Wie hat der Mann ausgesehen, Schlieker? Beschreiben Sie ihn mir mal ganz genau ...«

Drei Stunden später, grade um die Mittagszeit, da sie um ihre Suppentöpfe saßen, kehrte Päule Schlieker, der Fremdling aus Biestow, zurück zu den Ureinwohnern von Unsadel. Er war in allerbester Stimmung, denn dem eingebildeten Zwerg, dem Schulz, hatte er mit seiner Anzeige schön eingeheizt.

Entführung einer Minderjährigen schien zweifelsfrei vorzuliegen – und das war es, was dem Amtsgerichtsrat Schulz den Kopf so heiß gemacht hatte. Denn Herr Schulz war ein völlig gesunder, ein säuberlicher Mann und hatte darum einen sehr kräftigen Ekel vor allem Unsauberen und Unreinen.

Jetzt schon, ohne ihn gesehen zu haben, hatte er einen

richtigen Haß auf den alten Kerl, und wenn Gendarm Gneis zehnmal sagte: »Das trau ich dem nicht zu« – der Amtsgerichtsrat traute es ihm zu. Es gab genug Verdächtiges, von der geheimnisvollen Verbindung mit dem entlaufenen Knecht an bis zum spurlosen Verschwinden des Kindes.

Päule Schlieker war eine wichtige, ja, verdienstliche Person geworden, denn er war aufmerksamer gewesen als der Gendarm Peter Gneis, und irgendein Grund, ihn noch gefangenzuhalten, bestand nicht.

Daher kam es, daß Päule Schlieker so zufrieden und vergnügt in Unsadel einzog. Aber daß er sich da etwa heimlich einschleichen sollte wie ein entlassener Verbrecher – den Spaß wollte er den Unsadelern nun doch nicht machen! Sie alle hatten seinen Abmarsch mit dem Gendarmen so aufmerksam betrachtet, daß sie auch an seiner Rückkunft ihr helles Vergnügen haben sollten!

Da war es gut, daß er auf dem Wege von Kriwitz nach Unsadel den alten Fellhändler Lau getroffen hatte. Dem hatte er mit ein bißchen Zureden und gegen das Versprechen einer kostenlosen Kalbshaut (es waren aber die Würmer drin, was er dem Lau nicht erzählt hatte) die Trillerpfeife, mit der er die Leute vor die Tür lockte, abgeborgt.

So kam Freund Päule Schlieker nach Unsadel, und kaum war er an der Windmühle vorbei und die ersten Dorfhäuser lagen rechts wie links, da setzte er die Pfeife an den Mund und fing zu trillern an wie der alte Lau.

Und richtig! Die da um ihren Mittagstisch saßen und aßen, fuhren hoch, und Vadding rief zu Mudding: »Muß uns der alte Zickenbart doch richtig wieder in die Suppe fallen! Mudding, halt ihn draußen fest, bis ich die Kuhhaut vom Boden geholt habe, und es müssen auch noch drei Hasenfelle hinter dem Ofen von der Altenteilerstube stehen!«

Als sie aber vor ihre Häuser kamen, war's nicht der alte, demütige Lau, sondern ihr Mitbürger Päule Schlieker, und wie ein rechter Bosheitsteufel, der er ja auch war, verbeugte er sich nach rechts und nach links und zog seinen Hut und griente denen, die da mit ihren Häuten und Fellen standen, recht freundlich zu.

Und jeder Fluch, den sie über ihn sprachen, war ihm recht, und jede Verwünschung, die sie ihm nachriefen, freute ihn, und wenn sie ganz still waren und spuckten nur vor blasser Wut aus, da verbeugte er sich noch einmal extra.

So dienerte und trillerte und griente er sich durchs Dorf und ging ordentlich auf wie ein Hefekuchen vor quellender Bosheit. Beim Spritzenhaus gab er seine letzte Pracht- und Galavorstellung, und seine Mali hätte er gerne dabei gehabt, die hätte sich auch gefreut!

Als nun aber Schlieker um die letzte Hausecke bog und jetzt waren es nur noch fünfzig Schritt am Gartendrahtzaun entlang bis zum eigenen Hoftor –, da blieb er mit einem Ruck stehen. Denn vor sich sah er einen Jungen, einen ziemlich großen Schuljungen, der, halb hinter einem Zaunpfosten, halb hinter einem Busch versteckt, eifrig in den Schliekerschen Garten und nach Frau Schlieker spähte, die da Land umgrub.

Schlieker sah sich das an. Der Junge kehrte ihm beharrlich den Rücken zu und spähte mit staunenswerter Geduld. So trat Schlieker vom Weg auf den Grasstreifen neben dem Weg und ging sanft und still auf dem Grasstreifen näher an den Jungen heran. Als er ihn aber erkennen konnte, blieb er wieder mit einem Ruck stehen. Denn dieser Junge war der Sohn vom Bauern Gau, und hatte Schlieker bisher gedacht, es sei bloß irgend so ein Bengel, der hier wegen der Marie lauerte (denn die hingen ja alle wie Pech und Schwefel an ihr), so war das jetzt ausgeschlossen.

Denn daß Marie die Gaus mit allem, was ihnen anhing, seit der Pflegekinderzeit bei ihnen haßte, das wußte er wohl.

Wenn aber so ein Gaubengel mittags Klock zwölf zur Essenszeit am Schliekerschen Gartenzaun lauerte, so hatte es damit eine besondere Bewandtnis, und eine gute bestimmt nicht. Zwar war Schlieker mit allen Leuten im Dorf verfeindet, die Gaus waren aber doch so recht seine Ober- und Herzensfeinde. Das stammte noch aus der Zeit, da er ihnen ihr Pflegekind Marie abgejagt hatte und da dem Schlieker kurz drauf eine Kuh auf dem Kleetüder an der Trommelsucht verreckt war.

Schlieker war noch heute davon überzeugt, daß daran die Gaus schuld waren, die der Kuh boshaft nassen Klee vorgeworfen hätten – trotzdem er mit dieser Klage vom Gericht (Schreischulze!) abgewiesen worden war.

Schlieker trat schnell hinter einen Dornbusch, denn nun glitt der Junge leise den Zaun entlang auf das Hoftor zu, dabei fleißig nach der grabenden Frau spähend.

Die sah nicht auf, nur manchmal klang der helle Ton des Spatens herüber, der einen Stein getroffen hatte. Den Zaun entlang glitt der Junge, den Rain entlang glitt Schlieker – im Garten grub still die ahnungslose Frau. An der Einfahrt zum Hof blieb der Junge stehen und sah sich vorsichtig um. »Kiek du und der Teufel«, dachte Schlieker hinter einem Dornbusch. »Gleich wird der Bello anschlagen.«

Aber Bello schlug nicht an, und Otsche Gau glitt weiter, jetzt auf den Schliekerschen Hof. Eigentlich hatte er nur Posten stehen sollen, dann aber hatte er Botschaft vom alten Kuhstall bekommen, er möge bei ganz reiner Luft doch versuchen, ob nicht etwas von Rosemaries Wäsche, Schuhzeug und Kleidern zu erreichen sei.

Nun, seit einer Viertelstunde war die Frau aus dem Haus und schien sich auf längere Gartenarbeit eingerichtet zu haben. Auf dem Hof konnte sonst keiner sein, denn

Päule Schlieker saß sicher in Nummer Sicher (dachte Otsche), und so wagte er es, um großen Ruhm zu erwerben.

Der Junge kam über den Hof, öffnete sachte die Tür zum Windfang und stand in der fliegendurchburrten Küche. Er kannte das Haus aus der Zeit, da Rosemarie noch seine Pflegeschwester gewesen war, und so wußte er, daß er durch die Tür neben dem Kochherd zu gehen hatte.

Er tat's und war nun in der Stube der ehemaligen Pflegekinder. Er sah durch das Fenster in den Garten, und da stand nun unten, keine sechs Schritte entfernt, die grabende Frau. Die Fensterscheibe war zwischen ihnen, und die Frau dachte gar nicht daran, herzusehen, und selbst dann hätte sie ihn aus dem Hellen ins Dunkle nicht sehen können, aber dem Jungen klopfte das Herz doch gewaltig. Da konnte er sich zehnmal sagen, daß er nichts Schlechtes tat, daß die Wäsche und die Kleider doch der Rosemarie gehörten – es half nichts; das Herz hüpfte doch, und am ganzen Körper wurde er naß von Schweiß.

So dauerte es eine ganze Weile, bis der Junge sich entschloß, die Tür aufzumachen. Da hatte er es aber auch geschafft, denn nun war er in Rosemaries Stübchen, und der Schrank gradezu, das war der Schrank, in dem sie ihre Sachen hatte. Der Schlüssel steckte, und je länger Otsche zögerte, um so schlimmer klopfte das Herz. Er huschte ins Haus, aber alles war totenstill. Er gab sich einen Ruck, und mit zwei Schritten war er am Schrank. Er schloß auf. Da lag nun all das Wäschezeug in kleinen Päckchen vor ihm – aber was sollte er nehmen? Otsche hatte auch Schwestern, doch darum noch lange keine Ahnung, was diese Mädels sich alles auf den Leib zogen. Strümpfe – na schön, Strümpfe waren bestimmt richtig, und er griff sich vier, fünf Paar. Eines fiel hin, er bückte sich danach und sah – auf einen halben Meter Entfernung! – in das hämisch grinsende Gesicht Päule Schliekers!

Das Herz stand ihm still ...

»Schön, daß du mich auch mal besuchst, Otsche Gau«, grinste Päule Schlieker, noch immer hinter der angelehnten Tür kauend.

Doch im gleichen Augenblick schlug Hohn in Zorn um. Mit beiden Händen faßte Schlieker den zitternden Jungen bei den Schultern, riß ihn zu sich, stieß ihn fort, riß ihn zurück und wieder fort und hin und her, hin und her ...

»Du verfluchtes Biest! Dieb und Sohn eines Diebes! Ich schlage dich tot!« keuchte er und dachte an die krepierte Kuh.

In dem haltlos hin und her fliegenden Kopf des Jungen war nur ein Gedanke: »Ich will nicht Angst haben ... Ich will nicht Angst haben vor Schlieker ... Ich will nicht ...«

## 10. Kapitel

### Worin Rosemarie viel Geld bekommt und Otsche für sein Leben läuft

Ein rechter stiller und friedlicher Herbstsonnentag war dieser Gerichtstag für die drei Menschen im Waldhaus, keine Ahnung der Dinge, die über sie gesprochen und beschlossen wurden, rührte sie an.

Noch schlief der Professor sanft, da kam Heini Beier schon mit einem Tragkorb marschiert und packte aus, was sich in nächtlicher Eile hatte besorgen lassen: Eier und Schmalz, Butter und Salz, Brot, Speck und Mettwurst, dazu Malzkaffee und ein derbes Stück Schinken. Sogar an eine Kanne Milch hatten sie gedacht: »Aber die Kanne muß gleich wieder zurück, sonst spukt's bei Strohmeiers«, sagt Albert.

Er nahm sie zurück und die verhängnisvolle Botschaft von Rosemaries Kleidern und Wäsche dazu.

Als dann der Professor aufwachte, roch es schon verheißungsvoll nach Eiern und Speck. Freundlich grüßte er das geschäftige Mädchen, gab ihr nun wirklich einen Kuß auf die Stirn und sprach: »Guten Morgen, Kind. Ich habe gut geschlafen und fühle mich wieder ganz frisch und kräftig. Und du –?«

»Danke, Pate. Gleich werden wir Frühstück haben.«

Den Professor kam es nicht an zu fragen, welch Tischleindeckdich diese Frühstücksdinge in das kahle Waldhaus gezaubert hatte, und so frühstückten sie denn langsam und behaglich, Philipp freilich gesondert vor dem Stall auf einem Hackeklotz. Der Professor schlug vor, nach dem Frühstück zu den Vormündern zu wandern, um mit ihnen zu sprechen: Auf daß alles auch seine Richtigkeit vor Gott und der Obrigkeit bekomme.

Aber Rosemarie war dagegen, es seien drei Stunden hin und drei Stunden zurück und der Pate habe sich seinen Ruhetag gewiß verdient. Morgen könne man dann ja sehen …

Sie schwieg von dem Beschluß, erst einmal abzuwarten, was mit Schlieker würde, sie schwieg auch von der Nachricht, die Hütefritz gebracht, der Professor habe abreisen wollen ohne ein Wort. Im Mondschein auf der Waldwiese hatte es ganz möglich ausgesehen, den alten Mann mir nichts, dir nichts zur Rede zu stellen, aber heute am Tage war alles anders. *Ein* Ding ist der Beschluß, nur noch mit der Wahrheit im Bunde zu sein, ein ander Ding, ihn durchzuführen.

Sie sprach nicht von der Herkunft der Eier, nicht von der Flucht des Professors, nicht von der Gefangennahme Päule Schliekers, auch nichts von ihren Plänen und Absichten.

Sie setzte dem Paten mit Philipp zusammen einen Lederstuhl in die Sonne und packte ihn gut in eine warme Decke. Sie gab ihm seine Bibel in die Hand, und dann machte sie sich an ein gründliches Reinmachen des Stalles. Darüber sah sie von Zeit zu Zeit immer wieder zu dem alten Mann hin, sie hatte noch etwas anderes auf dem Herzen, aber selbst um eine so einfache Sache zu fragen hielt schwer.

Der Professor saß stillzufrieden in der lichten Wärme, er las in seiner geliebten Offenbarung, die ihm neu und schön war wie am ersten Tag. Dann und wann ließ er das Buch sinken und sah nachdenklich auf den Buchenwald, aber er wußte natürlich nicht, daß es Buchen waren, er wußte nur, daß es Wald war. Von den Zedern des Libanon hätte er mancherlei zu berichten gewußt, er hätte sogar ihr Aussehen beschreiben können – er kannte sie aus Abbildungen und Büchern –, doch von den Bäumen im deutschen Walde wußte er nichts.

Manchmal kam ihm aber doch zum Bewußtsein, wie weit aus der Welt er wohnte, zum Beispiel jetzt, als Rosemarie ihn – nach einer Stunde Zögerns – fragte:

»Kannst du mir wohl ein bißchen Geld geben, Pate?«

»Ja, natürlich«, sagte der Pate, legte das Buch der Bücher sorgsam auf die Knie und fuhr mit beiden Händen unter die Decke in die Taschen: »Wieviel brauchst du?«

»Vielleicht drei Mark«, bat Rosemarie verlegen. Und rasch: »Ich will nämlich Philipp schicken, daß er uns ein bißchen Essen einkauft. Und Petroleum für die Lampen müssen wir auch haben.«

Der Pate hatte die Bibel auf den Knien liegen und jetzt auf ihr die Brieftasche mit dem Papiergeld und wieder darauf das geöffnete Portemonnaie mit Silber, Nickel und Kupfer.

Etwas hilflos sah er auf diese Dinge. »Weißt du, Rosemarie«, sagte er dann zögernd, »ich habe so viele Jahre nicht mit Geld zu tun gehabt, daß ich ihm recht entfremdet bin.« Er nahm ein Silberstück in die Hand und besah es prüfend. »Was ist zum Beispiel dies für eine Münze?«

»Ein Taler, Pate.«

»Schön, Rosemarie, du weißt also damit Bescheid, aber ich weiß es nicht, und ich denke auch nie an Bezahlen. Willst du mir nicht diese lästigen Gelddinge abnehmen?«

Er schob alles zusammen und hielt es ihr mit beiden Händen entgegen.

Ein leises Rot stieg in Rosemaries Wangen. »O Gott, Pate«, sagte sie. »Das willst du mir anvertrauen? Es ist ja so viel Geld –!«

»Ist es das? Nun, ich bin überzeugt, du wirst sorgsam damit umgehen.«

»Gewiß. Gewiß!« rief Rosemarie. »Ich zähle es gleich nach und gebe dir eine Quittung.«

Sie stand vor ihm, das Geld in der Hand, freudig und gerührt. Jetzt wäre der Augenblick gewesen, ihm ihr Herz zu öffnen. Aber der Augenblick ging ungenützt vorüber, er nickte ihr freundlich zu und sah schon wieder in die Bibel, da ging sie.

Dann saß sie im Waldhaus am Holztisch und zählte, sie störte ihn noch einmal. »Pate, es sind 217 Mark und 83 Pfennig – hier ist die Quittung –, darf ich auch etwas zum Schuheputzen kaufen? Es ist nichts da.«

»Jawohl, jawohl«, nickte er abwesend, schob die Quittung zwischen die Seiten der Bibel und las weiter. Sie saß noch eine Weile über dem Geld, ihr Herz klopfte heftig. Die höchste Summe, die sie je besessen, waren fünfzig Pfennig gewesen. Herr Vogel hatte sie ihr einmal zum Geburtstag geschenkt, und am gleichen Tage noch waren sie ihr von Frau Gau wieder abgenommen worden.

Sie saß und sann. Dies viele Geld ihr zu geben hatte ihm nichts bedeutet, höchstens eine Erlösung – ihr bedeutete es so viel! Sie rieb die Scheine sachte mit den Fingern, sie knisterten leise: Nun gut!

Dann legte sie fünf Mark auf den Tisch und versteckte ihren Schatz im Bett. Philipp wurde gerufen und bekam seinen Besorgungsauftrag, nebst Geld, Zettel und Petroleumkanne. Weder nach Unsadel noch nach Kriwitz durfte er gehen, sondern quer durch den Wald nach dem preußischen Dorf Lüttenhagen. Und auch dort mußte er aufpassen, denn ein entlaufener Dienstknecht war er heute wie gestern, bei den Preußen wie bei den Mecklenburgern.

Nun stand Rosemarie am Seeufer, sah auf den Waldrand drüben, wo der Pfad nach Unsadel lief, und spähte. Niemand kam, und es war schlimm, hier untätig zu sitzen, da es um ihren Hof und um ihr Schicksal ging. Später machte sie Mittagessen – es gab wieder Eier, diesmal mit Schinken, dazu Brot und Malzkaffee –, und dann legte sich der Professor, wie er es gewohnt war, ein Stündchen hin.

Aber er konnte noch nicht lange geschlafen haben, da rief es ihn sanft an, und als er die Augen aufschlug, war es Rosemarie: »Pate, ich muß schnell mal weg. Aber sorge dich nicht, der Philipp wird in gut einer Stunde zurück sein, und ich bin auch vor Nacht wieder hier.«

Er spürte ihre Erregung und setzte mit Fragen an, so gut das eben direkt aus dem Schlafe ging, aber sie sagte nur hastig: »Nein, Pate, ich muß wirklich sofort weg! Ich erzähle dir alles nachher.« Und damit war sie auch schon aus dem Haus, dessen Tür sie vor dem nachwinselnden Bello sorgsam einklinkte.

Mit dem Schlafen war es nun vorbei, und nachdem der Professor noch eine Weile still auf seinem Bett gelegen hatte, stand er auf und ging nachdenklich im Waldhaus auf und ab. Er hatte allen Grund, nachdenklich zu sein, doch je mehr er grübelte, um so verworrener schien ihm alles, und wieso er eigentlich hier als ein heimlicher Flüchtling im Vogelschen Sommerpalais saß, das begriff er schon gar nicht.

Drinnen war es trübe, draußen schien die Sonne. Der Professor stieß die Tür auf und trat in die helle Lichtung. Mit ihm schoß der Hund Bello hinaus, lief einige Male winselnd, die Nase tief auf der Erde, über die Blöße und verschwand dann auf einem schmalen Waldsteig, leise und freudig blaffend.

Der Professor sah ihm nach, schüttelte verwirrt den Kopf und ging nun auf der Lichtung hin und her, aber der klare Sonnenschein machte es auch nicht klarer.

Nach einem Weilchen kam Philipp mit seinen Besorgungen und schien verwundert und betrübt, daß Rosemarie fehlte. Er wollte vom Professor wissen, wohin sie gegangen sei und warum. Weil der Professor das aber auch nicht wußte und weil jede Verständigung zwischen Platt und Hoch an sich schon schwierig war, so blieb der Junge ohne Aufklärung und unruhig.

Den Sessel setzte er aber dem Professor noch ins Haus zurück, und Feuer legte er ihm auch noch neu in den Kamin, dann aber schien er zu einem Entschluß gekommen: er setzte sich plötzlich in Trab und schoß in genau den Waldpfad hinein, auf dem auch der Bello verschwunden war.

Der Professor konnte ihm nachrufen, soviel er wollte, und selbst den Waldsteig ein wenig hinuntergehen – der Junge kam nicht wieder, und der Wald wurde jetzt rasch dunkel. Langsam ging Professor Kittguß in sein Heim zurück und setzte sich in den Sessel am Feuer, die Ausreißer zu erwarten.

Stunde um Stunde verging, das Feuer fiel zusammen, trübe sinnend vergaß der Professor, neues Brennholz nachzulegen. Und die Lampe anzuzünden. Und etwas zu essen. Er sann, und er kam sich sehr alt, sehr unbrauchbar und sehr verlassen vor. Niemand hielt mehr bei ihm aus.

Schließlich – es war schon tiefe Nacht – schlief er ein. –

Rosemarie und Ernstel Witt liefen, so rasch sie nur konnten, über den Waldsteig nach Unsadel. Sie hatte nur zu hören brauchen, daß Päule Schlieker wieder da und Otsche Gau verschwunden war, sie brauchte nur die unselige Morgenbotschaft von der fehlenden Wäsche dazuzurechnen und sie wußte ziemlich genau, was geschehen war. So liefen sie ohne Wort, aber mit vielen Sorgen den Weg vom Waldhaus nach Unsadel.

Es war kein Gedanke, daß sich Rosemarie in Unsadel sehen lassen durfte, und so war das Stelldichein des Bundes eine kleine Sandgrube etwa dreihundert Meter vom Schliekerschen Gehöft, von der man die Pforte zu Hof und Haus sehen konnte.

Da traf sie ihre Jungens, und sogar der Hütefritz war da – er hatte nun, da wirklich höchste Not war, sogar seine Herde im Stich gelassen. Aber noch jemand war da, der gar nicht zum Bunde gehörte, nämlich die Gausche Älteste, Evi Gau, zwei Jahre jünger als Rosemarie – und die beiden hatten einander in recht guter Erinnerung.

»Sie wird nichts verquatschen«, beruhigte Hütefritz. »Ich habe sie holen lassen, damit wir auch wissen, was bei Gaus los ist.«

Die beiden Mädchen gaben sich recht kühl mit »Dag ok, Evi« – »Dag ok, Marie« die Hand und sahen rasch wieder voneinander fort.

Otsche Gau hatte von zwölf bis zwei Uhr Wache gehabt und, um das Mittagessen versäumen zu können, Streit mit seinem Vater angefangen, der, ein rechter Wutkopf, ihn auch gleich aus der Stube gejagt und in den Holzstall gesperrt hatte. Daß er aus dem, mit der eingeweihten Evi Hilfe, zwei Minuten später bereits wieder entkommen war, das hatten die Gau-Eltern bis jetzt noch nicht gemerkt: »Und wenn sie es merken, werden sie es auch nicht gleich mit der Angst kriegen. Freilich, wenn Vater wüßte, er sitzt da im Schliekerschen Haus, und nun gar wegen deiner Hemden, ich weiß nicht, was euch beiden passierte, dir und Schlieker und der ollen Mali auch.«

Keines antwortete, sondern alle sahen still auf den Hof, wo sich nichts rührte.

»Und seit zwei, seit ich den Otsche ablösen sollte, hat sich auch nichts gerührt«, sprach Hübner eifrig. »Sie müßten doch wenigstens einmal nach dem Vieh sehen.«

»Und jetzt ist es gleich fünf«, heulte plötzlich Evi Gau los. »Und vier Stunden haben sie ihn jetzt schon mindestens drin, und wer weiß, wie sie ihn peinigen und martern! Und vielleicht schlagen sie ihn sogar tot!«

»Schliekers ist alles zuzutrauen«, sagte weise Hübner.

»Halt's Maul, alter Quatschkopf«, schimpfte Hütefritz los. »Vom bloßen Gucken kommt er auch nicht frei«, rief Evi. »Nun sag was, Rosemarie! Deinetwegen sitzt er doch drin, und vielleicht denken Schliekers sogar, er hat klauen wollen!«

Rosemaries Herz war schwer, der Entschluß bitter, aber sie sagte doch: »Das beste wird sein, ich gehe hin und sage, daß ich ihn geschickt habe. Dann müssen sie ihn laufenlassen.«

»Und dich behalten sie!« rief Hütefritz wütend.

»Vielleicht komme ich auch wieder los«, sagte Rosemarie, aber nicht sehr hoffnungsvoll.

»Da warte man drauf!« höhnte Fritz wütend. »Nach dem, was du den Schliekers angetan hast, legen sie dich lieber an den Tüder, als daß sie dich noch einmal laufenlassen.«

Alle schwiegen und sahen gespannt auf Rosemarie.

»Also!« sagte sie jämmerlich, denn sie hatte wirklich

Angst. Sie wandte sich zum Gehen, blieb aber wieder stehen. »Du hast ja recht, Evi, steckenlassen darf ich ihn nicht. Ich gehe jetzt rein, und wenn Otsche in einer halben Stunde nicht draußen ist, so läufst du zu deinem Vater und erzählst ihm alles. Und du, Hütefritz, mußt dich mit den andern ein bißchen um Philipp kümmern, der braucht denen auch nicht grade in allernächster Zeit vor die Füße zu laufen. Und dann seht zu, daß der Professor wegkommt ... Ach Gott ja, Hütefritz, er hat mir sein Geld anvertraut, es sind noch 212 Mark und 83 Pfennig.

Sie liegen unter meinem Kopfkissen im alten Kuhstall, die gibst du ihm. Und sagst ihm, er kann mir doch nicht helfen, er soll lieber nach Haus fahren ...«

»Höre zu«, sagte Hütefritz eifrig. »Hör du auch zu, Evi, denn jetzt mußt *du* entscheiden. Was du gesagt hast, Rosemarie, das behalten wir alle und dafür sorgen wir, darauf kannst du dich verlassen. Aber zu Schliekers gehen, das kannst du in einer halben Stunde auch noch – erst müssen wir doch einmal bestimmt wissen, daß Otsche bei ihnen im Haus sitzt. Sonst gehst du rein für nichts und wieder nichts.«

»Aber wo soll er denn sonst sein?« fragte Hübner.

»Weiß ich das?! Vielleicht ist Schlieker gleich von hier aus nach Biestow zu seiner Verwandtschaft oder sonstwas und der Otsche hinter ihm her. Nein, jetzt gehe ich erst einmal spionieren, und dann, wenn wir bestimmt wissen, Otsche sitzt drin, gehst du, Rosemarie. – Bist du einverstanden, Evi?«

»Ja«, sagte sie zögernd. »Wenn es nicht länger als eine halbe Stunde dauert ...«

»Aber wenn einer spioniert«, sagte Rosemarie, »will ich es sein.«

»So dumm«, höhnte Hütefritz. »Wo man dein rotes Kleid sieben Meilen weit sieht.«

»Ich bin der Kleinste«, piepte Albert Strohmeier. »Und am schnellsten von euch laufe ich auch. Ich will gehen.«

»Ich habe die Idee gehabt«, beharrte Hütefritz. »Ich will gehen.«

»Nein«, entschied Rosemarie. »Strohmeier soll gehen. Wenn der von Schliekers gesehen wird, denken sie, er ist bloß neugierig. Aber wenn sie dich merken, Fritz, wissen sie gleich, ich stecke dahinter, denn du gehörst doch zu mir.«

»Er macht todsicher alles falsch«, murrte Hütefritz unzufrieden. »Du mußt wie 'n Indianer schleichen, Albert, auf Zehen- und Fingerspitzen, daß Schlieker deine Spuren nicht findet.«

»Döskopp«, sagte Strohmeier verächtlich. »Was der schon nach Spuren sieht! Nein, ich geh auf Socken, barfuß quatscht manchmal so, und die Stiefel sind zu laut ...«

Alle sahen ihm zu. Plötzlich war die Stimmung anders, Otsches Gefangenschaft und Rosemaries Opfergang vergessen ...

»Halt dich senkrecht, Albert!« riefen sie.

»Klar«, sagte der und schob sich zwischen die Ginsterbüsche.

»Dussel! Wo willst du hin?!« rief Hütefritz eifersüchtig.

»Verstehst du denn nicht?« erklärte Rosemarie eifrig. »Er macht es ganz richtig, er will nicht den Weg lang. Er geht den Feldrain runter bis an den See und dann am Seerand bis in den Garten ... Was ist denn das?!«

In den Büschen am Rande der Sandgrube rauschte es, brach durch, und freudig winselnd stürzte sich Bello auf Rosemarie.

»Da ist er wieder!« sagte sie. »Hat der Professor ihn laufenlassen. Ja, mein Lieber, mein Starker, es ist ja gut. Nur stille sein, ganz stille sein ... Leg dich, leg dich schön!«

Der Hund legte sich gehorsam vor sie hin und sah sie an.

»Jetzt ist er im Garten«, meldete Hübner.

»Und nun können wir nichts mehr sehen«, sagte Hütefritz. »Nun müssen wir bloß warten.«

Also warteten sie.

Es verging eine Zeit, die ihnen endlos schien.

»Wo er nur bleibt?!« murmelte einer.

»Er müßte längst wieder hier sein.«

»Vielleicht hat Schlieker ihn abgefaßt.«

»Wenn er jetzt nicht gleich kommt, gehe ich«, drohte Hütefritz.

»Du bleibst!« entschied Rosemarie. »Wenn einer geht, bin ich es.«

»Da! Da!« schrie Win. »Er ist schon unten am See!«

»Wirklich und wahrhaftig!«

»Wenn er bloß was ausgerichtet hat! –«

»Nun, Albert?« fragte Rosemarie erwartungsvoll.

»Ist er drin –?!« drängte Hütefritz.

»Wer? Schlieker?« fragte Albert Strohmeier, der recht gut wußte, welch wichtiger Mann er jetzt war. »Erst mal die Schuhe. Was denkt ihr, was für kalte Beine ich gekriegt habe –?! Und die Strümpfe sind auch hin. Na, meine Mutter wird schön schimpfen, wenn sie die Riesenlöcher sieht!«

»Ob er drin ist!« drohte Hütefritz. »Mach endlich, Mensch.«

»Wer denn –?« fragte Strohmeier und sah seine Bedränger mit den flinken, runden Augen triumphierend an. »Jawohl, Herr Schlieker ist zu Haus.«

»Dämlicher Döskopp!« brauste Hütefritz auf.

»Albert!« bat Rosemarie. »Albert Strohmeier! Sag doch, ist Otsche drin?«

»Und ob er drin ist!« strahlte Strohmeier plötzlich. »Weißt du, Rosemarie, er ist in den kleinen Keller eingesperrt, zu dem von deiner Stube eine Luke geht …«

»Also doch!« sagte Rosemarie.

»Der arme Junge«, weinte Evi. »Ich sage es aber sofort dem Vater, wenn du nicht gleich gehst, Rosemarie …«

»Ich gehe schon …«, sagte Rosemarie entschlossen.

»Armer Bengel …«, grinste Strohmeier über das ganze sommersprossige, magere Gesicht. »Arme Schliekers, meinst du wohl! Denkst du, Otsche hat klein beigegeben? Der brüllt da unten und schimpft und schreit: ›Fuchskopp‹ schreit er, ›Betrüger‹ schreit er – er brüllt so, daß Schlieker die Kellerlöcher schon mit Stroh versetzt hat, damit sie es nicht im Dorf hören …«

»Raus muß er«, sagte Rosemarie. »Ich will nun gehen …«

»Halt!« rief Strohmeier und hielt sie am Arm fest. »Warte noch einen Augenblick. Gleich wirst du was sehen …«

»Ich muß hin«, beharrte Rosemarie und sah auf die blasse, angstvolle Evi. »Ich habe ihn reingeritten, ich muß ihn auch wieder rausholen.«

»Marie, Rosemarie«, sagte Strohmeier geheimnisvoll. »Ich habe was in deiner Stube gesehen …«

»Und –?« fragte Rosemarie gespannt.

»Und …«, flüsterte Strohmeier …, »Päule zieht sich die blaue Joppe mit den Hornknöpfen an …«

Einen Augenblick war große, gedankenvolle Stille.

»Dann«, sagte Rosemarie entschieden, »geht er in die Stadt, dann bleibt er nicht auf dem Hof …«

»Vielleicht zum Gendarmen …«

»Ach, der arme Otsche!« klagte Evi.

»Gans!« sagte Strohmeier verächtlich. »Wenn Päule zur Stadt geht, muß die Frau das Vieh allein versorgen. Und sobald sie im Viehstall ist, schlagen wir die Tür zu, sperren sie ein und holen uns den Otsche, das Haus mag zu oder offen sein …«

»Großartig!« schrien sie alle.

»Schlieker soll in die Luft gehen!«

»Nun kommt es aber drauf an, daß er wirklich bald geht.«

»Wenn er schon die blaue Joppe anzieht ...«

»Aber es wird schon dunkel ...«

Dieses Mal brauchten sie nicht lange zu warten. Aus dem Hoftor kam Päule Schlieker, das Fahrrad führend.

»Er will wirklich nach Kriwitz ...«

»Ich lauf hinterher«, sagte Hütefritz. »Ich muß doch unbedingt zu meinen Kühen. Wenn er nicht nach Kriwitz fährt, schicke ich euch jemanden.«

Er lief schon, denn Päule Schlieker war hinter dem ersten Haus im Dorf verschwunden.

»Los alle!« rief Rosemarie. »Wir verstecken uns hinter der Hofmauer. Nur der Bello ... Ach Gott, hab ich einen Schreck bekommen, Philipp! Bist du nun auch da? Der Professor ist ganz allein? Schnell, nur schnell, ich kann jetzt nicht alles erzählen ...« Drei Minuten später hockten sie hinter der Hofmauer. Rosemarie spähte durch die eine Türritze, Strohmeier durch die andere. Der Hof lag still und verlassen in der stärker werdenden Dunkelheit. Dann schlug drinnen eine Tür, etwas klapperte.

»Die Melkeimer ...«, flüsterte Rosemarie.

Albert Strohmeier nickte heftig.

Aus dem Haus trat Mali Schlieker, die Eimer in der Hand. Sie stand, zwei Schritte von den Kindern, auf der Innenseite der Mauer und schien in das Haus zurückzulauschen. Rosemarie drückte den Kopf des Hundes fest an sich, sah ihn beschwörend an, ihr Herz klopfte ...

Aber die ahnungslose Frau ging weiter, zur Stallscheune hinüber, ein Riegel klapperte ...

»Jetzt«, flüsterte Rosemarie aufgeregt.

Leise, unendlich sachte und bedachtsam, klinkte Strohmeier die Hoftür auf. Beide spähten sie durch den Spalt, die andern Kinder hinter ihnen.

»Die Stalltür steht offen«, flüsterte Albert.

»Daß sie ein bißchen Licht hat«, erklärte Rosemarie.

Und zu den andern: »Ihr bleibt hier! Unbedingt! Albert und ich gehen allein ... Philipp, halt Bello. Albert, Schuhe aus!«

Schon hatten sie die Schuhe ab, schon schlichen sie, eins hinter dem andern, erst an der Mauer lang, dann an der Stallscheune lang, am Scheunentor vorüber: vor ihnen gähnte schwarz und stumm die offene Stalltürlücke.

Albert blieb stehen. »Warten, bis sie melkt!« flüsterte er. »Unter der Kuh kann sie nicht so schnell vor!«

Sie standen eng an die Wand gepreßt, nur einen Meter von der Türlücke ab, auf deren anderer Seite die Tür in den Angeln hing. Gleich würde Albert am offenen Eingang vorüberhuschen, die Tür von der andern Seite her zuwerfen müssen ... Drin war Geraschel von Stroh zu hören.

Plötzlich klang das rasch unterdrückte Heulen Bellos vom Hoftor her, ein Ausruf ... beides erstarb ... Wenn jetzt die Frau unter die Tür trat, mußte sie die beiden sehen ...

Ach, für Albert Strohmeier war es nur ein Abenteuer, mißlang es, lief er weg, in sein Heim, zu seinen Eltern. Für Rosemarie war es mehr, war es alles! Diese böse Frau drinnen war schlimmer als alle Märchenhexen. Rosemarie war ihr untertan, verfallen ... Sie fühlte, sie würde sich nicht zur Wehr setzen, nicht einmal fortlaufen würde sie können, die da drinnen hatte Gewalt über sie ... Ihre Glieder flogen, ihre Lippen zitterten ...

»Ach, lieber Gott«, betete sie, »mach, daß sie nichts gehört hat, daß sie jetzt losmelkt, gleich jetzt ..., ich halte es nicht mehr aus!«

Sie wartete angstvoll – da klang der Strahl der Milch silberhell im Eimer ...!

»Jetzt!« flüsterte Albert.

Sein kleiner, grauer Schatten schlüpfte geschwind an der Lücke vorbei, krachend schlug die Tür gegen die Stallwand, der Riegel klirrte, Rosemarie steckte zitternd den Vorstecker ein …

Drinnen wurde ein … laut, die Frau warf sich mit aller Gewalt gegen die Tür, sie schrie: »Willst du aufmachen, elender Gaubengel!«

»Die Tür hält!« flüsterte Albert. »Nun aber schnell!« Und indes die Frau von drinnen donnernd mit dem Melkschemel gegen die Tür schlug und kreischte, die erschreckten Kühe brüllten, die Pferde trappelten, huschten sie ins Haus, durch die dunkle Küche, das dunkle Kinderzimmer, in Rosemaries Stube …

»Otsche!« rief Rosemarie.

»Verfluchter Voßkopp!« antwortete es.

»Ach Otsche, Otsche, dämlicher Junge, ich bin es ja, Rosemarie … Und Albert Strohmeier!«

»Warte, gleich habe ich die Luke auf.« – »Er hat sie mit Stricken zugebunden.« – »Hast du kein Messer?« – »Mach doch schnell!« – »Einen Augenblick nur noch, Otsche. Hast du viel aushalten müssen –?« – »Wir müssen schnell machen, vielleicht kommt er zurück.« – »So!! Nun klettere hoch.« – »Ach, er hat die Leiter weggenommen.« – »Komm, nimm meine Hände und Alberts. So …!!! O Gott, Otsche!« rief sie und faßte ihren alten Jugendfeind um. »Daß wir dich nur wieder raushaben! Hat er dich sehr geschlagen –?«

»Das wollte ich ihm geraten haben!« log Otsche Gau mit stolzer Stirn. »Schön Bescheid gesagt habe ich dem Schleicher! Geplatzt sind die vor Wut!«

»Los! Los!« drängte Albert. »Was denkt ihr denn, wie lange ihr hier stehen könnt?! Los! Abmarsch!«

»Nun nimm wenigstens deine Wäsche«, sagte ungerührt Otsche. »Das Theater will ich nicht umsonst gehabt haben. Such aus, *du* findest auch im Dunkeln. *Ich* weiß mit euern Schinkenbeuteln nicht Bescheid …«

Eine helle Stimme piepte: »Otsche, lauf, was du kannst, nach Haus! Hütefritz schickt mich. Päule Schlieker ist zu Vater gegangen.«

»Christa!« rief Otsche.

»Christa Gau!« riefen Albert Strohmeier und Rosemarie.

»Päule Schlieker ist bei Vatern«, piepte die Kleine atemlos. »Lauf, Otsche!«

Otsche lief schon, als gelte es sein Leben.

Aus dem Stallfenster schrie Mali Schlieker: »Päule, mach mich frei! P-ä-u-l-e! Der Junge ist weg!«

Otsche lief …

## 11. Kapitel

### Worin Gau beweist, daß er rauh, aber Schlieker, daß er mehr ist als ein Betrüger

Hätte man jeden beliebigen aus Unsadel und Umgebung, die Landstadt Kriwitz eingeschlossen, vor den geheimnisvollen Wäschediebstahl Otsche Gaus, des geschworenen Feindes von Rosemarie Thürke, gestellt – hätte man diesen Fall etwa dem Dorfschulzen Gottschalk oder der Frau Stillfritz oder Tamms oder dem Gendarmen Peter Gneis oder gar dem Herrn Amtsgerichtsrat Schulz vorgelegt: sie hätten alle, alle mit den Köpfen geschüttelt und gesprochen: Dies verstehen wir nicht. Dies ist uns ein völliges Rätsel.

Was aber kein anderer enträtselt hätte, das war Schliekers schon nach fünf Minuten sonnenklar. Der Bengel zwar, der verdammte, verstockte, hartschädlige Gaubengel, hatte trotz allen Schüttelns, trotz aller Püffe und Knüffe nichts erzählt und war sogar, nachdem der erste Schreck ausgestanden war, zu den unverschämtesten

Frechheiten übergegangen, so daß man ihn bis zu dem Abschluß der Beratungen erst einmal in den Wrukenkeller stecken mußte.

Doch war seine Aussage auch überflüssig, die Eheleute Schlieker konnten sich auch ohne die ihren Vers auf alles machen – und der reimte sich ganz hübsch.

Wenn man bedachte, daß gestern am hellerlichten Tag in aller Öffentlichkeit Jagd auf die Schliekerschen Pflegekinder gemacht worden war –

Wenn man dazu rechnete, daß einmal die Marie ausgerissen und zum anderen Schlieker zwar im Dunkeln, aber darum nicht weniger öffentlich abgeführt worden war –

Wenn man sich schließlich erinnerte, daß diese selben Schliekers vor netto zweidreiviertel Jahren den Gaus das Pflegekind Thürke abgelistet hatten – –

Dann war der Schluß sonnenklar, daß nun wieder Gaus meinten, ihr Thürkescher Weizen blühte neu und die Schliekers hätten verspielt.

Gaus hatten die Rosemarie rumgeschmust, vielleicht sogar angestiftet, sie hatten die Ausreißerin in ihr Haus genommen. Und weil sie so sicher meinten, Schlieker stecke im Gefängnis, so hatten sie gehofft, zu dem Mädchen die Sachen des Mädchens zu bekommen, und hatten ihren Verbrechersprößling, ihren Otsche, ausgeschickt, den Kuhmörder, den elenden!

Das war den beiden Schliekers über jeden Streit klar, und es war unaussprechlich herrlich, daß Päule so rasch das Kittchen wieder verlassen und den Jungen beim Schlips genommen hatte! Und daß der Bengel da jetzt so ganz umsonst im Wrukenkeller sein unsinniges Geschrei verführen sollte, das konnte man nun wirklich nicht erwarten.

Es gab zwei Wege: entweder ging man zu Gendarm und Gericht und machte es öffentlich mit aller Schande und

Haussuchung – und das war ein Gedanke, der etwas sehr Verlockendes für die beiden Schliekers hatte. Der alte Erz- und Erbfeind Gau öffentlich geschändet!

Aber der andere Weg war vielleicht doch noch besser, weil einträglicher. Man verhandelte mit Gau direkt und vertauschte nicht nur den Jungen gegen die Giftkröte, die Marie (der man es dann schon besorgen würde!), sondern holte sich noch ein hübsches Aufgeld für die Zudeckung der Diebsschande, etwa den Preis der an Trommelsucht krepierten Kuh.

Gau war in Schliekers Hand – so viel war sicher!

Das einzige Bedenkliche an dem zweiten Weg war, daß dabei mit Wilhelm Gau persönlich verhandelt werden mußte – und was der für eine Sorte Mannsbild war, das wußte nicht nur jedes Kind in Unsadel, sondern davon sagte auch eine recht volkstümliche Redensart!

Aber wenn bei Päule Schlieker mancherlei knapp geraten war, sein Kapital an Frechheit war groß. Die Mali mochte noch soviel jammern: Er schlägt dich tot, Päule! – er lachte nur: So schlage ich ihn wieder tot!

»Nein, mach jetzt das Paket fertig, wie wir es besprochen haben, und das Rad nehme ich auch gleich mit. Denn wenn er nicht klein beigibt oder mir dumm kommt, fahre ich sofort weiter nach Kriwitz zum Gendarmen. Dann muß der her und heute abend noch Haussuchung halten, und den Dieb übergeben wir ihm auch, daß die Brüllerei aus dem Hause ist und alles fein nach dem Gesetze geht.«

»Ach, Päule!« jammerte sie. »Er ist ein Wutkopf!«

»Ach, Mali!« höhnte er. »Ich bin auch ein Wutkopf. Halte das Haus gut unter Verschluß und gib den Bengel niemandem heraus – sonst sollst du gleich einen zu sehen bekommen, Wutkopf heißt das.«

Er marschierte los, in der blauen Sonntagsjoppe mit den Hornknöpfen, die er nicht etwa für Gau, sondern für die eventuelle Stadt angezogen hatte, das Rad mit der einen Hand führend und in der andern das Paketchen.

Hätte einer behauptet, daß auch ihm das Herz ein wenig schneller ging vor dieser Zusammenkunft mit dem alten Erbfeind und Oger von Unsadel, so hätte er darüber bloß gelacht. Aber es klopfte *doch* schneller, freilich nicht aus Angst, sondern aus Vorfreude auf die Bosheiten, die er dem Manne versetzen würde! –

Der Bauer Wilhelm Gau saß in der Stube hinter dem Tisch. Draußen auf dem Hof fütterten sie noch und melkten. Aber bei so was stand er nicht herum, er war kein Zugucker, sondern erst wenn alles fertig war, dann ging er hin, und wehe dem, der seine Sache nicht ordentlich gemacht hatte – er sah alles!

Wehe überhaupt allem Weib, Kind, Knecht, Magd, Vieh, das nicht nach des Bauern Kopf lebte! Er war der größte Bauer weithin, dorfauf, dorfab – und er war nicht nur an Besitz ein großer Mann, er war es auch am Leibe. Einen Meter sechsundachtzig lang, zwei Zentner dreißig schwer, saß er hinter dem Holztisch in der dämmrig werdenden Stube, rührte sich nicht und tat nichts, sondern starrte nur mit seinen düsteren kleinen Augen vor sich hin.

In die Stirn stiegen ihm, von der Nasenwurzel aus, die tief eingeschnittenen, senkrechten Falten des Grübelns und der Mürrischkeit, des Lebensüberdrusses und der Menschenfeindschaft. So tief wie scharfe Schnitte saßen diese Falten in seiner Stirn – es sah aus, als hätte er von Jugendtagen auf immer nur gegrübelt und Feindschaft empfunden.

Und so war es auch. Er war groß, grob und gefürchtet, aber trotzdem hatte er nichts von dem im Leben tun können, was er gewollt hatte. Er hatte die nicht heiraten dürfen, die er mochte, sondern die Plapperziege – um des Hofes willen; er hatte nicht werden dürfen, was er wollte, nämlich Seemann – um des Hofes willen.

Wenn er heute nein sagen mußte, zu einem Viehhändler, seiner Frau, dem Gastwirt, den Kindern, so sagte er nicht »Nein«, sondern: »Der ganze Schiet lohnt mir nicht ...« Und das meinte er auch, der ganze Schiet hatte sich nicht gelohnt für ihn, sein Leben nämlich. Das vergaß er nie, keine Minute. Er arbeitete, und er arbeitete gut, aber wenn dann die Arbeit vorbei war, so saß er wie jetzt und starrte düster vor sich hin.

Bei diesem Manne Wilhelm Gau also tat sich die Tür auf, und der kleine Betrüger, der heimliche Fuchs Päule Schlieker trat ein, sein Päckchen unterm Arm.

Schlieker blinzelte noch in das halbdunkle Zimmer, ob der Bauer auch wirklich hier sitze, da grollte es schon: »Keine Sprechstunde jetzt! Raus!«

»Ich bring bloß die Wäsche«, grinste Päule Schlieker und legte dem Bauern das Päckchen auf den Tisch.

Der lauschte, bis jetzt hatte er noch nicht hochgesehen, aber an der Stimme hatte er den Besucher erkannt. »Ist gut«, sagte er gleichgültig. »Kannst gehen.«

Päule und Mali hatten sich das so schön ausgemalt, dem Gau die Wäsche, die er durch seinen Jungen hatte stehlen lassen, selbst hinzubringen. Aber der Witz war ohne Wirkung verpufft, und darum sagte Päule drohender: »So kommst du mir nicht weg, Willem. Diebstahl bleibt Diebstahl.«

»Stimmt«, brummte der massige Schatten aus dem Dunkel. »Das wäscht dir keiner ab, Päule.«

Schlieker drohte weiter, als habe er nichts gehört: »Die Leute werden schön reden, Willem, wenn es aufkommt, daß der Gau jetzt Kinder stiehlt und der Sohn deren Wäsche ...«

»Bist fehlgegangen«, sagte Gau und saß wie ein Klotz im Dunkeln. »Mußt zu Tamms gehen.«

»Und wenn wir uns jetzt nicht gütlich einigen, Willem, fahre ich zum Gendarmen und bestelle Haussuchung ...«

»Fahr zu«, sagte der Klotz.

Es ging noch schwerer, als Päule gedacht hatte, aber er ließ nicht nach: »Dann weißt du es vielleicht noch nicht, Willem, aber ich weiß es. Ich habe deinen Otsche beim Stehlen in meiner Stube ertappt, und jetzt sitzt er bei mir fest.«

»Versteht sich«, sagte der Bauer und rührte sich nicht.

»Aber wenn du mir die Marie Thürke wieder rausgibst und vielleicht dreihundert Mark für die Kuh damals, dann sollst du den Otsche zurückhaben, und ich und Mali, wir reden kein Wort von der Sache.«

»Das lügst du«, sagte der Bauer.

»So wahr ich hier stehe, Willem!« schwor Schlieker. »Wir halten den Mund, es ist doch auch unser Vorteil.«

»He!« brüllte Gau, daß Schlieker zusammen und ihm die Rede zurück in den Schlund fuhr. »He! Frau!«

Die Tür ging auf.

»Ja, Vater?« fragte die Bäuerin.

»Der Junge soll reinkommen, sofort!«

»Ja, Vater.«

Die Tür klappte wieder zu.

»Da können wir lange warten, bis der kommt«, höhnte Schlieker. »Den hab ich sicher sitzen.«

»Nimm deinen Dreck von meinem Tisch«, befahl der Bauer, »daß du gleich zusammen mit deinem Dreck aus meinem Haus fliegst! – Nimm!« schrie er, als der andere zauderte.

Der nahm das Paket in die Hand. »Du gibst groß an, Willem«, murrte er – da ging die Tür.

»Ja, Vater?« fragte Otsche und unterdrückte das Keuchen der Brust.

»Da soll doch ...«, fing Päule Schlieker an und kam nicht weiter ... Der Tisch flog mit Krachen um, der Bauer, der riesenstarke Mann, war wie ein Blitz über dem Feind.

Schlieker hatte auch Kräfte, gute Mannskräfte, aber was war das hier! Wie ein Orkan von Schlägen brach es über ihn herein, Tritte gegen die Beine, Stöße vor den Leib, Hiebe ins Gesicht, er schwankte, er gurgelte, aus seiner Nase lief das Blut ... Der Bauer packte ihn ... Immer noch wollte Schlieker reden, protestieren, erklären ... Aber wie eine Puppe wurde er aus dem Zimmer in die Küche geschleppt, und mit letzter, fürchterlicher Gewalt flog er auf die Straße, daß er halb betäubt dort liegenblieb ...

Der Bauer ging in die Stube zurück.

»Stell den Tisch auf, Otsche«, befahl er. »Und mach Licht.«

Otsche tat es stumm, und der Vater setzte sich wieder auf die Holzbank. Er zog den Sohn an sich heran, daß er ihn zwischen den Knien hatte und sah ihn düster an. Der Sohn erwiderte den Blick des Vaters ohne Blinzeln.

Eine Weile waren sie still, aus der Küche kam das aufgeregte Tuscheln der Frauen: Nach einer langen Zeit seufzte der Vater tief auf, er legte dem Sohn die schweren Hände auf die Schultern und fragte: »Du warst eben nicht im Holzschuppen –?«

»Nein, Vater.«

»Wer hat dich rausgelassen?«

Der Sohn sah den Vater an.

»Nun –? He –? Wer hat dich rausgelassen –? Wird es?!«

Wieder nur der Blick als Antwort.

Die Augen des Bauern wurden noch finsterer, er faßte die Oberarme des Jungen und preßte sie mit solcher Gewalt, daß dem Jungen ein Schrei entfuhr.

»Nun! Wer hat dich rausgelassen –?« fragte der Vater erbarmungslos.

Otsche sah sehr bleich aus, aber er sagte kein Wort.

»Ich drücke dir die Arme entzwei«, sagte der Bauer drohend.

Der Junge senkte schnell die Lider, seine weiß gewordenen Lippen zitterten, aber er sprach kein Wort.

Der Bauer überlegte, er lockerte den Druck auf den Armen und fragte: »Du warst in Schliekers Haus?«

»Ja«, flüsterte der Sohn.

»Du hast da stehlen wollen?«

Otsche besann sich. Die erbarmungslosen, großen Hände griffen schon fester zu, der Sohn fragte schnell: »Gehören Rosemaries Sachen ihr oder Schliekers?«

»Was für Sachen –?«

»Kleider, Wäsche, Schuhe ...«

»Der Marie.«

»Dann habe ich nicht stehlen wollen.«

Der Bauer fragte sehr langsam: »Die Marie hat dir gesagt, du sollst sie holen?«

Otsche überlegte einen Augenblick, dann sagte er: »Ja!«

Wieder grübelte Wilhelm Gau: »Wo ist die Marie?« fragte er dann.

Der Sohn dachte nach: »Jetzt?«

»Ja, jetzt.«

»Ich weiß es nicht, Vater«, sagte er schnell.

»Du lügst!« und die Hände griffen wieder zu.

»Ich lüge nicht, Vater!« schrie Otsche. »Laß meine Arme los, Vater, ich lüge nicht.«

Die Hände blieben um die Arme, aber sie drückten noch nicht richtig zu. »Ist die Marie hier im Haus?«

»Nein, Vater!« schrie Otsche. »Was denkst du!«

»Hast du sie hier im Haus gehabt?«

»Nein, Vater.«

»Wolltest du sie hier ins Haus bringen?«

»Nein, Vater.«

»Was hast du mit der Marie, daß du tust, was sie dir sagt?«

»Ich hab mich vertragen mit ihr.«

»So«, sagte der Bauer drohend. »So. Vertragen. Mit dem Biest, das von uns zu Schliekers rennt! Du willst ihr wohl von Schliekers forthelfen?«

»Sie ist ja schon fort.«

»Wo ist sie?«

»Das sage ich nicht.«

Die Hände packten so fürchterlich zu, daß den Jungen alle Kraft verließ, seine Beine zitterten, ihm wurde schwindlig und schlecht. Mit einer letzten Anstrengung stieß er hervor: »Lieber gehe ich in den See, Vater, wenn du mich zwingst, es zu sagen. Ich habe versprochen …«

Der Bauer Wilhelm Gau lachte, ja, wirklich, es machte ihm Spaß, wie dieses Häuflein Kind ihm trotzte! »Wo ist die Marie?« fragte er und drückte erbarmungslos.

Der Sohn sah den Vater mit halb geschlossenen Augen verzweifelt an. Er wußte, er würde diesen wahnsinnigen Schmerz nicht noch eine Minute länger ertragen können, gleich würde er schwatzen, verraten … Plötzlich bückte er sich und biß so wild in die eine Hand, die ihn hielt, daß der Bauer aufbrüllte und ihn losließ.

Otsche sprang taumelnd zurück an das andere Ende des Zimmers, gerne wäre er geflohen, aber der Vater stand zwischen ihm und der Tür.

Ungläubig sah Gau auf die gebissene Hand, aus der Blut tropfte, und murmelte: »Hat gebissen … Hat seinen eigenen Vater gebissen!«

Der Bauer sah hoch, immer noch verwundert starrte er auf die kleinen dreizehn Jahre, die da bleich und zitternd, aber ungebrochen ihm trotzten.

»Komm her, Otsche«, befahl er.

Otsche sah den Vater zweifelnd an. Aber was es auch sein mochte, ob es der Klang der Stimme war oder das Aussehen des Vaters, er gehorchte dem Befehl, er ging zum Vater.

»Du beißt deinen Vater?« fragte der.

Der Junge sah ihn an.

»Was denkst du, das nun wird?« sagte der Vater und hob drohend die unverletzte Faust.

Der Junge blinzelte nicht, etwas in der Stimme des Vaters war anders geworden.

»Was wird Küster Schlitz sagen, wenn er erfährt, er hat einen Jungen in der Schule, der seinen Vater beißt?« fragte der Bauer plötzlich spöttisch und ließ die Faust sinken.

»Dresche«, sagte der Junge, aber in seinem Auge glomm ein Funke auf.

»Und was würde der Vater tun?«

»Dresche.«

»Auch Dresche.«

»Du weißt es also – und doch beißt du?«

Der Vater starrte die Hand an. »Nimm ein Taschentuch aus der Kommode«, befahl er, »und bind es mir fest um die Hand. – Was willst du übrigens werden?«

»Bauer«, sagte Otsche und suchte in der Schieblade.

»Warum –? Weil du willst? Oder weil du der einzige Junge auf dem Hofe bist?«

»Weil ich will«, sagte der Sohn und legte das Taschentuch um die Hand.

»Zieh das Tuch fester!« befahl der Vater. »Also du willst nicht alles tun, was ich dir sage?«

»N-ein ...«

»Du willst nicht sagen, wer dich aus dem Holzstall geholt hat und wo die Marie jetzt ist?«

»Nein.«

»Warum nicht?«

»Weil du selbst es nicht willst.«

»So«, lachte der Vater grimmig. »Sieht das so aus? Warum will ich es denn nicht, he –?«

»Weil du nicht willst, daß ich meine Freunde angebe.«

Der Vater sah nachdenklich auf den Sohn. Dann ging er langsam zum Tisch, ließ sich schwer auf der Bank nieder, stützte den Kopf in die Hand und sagte: »Geh in die Küche, laß dir von deiner Mutter ein Glas Schnaps geben. Ein Wasserglas voll.«

Der Junge ging in die Küche, die Tür blieb halb offen, der Bauer lauschte. Die Frau fragte eilig flüsternd vielerlei, aber der Sohn antwortete kaum. Der Vater nickte.

Der Sohn schloß die Tür hinter sich und setzte das Glas mit Korn vor dem Vater auf den Tisch. Der nahm einen großen Schluck und hielt das Glas dem Jungen hin: »Da!«

Der schüttelte den Kopf: »Nein, danke.«

»Warum nicht? Schnaps ist nicht das Schlechteste.«

»Nein, ich will keinen Schnaps trinken.«

»Überhaupt nicht?«

»Überhaupt nicht.«

»Warum nicht?«

»Weil ich nicht wie die andern in der Schenke sitzen will und quatschen.«

»Quatscht dein Vater in der Schenke?!« fragte der Bauer schnell und drohend.

»Du nicht! Aber die andern.«

»Und du denkst, du quatschst später auch einmal? Wer hat dir das gesagt? Die Marie –?«

»Nein, ich will das so.«

Wilhelm Gau sah sich seinen Sohn wieder an. »So«, sagte er halb zu sich. »Der hat schon ziemlich viel Willen. Ich hab erst später damit angefangen.« Dann: »Otsche, Schlieker wird uns das von heute nicht vergessen.«

»Nein, sicher nicht.«

»Du wirst nichts tun, was uns Schlieker gegenüber ins Unrecht setzt?«

»Nein, Vater.«

»Du versprichst es mir jetzt?«

»Ja, Vater.«

Der Bauer drückte die Hand des Jungen gewaltig, aber der verzog das Gesicht diesmal nicht.

»Und du wirst die Augen offenhalten, Otsche? Ich kann nicht überall sein. Es passiert dem Vieh leicht einmal was. Oder ein Schober brennt ab. Oder gar ein Hof.«

»Ich paß auf«, sagte Otsche.

»Was man tut, sollte man allein tun«, sagte der Bauer. »Du solltest deine Schwestern herauslassen aus dieser Sache. Wer hat dir den Holzstall aufgemacht, Christa oder Evi oder Mutter?«

Der Junge grinste ohne ein Wort.

»Fort mit dir, frecher Bengel, zu nichts bist du nütze!!«

Der Junge schob sich glücklich aus der Stube.

Auf der andern Seite der Straße, gegenüber dem Gauschen Bauernhof, stand, zwischen Flieder- und Holunderbüschen, ein alter, außer Betrieb gekommener Backofen; hier versteckt, hatten die Kinder Schliekers Hinauswurf angesehen.

Es sah schlimm aus, und es war schlimm, und sie waren sehr erschrocken, aber keines hatte einen Schritt dem Mann zur Hilfe gemacht. Sie flüsterten nur aufgeregt miteinander, und unterdes stöhnte der dort.

»Was sollen wir nur tun?! Oh, was sollen wir nur jetzt wieder tun?!« rief Rosemarie. »Wir können ihn doch nicht so liegenlassen! Wenn er nun stirbt!«

»Nein, Gaus müßten nach ihm sehen!«

Nun kam ein Bursche die Straße entlang und blieb bei dem Stöhnenden stehen.

»Das ist unser Pferdeknecht Willi«, sagte Hübner aufgeregt. »Der wird ihm hochhelfen.«

Aber die beiden schienen zu streiten. Plötzlich hörten die Kinder Schlieker schimpfen: »Scher dich zum Teufel, du dummer Affe! Was geht dich das an, wenn ich hier liege?!«

»Denn nicht«, antwortete der Knecht ebenso laut und ging.

»Will keine Hilfe ... Spuckt auch jetzt noch alle an«, flüsterte Strohmeier.

Der Knecht war in der Dunkelheit verschwunden, der Mann auf der Straße kam stöhnend zum Sitzen. Dann kroch er langsam zum nächsten Baum. Er richtete sich an dem Stamm hoch, und nun stand er.

Kein Laut war zu hören, Schlieker stand lange bewegungslos, den Kindern klopfte das Herz. Dann löste sich der Schatten vom Baum und ging schwankend, hinkend auf das Gausche Haus zu.

»Er will noch mal rein!«

»Unsinn! Er hat doch sein Rad noch da!«

Der Mann stand stumm und schattenhaft an der Haustür. Es schien, als verliere er den Halt, als griffe er mit den Armen in die Luft – aber es waren die Fäuste, die er gegen das Haus ballte. Er murmelte etwas, hinter den Büschen verstanden sie: »Verrecken ... Verrecken!«

Dann faßte Schlieker sein Rad, und langsam, halb darüber hängend, halb es schiebend, oft taumelnd und immer fluchend, machte er sich zum Unterdorf auf den Weg.

»Und wir –?« fragten die Kinder.

»Ihr geht erst zum Abendessen«, entschied Rosemarie. »Wer nachher Zeit hat, kommt wieder zur Sandgrube. Fragt aber erst bei Otsche, wie es mit seinem Vater abgelaufen ist.«

»Ja«, sagten sie. »Und du und der Philipp?«

»Wir gehen Päule Schlieker nach. Wir müssen jetzt immerzu auf ihn aufpassen. Wer weiß, was der noch tut.«

»Der tut heute abend bestimmt gar nichts mehr. Der legt sich ins Bett.«

»Ich weiß doch nicht«, sagte Rosemarie bedenklich. »Jedenfalls gehen wir ihm nach.«

»Ich habe Angst, wenn ich ihn nicht sehe«, dachte sie. »Aber ich habe auch Angst, wenn ich ihn sehe.«

## 12. Kapitel

### Worin von Jugend, Aufstieg und Mißgeschick der Schliekers berichtet wird

Nun ist es schon fast völlig dunkel, die Dorfstraße ist leer. Und wenn wirklich jemand beim eiligen Lauf vom Haus in den Stall schattenhaft den Heimgänger mit dem Rade torkeln sieht, so denkt er nur, daß einer aus dem Unterdorf, ein Maurer oder Maler, im Krug des Guten zuviel getan hat.

Die Eimer klappern. »Der hat aber tüchtig geladen«, denken sie und laufen weiter.

Jawohl, der torkelnde Heimgänger hatte zuviel geladen, aber nicht Alkohol, auch nicht Schläge, sondern Wut, düster lohende blind machende Wut. Zu Anfang des Weges war diese Wut noch nach hinten gerichtet, aber die Gaus liefen nicht fort, für sie war noch immer Zeit ... Die Straße senkte sich, der Mann dachte nun nach vorn, er ging heim zu seiner Frau, die ihm dies eingebrockt hatte, die Wut schlug um. Gaus konnten warten, ja, mit Gau mußte er sogar warten, aber dieses Weib, diese Frau ohne Nachdenken ...

Er blieb stehen, er wechselte das Rad von der rechten in die linke Hand, er probierte den freien rechten Arm – jawohl, es ging, er konnte zuschlagen. Und er würde zuschlagen.

Weiter, weiter den Dornenweg der Wut, verbissenen Ingrimms, stillen Hasses.

Es kann keine Rede davon sein, Paul Schlieker, daß dies dir nicht schon an der Wiege gesungen worden sei: dies Lied ward dir, leider, schon an der Wiege gesungen. So war es von deinem ersten Lebenstag an, wenn es auch nicht grade eine Wiege war, sondern das Strohende eines Mägdebettes auf einem Hof zu Biestow. Geduldeter Bankert der Erna Schlieker, geborene Schlieker, ewig unverehelichten Schlieker. Vater unbekannt.

Unbekannt –? Der schmerzgepeinigte Heimkehrer erinnert sich noch gut an den Mann, der mit festen Schritten über den Hof in Biestow ging und so gerne mit der Spitze seiner Stiefel nach dem umherkriechenden Gewächs stieß: »Weg du, Bankert!«

Er ist ein schlauer Fuchs, der Robert Tode, er erkennt Bankerte nicht an, und wenn er seinen Hof dem Schwiegersohn, dem Mann der einzigen Tochter, übergibt, so gibt er sich damit nicht in die Hände der Kinder, sondern verpachtet den Hof bloß. Denn als Herr wünscht Robert Tode zu sterben, verhätschelt von allen Erben nah und fern, ein angesehener Mann, mit Sitz im Gemeinderat.

Sein Sohn, der Bankert, der Recht- und Erblose, hat die Schläue vom Vater geerbt, das Fuchsige, aber er ist nie ein Herr gewesen und wird nie einer werden. Als kleines Kind hatte er schon gelernt, daß es zwecklos war, gegen die Stiefelspitzen anzubrüllen, daß dann nur die Mutter kam und es noch Schläge dazu gab. Er hatte gelernt, dem Schritt der Gefahr zu lauschen und sich vor ihm zu verstecken. Er, der Bankert, wuchs auf der andern Seite des Zauns auf, an seiner Außenseite, der Gefahrenseite, aber aus seinen Verstecken heraus hatte er die Menschen belauert.

Er wurde nicht demütig-feige, nicht wortlos-ertragend wie die Mutter, die Erna, unverehelichte Schlieker, die sich ein paar Jahre gebrauchen und dann wegjagen ließ, um irgendwo zu verderben. Etwas von der zähen, festhaltenden

Kraft des Vaters steckte in ihm. Verstecken – ja! Listig – ja! Aber auch die Zähne blecken, beharren, einschüchtern, schamlos sein, lügen und betrügen. Was weiß ein Bankert von Scham? Schon in der Dorfschule will keines auf der gleichen Bank mit ihm sitzen.

Da kann er es nur mit List und Schamlosigkeit weiter bringen, er verachtet alle, alles und sich dazu. Er borgt sich schließlich auch mal die Trillerpfeife vom alten Fellhändler Lau und triumphiert im Ruhmesglanz seiner Schande pfeifend durch das Mittag essende Dorf!

Bis er soweit ist, bis sie ihn für so wichtig halten, daß sie sogar eine Redensart auf ihn erdenken, hat er einen weiten Weg. Er muß sich drehen und wenden, er muß tüchtiger sein als alle andern. Sie haben ihn nichts lernen lassen, sondern, als er vierzehn war, aus dem Armenkaten zu einem Bauern gesteckt und: »Nun sieh, was du mit dir anfängst. Lange genug hast du uns auf der Tasche gelegen!«

Jawohl, doch, doch, er fängt etwas mit sich an, denn er hat nicht nur Schläue, sondern Verstand. Zudem weiß er nichts von Besitz, der Sicherheit und Rückhalt gibt, er steht für sich allein. Nicht lange, so kann er mit Pferden umgehen und mit Kühen, er kennt jede Ackerarbeit, trotz des ältesten Bauern. Er doktert mit dem Vieh, schon haben die Leute Angst vor dem langen, listigen Burschen, aber sie holen ihn. Er tut alles, er arbeitet in der Forst, er ist Regimenter gewesen beim Schwellenhauen, er kann ein Rohrdach legen, Steine sprengen, er wurde auch Handlanger bei den Maurern. Aber wenn einmal kein Maurer zur Hand ist, so mauert er auch allein eine Wand hoch, schön mit Wasserwaage und Lot, kein Pfusch – und er bewirft sie auch!

Ein tüchtiger Mann, ein fleißiger Mann, ein brauchbarer Mann, für jeden Taler schindet er sich das Horn neu von den Händen – und als Frau von Wanzka ihn fragen läßt, ob er bei ihr Gutsgärtner werden will, ob er das kann, sagt er ohne Besinnen: »Ja«. Wieder eine Sprosse höher auf der Leiter, Gutsgärtner, ein festangestellter Mann, Rittergut Tischendorf, er, der Bankert aus dem Mägdebett in Biestow.

Läßt Erfolg vergessen? Macht er versöhnlicher? Nein, dafür sorgen schon die andern! Da ist die hübsche Geflügelmamsell – als er die umfassen will, erinnert sie ihn gleich, wer er ist und wer sie. Da sind Jungen, die er beim Apfelstehlen im Rittergutsgarten ertappt – als er ihnen nachläuft, höhnen sie frech: »Biestower Bankert! Armenhäusler!«

Seine Schulgefährten in Biestow sind alle weiter nichts geworden, die Bauernsöhne wurden wieder Bauern oder auch bloß Knechte, die Häuslersöhne wurden Tagelöhner oder nicht einmal das, er aber hat etwas geschafft, er ist Gutsgärtner geworden! Er besitzt schon fast tausend Mark. Aber der Bankert hängt an ihm, am Gutsgärtner wie am Magdsohn, in Tischendorf wie in Biestow.

Nein, wir blecken weiter die Zähne, wir lassen nicht nach, tausend Mark –? Jetzt haben wir schon viertausend!

Da ist die Bäckertochter, die fünfte von den sechs Töchtern des reichen Bäckermeisters Saß in Kriwitz, die kriegen wir! Sicher ist sie mit dem scharfen, vogelartigen Gesicht keine Schönheit, aber deswegen bekäme sie solch Biestower Bankert noch lange nicht ... aber sie hat einen Flecken, einen Makel, ein Gebrechen!

Die Leute sagen, der dicke Bäcker Saß trinke zuviel – aber die fünf andern Mädchen sind doch gesund? Gott muß es doch nicht gut gemeint haben mit ihr, da er von den sechsen allein sie die Fallsucht bekommen ließ, Epilepsie nennt das der alte Geheimrat Faulmann.

Zeitweilig ging es ihr schlimm, zeitweilig fiel sie am Tag sechsmal, achtmal und bekam Schaum vor den Mund. Die

Eltern mochten es nicht mehr, die Schwestern mochten es nicht mehr – also fort mit ihr!

Makel zu Makel, Schande zu Schande – Paul Schlieker aus Biestow ist der rechte Mann dafür.

Doch auch hier zeigte sich wieder das Glück, das Schlieker bei allem hatte, was er anfaßte; kaum war Amalie Saß verheiratet, war die Fallsucht fort! Nun hatte er eine gesunde Frau, eine volle Aussteuer und dreitausend Mark Mitgift dazu – konnte ein Bengel aus dem Biestower Armenkaten mehr verlangen –?

Verlangen –?

Er bekam ja noch viel mehr! Er bekam ja die richtige Gefährtin, ihm auf den Leib geschneidert, Gift kam zu Gift und Haß zu Haß – siehe da, wie es paßte!

Jawohl, Amalie Saß, jetzt Mali Schlieker – man wird nicht umsonst von Eltern und Geschwistern ewig in ein Hinterzimmer gesperrt, darf sich vor den Menschen nicht sehen lassen, ist die Schande der Familie – und hat dabei fünf gesunde Schwestern, die den ganzen Tag durch das Haus singen und lachen, die ihre Abenteuer haben mit Verehrern und die nur dann wortkarg und verdrossen werden, wenn sie einmal Schwester Mali sehen. Nicht umsonst wird man Jahre so gehalten!

Sie hatte nicht wie Päule arbeiten und schaffen können, sie hatte nicht wie er die Triumphe des Schlauerseins, des Vorwärtskommens gefeiert, sie hatte immer in einem blöden, öden Hinterzimmer hocken müssen – da kam er und machte sie frei!

Schurke und Schuft, erbarmungsloser Feind, schlauer Betrüger – aber recht so, aber viel mehr noch, man kann gar nicht erbarmungslos genug sein mit diesen Menschen! Bedingungsloses Einvernehmen, Kameradschaft durch dick und dünn, Päule und Mali – das ist *ein* Klang, *ein* Haß, das ist derselbe Mensch!

Da war dieses Mündel der Frau von Wanzka, diese Tochter vom verstorbenen Pastor Thürke – eine Zeitlang sah es aus, als sollte Frau von Wanzka vor diesem Kind nie Ruhe bekommen. Die Vormünder hatten es dem Bauern Gau in Pflege gegeben, aber da war es nun alle Woche zwei-, dreimal bei der Gnädigen mit Klagen, es werde schlecht behandelt, müsse über seine Kräfte arbeiten, bekäme nicht satt zu essen.

Aber das waren nur die geringsten Klagen, in der Hauptsache ging es ihr um den kleinen Hof, den ihr der Vater vererbt hatte.

Bauer Gau hatte Haus und Stallungen abgeschlossen, er bewirtschaftete das Land nur so nebenbei, er hatte eigen Land genug. Nun klagte das Mädchen, es verunkraute alles, die Obstbäume verkämen, der Zaun falle um, in den ungelüfteten Räumen stockten vor Nässe die Wände.

Ewige Klagerei, nicht abreißende Beschwerden – Frau von Wanzka war Witwe, sie hatte 8000 Morgen Land zu bewirtschaften, 38 machten ihr nun bald mehr Kummer.

Schliekers hatten dies gehört und jenes, sie hatten sich ihren Vers gemacht, sie trafen das Mädchen zufällig, bald er, bald sie, sie redeten ihm gut, heißt schlecht, zu. Sie war ja nur ein Kind damals, dreizehn, vierzehn, ein recht hilfloses und sehr gläubiges Kind – sie glaubte den freundlichen Schliekers.

Rosemarie selbst machte Frau von Wanzka den Vorschlag, Schlieker zum Verwalter des väterlichen Hofes einzusetzen und zu ihrem Pflegevater. Frau von Wanzka ließ ihren Gärtner kommen: ob ihm recht sei, was das Kind vorschlage.

Nein, es sei ihm nicht ganz recht. Hier auf Tischendorf habe er seine acht oder zehn Stunden Arbeit, je nach der Jahreszeit, dort in Unsadel würde er zwölf, auch vierzehn Stunden arbeiten müssen und des Sonntags dazu. Hier brauche ihm seine Frau nur die Hausarbeit zu machen, und wenn sie im Garten etwas tue, werde es ihr bezahlt, dort würde sie mitarbeiten müssen. Wenn er so etwas übernehme, schlechter dürfe er sich dann nicht stehen, sondern besser. Unter hundert Mark im Monat sei es nicht zu machen, ja, wenn er es richtig rechne, müßten es hundertfünfzig sein. Aber es liege ihm nichts daran ...

Frau von Wanzka hörte sich das an, sie sprach auch mit dem Amtsgerichtsrat darüber und dem Mitvormund. Vielleicht kam noch dazu, daß sie ihren Gärtner nicht ungern gehen sah. Er war kein schlechter Gärtner, beileibe nicht, sie hatte nie einen tüchtigeren gehabt, aber die Leute haßten ihn. Sie behaupteten, sein Gemüse blähe, als sitze es voller Gift, und sein Obst sei immer madig. Seine Blumen machten Kopfschmerzen – und dazu arbeite er ein bißchen zu eifrig in die eigene Tasche!

»Gut denn, wir wollen einverstanden sein, Rosemarie. Aber komme uns dann auch nicht wieder mit Klagen!«

Da war Schliekers großes Glück da: Aussicht auf Besitz, Eigentum!

Sie hatten ihren Plan fertig: nie wieder würden sie vom Höfchen gehen! Natürlich konnte man so wirtschaften, daß bis zu Maries Mündigkeit der Hof nicht ihr, sondern ihnen gehörte!

Betrug, Hinterlist, schlechtes Wirtschaften, das dem Schlieker in eigener Seele weh tat, all das gehörte dazu. Aber das Ziel stand fest: der Thürkesche Hof wurde Schliekerscher Hof! Anders konnte es nicht kommen, die kleine Thürke war wehrlos! Sie hatte keinen Freund, niemanden, der für sie eintrat, keine Verwandtschaft, die wenigstens schandenhalber nach ihr sah.

Und nun war dieser alte, schwachköpfige, scheinheilige Frömmler in die Schliekersche Küche getreten, und alles ging verquer! Das unverrückbare Ziel wankte, fast schon

Errungenes schien zu zerrinnen. Heute morgen noch hatte Schlieker geglaubt, es komme alles wieder zurecht; heute abend noch, als er zum Austausch zu Gaus ging, hatte er gemeint, endgültig Sieger zu sein …

Und in dieser entscheidenden Stunde, da es um alles ging, hatte seine einzige Gefährtin, der einzige Mensch, dem er je vertraut …, in dieser Stunde hatte Mali ihn im Stich gelassen, hatte den Jungen fortlaufen lassen!

Finstere Nacht, nur dunkel angeglüht vom Feuer des Hasses und der Wut! Könnten die beiden, die hinter dem Wankenden, Stolpernden schleichen, in seine Brust sehen – sie würden nie wieder vor sein Angesicht treten …

Aber die Kinder schleichen ihm nach, und als er auf dem dunklen Hof verschwindet, setzen sie sich an den Weg und überlegen, was nun etwa zu tun wäre.

Der Mann sieht das Haus, den Stall an – überall ist es dunkel. Er stößt einen Fluch aus, lehnt das Rad gegen die Hofmauer und tritt in das Haus: dunkel gähnt der offenstehende Eingang. Er ruft, erst leise, dann lauter: »Mali!« – er ruft auch über den Hof –, aber sie antwortet nicht.

Ganz plötzlich ist die Wut fort, auch die brennenden Schmerzen vergißt er fast – er fühlt, hier ist etwas geschehen. Er fühlt: mehr geschah als die Flucht des Jungen.

Vorsichtig tritt er ein, tastet sich an den Herd, findet die Streichhölzer, brennt eines an, findet die Lampe, zündet sie an, ruft wieder: »Mali!«

Nichts. Todesstille. – Todesstille.

Er nimmt die Lampe, will in Maries Zimmer – und zaudert. Es ist, als wollte er eine Entscheidung hinausschieben, denn er geht zuerst in das eheliche Schlafzimmer.

Er leuchtet – aber alles sieht aus wie vor einer Stunde, als er das Haus verließ. Fast ist es, als schrecke ihn dieser unveränderte Zustand mehr als jede Verwüstung … Einen Augenblick wird er schwach, er setzt sich auf die Bettkante und starrt vor sich hin, den jämmerlichen Petroleumblaker in der Hand. Jetzt hat sein Gesicht nichts Füchsisches mehr, es ist grauenvoll finster. Die sonst so beweglichen, listig lächelnden Augen sind tot und fahl.

Es dauert nur einen Augenblick, dann besinnt er sich, er steht langsam auf, setzt die Lampe ab und geht an den Schrank, aus dem er eine Flasche Korn nimmt. Er trinkt einen großen Schluck aus der Flasche, schüttelt sich und stellt sie zurück.

Er steht nachsinnend, dann fängt der Alkohol an zu wirken, er macht ihn wärmer, entschlußfähiger. Schlieker faßt rasch die Lampe und geht in Maries Zimmer.

Weit offen, schwarz gähnt die Luke, er hockt daneben und nimmt den Strick, mit dem er die Krampe verschnürt hatte: der Strick ist zerschnitten!

Dies macht vieles klar, nie hätte Mali einen Kälberstrick zerschnitten, sie ist noch sparsamer als er, sie hätte ihn aufgeknotet – und dauerte es auch eine Viertelstunde ... Von andern ist der Gaubengel befreit worden, sie hat sich nicht beschwatzen lassen, vielleicht ist sie überwältigt worden? Wo ist sie?

Er hockt da, an der offenen Luke, die Lampe neben sich auf der Erde, er schaut auf den zerschnittenen Strick mit solch angespannter Aufmerksamkeit, als bedeute er ihm mehr als ein verdorbener Kälberstrick. Er bedeutete ihm ja auch mehr, er ist sogar mehr noch als Zeichen für eine verspielte Karte, mit ihm wurden seine Pläne, seine Hoffnungen zerschnitten!

Und Mali –?

Von einem plötzlichen Gedanken erfaßt, nimmt er die Lampe, beugt sich über die Lukenöffnung, leuchtet in den Keller – aber im Keller liegt keine Mali, nur die Runkeln und Wruken sind darin.

Er steht zögernd im Zimmer, er ist sonst nie um Einfälle

verlegen gewesen, aber jetzt ist alles tot in seinem Hirn, nur ein schmerzendes, dröhnendes Brausen – seit dem Aufprall auf die Dorfstraße. Die Schmerzen werden wieder stärker, der Alkohol hat sie für einen Augenblick zur Ruhe gebracht, jetzt erwachen sie mit doppelter Gewalt. Er müßte sich hinlegen – aber kann er das? Wo ist Mali? Ihr ist Gewalt angetan? Und wo hat er sie dann zu suchen?

Unentschlossenheit, quälende, marternde Unentschlossenheit – er steht immer noch unter der Tür und weiß nicht wohin. Er sieht ratlos um sich – und da sieht er wirklich etwas: den offenstehenden Schrank!

Er macht einen raschen Schritt – siehe! – der Schrank ist leer, säuberlich ausgeräumt. Die haben ihre Wäsche also doch bekommen!

Jetzt ist zu den Schmerzen auch die Wut wieder da, die grimmige Wut auf Gau, der ihm die Marie gestohlen hat, die Wäsche, die Kleider, alles ... und ihn dann noch auf die Straße warf!

Hat er einen Augenblick zweifeln können, angesichts der Haltung von Wilhelm Gau, ob er es auch wirklich war, jetzt zweifelt er nicht mehr!

Er ist schon wieder wild, er vergißt Verletzungen und Frau, er möchte hinaus, auf sein Rad, nach Kriwitz ...!

Rasch geht er aus der Stube in die Küche und bleibt wieder stehen. Vorhin roch er schon etwas, und jetzt riecht er es noch stärker: die Kartoffeln auf dem Feuer, die Schweinekartoffeln, sind angebrannt und stinken.

Er rückt sie mechanisch zur Seite, will weiter, als ihm plötzlich einfällt, daß diese angebrannten Kartoffeln ja ungefütterte Schweine bedeuten. So sind die Schweine nicht gefüttert! Sind die Kühe gemolken? Nein, es steht hier noch keine Magermilch, aber die Melkeimer sind fort.

Er rennt, so gut er kann, über den Hof, reißt den Stecker aus der Stalltür und ruft in den stockdunklen Stall: »Mali!«

Nichts. Stille. Totenstille ...

Dann rasselt eine Kuhkette, eine Kuh brüllt hungrig, es ist die Bleß ...

Wieder zurück ins Haus, die Stallaterne her, er brennt sie an, eilt zurück, tritt in den Stall ...

Die beiden Kühe wenden sich ihm leise muhend zu, die beiden Pferdchen wiehern, in einem Kuhstand liegt neben dem umgefallenen Melkschemel der umgefallene Melkeimer ...

Die Kuh steht halb auf dem Gang, sie ist zurückgetreten, soweit die Kette es zuließ. Er ruft sie an, aber sie will nicht in den Stand. Sie scheut vor etwas, und als er nach vorne leuchtet, liegt da, unter dem Fenster, halb in der Krippe, seine Frau ...

Er steht bewegungslos, nur seine Lippen zittern, er weiß, was dieser Schaum vor dem Mund, diese blaurote Farbe, dies Röcheln bedeuten ...

Er hat es zwei-, dreimal gesehen, ehe sie heirateten. Sie hat einen Anfall gehabt ... Epilepsie ...

Mit ihrer Heirat ging es fort, und nun ist es wieder da!

Stück für Stück, Schritt für Schritt, Sprosse um Sprosse abwärts, zurück in den Dreck ...

Nur ein Mädchen von kaum sechzehn Jahren und ein alter, halb schwachsinniger Mann ...

Stück für Stück, Schritt für Schritt ... Sprosse um Sprosse ... hinab ...

Fast jeder spürt einmal in seinem Leben, daß die Scholle, auf die er seine Füße gesetzt hat, sein Heimatboden, seine Welt, erzittert, wankt ...

So erging es Päule Schlieker in dieser Minute – er sah alles finster, nichts war sicher, alles Bisherige umsonst getan.

Nach einer Weile hat er die Bleß im Stallgang angebunden und die Frau von der Krippe ins Stroh gehoben. Fast ging es nicht, die Lunge keucht, die Brust schmerzt mit tausend

Stichen. Sie müßte ins Haus, ins Bett – aber wen könnte er zur Hilfe rufen?

Im ganzen Dorf mit seinen dreihundert Seelen ist nicht eine, die ihm gern hülfe.

Er muß sie schon dort liegenlassen, auf dem Stroh im Kuhstand, bis sie zu sich gekommen ist.

Die Kühe brüllen herausfordernd, die Schweine trompeten – es hilft nichts, er muß das Vieh versorgen; er hat die Kräfte nicht, aber er muß. Er hockt unter der Kuh und melkt. Heute ist er kein guter Melker, er macht der Kuh Schmerzen, sie schlägt mit dem Bein nach dem Melkeimer und stürzt ihn um. Die Milch versickert im Stroh. Die Schwanzquaste schlägt ihm derb ins Gesicht. Wütend springt er auf und schlägt das Tier mit dem Eimer, es tritt hin und her …

Bleich, schmerzgepeinigt hält er inne, hoffnungslos liegt vor ihm, was alles an diesem Abend noch zu bewältigen ist.

Plötzlich steht Mali da, eine veränderte, boshafte, halb unsinnige Mali, die ihn in seiner hilflosen Wut spöttisch betrachtet: »Hübsch siehst du aus, muß ich sagen. Hat er dir schön was gegeben, der Gau –?! Recht so! Das kommt davon, wenn man zu schlau ist – du hast ihn also auch totgeschlagen? Wärst du gleich zum Gendarmen gegangen, wie ich dir sagte! Zu nichts nütze – laß mich melken!«

Sie setzt sich unter die Kuh und strippt schon.

Er antwortet nicht, er weiß aus den Tagen vor der Ehe, daß sie nach ihren Anfällen gereizt und boshaft ist, dann muß man schweigen.

Er setzt sich auf die Futterkiste und möchte sich einen Augenblick ausruhen, aber über dem Melken höhnt sie weiter: »Er kam wohl grade zur rechten Zeit, der Bengel?! Was?!!! Oh, ich hätte dein Gesicht sehen mögen, du dünkst dich immer so schlau und fällst ewig rein …«

Daß sie ihm *dies* vorhält, ausgerechnet von allen *sie*! »Wie ist er weggekommen?« fragt er und beherrscht sich nur mühsam.

»Ja, wie ist er weggekommen, das möchtest du wissen! Spann nur gleich an, daß wir umziehen können – im Biestower Armenkaten nehmen sie uns ja wohl auf, was?!«

Mit einem Fluch springt er hoch, schlägt krachend den Deckel zur Futterkiste auf, mengt Hafer und Hackse, schüttet den Pferden Futter.

Aber sie läßt nicht ab, sie ist völlig des Teufels, noch nie hat sie so mit ihm zu sprechen gewagt: »Wo hast du denn das Geld für die trommelsüchtige Kuh hingelegt?! Gibst du mir auch was ab? Solch gutes Geschäft, wie du da gemacht hast!«

»Nicht antworten«, denkt er. »Nur nicht antworten.« Er geht wortlos, um die Futterkartoffeln für die Schweine zu holen. Der Hof liegt still und dunkel, aber ihm ist, als sei bei der Hundehütte ein Schatten zu Gange. Leise und vorsichtig geht er darauf zu, das Wesen drückt sich feige an die Erde, er greift – und hat Bello am Halsband!

Der Hund winselt, möchte fort, aber Schlieker macht ihn fest an der Kette. Siehe da, ein kleiner Anfang, ein Zeichen, daß der Wind anders weht. Schlecht nicht, nein, gar nicht schlecht. Man kann etwas daraus machen.

Er fühlt noch einmal, ob der Hund auch wirklich fest angekettet ist, dann geht er schnell ins Haus und sucht die beiden Mardereisen. Er spannt sie sorgfältig und stellt sie so auf, daß, wer vom Tore zum Hund will, in die Eisen gerät.

Nicht viel, aber etwas.

Dann erst bringt er die Futterkartoffeln in den Stall.

»Der Bello ist wieder da, ich habe ihn an die Kette gelegt«, verkündet er.

Sie saß mürrisch unter der zweiten Kuh: »Auch was Rechtes. Ein Fresser mehr.«

»Geh nicht an ihn ran«, warnte er. »Ich hab die Mardereisen bei ihm gestellt.«

Sie hielt beim Melken inne, sah ihn scharf mit ihren grellen, bösen Vogelaugen an, nickte zum erstenmal wieder befriedigt mit dem Kopf und sagte: »Möglich, daß die wirklich so dumm sind.« Eine Weile später ist die Milch durchgedreht, das Vieh gefüttert, der Stall abgeschlossen.

Er sitzt mit bloßem Oberkörper in der Stube und tastet seine Brust. Sie ist geschwollen, blutunterlaufen. »Da, faß einmal hin, Mali.« Sie fühlt, er führt ihr den Finger. »Da! Fühlst du es nicht?«

Sie sieht ihn an. »Gebrochen, ja?«

»Und da!« zeigt er. »Und eine auf dieser Seite – fühlst du es? Rechts zwei, links eine Rippe gebrochen.«

Jetzt brennt auch in ihr der Zorn: »Dieser Verbrecher – das soll er uns bezahlen!«

»Jawohl«, sagte Päule. »Bezahlen. Richtig bezahlen. Bar bezahlen, Schmerzensgeld und Doktorkosten.«

»Ja«, sagt sie. »Aber wir müssen eine Bescheinigung vom Arzt haben.«

»Und wir müssen heute nacht noch Haussuchung bei ihm machen lassen«, setzt er hinzu. »Marie ist bei ihm.«

»Ich glaube es nicht«, antwortet sie. »Sie ist mit dem Alten nach Berlin.«

»Und die Wäsche? Vergißt du denn die Wäsche? Der Schrank ist ganz ausgeräumt.«

»Was?« ruft sie, nimmt die Lampe und läuft in Maries Zimmer.

Er bleibt im Dunkeln sitzen, jetzt ist Mali wieder zurecht, durch dick und dünn. Ja, sie ist wieder in Ordnung, zornentbrannt kommt sie zurück: »Ja, sie muß noch hier sein. – Und doch war sie nicht dabei, es hingen zwei Kleider von mir im Schrank, die hätte sie nicht genommen.«

»Kommt also Diebstahl noch dazu«, grinst Päule. »Das gibt eine feine Anzeige. – Wie ist der Bengel rausgekommen?«

»Ich weiß es nicht«, sagt sie, plötzlich wieder verdrossen. »Ich war grade zum Melken gegangen, da schlug die Stalltür zu. Erst dachte ich, es sei der Wind, aber als dann der Vorstecker rasselte, wußte ich Bescheid.«

»Und du hast nichts gesehen, nichts gehört?«

»Nichts.«

»Es kann nur die Marie gewesen sein ...«

»Nein«, widersprach Frau Schlieker, »die hätte meine Kleider nicht genommen.«

»Vielleicht ist es sehr schnell gegangen ... Und was hast du getan im Stall?«

»Ich habe aus dem Fenster geschrien nach dir, was ich konnte. Aber das Fenster geht ja auf den See, und wenn es wirklich einer gehört hat, hat er wohl nur über Schliekers gelacht. – Dann merkte ich, wie der Anfall kam. Ich wollte noch auf den Gang, aber er kam zu schnell ...«

»Ja«, sagte er finster. »Deine Krankheit ist nun auch wieder da ...«

»Päule!« sagte sie flehend. »Es war das erstemal! Und es kommt nicht wieder, es kommt bestimmt nicht wieder, wenn wir nur die Marie zurück ins Haus kriegen. Nur über die Marie habe ich mich so aufgeregt.«

»Wirst du fahren können?« fragte er. »Ich kann die Pferde nicht halten, meine Arme sind wie abgeschlagen.«

»Natürlich kann ich fahren«, rief sie. »Wollen wir gleich los?«

»Es ist schon nach sieben. Und wir müssen zum Doktor, daß er mir die Verletzungen bescheinigt, und zum Gendarmen und vielleicht noch zum Amtsgerichtsrat. Wir müssen gleich los.«

»Ich spanne an«, sagte sie. »Bleib du hier ruhig sitzen

und trink noch ein Glas Schnaps. Du sollst dich um nichts kümmern. – Was ...!«

»Halt!« schrie Schlieker, der den Schrei auch gehört hatte, und sprang auf. »Es ist jemand im Eisen, lauf!«

Beide rannten sie. Der Hund jaulte und bellte wie rasend, eine Stimme jammerte.

Mali schrie: »Nimm einen Knüppel, Päule, es sind mehr ...«

Der Hund sprang mit einem Satz über die Mauer. Zwei Schatten schleppten einen dritten durchs Hoftor ...

»Halt!« schrie Schlieker, den Knüppel in der Hand. »Halt – oder ich schieße!«

Die Schatten verschwanden in der Nacht.

»Renne doch, Mali!« rief er verzweifelt. »Ich kann nicht laufen. Faß sie. Es sind bloß Kinder. Die Marie war auch dabei ...«

Aber Frau Mali lief umsonst. Untergetaucht in die Nacht waren sie, blieben sie. Kein Laut mehr zu hören, kein Jammern mehr.

»Nichts?« fragte er, als sie atemlos zurückkam.

»Nichts!«

»Ein Eisen ist weg, dem Schreien nach war es Philipp, der drin saß.«

»Ja«, sagte sie wütend. »Und mit dem Philipp hätten wir Marie gehabt, die hätte ihn nicht sitzenlassen.«

»Hätten ...«, schrie er wütend. »Plötzlich geht alles schief! Da – da sind deine beiden Kleider, sie lagen auf dem Hof. Sie haben sie zurückgebracht, haben es schon gemerkt, und dabei haben sie den Hund losgemacht ... Aber das eine weiß ich, laufen kann der die nächsten Wochen nicht, das Eisen hat ihm sicher die Knochen durchgeschlagen.«

»Ach, wären wir doch nur eine Minute eher ...«

»Rede nicht davon! Rede nicht mehr davon!« schrie er

wütend. »Ich kann es nicht hören! Spann an, daß wir nicht auch das noch versäumen.«

Zehn Minuten später fuhren sie in die Nacht hinein.

## 13. Kapitel

### Worin Doktor Georg Kimmknirsch Patienten bekommt und in eine Verschwörung gerät

In Kriwitz gab es zwei Ärzte: den alten Geheimen Sanitätsrat Faulmann, kurz Geheimrat genannt, und neuerlich dazu noch den Doktor Georg Kimmknirsch, meist gar nicht genannt.

Eigentlich bot Kriwitz mit seinen achtzehnhundert höchst langlebigen Einwohnern und einer ländlichen Umwelt, die womöglich noch widerstandsfähiger war, schon *einem* Arzt kein zu reges Betätigungsfeld. Eigentlich hatte schon der alte Geheimrat allein ein gar zu beschauliches Dasein führen müssen, und Goldfäden aus dem ländlichen Stroh seiner Ärztekunkel zu spinnen war ihm nicht geglückt. Er hatte sich und seine Familie eben grade so durchgeschlagen und hatte sie ja auch schließlich alle jedesmal satt gekriegt mit seiner Neigung, ihnen die vorzüglichen Agrarprodukte der Gegend als Abschlag aufs Honorar mitzubringen: Enteneier, zwei Honigwaben, einen frischgeschossenen Hasen, einen Korb Himbeeren und einmal sogar – bei einem bösartig an Nichtzahlen erkrankten Patienten – ein fettes Kalb, das ihm allerdings in seinem Kutschchen rechten Kummer mit unverständigen Kapriolen gemacht hatte.

Was wollte es da also heißen, daß eines Tages bei Frau Postdirektor Bimm ein weißes Emailleschild mit der Inschrift hing:

Dr. Georg Kimmknirsch
Prakt. Arzt u. Geburtshelfer
Sprechst. 6–11 u. 4–6 –?!

Gar nichts wollte das heißen! Die Kriwitzer in und außer der Stadt zogen die Schultern hoch und grinsten.

Zweimal Sprechstunde am Tage – sonst kann er es wohl nicht schaffen. He –??!

Und ein richtiger Porzellanknopf zu einer richtigen elektrischen Glocke, wo doch jeder weiß, daß man beim alten Geheimrat am zweiten Fenster Parterre gegen die Scheiben zu klopfen hat. Der geht bald wieder …

Aber Doktor Kimmknirsch ging nicht bald wieder. Ob er Patienten hatte oder nicht (natürlich nicht) – ob er sich darüber ärgerte oder nicht (natürlich ärgert er sich!) –, unverbrüchlich stieg er morgens um elf mit freundlich-ernstem, braunem, sehr sommersprossigem Gesicht auf sein Motorrad und töffte stinkend und hupend aus der Stadt, womöglich denselben Weg, den eine Stunde vorher Geheimrat Faulmann mit seinem Braunen langgezottelt war.

»Was das nur bedeuten soll!« lachten die Leute. »Uns kann er doch nicht die Augen verblenden!«

Vielleicht wollte er das auch gar nicht. Vielleicht wünschte Doktor Kimmknirsch nur, für ein paar Stunden aus der hocheleganten Wohnung bei Frau Postdirektor Bimm, wo ihn die sechs Rohrstühle im Wartezimmer förmlich angähnten, hinauszukommen an die frische Luft. Das wäre schon zu verstehen gewesen, denn er war von Jugend auf an viel frische Luft gewöhnt, als Sohn vom Schäfermeister Kimmknirsch aus Hinterpommern, in der Nähe von Belgard an der Persante.

Jawohl, er fuhr ins Grüne oder Gelbe oder Braune, er lehnte sein Motorrad an einen Baum und ging im Wald spazieren, er sprang gänzlich unbekleidet in einen welteneinsamen See und schwamm, er suchte unter einer Hecke und knackte zwischen zwei Steinen Haselnüsse (und war immerhin schon so weit zivilisiert, daß er nicht wie in seinen Schäferjungentagen die Zähne nahm) – ja, er kletterte sogar in seinen schönen, teuren, großkarierten Anzügen auf eine Kiefer und nahm ein Krähennest aus. So vertrieb er sich seine Zeit, und ungeduldig war er gar nicht – was der Sohn eines Schäfers ist, der dreitausend Schafe zu warten hat, der wird schon auf ein paar Patienten warten können!

Und was noch viel mehr ist: er konnte sich sogar das Warten leisten, denn er hatte, was die Kriwitzer nicht wußten, schon von Geburt an, was der alte Geheimrat in seinem ganzen Leben nicht geschafft hatte. Er war auch ohne Patienten ein recht gutgestellter junger Mann, dieser Sohn des Schafmeisters Kimmknirsch!

Schäfer Kimmknirsch war nämlich ein in jenem Lande Hinterpommern sehr bekannter Mann, war noch weit über die Grenzen dieser Halbprovinz berühmt und geehrt als Arzt, zu dem man selbst in den schwierigsten Fällen gehen konnte, der das Geld von seinen Tausenden von Patienten nur so scheffelte. Aber wenn er es in seinem Leben in jeder Hinsicht weit gebracht hatte, einen großen Kummer hatte er doch: daß ihn nämlich seine Kollegen von der wahren, alleinseligmachenden medizinischen Fakultät stets nur den Quacksalber und Viehdoktor nannten.

Er nahm es mit seinen Krankenheilungen so wichtig und genau wie nur einer von ihnen, aber es steckte in ihm wie in allen: man möchte grade da Anerkennung ernten, wo von Rechts und Natur wegen gar nicht darauf zu rechnen ist.

Da war es denn sein Herzenswunsch, aus dem Jungen Georg einen »wirklichen« Doktor zu machen, und bei der Erfüllung dieses Wunsches hatte er, der wie ein rechter

Landmensch jeden Pfennig umdrehte und jede Mark ängstete, ehe er sie ausgab, nie mit dem Gelde geknausert.

So wandelte denn Doktor Georg Kimmknirsch der Jüngere nun durch Kriwitz' Gassen und Auen, zahlte zur Überraschung aller an jedem Ersten pünktlich die Miete, aß mittags im »Erbherzog«, hielt sein Schwätzchen mit Herrn oder Frau Stillfritz (und erfuhr dabei mancherlei Nützliches über Land und Leute) und ließ sich durch etliche gutmütige Stichelreden am abendlichen Stammtisch nicht die Spur aus der Ruhe bringen.

Wenn ihn etwas störte, war's der Mangel an Arbeit, aber schließlich hatte er die dicksten wissenschaftlichen Werke in seinen Schränken stehen, und so saß er denn auch an diesem stillen Oktoberabend über seinen Büchern und dachte nichts anderes, als daß sein Leben erst einmal so weitergehen würde – bis zur nächsten großen Influenzaepidemie etwa; wenn er überhaupt darüber nachdachte.

Aber so lange brauchte Doktor Kimmknirsch nun nicht mehr auf den ersten Patienten zu warten, denn der stieg grade jetzt unten vom Wagen, und Mali tröstete: »Jetzt hast du es gleich überstanden, Päule!«

Worauf er wütend antwortete: »Was ich wohl überstanden habe, wenn ich zu dem Knochenschuster gehe! Denn ob er überhaupt was kann, weiß keiner. Wir wollen nur hoffen, daß er wenigstens nicht so neugierig wie der alte Geheimrat ist.«

Da hatten Schliekers es nun schlecht getroffen. Denn neugieriger noch als der Geheimrat war sicher Frau Postdirektor Bimm, die ihnen die Tür aufmachte. Sie sah die beiden sehr prüfend an und wollte sich gar nicht recht zu einer Meldung bei Herrn Doktor entschließen. Und als sie schließlich doch meldete, meldete sie »zwei Leute«, machte aber dabei eine heftige und kaum mißzuverstehende Gebärde, als seien es gerade keine guten Leute.

Aber der Herr Doktor wollte sie doch empfangen. Er schaltete sogar das Deckenlicht ein, und so hatte er gleich eine gute Aussicht auf die beiden Besucher.

Den Mann sah er zuerst, denn er war zuerst eingetreten, und der sah mit blaugeschlagenem Auge, geschwollener Nase und blutrünstiger Lippe so aus, daß der junge Arzt unwillkürlich rief: »Oho! Oho! Da hat es aber Kloppe gegeben!«

»Geben Sie mir das schriftlich?« rief der Besucher rasch.

»Daß Sie Schläge bekommen haben?«

»Daß ich mißhandelt worden bin, junger Mann!« sagte Päule wütend.

»Dazu müßte ich erst wissen, wie Sie gehandelt haben«, antwortete der Arzt kühl. »Im übrigen bin ich kein junger Mann, sondern der Herr Doktor Kimmknirsch!«

»Und einen feinen Namen haben Sie da erwischt«, sagte Päule, fest entschlossen, sich von diesem Hungerleider nicht imponieren zu lassen. »Fast so schön wie meiner. Ich heiße nämlich Schlieker.«

»Schlieker?« fragte der junge Arzt, und ihm fiel ein, was er heute mittag im »Erbherzog« von Frau Stillfritz gehört hatte. »Schlieker aus Unsadel?«

»Derselbige«, nickte Schlieker. »Sie haben also schon von mir gehört. Da werden Sie wissen, daß ich mir so was nicht gefallen lasse, und darum verlange ich ein Zeugnis von Ihnen und eine genaue Untersuchung, denn zahlen soll der Kerl ...«

»Das müssen Sie vor Gericht anbringen«, sagte Kimmknirsch. »Ihre Untersuchung und Ihr ärztliches Zeugnis sollen Sie bekommen – aber erst ist hier die junge Frau wichtiger. – Sie haben heute einen Anfall gehabt?«

»Nein so was!« rief Schlieker, nun doch verblüfft. »Woran sieht man denn das?!«

Aber dann war er still und ließ die beiden reden, denn

allmählich imponierte ihm nicht nur das feierliche Ordinationszimmer, ganz in Weiß und mit schimmernden Glasscheiben und blitzenden Geräten (ganz anders wie beim alten Geheimrat), sondern auch der Arzt mit dem klaren, ernsten Gesicht und den durchdringenden, ruhigen, hellen Augen.

»So, nun nehmen Sie einmal das«, sagte Kimmknirsch schließlich und gab Frau Schlieker ein Glas. »Und am besten bleiben Sie erst eine Woche im Bett liegen ...«

»Herr Doktor!« unterbrach Schlieker. »Wie soll sie das denn machen?! Wir haben Vieh, und sie muß Essen kochen und ...«

»Herr Schlieker«, unterbrach nun wieder Kimmknirsch. »Ich verordne, was ich für richtig halte – das ist meine Sache. Und Sie tun von meinen Verordnungen das, was Sie für richtig halten – das ist wieder Ihre Sache. So, und nun machen Sie einmal Ihren Oberkörper frei, Ihre Frau sagt, Sie haben ein paar Rippen gebrochen ...«

»Er hat sie mir gebrochen, der Hund ...«, legte Schlieker wieder los. Aber der Arzt sagte nur: »Ruhig, wenn ich untersuche ...«, und Schlieker war ruhig.

»Nicht weiter gefährlich«, meinte Doktor Kimmknirsch abschließend und legte lange Streifen Heftpflaster dachziegelförmig über die Schliekersche Brust. »In drei Wochen ist das wieder heil. Drei Rippen gebrochen und zwei angebrochen. Die ersten Tage liegen Sie am besten auch im Bett, und Schweres tragen, wie Säcke, ist natürlich ausgeschlossen ...«

»Herr Doktor, ich hab doch 'nen Hof, ich muß doch Vieh versorgen«, sagte Schlieker, jetzt ganz demütig bettelnd.

»Ich hab's Ihnen schon gesagt, Herr Schlieker, ich verordne, Sie tun, was Sie wollen. Im übrigen werden Sie ja wohl einen Menschen im Dorf finden, der Ihnen die paar Tage zur Hand geht ...«

»Im Dorf?! In Unsadel?!« höhnte Schlieker. »Da kommt keiner zu mir!«

»Keiner?« fragte der junge Arzt und sah seinen Patienten nachdenklich an.

»Keiner, Herr Doktor«, antwortete Päule und grinste dabei, als freue er sich, daß Unsadel so sei, wie es sei.

»Sie ahnen ja nicht, wie schlecht die Menschen bei uns sind«, sagte die Frau heftig, und ihr blasses, trostloses Gesicht wurde böse.

»So«, sagte Doktor Kimmknirsch nur. »So. Nun schreibe ich Ihnen noch Ihr Attest. – Sie wollen es fürs Gericht?«

»Und ob ich das will! Gleich von hier gehe ich zum Amtsgerichtsrat, und Haussuchung bei dem Hund muß heute noch sein! Glauben Sie, ich lasse ihm die kleine Thürke?«

»Die Thürke?« fragte der Arzt erstaunt und dachte an sein Mittagsgespräch im »Erbherzog«. »Ich habe gehört, die ist mit einem alten Manne nach Berlin durchgebrannt?«

»Nach Berlin –?« sagte Schlieker verächtlich und für ihn war mühelos jetzt weiß, was am Morgen noch gnitterschwarz gewesen war. »Die Thürke sitzt in Unsadel versteckt beim Bauern Gau, der mich so zugerichtet hat, und heute abend hat sie sogar meiner Frau zwei Kleider gemaust ...«

»Sie hat sie aber ...«, wandte Frau Schlieker ein.

»Halt's Maul!« schrie Schlieker.

»Nicht so laut«, sagte der Arzt. »Überhaupt sollten Sie in nächster Zeit Ihre Frau nicht so anbrüllen – wenn es überhaupt sein muß ... Hier ist Ihr Attest.«

»Danke auch schön, Herr Doktor. Was macht es?«

»Drei Mark«, sagte der junge Arzt und dachte, daß er mit diesem Honorar seine Praxis lieber nicht eröffnet hätte.

»Übrigens wird Herr Amtsgerichtsrat Schulz jetzt nicht zu Haus sein.«

»Weiß doch, weiß doch, Herr Doktor. Ich kenn doch Kriwitz. Sitzt im ›Erbherzog‹. Und dahin fahren wir jetzt. Guten Abend, Herr Doktor.«

»Guten Abend«, sagte der Arzt und knipste hinter seinen ersten Patienten das Deckenlicht wieder aus.

Es war jetzt Zeit, zum Abendessen in den »Erbherzog« zu gehen. Doch einen Augenblick dachte Doktor Kimmknirsch daran, lieber nach Frau Bimm zu klingeln und sie um ein Glas Tee und ein paar Butterbrote zu bitten, um in aller Abendstille und Sammlung diesen bösartig bissigen Fuchs mit seiner kummervollen, aber zum mindesten ebenso bösen Elster zu verdauen.

»Aber warum eigentlich?« dachte er dann. »Ob ich die Schleicherei wirklich noch einmal im ›Erbherzog‹ sehe oder nicht, kann mir doch egal sein. Und die Verhandlung selbst wird Schulz ja nicht grade in der Gaststube führen.«

Also zog er den Mantel an, rief halblaut über den Flur: »Ich bin in einer halben Stunde zurück, Frau Bimm«, und trat auf die Straße.

Es war ein dunkler, trüber, feuchter Herbstabend mit ein wenig Nebel. Der Doktor ging gemächlich durch die fast ganz dunklen Straßen seinem Ziel zu und summte dabei gedankenvoll das Lied von der Holzauktion vor sich hin.

Doch grade als er den Straßendamm kurz vor seinem Ziel überquerte, schoß aus Dunkel und Nebel ein düsteres Ungetüm auf ihn zu. Kimmknirsch wollte zur Seite springen, das Ungestüm sprang zur Seite. »Halt!« schrie Kimmknirsch überlaut und ganz unnötig, denn schon bekam er einen fürchterlichen Stoß vor Magen und Brust und stürzte rücklings auf das Pflaster.

Neben ihm prasselte, knirschte und stürzte es dumpf, zwei weitere Stimmen schrien – und die alten Laternen fingen in besorgniserregender Weise vor Kimmknirschs Augen auf ihren Pfählen zu tanzen an.

Eine Weile später war er sich bewußt, daß eine junge weibliche, ein wenig spröde Stimme etwas zu ihm sagte. »Sehr angenehm«, murmelte er, noch halb benommen. »Danke. Ja, danke.«

»Haben Sie sich etwas getan?« hörte er dann die junge Stimme etwas deutlicher fragen. »Gott, habe ich Ihnen sehr weh getan?!« – »Das haben Sie!« sagte Kimmknirsch energisch und setzte sich auf dem Kopfsteinpflaster der Landstadt Kriwitz hoch. »Ich glaube, Sie sind mit zwanzig Zentnern Gewicht und mit fünfzig Kilometer Geschwindigkeit in meinen Magen gerast.«

Er bemerkte neben sich ein Fahrrad, das völlig zertrümmert schien, und, zwei Meter ab, eine dunkle Gestalt, die sich auch grade stöhnend aufrichtete. Direkt vor ihm aber stand eine Weibsperson, eine junge, soweit die aus Stadtmitteln recht spärlich gespeiste Laterne erkennen ließ.

»Es tut mir so leid –!« sagte sie und faltete recht rührend und überzeugend die Hände vor der Brust. »Wissen Sie, ich hatte den Jungen vorn auf dem Rade. Er ist krank, ich wollte mit ihm zum Arzt ... Und hier geht es bergab, verstehen Sie, und das Pflaster ist heute auch so glitschig ...«

»Und Sie hatten kein Licht«, sagte der Arzt mit Nachdruck, »vergessen Sie nicht, Sie hatten kein Licht ...« Noch etwas fiel ihm ein: »Und geklingelt haben Sie auch nicht!«

Aber das Mädchen – es mußte wohl ein Mädchen sein – war seinen Vorwürfen entflohen und flüsterte mit dem andern Gestürzten. Kimmknirsch seinerseits betastete sachverständig Leib und Brust, zog erst das eine, dann das andere Bein an und bewegte prüfend die Arme. Alles funktionierte, etwas Ernsteres war ihm nicht geschehen – nur sein Kopf brauste wie ein Bienenhaus zur Schwarmzeit.

Das Mädchen kam zurück. »Der Junge sagt, er kann

noch warten. Darf ich Sie wohl unterdes irgendwohin bringen, in Ihre Wohnung? Oder zu einem Arzt? Hier gleich in der Nähe wohnt einer ...«

»So«, sagte Kimmknirsch und tat grimmig. »Also zum Arzt wollen Sie mich bringen?«

»Es ist erst ein junger Arzt«, sagte das Mädchen, um Entschuldigung bittend, »und er weiß vielleicht noch nicht soviel. Aber zum Geheimrat ist es so sehr weit. Sie sollen auch keine Kosten davon haben«, sagte sie plötzlich und versuchte, sein Gesicht im Dunkeln zu erkennen. »Ich habe grade etwas Geld bekommen.«

»So, haben Sie das?« fragte Kimmknirsch und saß immer noch auf dem feuchten Pflaster. »Was fehlt denn dem Jungen?«

»Er ...«, fing sie an und verwirrte sich. »Er ist nämlich krank. Aber, bitte, fragen Sie nichts, kommen Sie jetzt, daß ich Sie zum Arzt bringe.«

»So wollen wir sehen, daß wir ihn zusammen hinbringen«, meinte der Arzt und stand schwerfällig auf. »Hinken kann ich jedenfalls noch. – Oder holen Sie doch noch lieber jemanden«, sagte er, schon gebeugt über den Kranken. »Er scheint ohnmächtig.«

»Nein, nein, keine Leute!« rief das Mädchen in einem Ton so echter Verzweiflung, daß der Arzt zusammenfuhr. »Ich trage ihn ganz alleine. Bitte, fragen Sie nichts, aber nur keine Leute.«

»Schön«, sagte Kimmknirsch nach kurzem Überlegen. »Dann fassen wir beide an. Aber das Rad müssen wir liegenlassen.«

»Ach, das Rad!« rief sie. »Lassen Sie doch das Rad! Wenn ich den Jungen nur erst beim Arzt habe – und Sie natürlich auch«, setzte sie rasch hinzu.

»Also los!« sagte der Arzt. »Kommen Sie, Sie fassen so an, ich so ...«

Es war eine klägliche, kümmerliche, unendlich langsame Prozession, die da durch Kriwitz zog, und es war nur gut, daß die Straßen um solche Herbstabendstunde gänzlich ausgestorben waren, sonst hätte es mancherlei Aufsehen und vielerlei Gerede gegeben. Aber Schritt für Schritt, mit mancher Ruhepause, schafften sie es doch. Schließlich kam das weiße Schild in Sicht, und das Mädchen sagte keuchend: »Da ist es endlich! da wohnt der Doktor.«

»Das weiß ich«, antwortete Kimmknirsch, ebenso keuchend. »Ich bin es nämlich selber.«

»O Gott!« rief das Mädchen und war so überwältigt, daß sie kein Wort weiter sagte.

»Geben Sie ihn mir jetzt auf den Rücken, die paar Stufen trage ich ihn schon besser allein hinauf«, half ihr der Arzt über den Schreck. »Hier sind die Schlüssel – machen Sie auf. Leise, Fräulein, leise ...! Frau Postdirektor Bimm ist ganz ausgehungert nach Neuestem, und da Sie Diskretion wünschen ... Die weiße Tür rechts, der Schalter sitzt links ... So ... Halten Sie den Kopf, ich lege ihn jetzt aufs Sofa ... So ... Nun noch die Tür zu. – Und jetzt haben wir es geschafft –!«

Er stand keuchend im Zimmer, und hätten ihn die Kriwitzer so gesehen, mit dem Schlamm ihrer Straßen auf Mantel, Hose und im Gesicht – sie hätten gegrinst: Haben wir es uns nicht gedacht?! Haben wir es nicht gleich gesagt?

Einen Augenblick blieb er so, keuchend und überlegend. Nur einen flüchtigen Blick warf er auf das Mädchen, das mit gesenktem Kopf gegen den Türrahmen lehnte – ebenso ausgepumpt wie er. Dann trat er zu dem Ohnmächtigen, fühlte den Puls und sah dabei zum ersten Male in vollem Licht dies hilflose, blöde Gesicht, das bläulichweiß war vor Blutleere.

»Was hat er?« fragte er über die Schulter.

»Eine Wunde«, flüsterte sie. »Am rechten Fuß.«

Der Arzt antwortete nicht, horchte nur, fühlte wieder, zählte.

Dann wandte er sich rasch um. »So schmutzig kann ich nichts tun. Setzen Sie sich hier ruhig an den Tisch und warten Sie. Waschen dürfen Sie sich übrigens auch – hier ...«

Sein Ton war ohne alle Freundlichkeit, nur ernst und streng. Rosemarie fühlte es, sie sagte gehorsam: »Ja« und huschte zum Tisch. Erst als der Arzt aus der Tür ging, wagte sie flehend zu fragen: »Und der Philipp, Herr Doktor? Ist es sehr schlimm –?«

»Ich muß mich erst saubermachen«, sagte der Arzt und verschwand.

Sie tat, was er befohlen hatte, aber sie konnte nicht still am Tischlein sitzen, immer wieder trat sie zu Philipp. Was sie fühlte, war Angst, Angst über alles Begreifen, Angst seit der Sekunde, als die Falle mit scharfem Klick zugeschlagen war und Philipp aufgeschrien hatte. So aufgeschrien –!

In der Sandgrube nachher hatte er nur leise gewimmert und dazwischen gemurmelt: »Es ist nichts, min Deern ..., es ist gleich wieder gut ...«

Aber es war nicht gleich wieder gut. Das Blut rann und rann, und sie bekam es nicht zum Stehen. Beim Schein schnell aufflackernder und ebenso schnell wieder ausgeblasener Streichhölzer löste sie die Falle und versuchte, aus der Wäsche einen Verband zu machen ...

Und das halb verhungerte, mißhandelte Geschöpf wurde immer schwächer ...

Ja, da war Angst gekommen – Angst über das, was sie begonnen, ahnungslos, mit einem Brief –, und nun wuchs es wie ein Feuer, griff hierhin, flammte dort, und sie mitten drin, ohne Gewalt, es zu dämmen, zu löschen ...

Dann die schreckliche Fahrt auf Hütefritzens altem Rad mit dem immer schwerer werdenden Jungen über den

Sandweg nach Kriwitz, diese endlose Fahrt, bei der zu treten, auszuschauen in die Nacht, zu steuern und festzuhalten war, und dabei immer die Angst: Wenn er nun stirbt ... Was habe ich nur getan ...

Tiefschwarze Oktober-Nebelnacht, ohne Stern, und ein fast versagendes Herz ohne Trost ...

Das Gesicht des jungen Arztes, wie sie es auf der Straße gesehen, mit den hellen, freundlichen Augen, mit der kameradschaftlichen Stimme ... und jetzt der kalte, ernste Ton ...

»Sie sollen am Tisch sitzen«, sagte er hinter ihr, im weißen Mantel. »Sehen Sie nicht her, setzen Sie sich ...«

Sie tat es, sah vor sich in den Schoß.

»Gibt es denn nichts in der Welt«, fragte sie sich in einer verzweifelten Anwandlung, »wohin man flüchten kann? Irgend etwas müßte es geben, wohin man geht, wenn man gar nicht mehr aus noch ein weiß.«

Von ihrer Jugend und den verstorbenen Eltern her und ganz frisch noch aus des Professor Kittguß' Munde hätte sie es kennen müssen, dieses »Irgend etwas«, aber es ist nun einmal so, daß die Jugend zumal alles von dieser Welt und ihren Menschen, wenig aber von Gott erwartet.

Der Arzt stieß einen ärgerlichen Ruf aus, jetzt sah er wohl den Fuß.

»Woher ist das?« fragte er scharf über die Schulter.

»Er ist in eine Falle getreten«, antwortete Rosemarie ängstlich.

»So!« rief der Arzt böse. »Und warum sind ihm diese Drecklappen umgebunden worden? Und derartig sinnlos?! Macht das ein vernünftiger Mensch?! Nicht mal ausgewaschen sind die Wunden, alles voll Sand und Dreck?!«

»Wir ... ich hatte nichts anderes ... Und es war kein Licht ...« Oh, gegen diesen schneidend bösen, kalten Ton konnte sie sich nicht verteidigen.

»Fräulein«, sagte Herr Doktor Georg Kimmknirsch und wandte ihr sein zorniges Gesicht jetzt ganz zu. »Fräulein, Sie sind jetzt ausgeruht und ein bißchen warm geworden, nicht wahr? Nun rate ich Ihnen: ziehen Sie sich Ihren Mantel wieder an und verschwinden Sie! Ich will Sie nichts weiter fragen, wie Sie mich gebeten haben, aber gehen Sie ...«

Sie sah mit hilflos zitternden Lippen zu ihm auf, in ihre großen, hellen Augen traten ein paar Tränen. Doch sie schien die strengen Worte ganz überhört zu haben, sie fragte eindringlich: »Und der Philipp –?«

Ein wenig milder sagte der Arzt: »Der Mittelfußknochen ist zerschlagen, wahrscheinlich gesplittert. Er muß operiert werden, das kann ich hier nicht machen. Er muß ins Kreiskrankenhaus ...«

»Nicht ins Krankenhaus!« bat das Mädchen flehentlich. »Er wird glauben, er ist wieder in der Blödenanstalt. Er war einmal da, Herr Doktor, und er hat solche Angst davor ...«

Doktor Kimmknirsch sah sie nachdenklich an: »Sie können ihn doch nicht pflegen«, sagte er. »Kein Verbandszeug, kein Licht, kein Wasser ... womöglich kein Geld ...« Sein Gesicht wurde wieder strenger: »Es geht nicht immer so, wie man möchte, mein Fräulein ...«

»Und die Polizei!« flüsterte das Mädchen noch angstvoller. »Im Krankenhaus muß er doch angemeldet werden. Er ist doch ein entlaufener Knecht ...«

»Da!« sagte der Arzt wütend. »Da! Nun fangen Sie wirklich an zu schwatzen. Und ich sollte Sie nichts fragen ...« Er überlegte. »Kann er denn nicht zu seiner Dienstherrschaft?! Wem ist er denn entlaufen? So schlimm wird es doch gar nicht sein ...«

»Schlieker in Unsadel ...«, flüsterte das Mädchen.

»So!« sagte der Arzt. Und noch einmal: »So!« Seine

Stimme klang wieder milder. Er dachte nach. Dann fragte er: »Dann hat Herr Schlieker wohl auch die Falle aufgestellt?«

»Ja«, flüsterte das Mädchen.

»Und für kein Tier?«

»Nein«, sagte sie leise. »Wohl für mich.«

»Sie sollen doch nicht schwatzen«, sagte Doktor Kimmknirsch ärgerlich. »Sie sind ein sehr schwatzhaftes Mädchen. Sie meinen für Diebe, für Kleiderdiebe ...«

Er sah sie scharf an.

Sie errötete leise. Dann warf sie trotzig den Kopf mit den hellen Haaren zurück. »Ja, für Kleiderdiebe«, sagte sie.

»Ich will sehen, was sich tun läßt«, sagte der Arzt langsam. »Ich hole meinen Kollegen, Herrn Geheimrat Faulmann. Der Junge wird unterdes nicht wach werden, ich habe ihm eine Spritze gegeben. Sie werden jetzt diese Tablette nehmen und sich hier in meinem Schlafzimmer auf das Sofa legen und sofort einschlafen. Sie stehen nicht auf, wohlverstanden, ehe ich es Ihnen erlaube. Sie schlafen ...«

»Oh, Herr Doktor –!« rief Rosemarie.

»Wollen Sie still sein!« befahl er. »Sie haben zu schlafen, nicht zu schwatzen! Und es ist noch lange nicht ausgemacht, Fräulein *Thürke*, daß ich Sie nicht persönlich dem Ehepaar Schlieker wieder zuführe. –

Rasch: Hier ist eine Decke. Decken Sie sich gut zu. Gute Nacht!«

Der Arzt überlegte lange, er sah sie lange an. Ihr war, als drängen seine Augen immer tiefer in sie ein, und das war nicht schlimm, nein, sie wünschte, diese Augen sähen alles, alles. Plötzlich, unter diesem Blick, in ein paar flüchtig vorbeihuschenden Sekunden, wird es ihr, als kennte sie nun das eben noch ersehnte »Irgend etwas« – fast lächelt sie.

## 14. Kapitel

### Worin viele viele suchen, aber die Falschen finden die Falschen

Als Doktor Georg Kimmknirsch diesen Abend zum zweitenmal auf die nächtliche Straße trat, in den »Erbherzog« zu gehen, rief ihm aus einem vorbeiklappernden Wagen eine Stimme zu: »Guten Abend, Herr Doktor!«

»Guten Abend«, antwortete Kimmknirsch ganz in Gedanken und merkte erst dann, daß es sein erster Patient, Herr Päule Schlieker aus Unsadel, gewesen war, der ihn so höflich gegrüßt hatte.

Der Arzt mochte über Schlieker denken – wie er dachte, er rief doch: »He, Herr Schlieker!«

Die Frau hielt die Pferde, Doktor Kimmknirsch ging langsam an den Wagen und fragte (wobei er sich ärgerte, daß er dies fragte, denn die Antwort war ihm doch ganz egal): »Nun, wie steht es mit den Schmerzen?«

»Danke« sagte Schlieker trocken, kniff den Mund zusammen und sah den Arzt prüfend an.

»Und so allein?« fragte der. »Nichts geworden mit der Haussuchung? Nicht getroffen den Herrn Amtsgerichtsrat?«

»Ja ...«, sagte Schlieker nach einer ganzen Weile gedehnt. Und nichts weiter.

Nun ärgerte sich Kimmknirsch schon gewaltig über seine eigene dämliche Fragerei, aber er konnte es doch nicht lassen. »Was gefunden ...?« fragte er und zeigte auf den hinteren Wagenkasten.

Immer mit der gleichen hinterhältigen Aufmerksamkeit sah Schlieker den Arzt an, aber diesmal antwortete er überhaupt nicht.

Der Doktor hätte schwören mögen, daß dies verbeulte,

verbogene Rad da hinten im Wagen ihm erst vor einer Stunde gegen den Leib gesaust war. Er sagte eindringlich: »Ich meine das Rad, das kaputte Rad da hinten – ob Sie das gefunden haben?«

Die beiden sahen sich an.

Die hellen bösen Augen Schliekers sahen ohne Blinzeln in die des Arztes. Der hatte sonst keinen Blick zu scheuen, und er scheute auch keinen. Aber heute abend hatte er einen Fehler gemacht, nein, viele Fehler. Er hätte weder dieses Mädchen noch den Jungen in seiner Wohnung behalten dürfen. Er hatte sich in eine Sache eingelassen, deren Folgen nur ärgerlich sein konnten, und darum war er nicht zufrieden mit sich. Und nicht genug mit alldem, jetzt stand er auch noch als eine Art Privatdetektiv für die kleine Thürke hier – und es war ihm, als könne Schlieker das alles erraten.

Der Doktor wollte nicht, aber er blinzelte, er ärgerte sich wütend, aber er sah weg.

»Also guten Abend, Herr Doktor«, sagte Schlieker, plötzlich laut auflachend, als lachte er den Arzt aus. »Fahr zu, Mali!«

Und schon rasselte der Wagen klappernd und stoßend davon – in die Nacht hinein.

Der junge besonnene, so selbstsichere Arzt stand da und ärgerte sich immer weiter und immer mehr.

»Warum in aller Welt«, wütete er in Gedanken gegen sich, »habe ich nicht diesem schlechten Kerl, dem Schleicher, gesagt, daß die beiden bei mir sind?! Habe ich mich denn vor ihm zu verstecken –?! Habe ich denn Angst, er holt sie mir weg – gegen meinen Willen?! So etwas von alberner Heimlichtuerei ist mir nun wirklich in meinem ganzen Leben noch nicht passiert! Es ist doch wahrhaftig, als wäre ich von dem albernen Gör da oben mit seinen romantischen Faseleien angesteckt! – Jetzt gehe ich aber schnurstracks in den ›Erbherzog‹ und spreche mit dem Kollegen Faulmann und dem Amtsgerichtsrat Schulz – der Deubel soll mich holen, wenn ich nicht fürderhin tue, was Rechtens und Gesetzes ist! Mich von diesem bösartigen Affen auslachen lassen, und mit allem Recht – es wird ja wirklich immer schöner!«

Und damit drehte sich Doktor Kimmknirsch so energisch auf seinen Hacken um, daß der Schmutz aufseufzte, und marschierte mit langen Schritten in den »Erbherzog«.

Der Wagen klapperte und ratterte über das Kopfsteinpflaster von Kriwitz, jedes Eisenteil an ihm stöhnte, klirrte und klang, und jedes Holzstück ächzte und knirschte. In den spärlichen stillen Häusern brannte da und dort noch Licht, einesteils weißlich bei den Umstürzlern vom neu bescherten elektrischen Strom, andernteils gelblichmild bei den beharrenden Elementen in der althergebrachten Petroleumlampe.

Dann lief der Wagen mit einem letzten ohrenbetäubenden Lärm am Ausgang des Städtchens über die Kleinbahngleise, und nun ging es – plötzlich fast lautlos – im Kriwitzer Sandweg weiter; nur das Lederzeug am Pferdegeschirr knarrte noch ein wenig.

»Komisch«, sagte Päule in die Stille hinein.

»Ja, komisch war er«, bestätigte Frau Mali.

»Oben kurz angebunden und beinahe grob, und unten koddert er, als hätte er Sabbelwasser getrunken.«

»Was er nur mit dem Rad hatte?« fragte Mali.

»Ja, mit dem Rad hatte er was. Er wußte was davon.«

»Aber er kann doch Tamms Rad nicht kennen!«

»Ja, es ist das Rad, auf dem Hütefritz meistens fährt.«

»Der ließe es aber nicht so liegen auf der Straße.«

»Nein, das täte er nicht. Es ist wer anders drauf gefahren.«

»Bestimmt. Aber wer? Und wozu?«

»Ja, wozu fährt einer noch in der Nacht von Unsadel nach Kriwitz?«

Die Pferde trabten, dann gingen sie wieder eine Weile Schritt im tiefen Sand.

»Ganz egal!« sagte Päule plötzlich wütend. »Ob nun bei Tamm Licht ist oder nicht, ich gehe heute noch zu ihm und horche, wie das zusammenhängt!«

»Laß es doch für morgen, Päule«, sagte sie bittend. »Morgen ist dann auch der Gendarm da ...«

»Der? Der findet auch nichts, weil er nichts finden will. Da muß ich schon selber Posten stehen ...«

»Laß uns nur diese Nacht ruhig schlafen, Päule«, bat sie wieder. »Laß das mit dem Rad bis morgen!«

»Du hast wohl Angst?! Plötzlich?!«

»Ach, Päule, ich bin so müde und kaputt. Und nun das mit den Anfällen ...«

»Anfälle –? Ein Anfall! Du hast doch gesagt, es kommt nicht wieder!«

»Ja, natürlich ...« Sie besann sich. »Aber mir ist so komisch, Päule, seit mich der Doktor so angesehen hat, ich bin so mutlos ...«

»Da bekommst du also noch mehr Anfälle, meinst du das?! Du hast also heute nachmittag gelogen?!«

»Ich habe es doch gedacht, Päule! Aber nun, wo er mich so angesehen hat! – Päule, vielleicht wird es mir doch zuviel, vielleicht ist es doch besser, wir geben es auf. Wir haben jetzt ein schönes Stück Geld zusammen, wir können uns etwas pachten ... Nur einmal etwas mehr Ruhe, kurze Zeit nur ...«

»Gib die Zügel her!« schrie er. »Gottserbärmliches Weiberwinseln!«

Er riß ihr die Zügel aus der Hand, die Peitsche, schlug auf die Pferde ein, daß sie losstürmten ...

»Immer, wenn man sich auf einen verläßt, ist man verlassen! Du bist auch nichts – Angst und Gewinsel ... Stille bist du!« schrie er. »Kein Wort mehr! Hättest du den Jungen nicht laufengelassen, wie ständen wir da!«

Er schwieg und sah finster vor sich in die Dunkelheit, in die sie immer ohne Ende hineinfuhren, Dunkelheit vor ihnen, um sie, hinter ihnen. –

Sie fahren dahin, fahren dahin – und wir haben jetzt endlich einen Augenblick Zeit, nach unserm alten Professor Gotthold Kittguß zu sehen.

Er sitzt noch immer in Dunkel und Kälte, an dem erloschenen Kaminfeuer, das er nicht hat in Gang halten, unter der Hängelampe, die er nicht hat anzünden können – und schläft und träumt. Aber es ist kein guter Traum, der unsern alten Deuter der Offenbarung Johannis heimsucht: er rührt sich im Traum, seine Lippen zittern, seine Hände bewegen sich, als wollten sie etwas wegstoßen, abwehren ...

Es ist keine gute Nacht, diese neblige Oktobernacht: sie hat Zwietracht und Mißtrauen zwischen dem Ehepaar Schlieker gesät; einem jungen Mann wehte sie ein Mädchen ins Zimmer, und er weiß nun gar nicht, was mit sich und ihr anfangen; und den alten Professor hat sie in seine jüngste, kleinste, längst vergessene Kindheit zurückgebracht, und er sieht mit der gleichen Angst wie vor fast sechzig Jahren Louise auf sich zukommen, die schöne Böttcherstochter aus der Berggasse, drei Häuser weiter ...

»Bitte, bitte, liebe Louise, laß es mir heute ... Heute, einmal nimm es mir nicht fort ...«

Er ist erst sieben oder acht Jahre, aber grade darum hat ihn die Mutter geschickt, daß er beim Kaufmann noch Butter und Käse, beim Fleischer Wurst zum Abendessen holt: Er soll doch mit Geld umgehen lernen ...

Aber die große Vierzehnjährige, die Dunkle mit den

schönen, langen, schwarzblauen Zöpfen hört gar nicht auf sein klägliches Betteln, sie stellt sich nur vor ihn hin, ohne ihn anzurühren, und sagt leise mit ihrer dunklen, sanften Stimme: »Schenk es mir, Holdchen, schenk es mir, bitte, dieses eine Mal noch ...«

Der Junge tritt einen Schritt zurück, sieht sie verzweifelt an und flüstert: »Ich habe schon gestern und vorgestern anschreiben lassen, Louise. Wenn es rauskommt! Wenn die Eltern es erfahren ..., bitte, bitte, nur heute einmal nicht ...«

Aber es ist, als hörte ihn das Mädchen nicht, und er spricht doch so deutlich, wie er nur kann – es sieht ihn schmeichelnd an und sagt sanft: »Holdchen, Goldchen, bitte tu es!«

Und der siebenjährige Professor kann sich der Stimme und dem Blick, er kann sich dem schönen Mädchen nicht entziehen. Ganz langsam und ganz gegen seinen Willen streckt er das weiße Händchen aus, und als er damit über ihrem bräunlichen ist, öffnet er es, und sie hat den silbernen Taler!

»Danke schön, Holdchen, dummes, gutes Goldchen, danke schön!« ruft das Mädchen. »Morgen komme ich wieder!«

Und ist fort.

Der Junge aber steht zitternd auf demselben Fleck und sieht sie verschwinden, über seinem Kopf rauschen die Berggärten auf, immer noch einmal vor dem zur Nacht wehenden Wind. Ihm ist selbst jetzt im Traum, als röche er diese Gärten, die Vögel zwitschern ein weniges, schon schläfrig, der Himmel wird immer blasser und sanfter ...

Und das Kind überlegt, ob es nach Haus gehen und der Mutter alles erzählen soll, ob es lügen soll, daß das Geld verlorenging – und steht schon vor Kaufmann und Fleischer und bittet ängstlich um das Aufgetragene und bittet, es anzuschreiben. Und sie sehen ihn so komisch an und schneiden so zögernd das Stück Käse ab, heben so zögernd die Butter aus dem Eisschrank und die Wurst von der Stange ...

Es ist vielleicht nur vier- oder fünfmal gewesen, daß er diese schreckliche Qual erfuhr, denn Rechtsanwalt und Notar Kittguß ließ nie etwas anschreiben, und darum dauerte es auch nicht lange, bis Frau Fleischermeister Schwarzloh der Frau Notar einen Wink gab ...

Aber noch jetzt im Traum scheint es ihm, als sei es durch viele hundertmal so gegangen, als habe die Qual, die für sein kleines Jungenherz viel zu schwer war, viele Jahre darauf gelastet ...

Und da war Mutter mit verweinten Augen, und Vater fragte streng: »Gotthold, wo bist du mit dem Besorgungsgeld geblieben?!«

Aber nur die Stimme klang streng, der Junge fühlte doch alle Güte, und Mutter hätte gar nicht erst zu flüstern brauchen: »Goldchen, Jungchen, bitte, sag alles ...«

Das kleine Herz wollte ja so gerne die schwere Last abwerfen, und unter ständigem Schluchzen kam die seltsame, ganz unglaubliche, gradezu märchenhafte Geschichte von der Böttcherstochter Louise Runge heraus ...

»Ist es auch wirklich wahr, Goldchen?« fragte Mutter, auch schluchzend. »Sieh, Jungchen, wenn du das Geld vernascht hast, sag es doch, es ist gar nicht so schlimm ...«

Der Vater räusperte sich, und Mutter sagte eiliger: »Wir wollen es vergessen und vergeben, aber Böttcher Runges sind achtbare Leute ...«

Doch er bestand auf seiner Geschichte, ach, aus der Kehle des Träumers kam noch heute, fast sechs Jahrzehnte später, eine Erinnerung an das hilflose Schluchzen von damals –. Und der alte Bürobote Heinsius wurde geschickt: Ob Herr oder Frau Runge vielleicht so freundlich sein wollten, für einen Augenblick rüberzukommen – aber mit der Louise?!

Die Tür tat sich auf, und mit der dicken kleinen Mutter kam das schöne, stille, dunkle Mädchen hinein – und in all seinem Jammer war dem kleinen Gotthold Kittguß doch, als freute es sich in ihm …

Und dann redete Vater, und plötzlich sahen alle auf ihn, den Jungen …

Aber da war schon das Mädchen vor ihm und schüttelte ihn an den Schultern und schrie ihn an: »Wie kannst du das von mir sagen, du alter, böser, verlogener Junge, du! Das Geld vernaschen und es mir dann in die Schuhe schieben! Pfui, pfui, pfui, Betrüger und Dieb!«

»Laß, Louise«, sagte der Vater. »Laß den Jungen.«

Und er schob das Mädchen fort, sah seinem Sohn in die Augen und sagte: »Gotthold, sieh mich an. Hat Louise recht oder hast du recht?«

Und der Junge wollte den Vater ansehen, wollte reden, aber da war die schöne, schöne Feindin …

Und nun fühlte er den ersten und einzigen Schlag, den sein Vater ihm gegeben, und eine erzene Stimme wie die Stimme des Gerichts sprach: »Geh auf dein Zimmer, Gotthold!«

Aber nicht dieser Schlag war das Schlimmste, und nicht diese Verbannung war das Schlimmste, und nicht der kalte, ferne Ton der Eltern in den kommenden Monaten war das Schlimmste, und nicht Spott und Hohn der andern Kinder war das Schlimmste – sondern daß die Welt entzwei war, das war das Schlimmste! Daß die Vögel zu Unrecht im Einschlafen so schläfrig zwitscherten, daß das dunkle Mädchen zu Unrecht so schön war …

Der Schläfer rührt sich im Traum und stöhnt.

Viele Jahre sind vergangen, Jahrzehnte, eine endlose Zeit – wo ist die schöne, stille, dunkle Louise? Längst gestorben und vergessen! Aber der alte Mann kann heute noch nicht mit Geld umgehen, er mag heute noch in keinen Laden treten, etwas zu kaufen, er vergißt heute noch das Bezahlen, und er ist heute noch immer allein …

Nicht umsonst ist er einsam und allein geblieben, nun sitzt er hier im dunklen, kalten Stall, die Jugend ist fortgelaufen, sie hat ihn vergessen, wieder einmal.

Sein Kopf sinkt tiefer auf die Brust, im Schlaf greifen seine Hände nach der Decke und ziehen sie höher über die kalt werdenden Knie – schlafe weiter, alter Schläfer, morgen ist auch ein Tag: solange Leben da ist, ist Hoffnung. Schlafe!

Dorf Unsadel war dunkel und still, als der Schliekersche Wagen über die Dorfstraße klapperte, auch das Tammsche Haus war dunkel und still. Trotzdem hielt Päule.

»Da, nimm die Zügel!« sagte er zu Mali und gab sie ihr in die Hand. Es waren die ersten Worte, die er zu ihr sprach seit ihrem Streit. Er stieg langsam und steif vom Wagen, langsam und steif stieg er die Stufen zur Haustür hoch, dann schlug er mit der Faust dagegen.

»He, August, mach mir mal auf!«

Sofort setzte das wütende, spitze Gekläff eines Hündchens drinnen im Haus ein, ein anderer, größerer Hund bellte laut vom Hof her, und nun hörte Schlieker auch noch einen dritten Hund bellen, auf dem Giebel … etwas undeutlich, aber …

Er machte eine rasche, überraschte Bewegung zu seiner Frau: »Hörst du?« – und besann sich.

Wieder lauschte er, schlug von neuem gegen die Tür, rief, pochte – aber der kleine Kläffer im Erdgeschoß übertönte die andern beiden mit seinem spitzen, bösen Keifen. Trotzdem hätte er schwören mögen …

»Wer ist denn da?!« fragte eine grämliche, ärgerliche Stimme, nahe an seiner linken Schulter. »Brennt's wo?«

»Das nicht«, lachte Päule sofort. »Du kannst gleich wieder schlafen, August. Ich will dir nur was mitbringen aus Kriwitz.«

»Ach, der Schlieker«, sagte die fette Stimme durch den Fensterspalt. »Das hätte schon noch bis morgen Zeit gehabt. Ist es was vom Kaufmann? Na, gib schon her. Ich hol mir sonst noch was, hier am offenen Fenster.«

»Wird schlecht gehen mit dem Hergeben durchs Fenster, August«, sagte Schlieker höhnisch. »Es ist nämlich nur dein Rad, was ich in Kriwitz auf der Straße gefunden habe.«

»Rad –? Was für 'n Rad –? Willst du jetzt mit *mir* stänkern, Päule?«

»Stänkern? Ich stänkere mit keinem, der mich nicht anstänkert, August. Und du bist gut, das weiß ich, August. Du tust keiner Fliege was, wenn sie sich nicht grade auf dein Essen setzt ...«

»Ich will schlafen«, sagte Tamm kläglich. »Komm endlich raus mit deinem Quatsch, was du wirklich willst.«

»Ich hab's dir doch schon gesagt, August. Ich habe dein Rad in Kriwitz auf der Straße gefunden, dein Fahrrad, verstehst du ...«

»Ich hab doch gar kein Fahrrad, Päule, was du bloß mit mir willst! Denkst du wirklich, ich setze mich mit meinen zweieinhalb Zentnern auf ein Rad –?!«

»Oder das vom Hütefritzen!« schrie Schlieker, dem auch die Geduld riß.

»Hütefritz? Der liegt oben im Giebel und schläft! Wie kann dem sein Rad in Kriwitz sein –?«

»Das frag ich dich, August! Was macht der Hütefritz in der Nacht, August ...?«

»Schläft!« kam eine helle Stimme vom Giebelfenster her. Und zugleich blaffte oben ein Hund.

»Da siehst du ...«, fing August Tamm klagend an.

Aber Schlieker rief aufgeregt: »Da! Da war er wieder! Das war Bello! Was macht mein Bello in seiner Kammer? Ich kenne doch die Schnauze von meinem Hund! Was macht mein Hund in deinem Haus, Tamm?!«

»Nun wird's mir zu dumm, Päule«, schalt Tamm. »Stänkern. Ewig stänkern. Und jetzt noch mitten in der Nacht! Was geht mich dein lausiger Köter an?! Und das mit dem Rad – alles Hirnverbranntheit und Quatsch und ewige Stänkerei! Das kannst du in Biestow tun, da sind sie es wohl so gewöhnt, aber hier bei uns in Unsadel ...«

»Wahr und wahrhaftig, August, es ist dein Rad! ...«

Zu spät, schon schrammt das Fenster zu, und er hat gut gegen die Scheiben trommeln und schreien, nichts rührt sich im Haus mehr. Er muß es aufgeben, steif klettert er wieder die Treppen hinunter, und jetzt klingt ihm von oben, vom Giebelfenster her die helle, freche Jungenstimme nach: »Gute Nacht, Päule! Schlaf auch schön, Päule!«

Und als sei dem Hund plötzlich das zugehaltene Maul freigegeben, bellt der von oben rasend los, sein eigener Hund, das dämliche Vieh, bellt hinter ihm her, als sei er ein Dieb oder Handwerksbursche!

Was ist los? Warum haben sie keine Angst mehr vor ihm? Er steht gut da, besser als je, morgen wird Haussuchung bei dem Erzfeind-Gau gehalten, Strafanzeige wegen Körperverletzung ist erstattet, die Marie muß zurück, nichts liegt gegen ihn vor – und es ist doch vorbei?! Wieso?

Er hat längst die Pferde ausgespannt, längst hat die Frau vom Bett her gerufen: »Komm doch, Päule, leg dich, das kann dir nicht gut sein!«

Er rennt auf und ab, er grübelt. Manchmal schießt es flammend in ihm hoch, die Wut ist da! Dann möchte er los, anbrennen, zerschlagen. Aber die Flammen sinken wieder, eine Stimme flüstert: »Sachte und leise, Päule! Mit Sachte und Leise bist du immer am weitesten gekommen!«

So grübelt er, auf und ab. Die Frau hat ihn gerufen, jetzt scheint sie ruhig zu sein. Schläft sie? Ja, sie schläft wohl, sie hat die Augen geschlossen – sachte und leise, Päule, kein Wort mehr, auch zu ihr nicht!

»Das haben Sie großartig gemacht, Kollege«, sagte der alte Geheimrat Faulmann. »Es war wahrhaftig ein Genuß, Ihnen zu assistieren. Ja, die Jugend, die Jugend –! Wir Alten denken immer, es geht nicht voran. Aber es geht doch voran. Wir sehen es bloß meistens nicht.«

Der junge Doktor Kimmknirsch lächelte dem älteren Kollegen zu. Dann sah er zufrieden auf den Jungen, der, jetzt noch bewußtlos, aber säuberlich verbunden, genäht und ohne alle Knochensplitter in der Wunde wieder auf dem Sofa lag.

»Ja«, sagte er. »Ich denke, so wird es. Er wird nichts davon zurückbehalten. Er braucht wahrhaftig nicht noch zu hinken – er ist schon so genug im Nachteil.«

»Sicher, ganz richtig!« sagte der Ältere bereitwillig. »Und nun?« fragte er dann vorsichtig. »Was werden Sie nun tun? Sie wollen doch aus Ihrer Wohnung kein Lazarett machen? Wie ich Frau Postdirektor Bimm kenne, wäre sie nicht ohne weiteres einverstanden …«

Und er hüstelte ein wenig spöttisch.

»Ich habe vor«, sagte der junge Arzt, »ihn morgen früh zu Frau Stillfritz zu schaffen. Die hat Betten genug frei.«

»Aber die Kosten!« gab der Geheimrat zu bedenken. »Wer soll denn das alles bezahlen?«

»Das wird sich schon finden«, sagte der junge Arzt kurz. »Ich glaube«, lächelte der andere, »Sie werden schließlich die Kosten nur in der eigenen Tasche finden, lieber Kollege.«

Kimmknirsch zuckte mit der Schulter.

»Nun ja«, sagte der Geheimrat eilig. »Das ist vielleicht für Sie nicht entscheidend. Aber das andere, die Hauptsache: was wird Schulz sagen? Unser lieber Großer Amtsgerichtsrat Schulz? Ich habe Ihnen Verschwiegenheit zugesichert, lieber Kollege, aber glauben Sie doch nur nicht, daß unserm Kriwitz die Stillfritzsche Einquartierung auch nur einen Tag verborgen bleibt.«

»Ich mache natürlich morgen früh sofort Meldung«, sagte der junge Arzt entschlossen. »Aber was auch geschehen ist, jedenfalls ist es eine bodenlose Gemeinheit, Fangeisen gegen Kinder zu stellen.«

»Gewiß, gewiß!« nickte der alte Landarzt. »Sie haben ja so recht. Immerhin sollen da ja richtige Diebstähle und Überfälle vorgekommen sein –?«

»Ich habe dies Mädchen nur einen Augenblick gesehen«, sagte Doktor Kimmknirsch, »aber schon danach halte ich all dies Gerede nur für Gerede.«

»Richtig, vollkommen recht haben Sie!« rief der alte Geheimrat. »Gerede! Bloßes Geschwätz! Aber dieser alte Herr, der so seltsam aufgetaucht und so spurlos wieder verschwunden ist ... Ich würde sehen, daß ich dies Mädchen« – geflüstert mit einem Blick zur Seitentür – »möglichst rasch wieder los würde.«

»Ich werde«, sagte der junge Arzt entschlossener, als er war (denn in diesem Augenblick stand ihm sehr deutlich das Bild des jungen Mädchens vor Augen, mit den zur Brust erhobenen Händen, dem blassen Gesicht und den angstvollen Augen), »... ich werde natürlich morgen früh auch mit ihr reden. Entweder geht sie freiwillig zu ihren Pflegeeltern zurück oder mit mir zu Herrn Schulz.«

»Ausgezeichnet!« rief Geheimrat Faulmann begeistert. »Vollkommen richtig! Dann tragen Sie nicht die geringste Verantwortung! Sehr vorsichtig, sehr besonnen, sehr richtig! – Und nun entschuldigen Sie mich, lieber Kollege, meine Frau wird schon an einen gar zu ausgedehnten Abendschoppen denken. Jedenfalls: tausend Dank und gute Nacht. Bitte, bemühen Sie sich nicht selbst. Ich weiß hier Bescheid. Also auf Wiedersehen, danke, ja …«

Der junge Arzt war wieder allein in seinem Zimmer. Ein verdrossener Ausdruck lag auf seinem Gesicht, als sei er nicht zufrieden mit sich …

Er rückte einen Stuhl neben den Patienten, prüfte mechanisch den Puls, griff ein Buch aus dem Regal und setzte sich für eine Nacht- und Krankenwache zurecht.

Aber er schlug das Buch nicht auf, er lauschte, aber er lauschte nicht nach dem Patienten … Der verdrossene Ausdruck verstärkte sich noch …

Schließlich stand er auf, öffnete leise die Tür zum Schlafzimmer und trat ein. Horchend stand er im Dunkeln, sacht und regelmäßig gingen die Atemzüge des Mädchens. Er machte ein paar Schritte und schaltete die kleine Nachttischlampe ein.

Da lag sie, fest schlafend, unter der Decke zusammengekrochen wie ein Kind. Sie sah sehr blaß, sehr klein und jämmerlich aus … »Dann tragen Sie nicht die geringste Verantwortung«, klang es in seinem Ohr. Es mochte hundertmal als Lob gedacht sein – es war kein Lob!

Er bückte sich tiefer über das Gesicht der Schläferin, als wollte er genauer die Spuren der Missetaten entdecken, die ihr nachgesagt wurden.

Aber der Schlaf hatte ihr die hellen, schönen Augen geschlossen, diese untrüglichen Spiegel der Seele, und was er sah, war nur ein blasses, unterernährtes, wahrscheinlich blutarmes Kind.

»Man müßte es mit Lebertran versuchen«, dachte er flüchtig.

## 15. Kapitel

### Worin Professor Kittguß sein Patenkind suchen geht, und was ihm dabei widerfährt

Es war schon Tag im alten Waldstall, als Professor Kittguß aus tiefem Schlaf erwachte. Wie noch im Traum sah er um sich und zu den grauen Fenstern hoch, hinter denen die Helle des sonnigen Morgens leuchtete. Halblaut rief er: »Rosemarie!« Nochmals: »Rosemarie!« Dann: »Philipp!« Schließlich: »Du! – Hund!« (Er konnte sich nicht entschließen, Tiere bei Namen zu rufen, und sei es ein so unbedenklicher wie »Bello«.) Aber alles blieb still.

Die Nacht war vorüber, doch die Kinder waren nicht zurückgekehrt, er war noch immer allein. Der Professor stand auf, ging zur Tür und öffnete sie, aber draußen war weiter nichts als die Waldwiese mit reichlich Tau und mancherlei Gezwitscher. Sonst nichts.

Als er sich aus der Sonne wandte, schien das alte Waldhaus noch grauer und kälter, ohne Kinder und ohne Feuer; und es war doch noch gar nicht lange her, da war es solch behagliche, warme, freundliche Zuflucht gewesen!

Der Gedanke an Feuer kam ihm, Holz lag genug da, auch Streichhölzer fand er – und während er eifrig am Kamin wirtschaftete, dachte er sogar an Kaffee, an die selbständige Zubereitung von Kaffee – ein gradezu vermessener Plan! Wie würden die Kinder sich freuen, wenn er sie mit einem warmen Getränk begrüßte!

Doch die groben Holzscheite, die er ohne Vermittlung von Kien und Spänen nur mit einem Streichholz entflammen wollte, weigerten sich, ihm dienstbar zu sein – und als er vier-, fünfmal an seinen Fingerspitzen erfahren hatte, daß solch Streichholzflamme zwar für ein Scheit zu schwach, für menschliches Fleisch aber zu heiß ist, ließ er alles fallen und sah nachdenklich in den Raum, ohne etwas zu sehen.

Er hätte sonst bemerken müssen, daß auf dem Tischchen dort mit Butter, Brot und Wurst genug für ein einfaches Frühstück lag, viel mehr, als das sehr deutliche Hungergefühl in seinem Magen verlangte. Aber da es mit dem Feuer und also mit dem Kaffee nichts geworden war, konnte es überhaupt nichts mit Frühstücken werden, schloß er und verfiel mit diesem Schluß einem weitverbreiteten Irrtum der Menschen, die da, weil sie nicht alles haben können, das Vielerlei, das ihnen bleibt, nicht sehen wollen ...

Jetzt hatte der Professor sich entschlossen, den Kindern entgegenzugehen, und sei es selbst bis Unsadel. Außer Wärme und Frühstück vermißte er noch etwas. Es war seltsam, hätte er hier jetzt behaglich und bei guter Ernährung an seiner Offenbarung arbeiten können – es wäre ihm zu still gewesen, er wäre den Kindern doch entgegengegangen!

Also! Der Professor säuberte sich gründlich, setzte seinen weichen, großen Pastorenhut auf, zog den faltenreichen, weiten schwarzen Mantel an und betrachtete einen Augenblick unschlüssig die schwarze Reisetasche – aber er ging den Kindern ja nur ein Stück entgegen! Seine Bibel steckte er freilich doch in den Mantel, von ihr sich zu trennen schien unmöglich. Nun noch einen letzten Blick durch den Raum – und fort ging er.

Die Waldblöße empfing ihn mit mehr Sonne und mehr Vogelgetön, die bunten Buchen sahen freundlich auf ihn hinab; wo der Weg nach Unsadel in den Wald ging, das wußte der Professor ganz genau – und so konnte er denn rüstig ausschreiten.

Der hohe Buchenwald umgab ihn mit viel Unterholz von Himbeeren, Brombeeren, Dornbüschen. Der schmale

Fußpfad schlängelte sich leicht und freundlich, mit elastischem Boden, hügelan, hügelab.

»Wie gut!« dachte der Professor. »Es ist doch wirklich gut ...«

Er sah hierhin und dorthin, manchmal gab es einen Durchblick auf den See; einmal auch einen Eichkater, der die Bucheckernjagd um seinetwillen unterbrach und ihn von einem niedrigen Zweige mit seinen blanken schwarzen Augen neugierig ansah. Der Professor Kittguß war hochgemuter, freundlicher Stimmung, es hätte nicht viel gefehlt, und er hätte gesungen! Das ausgebliebene Frühstück war vergessen, und nicht das leiseste Erinnern an den nächtlichen Traum quälte ihn ...

»Es sind alles recht gute und freundliche Kinder«, dachte er zufrieden. »Aber über Nacht hätten sie doch nicht fortbleiben sollen«, gab eine andere Stimme zu bedenken. »Nun, wer weiß, wie sie es gewöhnt sind«, tröstete die erste. »Auf dem Lande genießt man mehr Freiheit.«

So ging er und ging. Und nicht einmal das Gehen wurde ihm beschwerlich, denn hinter jeder Biegung oder jedem Busch konnten ja die beiden vor ihm auftauchen, mit ihrem Hunde – und er freute sich herzlich auf dieses Wiedersehen!

Freilich hatte der Professor über all seiner Freude und allem Hin- und Herschauen versäumt, sich den Fußpfad anzusehen, auf dem seine Füße gingen. Zu Anfang war das ein einigermaßen begangener, braunerdiger Waldsteig gewesen, aber seit einer bestimmten, aus vielen Stämmen zusammengewachsenen Riesenbuche, die er staunend betrachtet hatte, war es nur noch ein moosiger, von raschelnden Blättern bedeckter Pfad. Längst gab es keinen Ausblick mehr auf den See, eigenwillig, immer wieder die Richtung wechselnd, wand sich der Steig Hänge hinauf, über Hügelkuppen in dichte Fichtentäler, in denen es fast dunkel war …

Aber – wie gesagt – der Professor war viel zu froher Stimmung, hierauf groß zu achten. Er wanderte dahin, wanderte langsam und gemächlich, aber unermüdlich dahin. Wenn der Wald in der Ferne heller wurde, freute er sich schon auf Unsadel und die Kinder. Und wenn es dann eben nicht Unsadel, sondern ein Stück lichter Hochwald war, freute er sich auch daran.

Das ging, so lange es ging. Dann aber stand vor seinem Weitermarsch ein Gatter auf, ein zwei Meter hoher Wildzaun, und der lief nun, so weit ihm das Auge zu folgen vermochte, talab, talauf, durch die bunte, leise sausende Einsamkeit. Zum ersten Male fragte der Professor sich zweifelnd: »Sollte ich mich vielleicht verlaufen haben –?«

Und als hätte er auf diesen ersten Zweifel nur gewartet, meldete sich auch sofort der Hunger wieder, es meldeten sich die müden Glieder, und die zweite Stimme in ihm sprach rechthaberisch: »Sie hätten eben doch nicht über Nacht aus dem Haus bleiben sollen! Dann müßtest du nicht hier im wilden Wald umherirren!«

Der Professor sah hin und her, her und hin, aber der Zaun stand wie eine Mauer, und wenn er nicht hier im tiefen Walde bleiben wollte, so mußte er sich für rechts oder links entscheiden.

Der Professor ging nach rechts, und da sah er denn schon nach hundert Schritten, daß eben doch über dies hohe Wildgatter fortzukommen war. Es gab da nämlich eine kleine Treppe, die ziemlich steil am Zaun hoch und drüben auf der andern Seite wieder hinab ging. Keine Stadttreppe natürlich, sondern so ein Waldübersteig, wie ihn die Förster benutzen, gradezu gesagt: eine Hühnerleiter, aus rohen Fichtenstangen zusammengehauen.

Der Professor sah die Leiter zweifelnd an, daß sie da

war, war ihm schon recht, aber daß sie *so* da war, paßte ihm wieder nicht ...

Was war zu tun? Der Weg am Gatter entlang schien ihm so unsympathisch, er war überzeugt, daß es ein Irrweg war. Also mußte er klettern ...

Der Professor kletterte hoch ...

Es ist schon ein Entschluß für einen alten Mann, der sich sein Lebtag auf der platten Erde bewegt hat, wenn er sich ganz körperlich dem Himmel näher bringt, und der nahe, bekannte Boden wird weltenfern und fremd. Der Professor hatte noch keine vier Sprossen erstiegen, da kam ihn der Schwindel an. Und dazu ächzte und knackte die Leiter, und der Zaun, dessen Pfosten wohl angefault waren, schwankte leise knarrend ...

»Ich fliege, ich falle«, dachte Professor Kittguß bei geschlossenen Augen. Und kletterte doch, vorsichtig mit den Füßen tastend, weiter.

Jetzt aber half es nichts mehr, er mußte die Augen öffnen, denn hier, ganz oben, war es mit allem Halt vorbei, jetzt mußten die Beine über den Zaun gehoben werden, auf die erste Leitersprosse drüben ...

Er tat es, langsam und unendlich vorsichtig, dicht um ihn waren die bunten Buchenzweige, und die Vögel flogen so nah, und der durchsonnte blaue Himmel schaukelte sich so nah ... Ein Bein auf der einen, ein Bein auf der andern Seite stand der Professor Gotthold Kittguß da ... Der Zaun wiegte und schwankte leise unter ihm, wie die bunten Zweige sich im Winde wiegten und schwankten ...

Und von seinem erhöhten Standort sah der Professor weit in das Land, über Wälder und Felder ...

Ihm war es plötzlich, als stehe er auf der Kanzel, und wenn ihm damals in seinen milchjungen Tagen der Predigttext manche Schwierigkeit gemacht hatte, hier fiel ihm gleich der sanfte heilige Franziskus ein – und er, der sein

Leben in einer grauen Steinstadthöhle verbracht hatte, hörte nun mit rechten Ohren den freundlichen Lobgesang von meiner lieben Schwester, der Quelle, und vom Bruder Wind: von der Gemeinschaft alles Lebenden. Und er hätte in diesen Lobgesang mit einstimmen können, ohne textliche Vorbereitung, doch aus vollem Herzen ...

So stand er da und schaute, und daß er durch eine Waldschneise, gar nicht weitab, rote Dächer um eine Kirche geschart sah und also sein Ziel Unsadel recht sichtbar vor Augen zu haben meinte, berührte ihn in diesen Minuten nicht einmal sonderlich. Tief unter ihm schwankten die kleinen Gräser, nahe waren die schönfarbigen Blätter ...

»Ach, ihr guten Kinder«, fühlte er. »Die Rosemarie hat ja ganz recht. Ich muß euer Pflegevater werden, aber nicht in der Stadt Berlin, sondern hier auf dem friedlichen Lande. Und dieses freundliche Licht, von dem Wald und Himmel leuchten, das habt ihr ja auch, ihr beiden, selbst du, armer Philipp – und wenn ihr dann durch das Haus lacht und singt, so fällt vielleicht auch auf meine Arbeit ein ander Licht, dieses Licht ...«

Eben war es noch die Vikariatskanzel gewesen, und nun war der Zauntritt schon das Lehrpult am Königlichen Prinz-Joachim-Gymnasium zu Berlin-Schöneberg an der Grunewaldstraße. All die jungen Knabengesichter sahen erwartungsvoll zu ihm auf, und er versuchte, sie sanft und behutsam in den Geist der Schrift einzuführen, in ein werktätiges Christentum. Wie war er von diesem Wege doch so weit abgekommen?! Unter dem sachte schaukelnden Herbsthimmel wurde das gemütliche, stille Gelehrtenzimmer in der Akazienstraße zu dem, was es war, zu einer grauen, dunklen Höhle der Eigensucht und der Unfruchtbarkeit.

Jeder hat einmal eine Stunde, da er in einer reineren, klareren Luft zu atmen meint, da die Welt kristallklar erscheint, alle Probleme und Sorgen versinken und ein erhöhtes Lebens- und Kraftgefühl die Brust weitet.

Der Professor stieg wieder vom Zaun hinunter, aber innerlich blieb er oben. Das leise Wiegen und Schaukeln saß ihm im Körper und ging mit ihm, als er die Schneise zum erschauten Dorf hinabschritt.

Es war doch noch ein ganzes Stück Weg, bis er aus dem Walde kam und inmitten seiner Felder das Dorf liegen sah. Daß dieses Dorf weder Unsadel noch die Stadt Kriwitz war, das sah er nun doch, denn es gab hier keinen See und keinen Bahnhof. Aber in seiner jetzigen glücklichen Stimmung bekümmerte ihn das gar nicht.

Am Eingang des Dorfes stand eine Tafel: Dorf Lüttenhagen. Landratsamt Prenzlau. Wehrkreiskommando Prenzlau. Königreich Preußen

Der Professor nickte mit dem Kopf, zufrieden und beifällig, und zufrieden und beifällig hielt er seinen Einzug. Alles freute ihn: Enten wie Hühner, ein Kettenhund, der ihn böse anblaffte, und ein kleines, dickes, strohköpfiges Kind, das ihn, einen Finger im Munde, zwischen Lachen und Weinen aus seinen braunen, kugelrunden Augen anstarrte.

Nun erweiterte sich die Dorfstraße zu einem kleinen, von Linden umstandenen Platz, und da war es nun wirklich nicht schwer zu sehen, daß das Haus gradezu mit der gelb und blau gestrichenen Veranda das Gasthaus war, das Haus rechts aber, mit Efeu und Geißblatt, das Pastorenhaus. Wieder aber das langgestreckte, graue Haus zur Linken, mit den im unteren Drittel weißgekalkten Fensterscheiben, das Schulhaus.

Da es jede Minute zu haben war, war es gar nicht mehr eilig mit dem Frühstück. Nein. Professor Kittguß ging nun erst einmal zum Schulhaus und stellte sich horchend unter die Fenster. Drinnen tönte und sang eine Geige, nun fielen die Kinderstimmen ein und es erklang: »O Täler weit, o Höhen, du schöner, grüner Wald ...«

Der alte Professor lächelte selig und trat eilig mit dem Fuß den Takt, und nun summte auch er: »Du meiner Lust und Wehen andächt'ger Aufenthalt. Da draußen, stets betrogen, saust die geschäft'ge Welt ...«

Und als er nun näher trat, die Geige suchend, kam er unter ein Fenster, dessen Scheiben nicht gekalkt waren, und siehe, da stand der Lehrer, ein alter, grauhaariger Mann, die Geige unter dem Kinn. Er sah den Horcher und Mitsinger und nickte lächelnd, eifrig mit dem Fuß den Takt tretend, und der Professor trat draußen auch eifrig mit dem Fuß den Takt und winkte mit der Hand den Gruß zurück.

Das Lied war verklungen mit den schönen, verheißungsvollen Worten: »So wird mein Herz nicht alt ...« – die Kinder, die Geige und der alte Mann unter dem Fenster hatten es gesungen. Und wie ein rechter Träumer, aber ein glücklicher, ging der Professor über den Platz zum Gasthof, fand dort auch gleich die Wirtin, eine rundliche junge Frau, und bestellte sich einen Kaffee und ein Ei. Ja, auch Brot und Butter. Gewiß, auch Marmelade würde nicht schlecht sein. Und bestimmt wollte er nicht drinnen sitzen in der dunklen Gaststube, sondern draußen auf der Veranda in der Sonne.

So saß er denn draußen, die Sonne wärmte, der Gesang der Kinder klang fern und unkenntlich wie leichtes Vogelgezwitscher. Ein leiser Windstoß wehte ein rotes Weinblatt auf seinen Tisch, da lag es einen Augenblick zitternd wie ein Schmetterling, der seine Flügel hebt. Und ein anderer Windstoß hob es hinaus, über das blaugelbe Balkongeländer, auf den Platz, zu den Gefährten, den andern Wein- und Lindenblättern, mit denen es über den Platz tanzte.

Die Wirtin brachte das buntgewürfelte Tischtuch, klammerte es fest, dann kamen Kaffee, Ei, Sahne und Zucker, Butter und Brot, Marmelade und Salz.

Der Professor sah zufrieden den nahrhaften Aufmarsch an und sagte freundlich zur Wirtin: »Ein schöner Tag. Ein rechtes Gotteswetter.«

»Es müßte regnen«, sagte die Wirtin unzufrieden. »Fürs Land ist es zu trocken. Aber Sie sind wohl nicht vom Lande!«

Der Professor klopfte sein Ei an, antwortete »Nein« und sagte, daß er »eigentlich« aus Berlin sei.

»Aus Berlin? Nein, so was! Sommer vor zwei Jahren waren hier in Lüttenhagen auch mal Berliner, die sahen jeden Tag den Kaiser von ihrer Wohnung. Kennen Sie den Kaiser auch?«

»Nein, nein«, lächelte der Professor, trank den ersten Schluck Kaffee und aß den ersten Happen Brot mit einer ganz unbegreiflichen Freude. »Ich habe den Kaiser noch nie gesehen.«

Aus Berlin und ihn nicht gesehen – das war ja wohl nicht möglich! Das Gesicht der Wirtin bekam etwas ganz Abschätziges. »Dann sind Sie wohl gar nicht richtig aus Berlin –?!«

»Doch! Doch!« sagte der Professor beruhigend. »Aber Berlin ist viel größer, als Sie sich vielleicht vorstellen können.«

Doch die Wirtin war nicht zu belehren, die vor zwei Jahren hätten ihn alle Tage gesehen, und gar so was Feines seien sie auch nicht gewesen. Sie sah ihren Gast prüfend an, und der freundliche alte Herr gefiel ihr nicht mehr so wie im Anfang. Sie entdeckte etwas Falsches in seinem Blick.

Der Professor freilich merkte nicht, daß die Wirtin ihm wegen seiner Unbekanntschaft mit dem Kaiser böse war.

Er fragte freundlich weiter, wie lange man denn von hier bis Unsadel gehe?

»Nach Unsadel?! Was wollen Sie denn da? Da gibt's doch nur Bauern!«

»Ich will mein Patkind besuchen«, erklärte der Professor.

»So? Und da reisen Sie von Berlin über Lüttenhagen nach Unsadel? Komische Leute gibt es!«

Sie schnaufte ungläubig und verächtlich durch die Nase, gab aber schließlich doch Auskunft, daß es drei Stunden seien, wenn er den Waldweg finde, aber fünf auf der Landstraße über Kriwitz. Damit zog sie sich in ihre Gaststube zurück und ließ den Professor allein bei seinem Frühstück.

Dem war es nur recht. Er aß langsam mit einem ganz ungewohnt frischen Hunger, sah dabei immer wieder einmal über den kleinen Dorfplatz, und der weite Weg, den er noch zu gehen hatte, bedrückte ihn keinen Augenblick.

Dann war er fertig und saß noch ein Weilchen zögernd vor seinem abgegessenen Frühstücksgeschirr. Es war ihm so, als habe er noch etwas zu tun, aber welchen Weg er einschlagen müßte, das würde ja im Dorf zu erfahren sein, von einem Menschen oder einem Wegweiser. So stieg er denn langsam und bedächtig die beiden Stufen von der blaugelben Veranda hinunter, überquerte den Dorfplatz und wollte grade in die nächste Häuserzeile einbiegen, als ihn ein grelles, durchdringendes Geschrei erschreckte.

Er drehte sich um, und da kam zeternd aus dem eben verlassenen Gasthaus die Wirtin gestürzt ... und eine alte grauhaarige Frau ... und ein schnauzbärtiger Mann mit einem Reiserbesen ..., und um die drei rufenden, schreienden, hastenden Gestalten tanzte aufgeregt kläffend ein weißer Spitz.

Der Professor sah sich um, sah sich um, aber Platz und

Gasthaus sahen so friedlich aus wie nur je ... Doch da war auch die wilde Jagd schon bei ihm, und zu seinem äußersten Erstaunen merkte er, daß er, der Professor Gotthold Kittguß, mit all diesem Lärm gemeint war.

»Sie –! Sie –!!!« schrie atemlos die Wirtin und packte ihn fest am Mantelärmel, als könne er, der doch keinen Schritt zur Flucht gemacht hatte, ihr jetzt entlaufen. »Sie –!« keuchte sie. »Und wo ist das Geld –?!!«

»Geld –? Welches Geld –?!«

»Seht doch –!« schrie sie fast dramatisch und gar nicht ohne Erfolg, denn schon zeigten sich da und dort, sachte näher tretend, Menschen. »Nach dem Geld fragt er! Das Geld für das Frühstück –! Oder kriegt man Frühstück in Berlin geschenkt?!«

»Hören Sie, Herr«, sagte der schnauzbärtige Mann und schwang drohend seinen Reiserbesen. »Wir hier in Lüttenhagen lassen uns nicht wippen!!«

Aber nun, da der Professor wußte, um was es ging und daß der ganze Aufstand gewissermaßen natürlich war, überkam ihn wieder die neue heitere Lebensfreude. »Richtig!« sagte er friedlich. »Das Geld für das Frühstück! Das habe ich doch wirklich wieder einmal vergessen! Sie müssen entschuldigen«, lächelte er dem schon größer werdenden Kreis zu. »Ich bin manchmal etwas zerstreut ...«

»Zerstreut?« höhnte die Wirtin.

Wie kampfführende Mächte mit dem Gegner nicht direkt verhandeln, sprach sie vom Professor immer nur mit »Er«.

Ob er wohl auch mal so zerstreut ist, daß er Frühstück bezahlt, aber nicht ißt?

Die Leute im Kreis – nun schon eine ganze Menge – murmelten beifällig und drohend.

»Also wieviel macht es?« fragte der Professor sanft wie ein Lamm.

»Wie groß er tut!« rief die junge Frau, die solche Szenen zu lieben schien. »Fünfundsiebzig Pfennig. – Aber weil er mir solchen Schreck eingejagt hat, müßte er eigentlich eine Mark zahlen, was?!«

Das Volk war gegen den Professor und für die Mark.

»Wenn Sie aber Geld wollen, liebe Frau«, sagte der Professor, immer mit der gleichen Geduld, »müssen Sie meinen Ärmel loslassen.«

»Liebe Frau – er soll noch sehen, wie lieb ich zu ihm bin!« Und die Wirtin schleuderte seine Hand von sich, als habe sie eine Kröte zu fassen gehabt. Sie war zweifelsohne ein Fall echter Hysterie und großstädtischen Erregungen nicht abgeneigt.

Bis hier hatte der Professor in himmlischer Ruhe und Gelassenheit an ein kleines, rasch aufzuklärendes Mißverständnis geglaubt. Aber nun griff seine Hand in die eine Tasche und kam leer zurück, in die nächste – leer in die dritte – leer, die fünfte, sechste – leer; ja, hier stand der Professor auf dem Dorfplatz in Lüttenhagen vor einer sich ständig vergrößernden, feindselig schweigenden Menge und suchte stets aufgeregter sämtliche sechzehn dem mit Anzug und Mantel bekleideten Mann verordneten Taschen ab und fand nichts!

»Aber das ist doch nicht möglich –!« sagte er und sah verwirrt in die Runde.

Alle Gesichter blickten lautlos böse auf ihn, und die Wirtin schnaufte wie eine zu stark geheizte Lokomotive. Noch aufgeregter fing der Professor mit der Suche von vorn an.

»Männchen!« sagte der schnauzbärtige Mann mit dem Reiserbesen drohend. »Wir hier in Lüttenhagen lassen uns nicht wippen!«

Doch da überkam den Professor die Erleuchtung! Glücklich ließ er die Hände sinken, glücklich gab er die

Suche auf, und glücklich sah er der Wirtin ins schnaufende Gesicht.

»Aber natürlich habe ich kein Geld bei mir! Das habe ich ja meinem Patchen in Unsadel gegeben! Ich kann also gar kein Geld bei mir haben!«

»Wa'!« schrie die Wirtin, und ein Ruck ging durch alle Gesichter ringsum. »Er hat's seinem Patchen in Unsadel gegeben«, schrie sie noch viel lauter, »und keine zehn Minuten sind's, da fragt er mich, wo eigentlich Unsadel ist. Ein Betrüger ist er, ein Hochstapler, ein Gauner ...«

»Liebe Leute!« bat der Professor.

Aber er kam gegen den Sturm nicht an. Sie hatten ihm seine Chance gegeben, nun wollten sie die ihre. »Ins Spritzenhaus!« kreischte die Wirtin. Und: »Ins Spritzenhaus!« schrien die Leute. Der Mann mit dem Reiserbesen gab ihm den ersten Stoß. »Wir hier in Lüttenhagen ...«

Schon schoben, stießen, griffen, zerrten viele ...

Dem Professor wurde es bunt, dann schwarz vor den Augen ...

»Ins Spritzenhaus!« gellte es unerträglich.

»Betrüger!« kreischte die böse Stimme.

»Was ist hier denn los?« fragte eine tiefe Baßstimme hoch von oben.

Totenstille wurde es, die Hände ließen vom Professor. Er öffnete die Augen.

Auf einem braunen, großen Pferd hielt eine Reiterin vor der Gruppe. Eine Dame, in schwarzem Reitkleid, mit einem roten, vollen, strengen Gesicht, buschigen eisgrauen Augenbrauen und einer dicken schwarzen Zigarre in dem energischen Mund.

»Die gnädige Frau«, flüsterten die Leute.

»Frau von Wanzka«, tuschelten sie.

Die Wirtin knickste. »Gnädige Frau«, sagte sie, und jetzt klang ihre Stimme kein bißchen scharf, sondern honigsüß.

»Der ist ein Zechpreller. Er hat bei mir gefrühstückt und ist, ohne zu zahlen, weggegangen. Und wie wir ihm nach sind, hat er kein Geld, sondern erzählt, er hat's seinem Patkinde in Unsadel gegeben. Und …«

»Ssssst, Buschhofen!« zischte die Dame auf dem Pferd durchdringend. »Und Sie –?«

Alle Augen richteten sich auf den Professor. Der stand noch ganz verwirrt da.

»Es ist, wie die Frau sagt«, berichtete er dann. »Aber natürlich hole ich sofort das Geld. Ich bin nämlich der Professor Gotthold Kittguß aus Berlin und …«

»Ssssst!« zischte die Dame und stieß eine dicke Rauchwolke aus. Sie nahm die Zigarre aus dem Munde und sah den Professor durchbohrend an. Sie beugte sich vor: »Und wo haben Sie das Kind gelassen, Sie Wüstling, Sie?!«

Der Professor stand angedonnert da, ein verlorenes, ungläubiges Lächeln auf dem Gesicht.

»Ergreift und haltet ihn, Leute!« befahl Frau von Wanzka. »Dieser Mensch ist ein gesuchter Verbrecher und ins Gerichtsgefängnis Kriwitz abzuliefern. Unter meiner Bedeckung natürlich.«

Der Professor lächelte groß und mild von ferne her.

## 16. Kapitel

### Worin Rosemarie nicht wie Amtsgerichtsrat Schulz will, aber Doktor Kimmknirsch hilft

Die Vorhänge hingen gelblichwarm vor den Fenstern, Frau Postdirektor Bimm »cremte« sie, wie es jede brave Hausfrau Anno 1912 tat. Das Mädchen sah schläfrig vom Sofa zu ihnen hin, es dehnte und streckte sich. Nun lag sie still auf dem Rücken und sah mit offenen Augen zur Decke, auf der ein heller Sonnenfleck zitternd spielte. Das Haus war still, Rosemarie mochte noch so sehr lauschen: kein Laut von nebenan, kein Laut vom Flur. Wie spät mochte es sein? Wann stand man hier auf? Mußte sie schon aufstehen?

Es war herrlich, so zu liegen, während draußen schon die Sonne schien, und keine böse Stimme trieb zur Arbeit, aber …

Aber nun kam auf einmal alles zurück, was der tiefe, traumlose Schlaf in ihr ausgelöscht hatte … Mit einem Ruck saß sie und lauschte, jetzt ganz wach. Wiederum nichts, kein Laut, kein Schritt … keine Klage …

Doch es litt sie nicht mehr, schon war sie hoch, ging zögernd an die Zwischentür, klopfte leise: nichts. Sie lauschte, klopfte wieder: nichts. Vorsichtig drückte sie auf die Klinke, leise öffnete sie die Tür Zentimeter um Zentimeter, schob den Kopf spähend in den Spalt …

Und hier war das Arztzimmer in aller Weiße und Sauberkeit, erfüllt vom Licht des sonnigen Oktobermorgens; aber – das Sofa, wo Philipp gelegen hatte, war leer!

Es war so und es blieb so, soviel sie auch schauen mochte: Philipp war fort! »Doch ins Krankenhaus!« dachte sie, und anklagende Trauer erfüllte ihr Herz. »Ins Krankenhaus, während ich schlief …«

Ein Geräusch ließ sie zusammenfahren. Ihr grade gegenüber war eine zweite Tür, eine Tür genau wie ihre, und genau wie eben bei ihr senkte sich dort leise und vorsichtig die Klinke. Gespannt starrte Rosemarie. Jetzt bewegte sich die Tür, knarrte, hielt an, ging weiter auf, knarrte stärker … Und es war so spannend zu sehen und abzuwarten, was da wohl zum Vorschein kommen würde, daß Rosemarie gar nicht daran dachte, den eigenen Kopf zurückzuziehen.

Drüben erschien erst etwas Schwarzes, Gekräuseltes, mit Jettperlen und schwarzem Flitter. Dann ein wenig weißlichgraues, sauber gescheiteltes Haar. Dann Stirn, Wange, Nase, Mund – und nun spähte der ganze Kopf von Frau Postdirektor Bimm, genau wie auf Rosemaries Seite Rosemaries Kopf, in das Ordinationszimmer.

Dunkle, kalte Augen sahen nach dem Fenster. Dann nach dem Schreibtisch, nun nach dem Sofa, nun rückten sie, den Instrumentenschrank passierend, und jetzt trafen die kleinen, schwarzen Augen Rosemaries Blick!

Kein Zusammenfahren. Kein Erschrecken. »Damenbesuch?« flötete die Stimme drüben. »Junge Mädchen in Herrn Doktors Schlafzimmer?! Ich muß mich wohl wegen der Störung entschuldigen, Fräulein?!«

Ihr ganzes Gesicht ist ein süßes Lächeln, und die kleine, schwarze Witwenflitterhaube blinkert und glänzt wie ein böser Basiliskenblick. Rosemarie starrt wie gebannt, und der Sinn der Worte kommt ihr nur ganz vage zu Bewußtsein.

»Aber nicht in meinem Hause, Fräulein, nein. Ich liebe so etwas nämlich nicht, nein, wenn ich auch keine Pastorentochter bin wie Sie, Fräulein ... oje ...«

Jetzt sieht sie nur noch böse aus, bösartig und giftig. »Mit dem alten Herrn ist es wohl schon wieder vorbei? Der Steckbrief soll ja heute mittag in die Zeitung kommen, nicht –?«

»Na, was denn?« fragt eine kräftige Männerstimme von der dritten Tür her, von der Tür zum Flur, und die beiden Frauen fahren zusammen.

Doktor Kimmknirsch kommt, frisch und braun, mit hellen Augen in die Mitte des Zimmers. »Guten Morgen, Frau Direktor. Guten Morgen, Fräulein Thürke. Frau Direktor, in zwanzig Minuten etwa wird Herr Amtsgerichtsrat Schulz hier mit Fräulein Thürke und mir frühstücken.

Also, Ihr bewährter Kaffee, in verbesserter Gestalt, und sonst – eben alles, was Sie können. – Fräulein Thürke, ich habe Ihnen auch was mitgebracht! (Der Philipp fühlt sich bei Frau Stillfritz wie im siebten Himmel und wird wieder ganz heil. Soweit ich sein Gestammel verstehen konnte, läßt er Sie grüßen.) Also hier eine nagelneue Zahnbürste! Alles andere ist drüben. Ein frisch gesäuberter Mensch vermag viel zu ertragen, und einiges steht Ihnen ja wohl heute noch bevor. Wie gesagt, Amtsgerichtsrat Schulz ist in zwanzig, jetzt noch achtzehn Minuten hier, ganz freundschaftlich und privat, aber ... Sie verstehen!«

Er drückte Rosemarie die Bürste in die Hand und sie mit der zugehenden Tür aus dem Zimmer. Da stand sie und sah mit Tränen in den Augen auf die nagelneue Zahnbürste, und was eben noch völlig trost- und aussichtslos gewesen war, das strahlte nun mit einem wahren Freudenglanz. Der Philipp bei der Frau Stillfritz – und ihr hatte er eine Zahnbürste mitgebracht! Sie sah selig auf das weiße Borstengeschöpf.

Nebenan redeten die Stimmen, schwollen an, sanken, flötensüß die Direktorin, kräftig schimpfend der Arzt. »Quatsch!« rief er grade. »Sie haben eine zuchtlose Phantasie!«

Frau Bimm tat einen hohen Aufschrei, sagte schnell etwas und: »Giftzähne ziehe ich auch!« rief der Arzt. »Aber garantiert nicht schmerzlos!«

Rosemarie riß sich zusammen, ein Lachen schütterte sie. Dann stürzte sie an den Waschtisch. Ach, wie schön schien die Sonne und wie herrlich hart war die Zahnbürste!

»Na also!« sagte Doktor Kimmknirsch. »Nun sehen Sie ja schon wieder etwas menschlich aus.«

Sie streckte ihm mit etwas ängstlichem Lächeln die Hand hin: »Guten Morgen, Herr Doktor, und schönen Dank für die Zahnbürste!«

»Ach so! Richtig, natürlich, aber das mußte sein. Zahnpflege ist unerläßlich. Sie bürsten doch regelmäßig zweimal täglich? Machen Sie mal den Mund auf!«

Sie tat es, als sei es ein großes Glück.

»Na also«, sagte er zufrieden. »Sie können wieder zumachen. In Ordnung. Und, wie gesagt, der Münzer ist einigermaßen munter, wie man es eben nach einer kleinen Narkose sein kann. Der Fuß kommt bestimmt in Ordnung. Übrigens nicht Ihr Verdienst, nein, gar nicht ...«

»Nein«, sagte sie, ihn so ansehend, daß er beinahe verlegen geworden wäre. »Ich weiß schon, wessen Verdienst es ist ...«

»Mich meinen Sie? Quatsch. Geheimrat Faulmann war diese Nacht hier. Alles verschlafen, was –? Herein!«

Ein trat, den schwarzen Vollbart streichelnd, Amtsgerichtsrat Schulz. »Nochmals guten Morgen, Kimmknirsch. Guten Morgen, Rosemarie! – Biest! Dein Verdienst ist es nicht, daß ich dich hier treffe statt in Zelle Numero Sicher ...«

»Nein«, sagte Rosemarie. »Ich weiß schon, wessen Verdienst ...«

»Halt!« rief Kimmknirsch. »Hören Sie auf damit, Fräulein Thürke. – Sie bildet sich nämlich ein, ich habe alles gemacht, einschließlich heutigem Sonnenschein, Schulz. Herrn Amtsgerichtsrat hast du zu danken, verstehst du ... Schon wieder neue Verwirrung: Ich meine natürlich: Sie. Ihm haben Sie zu danken, verstehen Sie: ihm!«

»Was!« rief der Amtsgerichtsrat. »Doktor! Kimmknirsch! Mensch! Sie werden doch dies Kind nicht siezen! Nach all dem Unsinn, den sie angestellt hat! Wollten wir sie als erwachsenen Menschen behandeln, müßte sie bestimmt ins Kittchen. – Aber wo bleibt der Kaffee, Doktor? Ich habe um zehn Termin, und was für einen!«

»Ich will gleich mal sehen«, murmelte der Doktor.

»Frau Bimm ist vielleicht noch etwas außer Fassung. Zuviel Ereignisse, verstehen Sie, für Kriwitz ...«

Er war aus dem Zimmer – und gleich war es, als wehe eine kühlere Luft.

Der Amtsgerichtsrat saß, mit den Füßen, die den Boden nicht erreichten, baumelnd, in einem Sessel. Rosemarie stand unter der Tür, ihr Lächeln war fort.

»Rosemarie!« sagte der Amtsgerichtsrat streng. »Rosemarie, komm einmal her.«

Sie näherte sich zögernd.

»Sieh mich einmal an, Rosemarie.«

Sie tat es.

»Nein, bücke dich. Daß ich klein bin, ändert gar nichts, von oben lasse ich mich doch nicht ansehen.«

Rosemarie bückte sich.

»Rosemarie – hast du etwas Schlechtes getan –?«

Sie sah den kleinen, närrischen, jetzt so ernsten Richter an. »Etwas Schlechtes –?« fragte sie. Und besann sich. »Ich habe den Philipp weggeschickt nach Berlin und den Otsche Gau befreit. Und dann habe ich meine Wäsche heimlich aus dem Schrank geholt. Und ich habe den Jungens gesagt, sie sollen mir Eßsachen ...«

»Unsinn, Rosemarie!« rief er ungeduldig. »Ich frage dich nicht nach Dummheiten, ich frage dich nach Schlechtigkeiten!«

»Schlechtigkeiten –? Anderes weiß ich nicht!«

»Besinne dich, Rosemarie! Denke zum Beispiel an den alten Herrn aus Berlin ...«

»An den Professor –?« fragte sie verblüfft. Und plötzlich lachte sie. »Ach, Herr Amtsgerichtsrat, der Herr Professor Kittguß, der ist doch so, daß ich mir ganz erwachsen und erfahren vorkomme ..., er ist doch ganz wie ein Kind ...«

»Es gibt auch böse Kinder, Rosemarie!«

Sie schüttelte energisch den Kopf. »Der Herr Professor ist immer gut. Er ist überhaupt der beste Mensch von der Welt!«

»Na, na!«

»Er ist so gut, daß er gar nicht versteht, wie schlecht die Schliekers eigentlich sind, und immer meint, sie wollen Gutes, sie verstehen es nur nicht anders.«

Der Amtsgerichtsrat sah das Mädchen aufmerksam an. »Erzähl mal mehr von ihm, Rosemarie ...«

»Ja – als ich ihn zuerst sah, war ich ganz verzweifelt, denn ich wollte Schliekers doch reinlegen, aber er sagte, eine gute Sache ginge nur mit der Wahrheit ...«

»Und –«

»Und dann habe ich gesehen, er hat recht. Und darum bin ich auch einfach von Schliekers fortgelaufen und will ihnen auch nichts Übles mehr tun. Sie werden schon von allein zu Ende kommen, es wird schlecht mit ihnen ausgehen ...«

»Es geht Schliekers schon sehr schlecht«, sagte der Amtsgerichtsrat ernst. »Frau Schlieker bekommt wieder epileptische Anfälle, und ihn hat Bauer Gau böse zugerichtet ...«

»Ich habe es gesehen«, flüsterte sie und schloß angstvoll die Augen. Sie war still, dann legte der Amtsgerichtsrat ihr seine kleine dünne Hand auf die Schulter. »Wer wird nun das Vieh bei den beiden kranken Leuten versorgen, Rosemarie?«

Sie sah ihn zweifelnd an.

»Wer wird Essen kochen? Und die Betten machen? Wer wird sie pflegen?«

Ihr Blick wurde immer größer, immer angstvoller.

»Aus dem Dorf geht doch keiner zu ihnen, Rosemarie!?«

»Keiner«, flüsterte sie, aber es war nur wie ein Hauch.

»Höre zu, Rosemarie«, sagte der Amtsgerichtsrat und zog sie näher zu sich. »Das sind zwei oder drei Jahre her, da warst du bei mir. Ich sollte dich von den Gaus befreien und zu den Schliekers geben – weißt du noch?«

»Ich wußte nicht, wie sie waren«, flüsterte sie.

»Also du weißt es noch. Die Schliekers gaben eine gute Stellung um deinetwillen auf ...«

»Für Geld«, flüsterte sie. »Nicht für mich.«

»Siehst du, wie du noch alles weißt! Du hast dich damals geirrt – und wie ist es nun: wer muß die Folgen deines Irrtums tragen: du oder die andern –?«

»Nein! Nein!« rief sie angstvoll, aber dieses Nein war keine Antwort auf die Frage des Richters, es galt etwas ganz anderm, und der Große Amtsgerichtsrat Schulz verstand das auch sehr richtig. »Da ist der alte Herr, von dem du erzählt hast, Rosemarie. Du hast verstanden, was er mit der Wahrheit gemeint hat. Ist das Wahrheit, wenn man wegläuft und sich versteckt –?«

Sie schwieg, aber ihre Augen irrten umher, als suchten sie einen Ausweg vor seinen Worten.

»Rosemarie!« sagte er streng und schüttelte sie. »Was ich dir gesagt habe, das habe ich dir um deiner Ehre willen gesagt. Du willst also nicht – nun höre noch einmal. Es geht nicht, daß wir Schliekers in Schimpf und Schande fortjagen. Das haben sie nicht verdient. Sie mögen sein, wie sie wollen – und ich kenne sie recht gut –, aber das haben sie nicht verdient. Es sind harte, lieblose Menschen, aber bis zur Stunde haben sie dir nicht mehr aufgeladen, als du tragen kannst. Leben ist kein Zuckerschlecken, und es gibt zehntausend Kinder auf der Welt, die es zehntausendmal schlimmer haben als du. Nimm dich zusammen, Mädchen, sieh es ein!« Sie schüttelte, immer noch leise verneinend, mit einem jämmerlichen Lächeln den Kopf.

»Wir haben«, fuhr er geduldig fort, »mit ihnen einen Vertrag gemacht und ihnen die hundert Mark im Monat zugesichert – und du warst dabei, Rosemarie! Und es ist jetzt unsinnig zu schimpfen, wenn sie ihr Geld verlangen.«

»Sie stehlen«, sagte Rosemarie trotzig.

»Unsinn!« sagte der Amtsgerichtsrat böse. »Komm einem Richter nicht mit solch unbewiesenem Geschwätz! Was stehlen sie? Wohin bringen sie's? Sag!«

»Ich weiß keine Namen«, flüsterte sie.

»Siehst du, Rosemarie! Verleumdung – schäm dich was, Märchenprinzessin! Sich im Einschlafen Sachen ausdenken und dann daran glauben, was?!« Er lachte. »Nein, du, Rosemarie, du kennst Schliekers und weißt, wie sie sind! Was wird aus ihnen, wenn wir sie schimpflich aus dem Dorf jagen?! Wenn ich's tue – aber ich darf's gar nicht –, wenn ich's also tue: was wird aus ihnen?«

Schweigen.

»Du sagst es nicht, aber du weißt es. Dreck wird aus ihnen, und du und ich, wir haben sie reingestoßen. Willst du es verantworten?! Habe Mumm, Mädchen, reiß dich zusammen! Das ist wahrhaftig einfach, auszureißen und in Feldern und Wäldern herumzuvagabundieren und arme Idioten zu Krüppeln zu machen ...«

Sie fuhr zusammen. Er merkte es.

»Aber es ist doch so! Rosemarie. Nein, tu jetzt einmal deine verdammte Pflicht und Schuldigkeit, geh zu Schliekers zurück und halte aus, bis es ruhig geworden ist über all diesen Dingen. Dann wollen wir sehen, wie wir uns anständig und in allen Ehren von ihnen lösen, verstanden? Einverstanden, Rosemarie?!«

Aber sie konnte nicht. Sie hörte die böse, grelle Stimme der Frau, die hinterlistig-freundliche des Päule ... »Ich kann nicht ...«, flüsterte sie. »Ach, wenn mir doch einer glaubte, daß sie noch viel, viel schlechter sind ...«

Der Amtsgerichtsrat ließ sie so plötzlich los, daß sie beinahe gefallen wäre. Er war blaß vor Zorn. »Da haben

Sie sie, Doktor!« rief er unmutig. »Sie will nicht! Sie hat einfach Angst, jämmerliche, feige, knochenklappernde Angst! Pfui Teufel!«

Sie war zusammengeschreckt, als sie erfahren hatte, daß der Doktor im Zimmer gewesen war, wer weiß, wie lange schon. Röte stieg in ihr eben noch blasses Gesicht. Sie senkte es.

»Ich denke, erst frühstücken wir einmal«, sagte der Arzt ungerührt. »Das wird allen Beteiligten nur guttun. Und danach werde ich mit Fräulein Thürke einen Krankenbesuch bei Schliekers machen. Was sich dabei ergibt, werden wir ja sehen. Wenn Sie nicht bleiben wollen, das verspreche ich Ihnen, Fräulein Thürke, rede ich Ihnen mit keinem Wort zu ... Und nun seien Sie so gut und schenken uns den Kaffee ein. Ich für mein Teil freu mich auf ihn ...«

Der Amtsgerichtsrat freute sich auch, er war nicht mehr und noch nicht wieder in dem Alter, wo einem Ärger den Appetit verdirbt.

Freilich Rosemarie saß nur kümmerlich über ihrem Frühstück, und es wollte ihr nicht annähernd so schmecken, wie es sich für solch ungewohntes Frühstück mit sauren Fischchen und kaltem Fleisch geschickt hätte. Sie hörte auch nur halb auf das Gespräch der beiden Herren, trotzdem sie von einem wunderlichen Narren auf den andern gerieten, nämlich von Stillfritz auf Philipp und von Philipp auf den alten Professor.

Der Amtsgerichtsrat Schulz hatte vielerlei von ihm gehört, durch den Gendarmen Gneis und durch Päule Schlieker, durch Stillfritzens und den Gemeindevorsteher Gottschalk und auch durch Rosemarie – aber ein Bild von dem Wesen des alten Mannes konnte er sich darum doch nicht machen – das hörte Rosemarie gleich.

So mußte sie schließlich einspringen und einmal alles recht ordentlich vom ersten Anfang an erzählen, von dem durch Philipp unter Mißachtung der Mecklenburgischen Gemeindeordnung nach Berlin getragenen Notschrei, über den im Kohlenstall endenden Besuch, bis zur Einkehr im Vogelschen Waldhaus.

»Und da sitzt er also noch, Rosemarie?«

»Ja«, sagte sie schuldbewußt. »Über all dem, was heute nacht geschehen ist, habe ich ihn ganz vergessen. Und sicher friert er und hat keinen warmen Kaffee wie wir und ängstet sich um mich und Philipp ...«

»Du siehst, Rosemarie«, sagte der Amtsgerichtsrat noch einmal streng, »was bei deinen Abenteuern herauskommt! Klarer Weg, Mädchen!«

Sie senkte den Kopf noch tiefer, sie fühlte den hellen, ernsten Blick des jungen Arztes und schämte sich. Aber in ihr sagte es noch immer: »Ich kann nicht. Und ich will nicht.«

»Ich mache Ihnen das«, sagte jetzt Doktor Kimmknirsch. »Bierverleger Tengelmann hat ein Auto. Das leihe ich mir, und damit fahre ich zuerst Fräulein Thürke zu Schliekers, und dann hole ich Ihnen den alten Herrn. Recht so?«

Rosemarie hätte nicht sechzehn Jahre alt und ein rechtes Landmädchen aus dem Jahre 1912 sein müssen, um nicht plötzlich vor Glück zu strahlen, daß sie in einem richtigen Automobil fahren sollte, und mit dem jungen Arzt dazu.

Der Amtsgerichtsrat wiegte den Kopf hin und her: »Sehr liebenswürdig, Herr Doktor. Aber kann ich es Ihnen auch zumuten? Eigentlich geht Sie doch der ganze Kram nichts an.«

»Doch! Doch!« sagte der Doktor tiefernst und lächelte nur mit den Augenwinkeln. »Es sind doch eigentlich alles meine Patienten!«

Und dabei sah er Rosemarie so von der Seite an, daß sie rasch unter dem Tisch nach ihrer Serviette suchen mußte.

## 17. Kapitel

### Worin ein entlaufenes Kind heimkehrt, aber es bleibt nicht

Dieser Herbsttag, der für den Professor wie für sein Mündel so hell und glückverheißend begonnen hatte – wenn er dann auch nicht ganz hielt, was er zu versprechen schien –, ging für die beiden Schliekers recht grau und trübsinnig an. Das lag nicht nur am frühen Aufstehen (denn das Vieh mußte sein Recht haben), so daß sie noch in den grauen Oktoberfrühnebel vor dem Sieg der Sonne gerieten. Sondern es lag an der fast schlaflos verbrachten Nacht, mit ihren Schmerzen und Grübeleien; es lag an der Mutlosigkeit auf der einen, am Mißtrauen auf der anderen Seite – die beiden mochten ja nicht einmal mehr miteinander sprechen!

Und so kam es, daß, kaum als das Vieh versorgt und ein eiliges Frühstück in der Küche gegessen worden war, Päule Schlieker ohne weiteres seine Mütze nahm und aus dem Haus ging. Er antwortete weder auf Malis hastige Frage: »Wo läufst du schon wieder hin, Päule??« noch auf den scheltenden Nachruf: »Du wirst bloß wieder Dummheiten machen und uns noch tiefer hereinreißen!« Nein, er ging ohne Antwort, denn das wütend gemurmelte: »Gans, alberne!« konnte sie nicht mehr hören.

Er eilte, so gut es sein Leibeszustand eben zuließ, zum Oberdorf hinauf. Es war noch Halbdunkel, als er im Gesträuch am Backofen, gegenüber Gaus Hof, in Deckung ging – und das war gut, denn keiner sollte merken, daß er hier auf Wache stand! Er hatte weder vor dem Krug noch vor Gaus Haus ein Rad gesehen: Gendarm Gneis war also noch nicht da. Aber er mußte jeden Augenblick kommen, denn Schlieker hatte dem Amtsgerichtsrat gestern abend recht eindringlich dargestellt, wie vorteilhaft eine ganz frühe Haussuchung sein würde, bei der die Thürke warm aus dem Bett zu holen wäre! Und sollte sie es doch mit Ausreißen versuchen, so stand er hier – und ihm kam sie nicht weg, dafür stand er ihr auch! Sicher und wirklich! Ohne und mit gebrochenen Rippen!

Es wurde heller und hell, aber niemand kam. Nun zogen schon die Gespanne aufs Feld, dreispännig klapperte Tamms Drillmaschine vorüber, das Gausche Hoftor ging auf, und das erste Mistfuder knarrte auf die Dorfstraße, Strohmeier ritt seine Pferde leer zum Pflügen aufs Feld – und nun kam die Kuhherde!

Jawohl, da trieb Hütefritz aus, der unverschämte, nächtliche Rufer vom Hausgiebel, und vergnüglich pfiff er sich eins dabei. Nicht ganz so vergnüglich sah Schlieker zu, denn Fritz trieb nicht mit einem, sondern mit zwei Hunden aus. Und den zweiten, den Bello, hatte Schlieker diese Nacht also ganz richtig vernommen!

Er mochte auf geheimem Posten stehen oder nicht, dies war stärker als er: er steckte zwei Finger in den Mund und pfiff gellend.

Bello warf lauschend den Kopf, Hütefritz auch. Er sah sich nach dem alten Backofen um, zu dem der Hund hinschoß, er schien noch verständnisvoll zu nicken, der freche Bengel! Der Hund kroch winselnd durch die Büsche, Hütefritz trieb schon weiter, aufgeregt jaulend sprang der Hund an seinem versteckten Herrn hoch.

Jetzt kam wieder ein Pfiff von der Dorfstraße, das war Hütefritz. Der Hund ließ von Schlieker ab, stürzte in die Büsche ... Schlieker pfiff dagegen. Der Hund machte halt und winselte ratlos ... Hütefritz pfiff dringender, der Hund sprang auf die Dorfstraße ...

Wütend schrie Schlieker: »Bello!«, der Hund jaulte, sah, verlegen wedelnd, zum Ofen, zur Herde ... »Her kommst du, Bello!« schrie Schlieker.

Ins Gausche Hoftor trat, die Mistforke in der Hand, der Bauer Wilhelm Gau. Schlieker verstummte. Noch einmal pfiff Hütefritz, der Hund schaute ein letztes Mal zu den still gewordenen Büschen und schoß, freudig aufbellend, der Herde, dem freien, kettenlosen Tage zu!

Schlieker stand still in den Büschen und sah durch die lückigen Fliederzweige, wie sein großer, schwerer Feind, die Mistgabel in der Hand, langsam die Dorfstraße überquerte, auf den Backofen zuging ...

Noch hätte ein rascher Entschluß geholfen, um die Gärten herum wäre noch mit leidlicher Deckung fortzukommen gewesen, aber es war vorbei, aus welchen Gründen immer, mit den raschen Entschlüssen Schliekers ... Er stand gebannt und starrte ... Er hatte einen flüchtigen, gar nicht Schliekerschen Gedanken: »Der Backofen ist Gemeindeeigentum. Hier *darf* ich stehen, das *darf* er mir nicht verbieten ...«

Als wäre Gau ein Schläger, ein Streithammel, der ohne Not Prügeleien anfing, der traurige, langsame Klotz der!

Der Bauer Wilhelm Gau trat durch die Büsche und sah Päule Schlieker, den Spion, düster an. Der blinzelte etwas unter diesem Blick, versuchte sein altbewährtes höhnisches Lächeln, das ihm sonst über jedes Ertapptwerden forthalf – aber diesmal gelang es ihm nicht nach Wunsch.

Eine Weile waren sie beide stumm, der Bauer schien etwas zu überlegen, als habe ihn das Gesicht des andern in seinem Entschluß wieder wankend gemacht.

»Der Schiet lohnt mir nicht«, sagte er dann doch. »Ich mag weder mit dir noch mit der Thürke was zu tun haben ...«

Schlieker sah ihn höhnisch an – ahnte dem schon was von der Haussuchung? Er leckte sich die trocken gewordenen Lippen.

»Sie wird in meinem alten Kuhstall stecken«, sagte der

Bauer und sah Schlieker an, aber so, als sähe er ihn nicht, sondern spräche nur mit sich …

Schlieker fluchte, stumm, aber flammend: daß er daran nicht gedacht hatte, die nächstliegende Sache von der Welt! Natürlich, sich da hinten im Walde verstecken, mit dem alten Knacker …

»Der Professor …?« stotterte er fast vor Aufregung. »Ist der Professor auch dabei –?«

»Also, du weißt Bescheid«, sagte der andere. »Und deine Dresche hast du ja!«

Jetzt glomm doch wieder ein Funken in des Bauern Auge auf. Aber Schlieker war endlich über alle Verlegenheit weg: »Und ein schönes Stück Geld wird dich die kosten, Willem!« höhnte er. »Mir täte mein Geld leid.«

»Mir nicht«, antwortete Wilhelm Gau, schulterte die Forke, als sei es nun Feierabend mit Mistladen, und ging.

Schlieker wartete nur, bis die massige Gestalt drüben in der Torfahrt verschwunden war, dann ging auch er. Dies war nun schon die dritte These über den Verbleib der Marie, aber er glaubte so fest an sie, wie er an die beiden ersten geglaubt hatte.

Fragte sich nur, wie er schnell zum alten Kuhstall kam, kümmerlich, wie es ihm körperlich ging. Fahren ließ sich der Waldweg nicht, und das Boot war noch immer fort. Man konnte sich irgendein anderes nehmen, es lagen ihrer genug im Schilf, aber würde er rudern können? Er versuchte die Arme zu strecken, als hätte er Ruder in der Hand, aber sofort stach und brannte es in der Brust, als spießten die gebrochenen Rippen in die Lunge.

Mali konnte auch rudern, aber Mali durfte nicht rudern, denn er wollte Mali nicht dabei haben. Es war kein Verlaß mehr auf sie, es war etwas Heimliches, Feindliches in ihr, seit sie wieder diese Krankheit hatte. Seit gestern abend, seit diesem verdammten Anfall, war alles anders geworden.

Er hatte es gespürt, den ganzen Abend, die Nacht durch; der junge Arzt mit seiner Medizin hatte es nur schlimmer gemacht; jetzt dachte sie bei allem zuerst an ihre Krankheit. Sie hatte Angst vor den Anfällen, sie wollte plötzlich, daß er nur tat, was ihrem Gesundwerden förderlich war – als ob es danach ginge!

Erst mußte einmal die Sache mit der Marie wieder zurechtkommen. Wenn sie wieder festsaßen im Sattel, mochte sie sich seinetwegen schonen! Schonte er sich jetzt etwa? Nicht die Spur! Seit früh fünf lief er nun mit seinen gebrochenen Rippen und dem brennenden Gesicht herum – und jetzt würde er zwei, ach, er würde sogar drei Stunden gehen müssen bis zum alten Kuhstall –! Aber er tat es, tat es doch!

Am liebsten wäre er gleich am eigenen Hof vorbeigelaufen, um erst gar nicht ihr Gesicht zu sehen, aber er brauchte einen Handstock, einmal, um sich zu stützen, dann …

Mali saß bewegungslos, mit einem seltsam leeren Gesicht, in der Küche, sie sah nicht auf, als er hineinkam. Er holte sich den Stock aus der Stube, und im Fortgehen fragte er nun doch unwillkürlich: »Ist dir was?«

Sie hob langsam den Kopf, als würde ihr schon das schwer, und fragte wie aus weiter Ferne: »Was soll mir denn sein –?«

»Ja, was soll dir wohl sein!« schrie er, wütend über die unbrauchbare Gefährtin. »Als wenn wir jetzt Zeit hätten, krank zu sein! Tu was und denk nicht immer an dich!«

Er besann sich, dann sagte er mit Nachdruck: »Ich hole jetzt die Marie, daß du's weißt. Um zwei sind wir wieder hier!«

Aber es wirkte nicht, nicht einmal dies wirkte! Sie hatte schon wieder den Kopf gesenkt und sah mit dem gleichen teilnahmslosen Ausdruck wie vorher in den Schoß.

Mit einem Fluch schlug er die Tür hinter sich zu und machte sich auf die lange, mühselige Wanderung zum Waldhaus.

»Steigen Sie ein, Fräulein Thürke!« sagte Doktor Kimmknirsch, und das Mädchen gehorchte eilig. Nicht nur Frau Postdirektor Bimm, nein, aus zehn, zwölf Fenstern sah man auf sie hinab, auf sie, auf ihn und auf das Auto des Bierverlegers Tengelmann, Modell 1908.

Der Doktor mühte sich vorn mit der Kurbel, lief wieder zum Volant, stellte an den Hebeln und warf von neuem an.

Rosemarie war sich sehr deutlich all der Gesichter dort oben, hinter Scheiben und Gardinen, bewußt, und sie flehte inbrünstig, daß der Motor gleich, gleich anspringen möge, damit diese Gesichter nicht gar zu höhnisch wurden.

Doch Doktor Kimmknirsch mußte erst einige Male die Zündung anders einstellen und im Gesicht vor Anstrengung dunkelrot werden, ehe der Motor ansprang.

»Na also!« sagte er und hatte sich kein bißchen geärgert. »Tücken haben diese Dinger –!«

Er löste die Bremse, drückte auf den Gummiball, und mit einem hohen Aufschrei setzte sich, klirrend und klappernd, der Wagen in Bewegung. Gleichmäßig lief er die Straße zum Bahnhof hinauf, was an Menschen unterwegs war, stand und starrte. Dann holperte er sachte (»Hoppla«, rief der Doktor) über die Kleinbahnschienen, und nun lag das offene Land vor ihnen.

»Fahren Sie zum erstenmal in einem Automobil?« fragte der junge Arzt.

Rosemarie hätte aus irgendeinem, ihr zur Zeit unklaren Grunde gar zu gern »Ja« gesagt, aber um der Wahrheit die Ehre zu geben, mußte sie doch gestehen, daß dies ihre zweite Fahrt sei ... »Aber damals war es nichts.«

»Warum denn nicht?«

»... Es regnete.«

»So!« sagte Doktor Kimmknirsch, und es klang, als ob auch er nicht ganz zufrieden sei. Darauf schwiegen beide.

Schon waren die Felder der Kriwitzer Ackerbürger vorüber, schon fuhren sie zwischen Hecken – und Rosemarie wurde es schrecklich klar, daß sie schon in zehn Minuten bei Schliekers sein würden und daß es dann wieder vorbei sein würde mit Freiheit, Freunden, Autos! Daß es dann wieder nur Arbeit, böse Worte, traurige, graue Stimmung geben würde ...

Das Ende der Fahrt, deren Anfang sie noch vor fünf Minuten so sehnlich erwünscht hatte, war so nahe, daß sie die Augen schloß und leise aufseufzte.

Für diesmal merkte der Menschenarzt nichts. »Verfluchte Töle!« schrie er und zog die Bremse.

»Wildes Gekläff und Gebell!«

»Bello!« rief Rosemarie. »Herr Doktor! Herr Doktor! Es ist mein Bello! Bitte tun Sie ihm nichts ...«

»Uns möchte er was tun!« schrie der Doktor, fuhr direkt auf die Hecke zu, um dem wutblinden Köter auszuweichen, und ließ dabei die Hupe heulen wie das Nebelhorn eines Dampfers. Die Ruten der Hecke peitschten in den Wagen, dann gab es einen Ruck, und das Automobil stand.

»Bello! Bello!« rief Rosemarie und mühte sich mit der Wagentür. »Wir haben dir doch nichts getan?!«

Die Hunde von 1912 haßten Automobile noch inniger als den Briefträger; Bello konnte es nicht begreifen, daß seine geliebte Herrin in diesem Scheusal war. Mit weit offenem Maul, gesträubtem Haar und funkelnden Augen heulte er Wagen und Insassen wütend an.

Dann aber war Rosemarie mit ihrer Tür ins klare gekommen, sie sprang direkt vor den Hund, und der Übergang von besinnungsloser Wut zu ebenso besinnungsloser Freude war rührend und komisch zugleich.

»Bello, mein Hund!« beruhigte Rosemarie. »Ja doch, es ist ja gut. Sieh, es tut mir nichts, das Automobil.« Sie streichelte abwechselnd Hund und Wagen. »Ein gutes Automobil. Ein guter Hund. Siehst du?«

»So sehr gut nicht«, sagte der Doktor trocken. »Beinahe wäre es schiefgegangen. Er sprang mir immer wieder grade vor die Räder, und die Hecke wollte nicht ausweichen. – Wieso kommt Ihr Hund hierher?«

»Er wird wohl dem Hütefritz helfen.«

»Wer ist Hütefritz?« fragte der Doktor, und etwas wie kollegiales Interesse klang in seiner Stimme mit. »Hütet er Schafe?«

»Nein, Kühe. Er ist Kuhknecht von Tamms. Er ist fast so alt wie ich und mein bester Freund.«

»So.« Des Doktors Interesse war fort. »Jedenfalls sollte er besser auf Ihren Hund aufpassen. Fast wäre er hinüber gewesen.«

»Zuerst kommen die Kühe«, klang eine Stimme aus der Hecke. Der Doktor und Rosemarie sahen auf. Ja, da war ein Gesicht mit blondem Strohdach im Gezweig, und: »Fritze, dem Philipp geht es wieder gut!« rief Rosemarie.

»Gut ist übertrieben«, sagte der Doktor. »Aber jedenfalls wird er wieder gut.«

»Rosemarie …«, sagte der Junge und zwinkerte mit den hellen Augen unverschämt auf den Doktor. »Rosemarie …«

»Du kannst alles sagen«, antwortete sie rasch. »Der Doktor weiß alles.«

Diesmal protestierte der Doktor nicht gegen solche Übertreibungen. Hütefritz sah von seinem gesicherten Standpunkt hinter der Hecke den jungen Arzt kritisch an. »Hoffentlich ist er nicht wie dein Professor …«, meinte er dann.

»Hütefritz!« rief Rosemarie zornig.

»Na ja«, brummte der. »Man kann nie wissen. Gekannt ist besser als verwandt. – Also, Rosemarie«, sagte er und gab sich einen Stoß. »Otsche war hier. Sein Vater hat Päule erzählt, wo ihr wohnt, du und dein Professor, und nun ist Päule hin ...«

»Oh!« sagte Rosemarie.

»Ich kann nicht wieder fort von den Kühen, gestern waren sie alle in Gottschalks Seradella, und Lehrer Schlitz haben sie es gesteckt, wegen Schuleschwänzen – ich habe auch niemanden schicken können ...«

»Wie lange ist es her?« fragte Rosemarie.

»Eine Stunde, vielleicht auch noch nicht soviel. Und Päule ist bloß wacklig auf den Beinen, unter drei Stunden kann er es nicht machen.«

»Pfeif dem Bello, Hütefritz, halte ihn fest«, befahl Rosemarie plötzlich, und mit Staunen sah Doktor Kimmknirsch ein ganz anderes Mädchen, nicht mehr das blasse, ängstliche Ding aus der Nacht. »Herr Doktor, bitte fahren Sie mich schnell zum Waldhaus. Ich weiß einen Weg, da kommen wir ganz in die Nähe ... Ich muß den Paten warnen, Päule geht zu ihm!«

»Aber Ihr Patonkel ist ein erwachsener Mann«, wandte der Doktor ein. »Er kann sicher mit Herrn Schlieker allein fertig werden, ohne Ihre Hilfe.«

»Nein!« rief sie. »Sie wissen nicht, wie Schlieker sein kann, keiner von Ihnen weiß das!«

»Doch, doch! Ich kann es mir recht gut denken ...«

»Und der Professor ist so sehr alt, er denkt, alle sind gut; Schlieker kann ihn ...«

»Nun – was kann er ihn?« lächelte der Doktor überlegen. »Totschlagen? Ach, Fräulein Thürke, ich glaube, Sie leben in einer ganz verdrehten Welt. Wir leben auf dieser Erde, in Mecklenburg, und noch dazu ganz ländlich und schändlich – das schlimmste ist, daß einer in einen Kohlenstall eingesperrt wird …«

Er mußte lachen. Aber weder Mädchen noch Junge lachten mit.

»Sie wissen nichts«, sagte sie böse. »Schliekers haben kleine Kinder schlecht behandelt und gequält, Schliekers sind tausendmal schlimmer, als Sie denken … Darum verlangen Sie ja auch, daß ich zu denen zurückgehe, weil Sie es sich nicht vorstellen können … Kein Großer kann das. Und ich dachte, *Sie* würden …«

Sie hielt inne und kämpfte nun doch mit aufsteigenden Tränen.

»Was dachten Sie, daß ich würde –?« fragte er.

Aber es war schon wieder vorbei.

»Also gut!« sagte Rosemarie. »Ich habe Ihnen versprochen, ich fahre mit zu Schliekers. Und ich tue es. – Fritz, halte Bello gut fest. Ich sehe, was ich machen kann. – Aber ich habe Ihnen nicht versprochen, daß ich bleibe, und ich weiß noch nicht, ob ich es tue …«

»Schön«, sagte der Doktor beharrlich. »Also fahren wir jetzt nicht in das Waldhaus, sondern zu Schliekers …«

»Ja!« sagte sie und setzte sich in den Wagen.

Und als wüßte der Motor, daß nun alles entschieden sei, sprang er schon beim ersten Kurbeldrehen an. Bello heulte jammervoll – aber nun machte der Heckenweg einen Knick, und sie hörten auch das Gebell nicht mehr.

Sie schwiegen beide, sie schwiegen den ganzen Weg, das ganze Dorf durch, bis vor das Schliekersche Haus. Und vielleicht war es nicht nur Rosemarie, die sich auf die Autofahrt gefreut hatte.

»Dies also ist Ihr Hof«, sagte Doktor Kimmknirsch und sah etwas zweifelhaft das Häuschen, den Stall an. Der Herbst, der den Blättern ihr Grün und den Zweigen die Blätter nahm, hatte auch die Blößen der Gebäude aufgedeckt. Der Bewurf fehlte an vielen Stellen, die Fenster hingen schief und blind, der Lattenzaun neigte sich zur Erde.

»Es ist schon nicht mehr mein Hof«, sagte Rosemarie traurig. »Die Leute sagen Schliekers Hof dazu, ich nenne ihn auch schon so – er gehört nicht mehr mir. Ein Zimmer ist noch drin, Vaters Zimmer, aber seit der Professor die zerrissenen Bücher in die Hand genommen hat, weiß ich, es ist auch nicht mehr Vaters Zimmer.«

»Mut!« sagte der junge Arzt und legte ihr die Hand auf die Schulter. »Wenn es jetzt auch schwer aussieht, wir behalten Sie im Auge, wir alle!«

»Sie wissen«, sagte sie beharrlich, »ich habe Ihnen nicht versprochen, hier zu bleiben.«

Der Arzt sagte kurz: »Also kommen Sie«, und ging.

Sie gingen in das Haus, Rosemarie trat über die Schwelle, die sie nie wieder hatte überschreiten wollen, solange Schliekers noch hier wohnten. Der säuerlich-faulige Geruch des Vorraums legte sich wie eine Lähmung auf sie. Es war nutzlos, daß draußen die Sonne schien, daß man entlaufen war in die Freiheit, daß es Menschen gab wie den Professor und den Doktor – das trübe, faulige Grau drang wie ein erkältender Schauer in sie. Alle Blätter fielen auf einmal, ihr blieb nur der kalte, tote Winter.

»Hab ich es mir doch gedacht!« sagte der junge Arzt in der Küche.

Aus ihrer verzweifelten Erstarrung aufwachend, sah Rosemarie die Mali auf dem Küchenboden liegen, mit geschlossenen Augen, ohne Farbe, die Fäuste verkrampft, die Unterlippe blutig gebissen. Sie sah auf die Feindin, ihr Herz rührte sich nicht, nur düsterer und trostloser wurde hierdurch noch dies Haus und ihr Weilen in ihm.

»Sie ist bewußtlos«, sagte der junge Arzt. »Der Anfall ist schon eine ganze Weile vorüber. Er wird in Schlaf übergehen. – Wo ist ihr Bett? Gut, fassen Sie an, daß wir sie hinübertragen. Fassen Sie ordentlich an!« sagte er schärfer. »Da ist nichts, vor dem man sich graulen müßte. Wie sie auch sei, sie ist krank – und *sie* hat ihre Krankheit nicht verschuldet.«

Das Mädchen griff zu, es tat, wie er wollte, es half die Kranke entkleiden, den eisigen Körper ins Bett legen, die Kissen zurechtstopfen – aber der Doktor fühlte, mit welcher Abneigung das alles geschah. Etwas wie Zorn auf das unbelehrbare, trotzige Mädchen regte sich in ihm, er sagte kurz: »Sehen Sie nach, wo der Mann ist. Widerwillige Pflege ist schlechte Pflege.«

»Der Mann ist im Waldhaus, beim Professor Unheil zu stiften«, sagte das Mädchen leise.

»Ach ja. Sehen Sie nach, ob er wirklich fort ist. Er kann drüben im Stall sein, bei seinen Verletzungen ist solch Weg fast unmöglich.«

Das Mädchen ging wortlos aus der Stube. Der Doktor saß still wartend neben der Kranken, die Bewußtlosigkeit war in den Schlaf tiefster Erschöpfung übergegangen, der Atem war kaum spürbar.

Er sah sich um in dem Zimmer, er hatte von seinem Stuhl Sachen auf die Erde schieben müssen, um sich setzen zu können: so war der ganze Raum. Ein muffiger, unordentlicher Kramladen, mit blinden, verschmutzten Scheiben, etwas Graues, Trostloses. Vielleicht war es doch nicht richtig, solch jungen Menschen hierzulassen? Zehntausende wachsen schlimmer auf, sprach eine Stimme in ihm. – Aber wenn man es hindern kann, sollte man es tun. – Man kann die kranken Leute nicht ohne Pflege lassen. – Das ist ein ander Ding, Kimmknirsch. – Ich werde noch einmal mit Schulz sprechen, dies ist kein Haus, es ist eine Höhle. – Da du sie hergebracht, trägst auch du Verantwortung.

Der Doktor stand ungeduldig auf: Wo blieb sie?

Er ging durch Küche und Vorraum auf den Hof, in den Stall, sah in den Garten, er rief sie. Er ging eilig zurück ins Haus: die Kranke schlief unverändert. Sie hatte von ihres Vaters Zimmer gesprochen – hatte sie sich dorthin verkrochen –?

Das Häuschen war schnell durchsucht, aber auch des Vaters Zimmer war leer. Der Doktor rief noch einmal vor dem Haus, aber er wußte schon: es war umsonst. Sie war weggelaufen, vielleicht zu dem alten Professor, vielleicht überhaupt fort.

»Unbelehrbar. Trotzig. Widerspenstig«, dachte der Doktor böse. »Ich kümmere mich jedenfalls nicht mehr um sie. Angst, idiotische Angst. Lebensangst: die ist unreparierbar. – Aber die Kranke kann nicht allein bleiben, ich muß warten, bis der Mann zurückkommt. Von solcher Kranken fortzulaufen – es ist wahrhaftig eine Affenschande! Schäm dich was, Mädchen!!«

## 18. Kapitel

### Worin Professor Kittguß und Rosemarie, ein jedes für sich, entlaufen

Es war erstaunlich, wieviel neugierige Gaffer solch Nest wie Lüttenhagen aufbringen konnte. Der Professor jedenfalls fand es erstaunlich und, nachdem der erste Schreck überwunden war, nicht uninteressant. Die Leute, kleine wie große, strudelten gewaltig um ihn, schwatzten ungeniert, tauschten ihre Anmerkungen. Und die wurden immer ausschweifender und wilder, da die energische Dame auf dem Roß nach der ersten, niederschmetternden Frage keine weitere Auskunft gegeben, sondern nur mit scharfen Kommandoworten die eigentliche Gefangeneneskorte zusammengestellt hatte.

Die kleine Thürke – »Sie wissen doch, diese blonde Spacke, die bei Schliekers Mädchen spielt« – war schon lange nicht nur mißbraucht, sondern lag bereits tot und verscharrt unter einem Laubhaufen der Lüttenhäger-Tischendorfer-Unsadeler-Kriwitzer Forsten. »Da such man, Nachbar! Schlau sind diese Verbrecher!«

Es war gut, daß der Professor von der biblischen Geschichte her solch starke Worte gewohnt war. So ging er unbekümmert zwischen seinen beiden Wächtern: heute früh hatte er oben auf einem schwankenden Wildgatter den rechten Lebenssinn begriffen – und so leicht war der nun doch nicht wieder auszutreiben! Auch dies gehörte jetzt zu seinem neuen Leben, es gehörte irgendwie unbedingt zu Rosemarie.

Nur die Dame, die direkt hinter seinem Rücken ritt, störte ihn etwas in seiner lächelnden Ruhe. Oder genauer gesagt, nicht einmal so sehr wie ihr Pferd, dessen Nase fast seine Schultern berührte und ihm den warmen Atem unangenehm in den Nacken blies.

Aus dem Dorf waren sie nun, die Schar Neugieriger war bis auf ein paar ganz Hartnäckige zu Kochtöpfen und Viehställen zurückgekehrt. Da drehte sich der Professor um und sagte sanft zu der drohenden Reiterin: »Gnädige Frau, Ihr Pferd pustet mir immer auf den Hals.«

Nun pustete *sie* verächtlich, stieß eine dicke Zigarrendampfwolke aus und sagte bissig: »Was denken Sie denn, wie es Ihnen bei Amtsgerichtsrat Schulz ergehen wird –?!«

»Führen Sie mich zu ihm?« fragte der Professor höflich.

»Sssssst!« machte die Gnädige. »Mit Ihnen unterhalte ich mich gar nicht.«

Aber sie ritt doch nicht mehr hinter ihm, sondern nebenher im weichen Sommerweg. Der Professor lächelte. Er war der festen Überzeugung, daß alles, wie es geschehen war, gut geschehen war, daß er der Rosemarie gar keinen besseren

Dienst leisten konnte, als mit solcher Eskorte vor das Vormundschaftsgericht zu ziehen. Nur noch ein langer, etwas mühseliger Fußmarsch, dem das Pferd mit seinen vier Beinen eine viel zu schnelle Gangart gab – und eine kurze Unterredung würde alles aufklären und regeln. Dann würde Witwe Müller dafür sorgen, daß die Sachen gut von Berlin nach Unsadel reisten, und geradezu ein Vergnügen würde es sein, die Thürkeschen Bücherregale zu ordnen und die häßlichen Lücken mit den eigenen altersschwarzen Bänden zu füllen.

Die gnädige Frau von Wanzka hatte jetzt alle Gelegenheit, ihren Häftling eingehend zu betrachten. Sie tat es, zog immer intensiver an ihrer dicken, schwarzen Brasilzigarre und sah und dachte: »Gestern vormittag erst habe ich die Kunde von dem verruchten Berliner gehört, der das Kind Thürke entführt hat. Schon ist mir dieser Berliner in die Hände gefallen.«

Das war klar, aber klar war nicht, daß er so gar nicht verrucht aussah. Alle tragen wir – soweit wir uns berufsmäßig nicht damit zu befassen haben – den Glauben in uns, daß ein Verbrecher und möglicher Schänder und Mörder ein Kainsmal an der Stirn tragen müsse. Aber die gnädige Frau von Wanzka mochte schauen, soviel sie wollte, sie sah immer nur einen sehr alten, sehr freundlichen Mann, dessen heller, klarer Blick nichts Feiges, Verstecktes, Verruchtes hatte.

»Macht jetzt, daß ihr euch heimschert, ihr Lüttenhäger Tagediebe!« befahl sie. »Hier gibt es nichts mehr zu sehen.«

Die Gnädige war nun mit dem Gefangenen und seinen beiden Wächtern allein, aber das machte nichts klarer. Sie kannte zu gut ihre eigene Schwäche: eine gewisse zornige Ungeduld, die sie lieber einen Fehler begehen ließ, als tatenlos zuzuwarten. War sie wieder einmal voreilig gewesen? Nein, sie handelte im Auftrag des Amtsgerichtsrats, zudem war der Mann als Zechpreller entlarvt und hatte ersichtlich falsche Angaben über den Weg, auf dem er nach Lüttenhagen gekommen war, gemacht.

Und doch! Und doch! Dies Gesicht und diese unbekümmerte Art, zwischen seinen Häschern zu gehen ...

»Geht mal ein bißchen langsamer, ihr!« sagte sie. »Seht ihr nicht, daß der alte Mann ganz außer Atem kommt?!«

»Danke schön«, sagte der alte Herr, stehenbleibend, zog ein großes, gelbseidenes Taschentuch und trocknete sich das Gesicht.

Die Gnädige wurde noch milder gestimmt. Genau solche unförmigen gelblichen Taschentücher lagen ihr noch vom Vater her im Schrank. Sie überschlug im Geiste die elf Kilometer bis Kriwitz, und milde bedachte sie, daß es viel bequemer sei, erst einmal die drei Kilometer auf ihren Hof Tischendorf zu gehen und dort einen Wagen anspannen zu lassen.

Wenn er ein Verbrecher ist, überlegte sie, und das muß er ja sein, so ist er ein ganz abgefeimter Schurke. Aber dafür bin nicht *ich* eingesetzt, sondern Schulz. Und zu bestrafen habe ich ihn auch nicht, mag er also erst einmal auf meinem Wagen fahren ...

»Wir gehen rechts, Pagel«, befahl sie. »Den Waldweg nach Tischendorf!«

»Jau, jau«, sagte Pagel, und sie bogen in den Waldpfad nach Tischendorf ein.

Nun war die Marschordnung so, daß die gnädige Frau voranritt, dann folgte der untersetzte, rotgesichtige Pagel, dann der Gefangene, dann der lange, dünne, schlenkrige Jansen. Diese Marschordnung brachte es mit sich, daß Frau von Wanzka zuerst die Waldlichtung sah, die Alter Teerofen hieß, und was sie da sah, machte, daß sie warnend den Finger hob und anhielt.

Die andern traten leise neben das Pferd, und da sahen sie auf der sonnigen Lichtung, keine fünfzig Meter ab, einen Bock, der eine Ricke vor sich her trieb. Es war ein schönes, friedliches Bild, sie sahen alle stumm darauf, und selbst dem Pagel kam ein Lächeln aufs Gesicht.

»Es ist der Sechser«, flüsterte die Gnädige, »von dem der Schafskopf, der Förster, immer sagt, er ist nach Kriwitz rüber gewechselt. Aber heute abend gehe ich gleich ...«

Was heute abend gleich sein würde, wurde nicht mehr laut. Denn ein Schuß knallte, der Bock tat zwei, drei taumelnde Sprünge, die Ricke jagte langgestreckt auf den Waldrand zu, der Bock stürzte ...

»So eine verfluchte Schweinerei!« brüllte Frau von Wanzka. »Pagel, Jansen, los! Da drüben muß der Schweinehund von einem Wilddieb sein! Drauf!«

Sie war schon fort. Die Männer liefen hinter ihr her, einsam und vergessen stand der alte Professor am Rande der Lichtung ...

»Also doch!« rief eine halbe Stunde später Frau von Wanzka unmutig, als sie nach der erfolglosen Wilddiebjagd mit Jansen und Pagel auf den »Alten Teerofen« zurückkam. »Hätt ich's mir doch denken können! Nun ist er weg, und so leicht läuft der uns nicht wieder in die Hände, alter Schleicher der, mit dem mildfreundlichen Gesicht! Geht nach Haus, Leute, und sorgt dafür, daß sich Lüttenhagen nicht allzusehr über uns die Mäuler zerreißt. Viel Ruhm haben wir heute nicht eingelegt. Ja, es ist recht, Pagel, geben Sie mir den Bock vorne aufs Pferd, ein Glück, daß der wenigstens noch da ist. Trotzdem es mir das Herz zerreißt, mein schöner Sechser, und solch ein Lump, der ihn mir vor der Nase wegschießt! Halt, Jansen, sag der Wirtin, für die fünfundsiebzig Pfennig von dem alten Mann bin ich ihr gut. Von meiner Dummheit soll sie wenigstens keinen Schaden haben.«

Damit ritt Frau von Wanzka, den Bock vor sich auf dem Pferd, ab. Sie war recht verdrossen, es dämmerte ihr, daß man eigentlich einen Kinderentführer und möglichen Mörder nicht im Walde stehenläßt, um einen Wilddieb zu fangen. Dies hieß wahrhaftig, eine Laus auf einer Kreuzotter töten.

»Alter Teekessel«, redete sie sich an und hielt, um die nächste Brasil in Brand zu setzen. »Wenn ich an das Gesicht von dem alten Schuft denke, der mir nun glücklich wieder ausgebügelt ist, und an sein gelbseidenes Taschentuch, so möchte ich beinahe hoffen, ich sähe ihn in drei Minuten auf der Freitreppe vor meinem Katen stehen. Aber das ist nun wirklich nichts wie mein alter, dummer Kinderglaube, der mir schon die schönsten Streiche gespielt hat ...«

In diesem Punkt behielt sie recht: der Professor stand nicht auf der Freitreppe, und gesehen hatte ihn auch keiner.

»Sicher wieder nach Preußen rüber. Na, nun bleibt mir nichts übrig, als sofort mit Schulz zu telephonieren und mir von ihm den Kopf waschen zu lassen. Aber anschreien lasse ich mich nicht!«

Vorläufig schrie allerdings nicht er, sondern sie, und nicht ihn an, sondern den Justizwachtmeister Thode.

»Eine wichtige Verhandlung hat er? Daß ich nicht lache über Sie, Thode. Sie kriegen Ihren Handwerksburschen mit einer Woche Haft noch früh genug! Sie rufen ihn auf der Stelle, Thode, oder ich werde Ihnen sofort ...«

Ein Glück für sie, daß Thode ihn jetzt rief. Sie wäre wirklich in Verlegenheit geraten zu sagen, was sie ihm sofort per sieben Kilometer Draht antun würde.

Ach, sie hatte keinen guten Tag heute, die gnädige Frau von Wanzka. Schreischulze war gar nicht schreiig, sondern sehr leise, sehr eilig und recht interessiert. Ja, ja, die Rosemarie sei längst wieder da, jetzt schon wieder bei den Schliekers, und der alte Herr sei ein ganz harmloser Privatgelehrter. Man habe über ihn nur die allerbesten Auskünfte von Berlin bekommen.

»Aber, mein lieber Amtsgerichtsrat!« protestierte die Gnädige und dachte an den Auszug aus Lüttenhagen.

Ja, so was lasse sich nun einmal nicht vermeiden, eine falsche Anzeige, gestern noch im Bereich des Möglichen gelegen, heute bestehe auch nicht der geringste Anhalt ...

»Schulz!« bat die Gnädige förmlich und schämte sich entsetzlich vor dem alten Mann, den sie vor einem ganzen Dorf Wüstling genannt hatte.

Er sei natürlich weit entfernt, ihr einen Vorwurf zu machen.

»Herr Amtsgerichtsrat!«

»Sie haben vollkommen korrekt gehandelt ...«

»Wirklich –?!«

»Ein Glück, daß sich die Sache gewissermaßen von selbst in blauen Dunst aufgelöst hatte, ohne Schaden für jeden Beteiligten ...«

»Und mein Sechserbock, Herr Amtsgerichtsrat?!!« schrie die Gnädige, nun wirklich wütend.

Aber Schulz war schon fort vom Apparat, er hatte es wirklich eilig, in der Amtsstube saß ihm ein halbes verstrittenes Dorf mit einer wahren Kanarienhecke von Beleidigungsklagen. Ehe er ans Telephon gerufen war, hatte er beinahe die Einigung erzielt, erschrien kann man auch sagen. Jetzt aber hatte ihn das immer lauter werdende Stimmgewirr aus der Gerichtsstube gewarnt, daß über seiner Telephoniererei wahrscheinlich zu allen schon vorliegenden Beleidigungen noch ein volles Dutzend dazugelegt, ausgebrütet und flügge geworden sei.

Frau von Wanzka hatte gut am Apparat wüten: Amtsgericht Kriwitz meldet sich nicht – es meldete sich auch weiterhin nicht.

Rosemarie lief eilig durch den Wald.

Als sie aus der Stube gegangen war, nach Päule Schlieker zu suchen, hatte sie noch nicht die Absicht gehabt, dem jungen Doktor Kimmknirsch so schmählich fortzulaufen. Aber da war sie auf die Scheunendiele gekommen, und da hatte der kleine Stuhlwagen gestanden, und auf dem Stuhlwagen hinten aufgebunden war das verbogene, zerbrochene Rad gewesen, das Hütefritzen gehörte, auf dem sie gestern nacht mit Philipp in die Stadt gefahren war. Nichts hätte ihr bedrohlicher als dieses Rad die Bosheit der Schliekers wachrufen können. Die Rätselfrage, wie es hierher in Schliekers Hände, auf Schliekers Scheune geraten sei, machte die dunkle, verborgene Macht ihrer Pflegeeltern nur noch beängstigender.

Und als hätte noch etwas gefehlt, ihr Herz zu ängsten und zu verwirren, fand sie auf dem Hof neben der leeren Hundehütte die zweite Marderfalle – und der offene Bügel mit den scharfen Eisenzähnen sah sie so böse an, daß sie schnell nach einem Holzscheit lief und es in das drohende Maul steckte. Die Zähne schnappten laut zu, und am Scheit warf Rosemarie die Falle über die Hofmauer in eine Unkrautsiedlung. Einen Augenblick stand sie hastig atmend, aber ihr war sehr klar bewußt, daß bösere Zähne einen bedrohten, der zu ihr gehörte und ihr lieb war.

Ohne weiteres Besinnen lief sie los in den Wald, zum alten Kuhstall, so schnell sie nur laufen konnte. Sie war leicht und geübt, sie konnte gut traben, ohne daß ihr der Atem knapp wurde. Aber es war ja ein sehr weiter Weg, und auch der beste Läufer hätte nicht die ganze Strecke traben können.

Während sie lief, sah Rosemarie nur vor sich auf den Waldboden, um sofort jede Wurzel, jeden Stein zu bemerken, aber wenn sie im Schritt ging, sah sie in den Wald und auf den Wegrand, als suchte sie etwas. Rosemarie hatte keine Stadtaugen wie der Professor Kittguß, der den Wald ansah, aber nichts sah. Rosemarie sah wohl die kleinen Löcher im Waldweg, die der Schliekersche Stock gemacht hatte, und an einer schlammigen Stelle erkannte sie auch den Abdruck der Schliekerschen Schuhe, die sie so oft geputzt hatte. Ja, es wurde immer klarer, daß er tatsächlich ins Waldhaus gegangen war und sie ihm nach, trotz all ihrer feigen Angst. Der Herr Amtsgerichtsrat Schulz und sein Freund, der Herr Doktor Kimmknirsch, mochten sie gut wegen dieser schlotternden, panischen Angst verachten – sie saß in ihr, da hatten sie recht. Aber trotz ihr lief sie dem Schlieker nach.

Etwas besaß sie eben doch, das noch stärker war als diese Angst, zweidreiviertel Jahre Schliekersche Pflegschaft hatten sie nicht zu einem feige wedelnden Bello zusammenschlagen können. Sie tat, was sie tat, mit Angst, aber sie tat es.

Wußte sie etwa nicht, in welcher Stimmung Päule Schlieker diesen Waldpfad entlanggegangen war?

Konnte sie sich etwa einbilden, er sei hier marschiert in Siegerstimmung, zufrieden, die Gefangene ins Verlies zurückzuführen? Nein, solche Einbildung verbot ihr der Waldpfad, denn längst nicht an allen Stellen waren die spitzen Löcher der Stockzwinge zu sehen, zwischendurch hatte Päule auch kräftig den Stock benutzt. Da waren Unkrautnester, in deren fleischiges, nasses Herbstgrün der Stock vernichtend gefahren war; da hing ein Buchenast, sinnlos mit der Krücke heruntergerissen und zerbrochen; da war eine ganz junge, stämmige Fichte, gesund und stark, mit fast schwarzem Grün: der Stock hatte die schöne, steile, benadelte Spitze mit einem Schlage für immer geknickt!

Rosemarie trabt weiter, sie hat einen guten Begriff von dem Zorn, der in Schlieker sitzt. Nun kommt sie schon in die Nähe des Waldhauses. Hier ist der Hochwald fast ohne Unterholz, sie muß langsamer und vorsichtiger gehen, vielleicht ist er direkt vor ihr. Von Stamm zu Stamm schleicht sie, eine Hand auf dem rasch pochenden Herzen, nun wird es lichter und licht. Da ist die kleine Waldblöße, der graue, alte Schuppen, das niedrige Dach. Die Sonne liegt sanftgelb auf der Lichtung, alles ist still und friedlich, die halb offenstehende Tür bewegt sich leise im Wind und knarrt auch einmal.

Das Mädchen hinter dem silbergrauen Buchenstamm starrt und lauscht, lauscht und starrt. Sonne und Wind, Stille und Frieden können sie nicht täuschen: der Feind ist hier, und wenn er still ist, ist er doppelt gefährlich. Sie möchte ein Wort hören, einen Ausruf, vielleicht sogar lieber noch Streit, dann wäre der Entschluß leichter, vorzugehen, einzugreifen. In der Ferne scheckert ein Eichelhäher, es klingt wie höhnisches Lachen – und nun ist wieder alles still. Vorsichtig umkreist sie die Lichtung, dann, als sie die fenster-, türlose Rückwand des alten Stalls vor sich hat, entschließt sie sich, verläßt die Deckung, läuft so schnell sie kann über die Lichtung und lehnt sich gegen die Wand.

Totenstille, sie drückt ihr Ohr gegen die Mauer: Totenstille. Und aus dieser tiefen, rätselvollen, peinigenden Stille heraus fängt ihr Herz immer lauter, dröhnender zu klopfen an: langsam erst, als erwarte es einen dunklen Schrecken und hole aus ..., und schneller und schneller. Nun hämmert es in allen Gliedern, ihre Ohren dröhnen, als stehe sie im Turm unter dem Kriwitzer Glockengeläut. Vor ihren Augen wird es grau, Fetzen wie Nebelstreifen fliegen vorbei, Schreckbilder stehen vor ihrer Seele: der alte Mann liegt auf dem Boden, das füchsische, böse Gesicht beugt sich mit den weit offenen, hellen Augen über ihn, die gelben Zähne werden bloß ...

Und alles versinkt, entweht und entflattert, das Herz

geht wieder leichter, der Blick wird klar – es hat trocken drinnen im Stall gehüstelt, er hat gehüstelt!

So ist er also allein! Sie kennt dies trockene Hüsteln an ihm, so macht er, wenn er für sich ist und über etwas nachdenkt.

Sachte schiebt sie sich um die Hausecke, schiebt sich – oh, so sachte und vorsichtig! – die Wand entlang. Dabei sehen ihre Augen starr auf den Boden, sehen jedes Steinchen, jedes trockene Ästlein ...

Unter dem Fenster hoch über ihrem Kopf hält sie kurz an, lauscht, aber das Fenster ist geschlossen, und sie hört nichts. Sie schleicht weiter, nicht für eine Sekunde verliert sie ihre bedachtsame Vorsicht. Lautlos nähert sie sich der nächsten Ecke, gleitet um sie herum. Grade vor ihr, keine zwei Meter ab, ist die halb offene Tür. Wenn jetzt Schlieker aus ihr träte, sähe er sie!

Aber nun geht sie nicht mehr zurück, nun geht sie nur vorwärts. Seltsame Wandlung! Stille und Hüsteln haben sie völlig überzeugt, daß Schlieker allein in der Hütte ist, kein alter Professor bedarf ihrer Hilfe, sie könnte entlaufen – aber nichts! Sie schiebt sich näher. Stärker als alle Angst ist die Lust zu erfahren, was der Feind dort tut.

Jetzt hat sie die Tür erreicht, jetzt hat sie sich hinter ihr versteckt, durch den Spalt zwischen Mauer und Tür kann sie in das Innere des Stalls sehen.

Sie übersieht kaum ein Fünftel des Raumes, eigentlich nur eine Ecke, in der ein Holzstuhl sichtbar ist und Kopfende und Mittelteil ihres Betts. Dies Raumstück ist leer, doch sie hört Schlieker im unsichtbaren Raum wirtschaften.

»Stünde ich auf der andern Seite der Türöffnung«, überlegt sie, »könnte ich ihn sehen. Aber dann fehlte die Deckung durch die Tür, und mein Schatten würde über die Schwelle fallen. Nein, besser so!«

Zugleich fällt ihr auf, daß der Stuhl dort am Bett nicht leer ist, es stehen und liegen darauf die Lebensmittel, die ihr die Kinder gebracht haben: Brot und Eier, ein paar Tüten, eine Wurst. Nun – und das Herz fängt wieder an schneller zu schlagen – tritt ein Schatten in ihr Gesichtsfeld, es ist der Schlieker. Für einen Augenblick sieht sie das entstellte Gesicht mit dem blaugeschundenen Auge, der geplatzten, blutig geschlagenen Lippe, aber dann dreht der Mann ihr den Rücken und setzt mit seinen langen, knochigen Fingern auf den Stuhl, was er im Arm hatte: noch ein paar Tüten, ein Stück Schinken ...

Rosemarie begreift, wenn Schlieker auch weder den Professor noch sie gefunden hat, umsonst will er den Weg ins Waldhaus nicht gemacht haben. Seine Habgier hat ihm keine Ruhe gelassen, er kann diese Lebensmittel auch gebrauchen. Schlieker richtet sich auf, sein Gesicht verzieht sich dabei, er greift nach der Brust und stößt einen Fluch aus – er muß arge Schmerzen haben. Er steht einen Augenblick mit dem Gesicht nach der Türöffnung, er sieht hinaus zur Lichtung ...

Er macht ein paar rasche Schritte und tritt auf die Schwelle.

Jetzt ist er ihr so nahe, daß er sie, wäre die Tür nicht dazwischen, berühren könnte, daß sie nicht mehr von ihm sieht als den blauen Streifen der Joppe. Angst überfällt sie, ihr Blick, meint sie, könnte ihn schon aufmerksam machen. Sie schließt krampfhaft die Augen – aber nun ist das fürchterliche Gefühl da, daß sie nicht weiß, was er tut, daß er sie jeden Augenblick entdecken, anfassen, schlagen kann. Ein Schrei sitzt in ihrer Kehle, kaum mehr zurückzuhalten ... Und dies Gefühl dauert, dauert, es scheint unerträglich, endlos zu dauern – geht er denn nie wieder weg? Will er da ewig stehenbleiben?

Aber endlich hört sie ein Geräusch, Schritte entfernen

sich; langsam, an allen Gliedern schwach, öffnet sie die Augen. Direkt vor ihnen ist das Holz der Außentür, grau verwittert. Sie starrt atemlos darauf. Allmählich begreift sie, daß die Gefahr vorüber ist, wieder richtet sie den Blick durch den Türspalt.

Gottlob, der Stallwinkel ist leer, er wirtschaftet irgendwo hinten. Sie sieht beruhigt nach links, da ist Lichtung, Sonne, bunte Bäume – langsam wird sie wieder ruhig.

Nach einer Weile kommt Schlieker wieder in Sicht, diesmal hat er des Professors Reisetasche in der Hand. Von neuem muß sie erschrecken, aber diesmal auf eine leibhaftigere, weniger panische Art: also ist der Professor nur ein wenig spazieren und kann jeden Augenblick zurückkommen! Sie sieht wieder über die Lichtung. Sie ist leer. Sie dreht sich um und sieht auf den Mann. Er packt jetzt die Reisetasche aus, er tut es auf keine gute Weise, er dreht sie einfach um und läßt zu Boden fallen, was darin ist. Dann starrt er auf das, was auf der Erde liegt, säuberlich geplättete weiße Hemden, Strümpfe und Unterwäsche, ein Brillenfutteral ... Rosemarie kann gut Schliekers Gesicht sehen, es grinst, wie es grinst! Ja, das ist der Schlieker ihrer Träume und Ängste, das ist der Schlieker, den sie allein kennt, der Teufel, der das Böse tut, nicht weil es ihm Vorteil bringt, sondern weil er das Böse liebt!

Siehe, nun hebt Schlieker ein Bein, er setzt den schmutzigen Schuh mitten auf die Brust eines säuberlich geplätteten Oberhemdes, er dreht den Fuß, die Leinwand wirft sich in Falten, dann hört Rosemarie das scharfe Reißen. Ihr ist, als hätte sie vor Schmerz und Zorn aufgeschrien, aber der da drinnen hat sicher nichts gehört. Er ist in einem Taumel von Entzücken, er trampelt und tanzt, er fetzt und stößt – das ist seine Welt, das ist auch eine Welt! Sein Gesicht ist gerötet, seine Zähne schimmern, dann bellt, da er stets wilder tanzt, ein trockener, scharfer Husten aus seinem Mund – er hält inne, muß sich auf die Stuhllehne stützen. Als der Husten vorbei ist, sieht er nur noch mit ausdruckslosem, zerstreutem Blick auf die Zerstörung unter seinen Füßen. Dann fängt er an einzupacken …

Das Mädchen hinter der Tür könnte jetzt gehen, er muß gleich fertig sein, die Gefahr, entdeckt zu werden, steigt mit jeder Minute. Aber sie geht nicht, denn sie, die ihn so gut kennt, versteht ihn diesmal nicht: er wird doch nicht etwa diese Tasche mitnehmen? Die Lebensmittel sind kein Beweis gegen ihn, sie sind unkenntliches Gut; die zerstörte, verdorbene Wäsche kann jedem Stromer zur Last geredet werden; aber die Tasche –? Die Tasche ist doch Beweis gegen ihn! Sie kennt ihn doch, so habgierig er ist, so vorsichtig ist er auch.

Und als hätten sich ihre Gedanken auf den Dieb übertragen, blickt er plötzlich vom Einpacken hoch, scharf nach der Tür, sein Mund möchte pfeifen, er denkt nach.

Es ist schlimm, scheint ihr, solchem Menschen zuzusehen, wenn er sich allein glaubt. Da kommt alles, was sonst verdeckt und sorgfältig versteckt ist, klar ans Licht, vom Gesicht gleitet die Maske. Es ist, als sähe sie ihm in Hirn und Herz, und ein schlimmer Einblick ist das.

Der Mann dort drinnen nimmt das Eingepackte wieder aus der Tasche, schleudert sie zur Erde und sieht sich suchend um. Dann macht er einen raschen Schritt zu Rosemaries Bett und holt sich das Kopfkissen.

Sie begreift, sie begreift auf der Stelle, er will den Kopfkissenbezug vollstopfen. Sie erschrickt. Wenn er es sieht! Wenn er es jetzt sieht!

Er fängt schon an, den Bezug aufzuknöpfen, da fällt sein Blick noch einmal von der Seite auf das Bett, der Bezug fällt auf die Erde, er greift zu …

Hat er es doch gefunden, hat er doch das versteckte Geld gefunden!

Eine Wut faßt Rosemarie – sie möchte vorspringen, aber sie springt nicht vor. Sie starrt ihn an, ach, dies böse, triumphierende Lächeln auf den dünnen Lippen, diese gierigen, harten, grellen Augen. Wie er das Papiergeld zählt, hastig, gierig, habgierig, und wie er es noch einmal wieder zählt – mit langsamem, genießerischem Bedacht! Wie die Brieftasche verschwindet in der Innentasche der Joppe und dann das Silber klingelt und auch das Portemonnaie verschwindet –!

Der Mann sieht sich um, es ist jetzt ein anderer Blick, ein scheuer, gleitender, geduckter Blick, und doch voll dunkler Drohung …

Rosemarie zittert. So blickt einer, der auch zum Mord entschlossen ist, spricht es in ihr.

Aber der Mann Päule Schlieker glaubt sich allein. Er fängt wieder an zu packen, und plötzlich hat er es eilig. Er wirft die Dinge einfach in den Überzug …

Aber auch Rosemarie hat es eilig. Erst noch sachte und langsam, dann immer rascher zieht sie sich aus ihrem Versteck zurück, schleicht um die Hausecke, unter dem Fenster vorbei, und nun läuft sie, so rasch sie kann, in den Wald. Sie huscht hinter den Stämmen, bis sie in die Nähe des Waldpfades nach Unsadel kommt und dort späht sie, bis sie Päule Schlieker mit dem gefüllten Kopfkissenbezug an sich vorübergehen sieht. Er geht langsam und mühselig, und das nicht nur wegen der Last. Er hüstelt gerade.

Nun läuft sie los, durch den Hochwald, schlägt einen großen Bogen um den Mann, rennt, rennt, damit sie noch vor ihm in Unsadel, im Schliekerschen Hause bei der Kranken ist. Und beim Arzt.

»Ich habe Schlieker in der Hand«, denkt sie triumphierend.

## 19. Kapitel

### Worin Professor Kittguß in Geldsachen ohne Geld nach Berlin verreist

Dreier Stunden schärfsten Hinhorchens, lautesten Schreiens, tiefster Kenntnis aller Verwandtschaften im Dorfe Porstel hatte es bedurft, um das Geilkraut des Klatsches so weit zu lichten, daß die Witwe Radefeldt genötigt und bereit war zuzugeben, daß alle ihre Anmerkungen über Vorleben, Ehe, Charakter und Fähigkeiten der Frau Thams erstunken und erlogen waren. Worauf achtzehn weitere verleumderische Nachreden anderer Dorfeinwohner in sich zusammenfielen wie angestochene Schweinsblasen.

Amtsgerichtsrat Schulz auf seinem hohen Thron hatte bitten und drohen, schmeicheln und väterlich vermahnen müssen, er hatte zu überlisten und zu verblüffen gehabt, und vor allen Dingen hatte er natürlich geschrien, über die Maßen, lauter als alle, vernichtend, durchdringend geschrien. Aber nun winkte nahe die Siegerkrone des Vergleichs, die den Richter mehr ehrt als zehn Beleidigungsklagen.

Er wischte sich die Stirn, seine Stimme war sanft und geölt, der Sündenbock – wenn man so sagen darf –, Witwe Radefeldt, lieferte nur noch das letzte Rückzugsgefecht, um die Unterschrift unter das Protokoll, das Geldbuße und Widerruf in der Lokalzeitung festsetzte, zu verbrämen –

Da schlich durch die vorsichtig geöffnete Tür auf Zehenspitzen, nur ganz behutsam mit dem Säbel klirrend, Justizwachtmeister Thode an den Richtertisch.

»Thode –!« flüsterte Amtsgerichtsrat Schulz vorwurfsvoll und setzte an zum Weiterbegütigen der Witwe Radefeldt.

»Es ist ein Herr draußen ...«, flüsterte Thode geheimnisvoll.

Amtsgerichtsrat Schulz hatte zu lauschen und zu schauen. Neigte nicht schon die dicke Gastwirtin Eichberg der Radefeldt flüsternd den Kopf zu, ihr neues Gift einzuspritzen –? Noch stand keine Unterschrift unter dem Protokoll, noch war alles in der Schwebe ... »Und wenn es der Herr Justizminister ist, Thode –!« stöhnte Schulz.

»Es ist der alte Herr, der mit der kleinen Thürke ... Sie wissen schon ...«

»Ja, ja«, stöhnte der Amtsgerichtsrat. Er sah, wie Frau Thams mit ihrem jungen Vetter Max in Verbindung zu kommen suchte, dessen Rolle in diesem Spiel bei weitem nicht ganz klar war. »Bringen Sie ihn rein, Thode, setzen sie ihn in eine Ecke. Lassen Sie ihn nicht weg. In einer Viertelstunde bin ich, hilf Gott, so weit ...« Und mit lauter Stimme: »Wir fahren fort. Frau Radefeldt, Sie haben weiter erklärt –«

»Herr Richter«, sagte die Radefeldten und erhob ihre derbe, knochige Gestalt zu voller Größe. »Ich habe mir den Kram noch mal überlegt: ich will es doch auf einen Prozeß ankommen lassen!«

»O Gott«, stöhnte Amtsgerichtsrat Schulz innerlich, »da haben wir ja nun die Bescherung. Dieser unselige Berliner Professor – nichts als Unheil bringt er!«

Laut aber sagte er: »Frau Radefeldt, das können Sie halten wie Pastor Nolte. Doch das sage ich Ihnen jetzt mindestens zum zehnten Mal, bei einem Prozeß werden Sie voraussichtlich nicht mit einer Geldbuße wegkommen, sondern ...«

Die Tür tat sich auf, alle Gesichter wandten sich von Schulz fort und dem Professor zu. Er trat ein, groß und stattlich, mit dem freundlichen Gesicht unter den altersweißen Haaren. In der einen Hand hielt er seinen großen

Schlapphut und in der andern einen sehr großen, sehr bunten Wiesenstrauß. Der Professor Kittguß dankte dem Wachtmeister Thode freundlich, und – siehe, der Amtsgerichtsrat sah es mit Staunen – der brummige Thode lächelte. Dann verbeugte sich der alte Mann höflich vor Auditorium und Richter. »Einen gesegneten guten Morgen«, sprach er und setzte sich in eine Ecke.

»Nein«, dachte der Amtsgerichtsrat Schulz völlig verdutzt, »für so töricht hätte ich die gute Frau von Wanzka wahrhaftig nicht gehalten. Des Schliekers schwarzem Herzen traue ich es ja unbesehen zu, daß er selbst diesen freundlichen alten Herrn für einen Schurken hält, aber Frau von Wanzka – unbegreiflich! Was macht er nur? Er riecht an Vergißmeinnichts. Seit wann riechen denn Vergißmeinnichts? Nun – es mag ja andere Nasen geben als deine, Schulz, für die auch Vergißmeinnichts duften, für die nicht einmal Schliekers stinken ... Also«, sprach er laut, aber sanft, »ich fahre in der Verlesung des Protokolls fort ... Was Sie da eben gesagt haben, liebe Frau Radefeldt, das überlegen Sie sich vielleicht noch ein elftes Mal, ja? Denken Sie doch, was für ein Triumph das für Sie wäre, wenn nun alle friedlich-schiedlich heim nach Porstel gingen, und alle Neider und Streiter hätten das Nachsehen ...«

Dieser Appell an die Hauptneiderin und Hauptstreiterin war prozeßtechnisch sicher anfechtbar. Aber sei es nun, daß er auf die boshafte Frau Radefeldt wirkte oder daß die eben ausgesprochene Warnung vor dem sicher schlimm ausgehenden Prozeß es getan hatte oder, und das schien Schulz seltsamerweise am wahrscheinlichsten, daß es der freundliche Zuhörer tat mit seinem lächerlichen Strauß –: Frau Radefeldt murmelte nur etwas Unverständliches von nicht so laut vorlesen und setzte sich wieder.

Amtsgerichtsrat Schulz las also sein Protokoll weiter, und er las es so, wie er es noch nie getan hatte, nämlich unverständlich und nuschlig – und über alle schlimmen Stellen huschte er glättend hinweg.

»Nun«, sprach er dann mit einem tiefen Atemzug, »wer von Ihnen ist denn nun die Mutigste und geht mit dem Unterschreiben voran?«

Plötzlich waren sie alle da, und die Feder konnte gar nicht schnell genug von einer Hand in die andere gehen, und sie bedankten sich auch noch schön bei dem Herrn Richter. Der nickte ihnen von seinem hohen Stuhl freundlich und herzlich zu, wie ein rechter Lehrer seinen Kindern, die wohl einmal ungezogen sein können, aber nie schlecht.

Aber wenn sie aus der Tür gingen, dann nickten sie alle – das sah der Herr Amtsgerichtsrat wohl – dem alten Mann in der Ecke zu. Der nickte freundlich zurück und winkte ein wenig mit dem Strauß in der Hand – als sei er der netteste Schulrat von der Welt. Und vor einer halben Stunde hatte doch noch die ganze Amtsstube gestunken, als sei hier ein Riesenkübel Unrat und Unflat ausgeschüttet worden.

»Amtsgerichtsrat Schulz«, stellte er sich vor und sah zu dem stattlichen Mann auf, dem er etwa bis zum fünften Westenknopf von unten reichte.

»Professor Gotthold Kittguß aus Berlin«, sprach der Professor. »Was für eine nette Versammlung Sie hier eben hatten, welch freundliche, gute Gesichter! War es eine Trauung –? Ich konnte nicht ganz folgen. Aber Sie trauen wohl nicht?«

»Nein, ich traue nicht«, sagte der Amtsgerichtsrat nachdenklich und versuchte, in den Doppelsinn seiner Worte eine Bedeutung zu bekommen. Doch warum sollte er schließlich den alten Mann enttäuschen? »Es war etwas Ähnliches, eine Versöhnung.«

»Ja, ja«, sagte der, »Ihr Beruf muß Sie doch freuen, ein schöner Beruf ...«

Und er sah sich in dem düsteren, grauen, staubigen Amtszimmer um, als suche er hier nach einem Zeichen dieser Freude.

»Sie wollten mich sprechen, Herr Professor?« fragte der Richter eilig.

»Ja. Nein. Ich dachte, Sie wollten ... Ich bin nämlich vor einigen Stunden gewissermaßen verhaftet worden. Es war da eine etwas peinliche Sache wegen Geld. Und auch mit meinem Patchen Rosemarie schien es nicht zu stimmen. Ich bin nämlich der Pate der Rosemarie Thürke.«

»Ich weiß, ich weiß«, beeilte sich der Amtsgerichtsrat.

»Ja, aber dann ließ man mich im Wald stehen. Es war eine sehr energische Dame, mit einem gewissen Vorurteil gegen mich. Sie nannte mich Wüstling ...« Er lächelte, als bäte er um Verzeihung. »Nun, das wird sich aufklären. Sie ist nicht zurückgekommen. Ich habe eine Weile gewartet, dann ging ich weiter, und durch einen Zufall geriet ich nach Kriwitz ...«

Der Amtsgerichtsrat strich seinen Bart. »Es hat sich alles schon aufgeklärt«, sagte er. »Wir haben Sie uns etwas anders vorgestellt ...«

»Ich war auch anders«, sagte der Professor plötzlich ernst. »Bis heute früh war ich anders. Eigensüchtig, möchte ich sagen ...«

»Nein, nein«, protestierte der Amtsgerichtsrat erschrokken.

»Doch, doch«, sagte der alte Mann ernst. »Ich war ein alter, vertrockneter Mann, der nur an sich dachte. Aber dann habe ich die Kinder gesehen, nicht nur Rosemarie, alle Kinder, und heute früh bin ich über einen Zaun geklettert – und nun ist alles anders geworden.«

»Über einen Zaun?!« fragte der Amtsgerichtsrat erstaunt und zweifelnd.

»Ja«, nickte der Professor. »ER hat viele Wege.«

Einen Augenblick schwiegen beide und sahen sich an. Es war nicht zu leugnen, daß der sichere Herr Amtsgerichtsrat etwas verlegen war.

»Wir müssen über all dies reden, Herr Professor«, sagte er dann eifrig. »Vor allem auch darüber, wie Sie sich die Hilfe für Ihr Patchen denken. Sie wissen vielleicht, daß ich Vormundschaftsrichter bin.«

»Die Hilfe –? Ja, zuerst dachte ich, sie brauchte Hilfe, aber jetzt zweifle ich fast. Vielleicht brauche ich ihre Hilfe. Ich habe gedacht, ich wollte zu ihr ziehen, in ihr Häuschen. Die Stube meines verstorbenen Freundes Thürke gefällt mir ausnehmend. Da können wir dann zusammen leben ... Ich weiß nicht, vielleicht ist es zuviel verlangt von mir ...«

»Nein, nein«, beeilte sich der Amtsgerichtsrat. »Nicht die Spur zuviel! Aber da sind diese Schliekers ... Sie haben gewisse Rechte ... Ich fürchte, sie werden Schwierigkeiten machen ...«

»Schliekers? Ach ja! Aber könnten sie denn nicht wohnen bleiben? Das Arbeitszimmer meines Freundes Thürke wird nicht benutzt – ich würde keine Umstände machen.«

»Ich dachte nicht so sehr an die Umstände«, sagte der Amtsgerichtsrat langsam, »ich dachte an den Einfluß der Schliekers ...«

»Ja freilich, ja, es sind arme Leute, innerlich arm, sie wissen nicht, was sie tun ... Doch Bauer Tamm hat mir erzählt, daß sie dem Gelde zugänglich seien. Ich weiß wohl«, sagte der Professor hastiger, »es ist nicht der richtige Weg. Man soll Freundlichkeit nicht erkaufen.«

»Also Sie denken an Geld«, sagte der Amtsgerichtsrat Schulz ganz fröhlich. »Sehen Sie, endlich bekommen wir festen Boden unter den Füßen, etwas Reales. – Aber wir stehen noch immer. Kommen Sie, setzen wir uns doch.

Nun wird alles gleich klar sein. Nein, bitte nicht diesen Stuhl, vielleicht jenen dort. Ich habe mir den meinen etwas höher bauen lassen, ich bin etwas klein geraten. Nicht, daß ich darüber klagte, im Gegenteil, es ist nützlich. Also Geld – Sie wollen vielleicht etwas Geld an die Sache wenden ... Ich will nicht indiskret sein, Herr Professor, aber ich bin Tatsachenmensch, und da frage ich Sie geradeheraus: wieviel –?«

»Wieviel –? Wieviel was? Ich verstehe nicht ganz ...?«

»Aber Geld«, sagte der Amtsgerichtsrat und kicherte. »Lieber Herr Professor, Geld! Wieviel Geld Sie an die Rettung Ihres Patchens wenden wollen?«

»Ach«, sagte der Professor erstaunt, »Sie glauben, das wäre so wichtig? Aber dann natürlich alles, was ich habe!«

»Und wieviel wäre das vielleicht, mein verehrter Herr Professor?« fragte der Amtsgerichtsrat, und seine Stimme hatte einen wahren Sirenenklang.

»Ich kann das so genau nicht sagen«, antwortete der Professor verwirrt. »Sie müssen verstehen, ich habe mich bisher nur wenig mit Geld beschäftigt. Meine Ausgaben erledigt Frau Müller ...«

»Wer ist Frau Müller –?!« fragte der Amtsgerichtsrat ziemlich scharf, denn hinter all diesem Gerede schien ihm – auch in Anbetracht der unbezahlten Lüttenhäger Zeche – weiter nichts zu stecken als ein leeres Portemonnaie.

»Meine Wirtschafterin in Berlin«, sagte der Professor sanft.

»Aber Sie müssen doch wissen, wieviel Geld Sie haben, mein lieber Herr Professor«, rief der Amtsgerichtsrat verzweifelt. »Bekommen Sie Pension? Wieviel Pension beziehen Sie?«

»Dreihundertachtzig Mark«, antwortete der Professor folgsam.

»Und das bekommt alles diese Frau Müller?«

»Nein, nein, nur hundertachtzig.«

»Und der Rest, wo bleibt der?«

»Auf meiner Sparkasse.«

»Ah, ah! Sie haben also ein Konto bei der Sparkasse?«

»Ein Buch, nur ein Buch«, verbesserte der Professor.

»Also ein Buch, schön – und da bleiben jeden Monat zweihundert Mark stehen?«

»Ich kaufe mir auch manchmal Bücher«, gestand der Professor ängstlich.

»Aber doch nicht für zweihundert Mark im Monat!« schrie der Amtsgerichtsrat. »Für fünfzig? Für hundert?«

»Nein, nicht so viel.«

»Wieviel?«

»Ich weiß es wirklich nicht. Vielleicht könnte man bei meiner Buchhandlung anfragen?«

Der Amtsgerichtsrat machte eine ärgerliche Handbewegung, als scheuchte er eine lästige Fliege fort. »Also hundert Mark bleiben bestimmt jeden Monat stehen?«

»Ich denke«, sagte der Professor ängstlich.

»Und wie lange? Wie lange sind Sie schon pensioniert?«

»Sechzehn Jahre.«

»Aber Mann«, rief der Amtsgerichtsrat aufgeregt und verbesserte sich. »Sehr verehrter Herr Professor, entschuldigen Sie, wenn ich zappele. Aber solch ein Mensch wie Sie ist mir noch nicht vorgekommen. Da haben Sie ja annähernd zwanzigtausend Mark auf der Kasse –?!«

»Ja?« fragte der Professor ängstlich. »Es ist ja möglich ...« Und im Bestreben, seine Sache gut zu machen und auch alles zu erzählen: »Und dann ist doch auch noch das Erbteil meiner lieben Eltern da.«

»Geerbt haben Sie auch noch?! Wieviel?«

»Ja, ich weiß doch nicht, es sind so Papiere ...«

»Pfandbriefe, Aktien, Kuxe –? Was war Ihr Herr Vater?«

»Rechtsanwalt und Notar.«

»Also gute, sichere Papiere«, entschied der Amtsgerichtsrat. »Bekommen Sie Zinsen?«

»Ja, ich glaube. Es wird immer ordentlich in meinem Buch angeschrieben, ich habe nicht recht darauf geachtet, fürchte ich.«

»Wieviel Zinsen?« fragte der Amtsgerichtsrat unerbittlich.

»Waren es dreitausend Mark?« fragte der Professor träumerisch. »Ja, ich denke, es waren etwas über dreitausend Mark im Jahr.«

»Aber da sind Sie ja ein reicher Mann!« schrie der Amtsgerichtsrat aufgeregt und trommelte mit den Händen auf den Schreibtisch. »Da gibt es ja gar keine Probleme mehr. Da können Sie Schliekers und den ganzen Thürkeschen Hof und noch drei Höfe dazu kaufen!«

»Ja?« fragte der Professor. »Das wußte ich nicht.«

»Nein, das wußten Sie nicht«, sagte der Amtsgerichtsrat plötzlich verdrießlich. »Und nun erzählen Sie mir einmal, Herr Professor, wie es kommt, daß ein so wohlhabender Mann nicht einmal sein Frühstück bezahlen kann.«

Der Professor berichtete es, und der Amtsgerichtsrat hörte aufmerksam zu.

»Nein, Herr Professor«, sagte er dann. »So geht es nicht. Das ist unmöglich, daß Sie diesem Kind solche Summen in die Hand geben und laufen selbst ohne einen Pfennig Geld in der Welt umher. Sie gefährden ja auch das Kind. Zuerst und vor allem müssen wir in Ihre Geldsachen Ordnung bekommen. Ich sehe, ich muß mich darum kümmern. Herr Professor, wo bewahren Sie Ihr Geld auf?«

»Rosemarie hat's doch«, sagte der Professor schuldbewußt.

»Nein, nein, ich meine jetzt nicht das Geld, ich meine Ihr Berliner Geld.«

»Auf der Sparkasse, Herr Amtsgerichtsrat.«

»Aber nein doch, nein doch!« rief der Amtsgerichtsrat in heller Verzweiflung. »Wo haben Sie Ihr Sparkassenbuch?«

»In meinem Schreibtisch in Berlin.«

»Und die Kontrollmarke zum Buch?«

»Im Buch, Herr Amtsgerichtsrat.«

»Habe ich es mir doch gedacht!« rief der Amtsgerichtsrat. »Die Kontrollmarke soll man nämlich getrennt vom Buch aufbewahren, Herr Professor!«

»Ich habe es ja früher auch getan«, gestand der Professor schuldbewußt. »Aber dann fiel mir nie ein, wo ich sie aufbewahrt hatte, und einmal hatten wir zehn Tage kein Geld, weil wir sie nicht wiederfinden konnten.«

»Ja, ja«, sagte der Amtsgerichtsrat und konnte sich alles recht gut vorstellen. »Und Ihr Schreibtisch hat natürlich nur das übliche Schloß, und Sie vergessen ziemlich häufig abzuschließen?«

»Manchmal ...«

»Natürlich. Und Ihre Wohnungstür ist nicht gesichert. Lieber Herr Professor, es ist jetzt gleich ein Uhr ...«

»Ja, es ist schon spät, ich muß zu meinem Patchen ...«

»Nein, Sie werden heute nicht zu Ihrem Patchen kommen, Sie werden nach Berlin fahren ...«

»Herr Amtsgerichtsrat«, flehte der alte Mann die Autorität an. »Rosemarie ängstigt sich sicher um mich, und ich sehne mich auch nach ihr ...«

»Wir schicken ihr Nachricht. Sie ist gut aufgehoben, man kümmert sich um sie. Ich werde Ihnen gleich alles, was geschehen ist, ausführlich im ›Erbherzog‹ beim Essen erzählen. Jetzt ist die Hauptsache das Geld. Lieber Herr Professor, dieses Ihr Geld, das löst alles, das hilft der Rosemarie zu schönen Jugendjahren, zu einer guten Ausbildung, zu einem schuldenfreien Besitz – und da sehe ich es gewissermaßen auf der Straße liegen, eine solche Summe, Tausende, Zehntausende. Der nächste Klingelfahrer braucht nur davon zu hören ...« Amtsgerichtsrat Schulz schloß, ernstlich geängstet, die Augen.

»Klingelfahrer –?« fragte der Professor.

»Ja, ein Ausdruck von uns, eine Art Wohnungsdieb – Herr Professor, ich verspreche Ihnen, ich suche selbst Ihr Patenkind heute noch auf, berichte ihm alles. Aber Sie fahren heute noch nach Berlin, beheben morgen früh auf der Kasse, sagen wir zweitausend Mark, und kommen dann mit Geld und Sparbuch hierher ...«

»Zweitausend Mark«, sagte der Professor. »Ich müßte mir die Zahl notieren ...«

»Tun Sie das, schreiben Sie es sich auf der Stelle auf, hier ist Papier, eine Feder ... Ach, lieber Herr Professor, versprechen Sie mir, seien Sie achtsam. Lassen Sie keinen Menschen Ihr Sparbuch sehen ...«

»Aber auf der Kasse ...«

»Natürlich, freilich, auf der Kasse, da müssen Sie es schon sehen lassen. Warten Sie, zeigen Sie, Sie müssen mir schon verzeihen, sind Ihre Taschen heil –?«

Bis nachmittags um halb fünf, bis der Zug abfuhr, ließ der Amtsgerichtsrat Schulz den alten Professor nicht los. Professor Kittguß mußte so viel über Geld hören wie noch nie in seinem ganzen Leben, die Art, wie man Geld aufbewahrte, die Art, wie man Geld verlor, die Art, wie man um Geld betrogen wurde ... Und doch – trotz aller eindringlichen Belehrungen – mußte es Amtsgerichtsrat Schulz noch erleben, daß sein weißhaariger Schüler am Kleinbahnhof in Kriwitz eine Fahrkarte nach Berlin forderte, mit ruhiger, ernster, würdiger Stimme, und mit der Fahrkarte zur Sperre entschritt, ohne einen Versuch zu zahlen ... Und als er brüllend zurückgeschrien wurde und schuldbewußt in den Taschen nach Geld suchte, da war keines da – denn daran hatten sie beide, Lehrer wie Schüler, nicht gedacht, daß gar keines dasein konnte, weil nämlich Rosemarie …

Amtsgerichtsrat Schulz half aus, in unerschütterlicher Ruhe bestieg Professor Kittguß den schon drei Minuten auf ihn wartenden Zug und entfuhr nach Berlin.

»Ja, nun habe ich zwei unter Vormundschaft«, sprach Amtsgerichtsrat Schulz zu sich. »Und wer der Schlimmere von beiden ist, das weiß ich auch.«

## 20. Kapitel

### Worin Rosemarie all ihre Freunde verliert

Wir müssen unsere Uhr zurückstellen: in Unsadel ist es an diesem Tage erst früher Nachmittag. Aber die Zeit ist Doktor Kimmknirsch doch sehr lang geworden, seit das feige Ding, die Rosemarie Thürke, entlaufen ist.

»Es ist seltsam«, denkt der junge Arzt, »wie rasch man an einen Menschen glauben lernt und wie schwer und langsam man diesen Glauben wieder aufgibt.« Aber nun hat er es getan, jetzt ist es vorbei. Es hilft nichts, da gibt es keine Entschuldigungen, es ist schmählich, von solcher Kranken fortzulaufen, es ist schmachvoll und feige, das wäscht ihr kein Regen wieder ab. Sie ist erledigt für ihn, er ist durch mit ihr, nun und immer, Schluß.

Die Kranke rührt sich wieder, sie flüstert etwas, er faßt nach ihrem Puls, aber er weiß schon, der Puls ist in Ordnung, es ist etwas anderes. Es ist der Kopf, es ist das Hirn, es ist Angst. Ihr Geist ist abwesend, er wandert, flieht vor diesem Leben, das ihm untragbar schwer erscheint. Es braucht gar nicht verständlich zu sein, was sie flüstert, man hört auch so, um was es geht, und es war auch oft genug verständlich. Kimmknirsch hat dem Mann, wenn er zurückkommt, einiges zu sagen. Brom und Luminal, gewiß, aber vor allem ein Leben ohne Erregungen, ein stilles, vorsichtiges Leben im Windschutz ... Und dabei dieser Mann, diese muffige Höhle –!

Doktor Kimmknirsch – am Anfang seiner Laufbahn – sitzt am Bett der ersten Patientin und kann schon Betrachtungen anstellen, wie weit die Kraft eines Arztes reicht. Luminal und Brom, ein bißchen Beruhigung und Vergessen, aber ein Wort des Mannes wiegt schwerer als der ganze Doktor Kimmknirsch mit all seinem Wissen, all seiner jugendlichen Begeisterung ...

Eine Tür hat geklappt, ein rascher Schritt ist erklungen, Rosemarie steht, rasch atmend, mit geröteten Wangen im Zimmer.

Er sieht zu ihr auf, dann bezwingt er sich und blickt auf die Uhr. »So, sind Sie doch wieder da? Haben Sie es sich noch einmal überlegt? Wollen Sie mich etwa ablösen?«

Unter seinen bösen Worten verändert sich ihr Gesicht wie von einem Schlag, es wird blaß, ihre Lippen öffnen sich, ihre Augen weiten sich. »Ich ...«, flüstert sie.

»Es muß stets einer bei der Kranken bleiben; wenn sie wach wird, ist sie vielleicht nicht ganz bei Bewußtsein. Man weiß nicht, was sie tun wird, jedenfalls darf sie nicht aus dem Bett. Wird sie sehr unruhig, geben Sie ihr gegen Abend noch diese Tabletten. Nicht eher.« Er ist aufgestanden und sieht sie kühl an.

»Herr Doktor«, bittet sie. »Ich hatte solche Angst um den Professor! Ich mußte nach ihm sehen.«

»Soviel ich verstanden habe, ist der Professor ein recht rüstiger Mann, dies hier ist eine Kranke«, antwortete der junge Arzt kühl. »Morgen früh sehe ich wieder nach.«

Er überlegt, aber die Bitterkeit seines Herzens will ihr nicht einmal den härtesten Schlag ersparen: »Kann ich damit rechnen, daß Sie dann noch hier sind, oder werden Sie wieder unterwegs sein?« Er sieht sie böse an.

Sie ist zusammengezuckt unter dem Schlag, aber jetzt ist sie wieder ruhig. Nein, sie ist nicht weichlich, sie wird nicht weich, sie wird hart, wenn man sie schlägt. »Ich kann es noch nicht bestimmt sagen, Herr Doktor«, antwortet sie leise, aber sehr deutlich. »Jedenfalls danke ich Ihnen für alle Freundlichkeit.«

Sie sieht ihn an, sieht ihn an – und wendet sich ab.

Der Doktor Kimmknirsch – sechsundzwanzig Jahre steht noch einen Augenblick wortlos und geht dann rasch aus der Stube.

Sie bleibt in der Haltung, in der er sie verließ, das blaß gewordene Gesicht gesenkt, und wartet. Es vergeht eine lange, lange Zeit, schon will ihr Herz wieder Hoffnung fassen, schon denkt sie, er ist nicht endgültig gegangen, er wartet draußen auf ein Wort von ihr.

Da ertönt lauter und lauter werdend das Pochen des Motors, nun hört sie das Knirschen beim Einschalten des Getriebes, der Motor singt und stößt, schon ferner, schon leiser ... Sie ist allein. Sie nimmt ihren Mantel, geht in ihre Stube und hängt ihn in den Schrank. Die leeren Fächer sehen sie an, sie denkt flüchtig an das in der Sandgrube versteckte Wäschepaket – sie wird es heute noch holen und einräumen müssen, sie bleibt ja jetzt wieder hier. Zwar hat sie einen entscheidenden Trumpf in der Hand: endlich kann sie dem ungläubigen Amtsgerichtsrat beweisen, daß Schlieker gestohlen hat, diese Pflegschaft ist sie endgültig los – aber was kommt dann? Der Professor, nun gut, der Professor ... Er ist jetzt verschwunden, aber er wird wieder auftauchen, vielleicht wird er sogar bereit sein, hierher zu ziehen. Aber was gestern noch mit Geld und Glück überschimmert war, ist heute grau.

»Ja, und was dann?« fragt die Sechzehnjährige sich zum

erstenmal. Es genügen nicht mehr Ruhe und Geborgenheit, nicht mehr freundliche Menschen zum Umgang und ein wieder aufblühender Hof – aber was genügt dann?

Sie schließt die Schranktür und geht in die Küche. Sie hat noch mindestens eine halbe Stunde Zeit, bis Schlieker kommen kann. Sie ist dem mühseligen Geher mit ihren raschen Beinen weit vorausgekommen, aber sie hat auch noch viel zu tun. Sie ist traurig und mutlos, aber ihren Plan führt sie durch.

Sie macht schnell Feuer im kalten Herd, sie setzt Schweinekartoffeln auf, aber sie schält auch Kartoffeln für die Menschen. Sie bereitet alles für eine Speckstippe vor, das genügt als Essen.

Dazwischen geht sie immer wieder zum Fenster und schaut nach Schlieker aus. Sie möchte, daß er ahnungslos in die Küche tritt, daß er, den vollen Bettbezug auf dem Rücken, sie vorfindet; sie hofft, sein schlechtes Gewissen wird dann die Entlarvung leichter machen. Eine kleine Waffe in ihrer Hand, herrenloses Gut, diese Lebensmittel, aber doch eine kleine Waffe!

Die große Waffe, das gestohlene Geld, die kann sie noch nicht anwenden. Sie hat sich alles genau überlegt. Spricht sie schon jetzt davon, wird er behaupten, er hat das Geld nur zur Aufbewahrung und Ablieferung an sich genommen, da es doch in einem offenen Stall lag. Aber in drei, vier Tagen wird er das nicht mehr behaupten können. Listig mußte sie sein, die Falle war gestellt, nun kam es darauf an, daß der Fuchs auch hineinging!

Bei dieser Fuchsfalle fiel ihr unwillkürlich das Schliekersche Eisen an der Hundehütte ein, in das Philipp geraten war. Sie sah wieder den blutigen Fuß, Fallen waren etwas Böses – aber in ihrem Entschluß machte sie das nicht wankend. Es kam darauf an, wer die Fallen stellte!

Nun mußte er bald kommen. Sie spähte noch einmal

aus dem Fenster, dann goß sie heißes Wasser in eine Wanne und begann abzuwaschen.

Zwischendurch ging sie einmal rasch zur Kranken. Malis Gesicht war verändert, die Nase stach spitz daraus hervor, das Fleisch um den Mund war eingefallen, die geschlossenen Augen lagen tief in schwärzlichen Höhlen. Ruhelos bewegte sie den Kopf von einer zur andern Seite, dabei flüsterte sie etwas. Rosemarie mußte sich tief niederbeugen, um es zu verstehen.

»Laß uns gehen, laß uns doch gehen, laß uns gehen«, flehte die Kranke.

Rosemarie nahm den ruhelosen Kopf zwischen ihre Hände, er lag still, die Lippen verstummten. Aber kaum zog sie die Hände wieder fort, begannen Ruhelosigkeit und Flüstern von neuem.

Sie kehrte in die Küche zum Abwasch zurück. Mochte es sein, wie es wollte, diese Verwandlung ihrer bösen Feindin, der scharfen, gehässigen Mali, in ein klägliches, hilfloses Geschöpf erschütterte sie.

Rosemarie hielt gerade einen Teller in der Hand, da stand Schlieker wortlos, grußlos in der Küche und sah sie an. Sie hielt den Teller so fest, daß ihre Finger zitterten – oder zitterten sie aus einem anderen Grunde? Er trug das Bündel nicht mehr über der Schulter!

Päule stand da und sah sie an, lange, er weidete sich an ihrem Schreck. »Hat der Doktor dir nicht gesagt, daß du bei der Mali bleiben sollst?! Willst du machen, daß du zu ihr kommst!« schalt er plötzlich. »Du, Marie«, sagte er leise und trat ganz nahe an sie heran. »Bild dir nicht ein, daß du mir jetzt, wo du so feine Freunde hast, auf der Nase tanzen kannst! Ich bin der alte und ich bleibe der alte, verstehst du?!«

Er stand ihr so nahe, das entstellte Gesicht war kaum eine Handbreit von ihr ab, das eine Auge sah sie drohend an, das andere, fast geschlossen, spähte aus seinem Spalt, als grinste es über sie. Sie mußte den Blick senken, er irrte über seine Brust – aus der Innentasche der Joppe sah die Ecke der Geldtasche. Er hatte das Geld noch bei sich! Sie senkte rasch den Blick, um sich nicht zu verraten.

Er sagte unzufrieden: »Der junge Kerl mag erzählen, was er will, ich weiß doch, du hast etwas, du willst etwas. Du bist nicht nur so zurückgekommen … Sieh mich an …«

Sie sah ihn an, das böse Auge lohte.

»Marie, merk dir eins: wenn ich hops gehe, gehst du mit hops. Dafür steht dir der Schlieker …« Er hob die Hände gegen sie, bewegte die Finger wie Krallen, dann legte er ihr die Finger um den Hals. »So halte ich dich, das verstehst du doch, ja? Immer halte ich dich so, den Fingern entgehst du nicht, Marie!«

Die beiden Daumen drückten auf ihren Kehlkopf, leicht, stärker, Rosemarie starrte ihn an. »Nicht schreien«, dachte sie. »Nur nicht schreien«, dachte sie, »er droht ja nur.«

Draußen sang der Motor eines Autos näher und vorbei. »Der Doktor hat ihn abgefangen und ihm alles erzählt«, dachte sie. »Keinen Freund habe ich.« Der Druck wurde fast unerträglich, der Atem fing an, in der Kehle zu rasseln. »Ob er ihm auch gesagt hat, daß ich am Waldhaus war? Dann bin ich verloren!«

»So, nun weißt du Bescheid«, sagte Schlieker, zufrieden mit dem Schreckenausdruck ihres Gesichtes, und ließ sie plötzlich los. »Rein zur Mali! Essen? Heute gibt es kein Essen.«

Leise schlich sie an das Bett der Kranken, setzte sich auf den Stuhl neben sie. Mali lag jetzt still, sie schien zu schlafen. Rosemarie saß neben ihr, unendlich langsam verging die Zeit, unendlich dauerte es, bis die Sonne in die Ecke des Fensters gewandert war. Dann fing sie langsam an, ihr Strahlenbündel über den Fußboden zu breiten …

Schlieker spukte im Haus, in ihrer Stube, an ihren Stubenfenstern. Leise, leise, auf Strümpfen schlich sich Rosemarie von Zeit zu Zeit an die Tür, spähte und lauschte. Es würde gut sein zu wissen, wo er mit dem Geld blieb, es würde die Haussuchung vereinfachen. Aber er hatte die Joppe schon abgelegt, wirtschaftete in Hemdsärmeln, wer konnte ahnen, wo er das Geld gelassen hatte?

Aber was er jetzt tat, war schon eher zu begreifen. Es war ihm vielleicht sogar recht, daß sie es begriff: ein Riegel außen an ihrer Zimmertür. Jetzt nagelte er derbe Latten vor ihr Fenster. Ein Gefängnis, eine Zelle also ... Nun gut, es würde zwei, drei Tage dauern. Dann war die Zeit herum. Dann würde er sie doch nicht mehr halten können, mit keiner Drohung, keinem Griff. Dann konnte sie dem Amtsgerichtsrat von dem Gelde erzählen.

Als sie von einem dieser Spähgänge zum Bett der Kranken zurückkehrte, sah die ihr mit offenen Augen entgegen. »Was macht er?« fragte sie leise.

»Er vernagelt mein Fenster«, antwortete Rosemarie.

Die Kranke schloß einen Augenblick die Augen. Dann sah sie Rosemarie wieder haßerfüllt an. »Du sollst machen, daß du wegkommst! Du bringst uns nur Unglück.«

Rosemarie antwortete nicht.

»Ruf ihn rein zu mir«, befahl Mali. »Ich will mit ihm sprechen. Unterdes läufst du fort.«

Rosemarie schüttelte den Kopf.

»Doch! Doch! Du mußt! Wenn du gehst, wird alles wieder gut.« Sie brach ab und sah Rosemarie mit bösem Blick an. »Nur Unglück«, flüsterte sie. »Ruf ihn jetzt!«

Rosemarie ging.

»Na, wie gefällt dir das?« höhnte Schlieker. »Glaube nicht, daß du noch mal wegkommst. He –? Was will sie denn? Sie soll warten. Ewiger Weiberquatsch ...«

Aber Mali schrie jetzt so schrill, daß er doch kam.

»Was ist denn? Du hast wohl nicht warten gelernt? Allein? Ich soll sie unterdes melken schicken? – So dumm, daß sie uns wieder wegläuft. Krank, krank? Eure Anstellerei kenne ich. Und den Hanswurst von Doktor dazu!« Er strich sich wütend das Kinn, sah wütend auf Frau und Mädchen. »Was glotzt du, Dumme?!« schrie er plötzlich. »Hast du nicht gehört, daß du melken sollst –? Marsch, los mit dir in den Stall!«

Er ließ sie vorausgehen, einen Augenblick, als sie die Stallpantinen im Vorraum anzog, war sie allein. Dort am Riegel, neben ihrer Melkschürze, hing seine Joppe – sie konnte nicht anders, sie griff hastig danach: die Tasche war leer!

Im gleichen Augenblick kam Schlieker: Na, wird's bald? Und er sah nach ihrer Hand, der baumelnden Joppe. »So«, sagte er nur gedehnt, aber sie begriff, daß sie sich schon verraten hatte. Und ganz kurz: »Also komm melken!«

Sie gingen über den Hof, er wie ein Gefangenenwärter hinter ihr drein. Sie trat in den Stall, er blieb auf der Schwelle stehen. Als sie nach dem Melkschemel faßte, hörte sie ihn sagen: »Du brauchst dich nicht zu melden, Marie, wenn du mit Melken fertig bist. Wir haben es mit der Milch nicht so eilig – ich hol dich schon.« Er wandte sich zum Gehen. »Daß du's weißt und dich wüten kannst: Jetzt verbrenne ich die Brieftasche und das Portemonnaie. Dem Geld sieht keiner an, woher es kommt. Gans!«

Er lachte höhnisch und schlug die Tür zu. Sie hörte den Vorstecker klirren, nun war sie gefangen. Sie stand gegen die Futterkiste gelehnt, regungslos, ohne eine Träne. – Vergeblich, alles vergeblich. Sie entrann ihm nicht. Er hatte so recht, sie hatte keine Waffe mehr gegen ihn in Händen, er, der zu allem entschlossen war, war tausendmal stärker als sie. Sie war gefangen, und sie würde immer seine Gefangene bleiben. Vielleicht, in einer endlosen Zeit, die nicht abzusehen war, würden die Herren doch einmal einsehen, daß Schliekers nicht die rechten Pfleger für sie waren – aber dann war es zu spät. Es war jetzt schon zu spät. Es war alles verdorben.

Aus den Gestalten, die um sie gewesen waren in diesen vier Tagen, hob sich am deutlichsten die Figur des alten Professors ab – am deutlichsten und am bedeutendsten. Er hatte recht gehabt, er, der weltunkundige, unbeholfene, lächerliche alte Mann, er von allen allein hatte recht gehabt. Es ging auf dieser Erde doch nur mit der »Wahrheit«! Hätte sie nicht die alberne Idee gehabt, Schlieker zu überlisten, den Fuchs in der Falle des gestohlenen Geldes zu fangen – sie wäre nicht in dieses Haus zurückgekehrt, sie wäre noch frei. Nun war die Falle zugeschnappt, aber sie war die Gefangene!

Lange, lange stand sie so an der Futterkiste, leise kam die Dämmerung. Sie hatte es nicht eilig mit dem Melken, sie wußte ja, er würde sie nicht so bald holen. Die eine Kuh, die andere Kuh, sie drehten den Kopf nach ihr und brummten. »Ich komme, Olsch«, sagte sie, aber sie kam nicht. Morgen vormittag würde der junge Arzt wieder hiersein, doch sie würde ihn nicht sehen dürfen, dafür würde Schlieker schon sorgen. Der Professor würde nach ihr fragen und würde weitergeschickt werden, auf falscher Spur. Blieben noch die Kinder – aber sie schüttelte den Kopf. An einem verletzten Philipp war es genug, insoweit hatte Herr Amtsgerichtsrat Schulz bestimmt recht.

Die Pferde wieherten und kratzten. Sie schlug gedankenlos die Futterkiste auf, tat Häcksel in die Schwinge, dann Hafer und schüttete Futter. Ebenso gedankenlos setzte sie sich unter eine Kuh und fing an zu melken. Endlos lange Zeit verging, die Milch stand in zwei Eimern auf dem Futtergang, aber niemand kam. Nein, sie wollte nicht rufen, trotzdem es jetzt schon ganz dunkel war.

Sie trat unter das Fenster, aus diesem Fenster hatte Frau Mali auf den See hinausgeschrien, dann waren die Anfälle wieder gekommen. In gewissem Sinn war sie, Rosemarie, daran schuld. In dieser verzagten Stunde war sie geneigt, sich selbst alle Schuld an allem zuzuerkennen. Alles war dumm, schlecht, töricht, was sie getan hatte.

Drunten, unter dem Fenster, raschelte es, dann jaulte es leise. Sie wußte sofort, was es war. »Bello«, rief sie halblaut und: »Hütefritz!«

»Bist du da, Rosemarie?« flüsterte er. »Hat er dich eingesperrt?«

»Ja«, flüsterte sie.

»Warum bist du wieder zu ihm gelaufen?« schalt der Junge grimmig. »Hat der feine Affe im Auto dich beredet? Nun sitzt du da – und er ist nobel zurückgetöfft.«

»Ach, Fritze …«, sagte sie schwach.

»Und der andere, dein alter Professor, ist auch nicht besser«, schalt der Junge weiter. »Maxe hat es eben von der Bahn mitgebracht: Abgefahren nach Berlin …«

»Der Professor, Fritze –?«

»Wer denn sonst?! Schreischulze hat ihn selbst in den Zug gesetzt. Und nicht mal Geld für die Fahrkarte hat der feine Herr gehabt – großartige Freunde sind das!«

»Lieber Fritz«, bat sie. »Ich bin schon so traurig, und nun ist auch noch der Professor fort …«

Jetzt war es doch zuviel geworden, das Tränenkrüglein rann über, sie weinte.

»Na ja, ich mußte es dir doch sagen, Rosemarie«, entschuldigte er sich. »Heule man nicht mehr. Ich hol dich schon wieder raus. Ich schleiche jetzt gleich rum auf den Hof …«

»Höre, Fritz«, sagte sie hastig und verschluckte die Tränen. »Tu es nicht. Bitte nicht. Laß mich drin.«

»Ich soll dich«, fragte er verblüfft, »sitzenlassen?«

»Fritz«, sagte sie flehend, »tu es nicht, ich bitte dich. Er stellt wieder Fallen auf. Oder er schießt, er hat doch eine Flinte.«

»Das soll er mal wagen!« drohte Hütefritz. »Dafür gibt es Kittchen.«

»Dem ist jetzt alles egal, Fritz. Aber es ist nicht nur das. Ich will auch nicht raus. Ich will nicht wieder fortlaufen. Ich will hierbleiben ...«

»Du willst hierbleiben – bei Schliekers?«

»Ja, ja, Fritz, es ist das beste, glaube mir doch.« Sie suchte krampfhaft in ihrem Kopf nach einer Lüge, die ihn überzeugen konnte, denn die Wahrheit würde er nie begreifen. »Es ist ein Plan von Herrn Amtsgerichtsrat, grade dadurch, daß ich hierbleibe, fällt Schlieker rein ...«

»Der Amtsgerichtsrat war hier«, sagte Hütefritz bedenklich. »Er ist eben wieder weggefahren.«

»Siehst du!« rief Rosemarie und verzweifelte dabei vollkommen in ihrem Herzen. Der Amtsgerichtsrat hatte nicht einmal verlangt, sie zu sprechen.

»Das ist sicher wieder so ein studierter Plan«, sagte der Junge mißmutig. »Du fällst bestimmt dabei rein. Jetzt kann ich dich doch rausholen, Rosemarie. Aber dein Zimmer, du solltest mal dein Zimmer sehen, das reine Gefängnis. Ich habe es mir eben von außen besehen ...«

»Ich weiß, ich weiß«, sagte Rosemarie flehend. »Das gehört ja auch zu unserem Plan. – Fritz, lieber Fritz, kannst du denn nicht einmal tun, um was ich dich bitte?! Bleib drei, vier Tage ganz fort – es ist am allerbesten. Vielleicht steht er schon hinter dir, denk an Philipp ...«

Es war, als hätte ihre Warnung ihn gerufen, der Junge schrie auf, der Hund bellte, Schliekers Stimme rief: »Steh oder ich schieße!«

Brechen von Zweigen, eilige, huschende Schritte, Totenstille ...

Atemlos stand Rosemarie unter dem Fenster. Nein, er schoß nicht. Diesmal hatte er wohl sein Gewehr noch nicht mit, er hatte bloß gedroht. Zwei Minuten später klirrte der Vorstecker, und Schlieker stand in der Tür. »Los! Komm!«

Sie nahm schweigend die Milcheimer, ging schweigend über den Hof, er schweigend ihr nach. Kein Wort über den verscheuchten Besuch.

In der Küche hantierte Frau Mali, völlig angezogen, aber bleich, mit gesenkten Augen, wortlos. Es gab sogar ein Abendessen: das Mittagessen, Kartoffeln mit Speckstippe, das Rosemarie vorbereitet hatte, war zum Abendessen geworden. Sie stocherten alle, um den schmutzigen Küchentisch sitzend, in den breiig zergangenen, wässerig schmekkenden Kartoffeln. Die Frau schoß manchmal unter der gesenkten Stirn heimliche, böse Blicke auf den Mann.

Der legte die Gabel hin. »Ein Saufraß«, sagte er. »Natürlich die Marie! Immer die Marie!« Er höhnte schon wieder, ihr bedrücktes Aussehen freute ihn. »Übrigens wollte dich der Amtsgerichtsrat besuchen. Er läßt dich schön grüßen.«

Sie antwortete nicht.

»Was sagst du?!« schrie er, plötzlich wieder zornig. »Er läßt dich grüßen, habe ich gesagt!«

»Danke«, flüsterte Rosemarie.

Schlieker grinste. »Siehst du, Marie, es hat keinen Zweck, bei mir bockbeinig zu sein. Übrigens läßt er dich gar nicht grüßen, er hat eine Sauwut auf dich. Ich habe ihm erzählt, du bist mir wieder fortgelaufen.«

Rosemarie hob den Blick und sah den Mann an.

»Jaha!« lachte Schlieker. »Ich hab ihm erzählt, du bist schon wieder am Vormittag weg zum Waldhaus, zu deinem geliebten alten Schwachkopf – da habe ich doch nicht gelogen, Marie, was?! Immer der alte ehrliche Päule, he –?«

Er grinste sie herausfordernd an. »Bist nicht wiedergekommen, habe ich ihm erzählt«, fuhr er prahlerisch fort. »Was er sich gewundert hat, der kleine Schreier, der sich immer so schlau vorkommt. ›Der Professor ist doch nach Berlin gefahren‹, hat er gesagt. ›Bei dem kann sie doch nicht sein.‹

›Wird sich wohl wieder rumtreiben‹, habe ich gesagt. ›Die Marie ist eine richtige geborene Stromerin, Sie wissen doch, Herr Amtsgerichtsrat, Pastors Kinder und Müllers Vieh gedeihen selten oder nie …‹

›Aber das Geld!‹ schreit er. ›Sie hat doch das Geld von Herrn Professor in Aufbewahrung!‹ War er aufgeregt! ›Geld?‹ frage ich. ›Geld hat sie, Herr Amtsgerichtsrat? Das paßt ihr grade, dann sehen wir sie die nächste Zeit nicht wieder …‹

Hat's geglaubt, der Mann, Marie, hat's sofort geglaubt.

›Nichts als Ärger mit der‹, hat er geknurrt, und weg war er.«

Er sah sie höhnisch an. Ihr war es jetzt gleichgültig, ob er sich freute, sie war todestraurig, zwei große Tränen liefen über ihre Wangen, sie bezwang sich nicht.

»Bist traurig, Marie?« höhnte er. »Ist's schade um das schöne Geld, das der Päule hat, und du wirst darum gesucht?? Soll ich's dir noch mal zeigen, daß du daran riechen kannst? Ja? – Gott verdamm mich –!«

Er fuhr zurück, doch zu spät. Die mit aller Kraft geschleuderte Gabel traf noch seine Schulter und blieb zitternd in ihr stecken.

»Was –?« sagte er leise, und die Betroffenheit war so stark, daß sein Zorn noch nicht aufkam. »Was tust du –? Mali –? Du wirfst nach mir? – Du –?!«

Er sah seine Frau fassungslos an, dann mit schrägem Blick hinunter auf die Gabel in der linken Schulter. Die Frau stand weiß, vor Wut zitternd, hinter dem Tisch. »Mach es noch einmal«, flüsterte sie. »Ich tu's wieder.

Mach dich noch einmal wild an ihr – jetzt verstehe ich dich, du!«

Er lachte, aber es war ein anderes Lachen als sonst, kein hämisches Schliekerlachen, es klang fast verlegen. »Mich wirfst du, Mali? Mich –?!«

»Und ich tu dir noch ganz anderes!« rief sie plötzlich. »Denkst du, ich seh mir alles so an?!« Plötzlich flehend: »Schick sie weg, Päule, schick sie weg! Gib ihr das Geld – und laß sie noch diese Stunde gehen. Sie bringt uns Unglück ...«

Sie stand rasch atmend, starrte auf Mann und Mädchen.

»Mali ...«, wollte er anfangen.

»Nein, nein!« schrie sie. »Laß uns weggehen! Jetzt, jetzt, noch diese Stunde! Auch das Haus bringt uns Unglück – fühlst du nicht, wie das Dach uns zerdrückt?! Die Balken knirschen, hinter den Wänden raschelt es, Päule! Päule! Laß uns laufen ...«

Er riß mit einem Ruck die Gabel aus der Schulter und trat rasch neben die Frau. »Ein Anfall«, flüsterte er. »Paß auf, Marie, daß sie nicht hinschlägt.«

Aber er brauchte nicht zu flüstern. Sie hörte nicht mehr, wußte nicht mehr, wo sie war. »Er geht nicht«, klagte sie. »Er will es nicht – er kommt nicht los von ihr ...«

Brennende Röte überzog Rosemaries Gesicht, ihr war, als sei sie schwitzig, ihr ganzer Leib brannte ...

»Und das Dach kommt näher, es wird so dunkel, Licht ... Ach ...«, schrie Mali plötzlich mit greller, freudiger Stimme. »Jetzt brennt es! Die Flammen, wie sie spielen, sie laufen durch das Haus ... Päule!« Mit äußerster Kraft: »Päule, es brennt! Unser Unglück verbrennt ...« Sie schrie ganz hoch, im gleichen Augenblick wankte sie ...

»Faß zu!« schrie Schlieker.

Sie fingen sie auf, der Körper war ganz steif, die Hände verkrampft ...

»Laß sie auf die Erde, nein, nichts unter den Kopf, aber ein Handtuch auf die Brust. – Na, nun ist es richtig, jetzt hat sie wieder einen Anfall, den zweiten heute schon ...«

Er starrte. Er war ein ganz anderer Schlieker. »Und was für ein Theater! Wie sie angeben kann – ich hätte es nie gedacht!« Er sah sich scheu um. »Dachte ich doch wahrhaftig einen Augenblick, es brennte. Es brennt doch nicht, Marie?«

»Nein«, sagte sie mühsam, mit leiser Stimme. »Es brennt nicht.«

»Es ist«, sagte er und sah über die Liegende zu dem Mädchen hin, »wahrhaftig so, als ob sie eifersüchtig wäre. Diese alberne Gans – aber es ist nur ihre Krankheit. Lieber würde ich dich totschlagen, als dich einmal anfassen.«

Er sah sie an, in diesem Blick war schon wieder der alte Schlieker, das Grauen war vorbei.

»Wenn du denkst, Marie«, sagte er, »ich geb wegen so ein bißchen Theater klein bei, dann bist du dumm. Ich bin hier und ich bleibe hier, die Mali mag schreien, soviel sie will ... Und du bleibst auch hier ... So, jetzt ist es wohl vorbei. Faß an, wir legen sie auf ihr Bett. Ausziehen tu ich sie später. Stell auch die Tabletten hin, die der Doktor hiergelassen hat. Es hilft zwar nichts, das Dreckzeug, aber Rechnungen können sie schreiben, die Affen! So – und nun gehst du am besten schlafen. Du sollst sehen, wie nett ich es dir gemacht habe. Ja, dein alter Pflegevater scheut keine Arbeit, dich holt mir niemand weg.«

Das Mädchen ging wortlos an ihm vorbei in ihr Zimmer.

»Licht brauchst du wohl nicht? Na schön, ich hätte dir auch keins gegeben ...«

Er stieß den Riegel vor die Tür, daß es klirrte, und entfernte sich schlürfend, hüstelnd und kichernd. Rosemarie stand allein im Dunkeln.

## 21. Kapitel

### Worin nichts klappt und Doktor Kimmknirsch mit Trinken anfängt

Der Jugend verscheuchen die Sorgen noch nicht den Schlaf. Als sie vor ihrem Bett stand, meinte Rosemarie, vor Kummer und Herzeleid kein Auge schließen zu können. Aber kaum lag sie, kaum wurde der Körper warm zwischen den Federn, da wischte eine mildtätige Hand über die bös verkritzelte Schiefertafel, und alles war ausgelöscht. Nichts als tiefe, warme, sanfte Schwärze. Den Kopf in die Armbeuge geschmiegt, schlief Rosemarie, fest und sorgenlos – und sie hätte wohl bis in den nächsten Morgen hinein, bis zum Weckruf des verhaßten Schlieker geschlafen, hätte nicht ein ungewohntes Geräusch sie geweckt.

Nur langsam entrang sie sich dem guten Schlaf, die Stimmen im Nebenzimmer führten sie eher in ihn zurück als hinaus, aber dann prasselte es wieder gegen die Scheiben …

Rosemarie setzte sich auf. Nebenan sprachen in der plötzlichen Stille die beiden Schliekers miteinander, was, war nicht zu verstehen, aber die Stimme der Frau klang weinerlich-laut, Päules unterdrückt, beruhigend …

Schon wollte sie sich wieder zurücklegen, da stob es prasselnd gegen das Fenster wie ein ganzes Hagelwetter, und Rosemarie war mit einem Satz aus dem Bett. »Die Jungens«, dachte sie freudig. »Meine Jungens – sie lassen mich doch nicht …«

Draußen war noch etwas Mond, grade genug, daß sie ein paar Schatten sah. Die aber konnten sie nicht sehen im dunklen Fenster, schon wieder prasselte ein Handvoll Kies dagegen. Wenn Schliekers auch sprachen, wenn ihr

Fenster auch um die Hausecke herum lag, diesen Lärm mußten sie schließlich doch hören.

Rosemarie faßte eilig den Fenstergriff, drehte, zog: das Fenster rührte sich nicht. Sie riß, der Rahmen knackte, aber das Fenster ging nicht auf. Während ein neuer Schauer Kies gegen die Scheibe flog und Rosemarie angstvoll ins Nebenzimmer lauschte, befühlte sie eilig den Rahmen. Gleich fand sie drei, vier umgeklopfte Nagelenden. Die Wut hatte Päule Schlieker an alles denken lassen, er hatte auch das Fenster vernagelt. Nicht zu öffnen.

Aber die Jungens mußten um jeden Preis mit dem Lärm aufhören, sie brachten sich ja in Gefahr! Vom Bett riß sie das helle Kopfkissen, preßte es gegen die Scheibe, gegen die andere drückte sie ihr Gesicht, klopfte mit den Fingern, vorsichtig hinter sich lauschend, ein Signal. Die Stimmen im Nebenzimmer gingen weiter, doch das Prasseln wiederholte sich nicht. Trotz der Holzstangen über der Fensternische hatten die Jungen ihr Signal gemerkt. Nun mußte Rosemarie schnell sein, damit ihre Freunde nicht wieder ungeduldig wurden. Der Schlaf, ob kurz oder lang, hatte ihr neue Frische gebracht, die trübe Niedergeschlagenheit war vorbei. Rasch öffnete sie die Luke zum Wrukenkeller, und rasch kletterte sie, so, wie sie war, also im Hemd, in den Keller. Es gab da nur Luftlöcher, kaum so groß wie ihr Kopf und vergittert gegen Ratten und sonstiges Viehzeug, aber sie stellte die Leiter so, daß sie an ein Loch reichte, und flüsterte eindringlich: »Hütefritz! Hier – am Kellerloch!«

Die Luke verdunkelte sich. »Ja?« fragte es. »Warum machst du dein Fenster nicht auf?«

»Zugenagelt, Fritze!«

»Wir sind alle da«, flüsterte er. »Wir haben Baumsägen mitgebracht, wir sägen dich frei, sobald bei Schliekers das Licht aus ist.«

»Unsinn, Fritze! Das heißt, es ist nett von euch, aber es geht nicht. Denkst du, Schlieker hört euer Sägen nicht, der schläft wie ein Hase, mit einem Auge nur und mit einem Ohr ...«

»Aber –!« protestierte Hütefritz.

»Es ist auch gar nicht nötig, Fritze«, flüsterte Rosemarie. »Glaube mir, wenn ich will, kann ich immer weg. Aber jetzt will ich noch nicht.«

»Ja, dein Plan mit den studierten Leuten«, sagte er gekränkt. »Rosemarie, du fällst nur rein damit.«

»Bestimmt nicht, Fritze«, sagte sie. »Aber du kannst mir einen ganz großen Gefallen tun, wenn du willst ...«

»Na«, sagte er schon halb versöhnt. »Was soll's denn sein?«

»Du mußt es aber selber machen, Hütefritz«, flüsterte die Tochter Evas. »Dann weiß ich, daß es bestimmt geschieht.«

»Na, sag schon«, drängte er begierig. »Soll ich Schlieker die Pferde aus dem Stall stehlen? Oder ihm die Hofpumpe kaputtmachen, daß er kein Wasser hat?«

»Nichts, Fritze, nichts von alledem – mit diesen Dingen ist für immer Schluß. Nein, aber du kannst dich vielleicht morgen am Tage für drei oder vier Stunden frei machen?«

Der Hütefritz, eben noch so entschlossen, war bedenklich. »Morgen ist Sonnabend«, sagte er zögernd, »leicht ist das nicht. Es ist wegen der Kühe, weißt du«, entschuldigte er sich. »Ich habe soviel Ärger mit Tamms gehabt, weil ich ein paarmal in der letzten Zeit fort war ... aber vielleicht am Abend –?«

»Dann muß ich eben etwas länger warten, das macht auch nichts«, tröstete sie ihn. »Aber willst du dann zum Amtsgerichtsrat gehen und ihm sagen: Rosemarie Thürke ist nicht weggelaufen, sie ist bei Schliekers, und Schlieker hat ihr das Geld fortgenommen ...«

»Ach, Rosemarie«, flüsterte der Hütefritz traurig ins Kellerloch, »nun hast du also doch gelogen, nun hast du gar keinen Plan! Ich hab's ja gewußt. Wenn alles in Ordnung ist, sagst du einfach: Hütefritz, tu dies und das; aber wenn etwas nicht stimmt, dann bittest du ...«

Sie schwieg einen Augenblick, die Kinderkönigin von Unsadel schwieg betroffen. »Ich wollte dich doch nicht kränken, Hütefritz«, sagte sie dann. »Ich habe nur solche Angst um dich, der Schlieker ist so böse wie nie. Ich glaube, er ist nicht mehr richtig bei Sinnen ...«

»Du sollst aber keine Angst um mich haben; wenn ich keine um mich habe, sollst du es schon gar nicht. Wir haben ausgemacht, wir wollen uns immer alles sagen ...«

»Ich wollte es dir ja auch sagen, nur, es ging immer so schnell, und dann war die Angst da ...«

»Du sollst aber nicht ...«

»Und glaube mir, Fritz, ich weiß bestimmt, es geht gut aus. Wie ihr eben den Sand gegen die Scheiben warft, war ich so fröhlich. Manchmal denke ich, ich schaffe es wirklich, und du kommst von dem Fresser Tamm fort zu uns und kriegst die Pferde.«

»Rosemarie«, sagte er überwältigt, und es war wirklich, als hätte es ihn vor die Brust gestoßen. »Und Schlieker –? Und Philipp –?«

»Ich sage dir alles noch, wie ich es mir denke. Ach, Fritz, wir müssen Schluß machen, die andern schimpfen schon – und ich steh hier im Hemd und friere ja wohl wie ein Scheit Holz im Walde. – Gehst du zu Schulz?«

»Natürlich, Rosemarie, aber erst am Abend.«

»Und du sagst ihm, Schlieker hat das Geld und wie er mich hier gefangenhält, und er soll so schnell wie möglich kommen!«

»Ich vergesse nichts, er muß gleich mitkommen.«

»Ja, das wäre gut. Aber die Hauptsache ist doch, daß er

Bescheid weiß, ich bin nicht wieder fortgelaufen. Und nun sag den andern, daß ich ihnen noch gute Nacht wünschen will, und mach auch, daß du in dein Bett kommst. Ach, Fritze, du hast ja wohl in den letzten Nächten fast gar nicht geschlafen!«

»Ich schlaf am Tage, auf der Weide, die Sonne ist noch schön warm«, beruhigte er sie. »Also, gute Nacht, Rosemarie, und zu Schreischulze geh ich todsicher.«

Nun kamen die andern, Kinderhand auf Kinderhand schlüpfte zwischen den Gitterstäben durch. Heini Beier und Robert Hübner, Albert Strohmeier und Ernst Witt und schließlich am Ende noch Otsche Gau.

»Otsche, wirklich du auch wieder?«

»Natürlich, ich gehöre doch jetzt dazu«, und: »soll ich Vater was sagen? Vater ist jetzt ganz anders, er hat sogar nach dir gefragt. Ich glaube, ihm tut's leid, daß er den Schlieker auf dich gehetzt hat.«

»Nein, sag Vater nichts, Otsche. Hütefritz weiß Bescheid – morgen, übermorgen ist bestimmt alles vorbei. Gute Nacht, Otsche.«

»Gute Nacht, *Rose*marie!«

Gute Nacht auf und ab, gute Nacht, gute Nacht, schönes warmes Bett, in dem so gut zu liegen ist, gute Nacht, gute Nacht! Nebenan reden sie noch immer, nichts gehört, gleich schlafen wir wieder. »Ich hätte Otsche fragen sollen, wieviel Uhr es ist, dann wüßte ich, wie lange ich noch schlafen darf …«

Und schläft schon.

Gute Nacht, und das bißchen Mond verschwindet, Südwest kommt mit Wolken und verfinstert seinen Schein, gute Nacht, der Wind jagt Regen gegen das Haus. Die schönen Herbsttage sind vorüber, Stürme beginnen, die Nässe ist da, die Blätter fallen zu Tausenden – gute Nacht, und wenn wir wüßten, welches die letzte Nacht in unserm

Heimatbett ist, wir schliefen nicht so sanft und ruhig. Gute Nacht ...

Ja, grau, dunkel, stürmisch, regnerisch war der Morgen, in den Päule Schliekers Stimme Rosemarie rief. Grämlich und böse klang die Stimme des Pflegers, der sie zum Melken und Füttern schickte. Sie hatte alles allein zu tun, er stand nur in der Stalltür und sah ihr, hüstelnd und finster, zu. Sie mußte Pferde und Kühe putzen, dann ausmisten, frisches Stroh streuen ...

Es wurde Tag, aber es wurde kein heller Tag. Tief zogen die eiligen Wolken, immer wieder fiel ein Schauer, es war kalt geworden ...

»Trag Wasser ins Schaff!«, und sie pumpte und trug den Wasservorrat für zwei Tage ins Haus. Sie schälte Kartoffeln, bereitete alles vor.

»So«, sagte er. »Jetzt bleibst du wieder da drinnen. Und daß du stille bist, verstehst du –?!«

Er hatte das nicht ohne Absicht gesagt, denn nicht viel später hörte sie ein Auto knattern, ach nein, es war wohl sein Motorrad. Dann hörte sie die Stimme des jungen Arztes durch die Wand.

Wie gerne hätte sie ihn gerufen. Aber er war im Zorn von ihr gegangen, und sie schämte sich, seine Hilfe noch einmal zu erbitten.

Der Doktor blieb lange. Manchmal hörte sie, wie seine Stimme heftig wurde, vielleicht fragte er auch nach ihr. Aber, das wußte sie ja, die kannten den Schlieker noch alle nicht, er wandte und drehte sich, er war bieder, er war ihnen zu schlau. Sicher hatte er nach ihr gefragt! Nun, er hatte umsonst gefragt. Schlieker log ihm etwas vor.

Aber es tat doch gut zu denken, daß er gefragt hatte. Und heute abend erfuhr Amtsgerichtsrat Schulz alles – und dann war es ausgestanden. Was sich Schlieker bei diesem Gefängnis überhaupt dachte, das konnte man nicht verstehen – meinte er etwa, er könnte sie so Wochen und Monate halten? Er durfte ja nicht einen Fuß vors Haus setzen, er konnte nicht den Acker bestellen, die Pferde bewegen: er war der Gefangene seiner Gefangenen.

Aber vielleicht dachte er gar nicht weiter, vielleicht glühte alles in ihm vor besinnungsloser Wut. Vielleicht war es genauso wie bei der Ablieferung der fünf Pflegekinder, lieber ging alles kaputt, als daß er denen den Willen tat.

Der Arzt sprach und Schlieker sprach, einmal wurden die Stimmen so laut, daß sie eine atemraubende Sekunde gewiß war, er erzwänge den Zugang zu ihr. Aber dann ging es wieder sanfter, die Stimmen entfernten sich, und nun töffte draußen das Motorrad. Vorbei ... vorbei ...

Der Riegel klang, Schlieker stand in der Tür, sah sie aufmerksam an und befahl: »Häcksel schneiden!«

Sie ging vor ihm über den Hof, vom Motorrad war nichts mehr zu hören. Ihr blieb nur, auf den Abend zu hoffen und den Amtsgerichtsrat.

Der junge Doktor Kimmknirsch töffte langsam und gedankenvoll durch das Dorf Unsadel.

Ja, es hatte eine lange und manchmal recht erregte Auseinandersetzung mit Päule Schlieker gegeben. Der Mann hatte – wie viele Ehemänner – nicht einsehen wollen, daß seine Frau wirklich krank war, ernstlich krank war.

»Das bißchen Krämpfe!« hatte Schlieker verächtlich gesagt. »Sie soll sich bloß zusammennehmen, ich nehme mich auch zusammen.« Das tat er, Kimmknirsch bestritt es nicht. Er läge viel besser im Bett, es ging ihm bei weitem noch nicht gut, dieser Husten war nicht unbedenklich.

»Unsinn!« hatte Schlieker gelacht.

»Aber Ihre Frau sollten Sie lieber für ein paar Wochen in

eine Anstalt bringen, meinethalben auch in ein Krankenhaus. Sie hat ›Absenzen‹, sie ist oft nicht bei sich, man weiß nicht, was sie dann tun kann.«

»Was soll sie schon tun? Einen Topf zerschmeißen oder zwei, das ist immer noch billiger als Ihr Krankenhaus. Ein paar Wochen Krankenhaus, Sie sagen so was leicht, es ist mein Geld, was das kostet, nicht Ihres, Herr Doktor.«

»Es ist Ihre Frau, die krank ist, nicht meine«, hatte der junge Arzt noch völlig ruhig erwidert.

Aber dann waren sie darüber doch in Streit geraten. Schlieker war immer wilder geworden, Widerspruch konnte er nun einmal nicht vertragen. Die Welt hatte sich nach seinem Kopf zu drehen, und wenn der Doktor behauptete, die Frau sei so krank, so sollte die Frau auf der Stelle aufstehen und arbeiten – das wäre doch gelacht!

Nun, sie beruhigten sich auch wieder, die Frau kam nicht ins Krankenhaus, blieb aber im Bett – und dann stellte es sich heraus, daß Schlieker persönlich noch ein Anliegen an Herrn Doktor Kimmknirsch hatte.

Er machte die linke Schulter frei, und der Doktor sah sich kopfschüttelnd die vier kleinen, aber tiefen Löcher an, die schon rot entzündet waren.

»Wer wirft denn hier mit Gabeln?« fragte Kimmknirsch schließlich, und Schlieker ärgerte sich, daß der das doch erraten hatte.

»Wer anders als die Giftkröte, die Marie?! Mich mit der Gabel geschmissen und weggelaufen. Das sind die rechten – Pastorentöchter!«

»So!« hatte Doktor Kimmknirsch geantwortet, und damit war das Thema Rosemarie Thürke zwischen den beiden erledigt gewesen. Keiner schien sich nach einer Aussprache darüber zu sehnen.

Aber nun fuhr Doktor Kimmknirsch durch den nassen, windigen, trüben Oktobertag langsam und gedankenvoll heim und grübelte. Stimmte, was Schlieker sagte, oder stimmte es nicht? Und wenn es nicht stimmte, was stimmte nicht?

Wie jeden Abend hatte auch gestern abend der junge Arzt mit Amtsgerichtsrat Schulz bei Stillfritzens am runden Tisch gesessen, und da hatte Schulz verärgert zuerst von dem plötzlich aufgetauchten Professor Kittguß berichtet, der sich als ein recht wohlhabender Mann erwiesen hatte, dann aber von der neuen Flucht des jungen Mädchens, das, entschieden völlig verwildert, auch nicht mehr den leisesten Zwang ertragen wollte ...

»Und wenn sie sich nicht innerhalb vierundzwanzig Stunden meldet, dann ist es mit jeder Milde, Schonung und Rücksichtnahme vorüber! Für solche gibt es dann schließlich etwas wie Zwangserziehung!«

Kimmknirsch hatte weder auf diese düstere Drohung etwas geantwortet noch überhaupt viel gesagt. Rosemarie Thürke hatte auch ihn bitter enttäuscht, und so etwas wird nicht so leicht verziehen. Aber vielleicht hätte er doch ein bißchen Näheres erfragen sollen, denn wie Amtsgerichtsrat Schulz berichtete, war die Rosemarie nach Schliekers Angabe schon am Nachmittag entlaufen – aber wann hatte sie dann die Gabel geworfen? Vorher! Vorher, vor dem Weglaufen nämlich, und so eine häßliche Tat sollte Schlieker dem Amtsgerichtsrat nicht berichtet haben? Unwahrscheinlich, höchst unwahrscheinlich! Hatte sie aber erst am Abend nach dem richterlichen Besuch geworfen, so hatte Schlieker den Schulz belogen, so war sie noch während des Schulzschen Besuches im Hause gewesen – warum aber hatte sie sich dann nicht gemeldet?

Etwas stimmte nicht, das konnte man sich ohne viel Mühe ausrechnen, und Kimmknirsch nahm sich vor, sobald er in Kriwitz war, mit dem Amtsgerichtsrat über die Sache zu reden.

Vorher hatte er aber noch eine andere Besprechung zu erledigen, und für die war er grade an der richtigen Stelle, trotzdem er mitten auf dem Landweg zwischen Unsadel und Kriwitz hielt, wo nicht Hütte noch Haus, nicht Mann noch Weib zu sehen waren. Aber ein Hecktor war hier, und es war zweifellos genau die Stelle, an der gestern der wegelagernde Köter das Auto angefallen hatte.

Kimmknirsch lehnte das Motorrad an das Hecktor und stieg über. Immerhin hatte sie den Hütefritzen Freund genannt, und er konnte Dinge wissen, die dem Amtsgerichtsrat Schulz und dem Arzt noch verborgen waren.

Hütefritz sah den »Studierten« über die nasse Stoppel herankommen. Es war klar, daß sich hier eine vorzügliche Gelegenheit bot, ohne langen Abendmarsch nach Kriwitz Rosemaries Botschaft loszuwerden. Aber ebenso klar war auch, daß diese Gelegenheit nicht benutzt werden würde. Dieser Nichtstuer mit Auto und Motorrad, der so vertraut bei Rosemarie im Wagen gesessen hatte, sollte nichts erfahren! Dann lieber noch heute abend den Weg zum Richter!

Hütefritz erwog die Sachlage, leichter, als sich dumm zu stellen, war, gar nicht dazusein. Er rief die Hunde an (auch Bello half beim Hüten und machte sich gar nicht schlecht) und trieb die Kühe kurz entschlossen in Gaus Klee. Da würden sie stehen, fressen und nicht weglaufen, ob er dabei war oder nicht.

Der Doktor sah den Rückzug des gegnerischen Heeres, noch lief er nicht, aber er rief schon. »He, du, Junge!« rief er.

Der Doktor Kimmknirsch hätte es besser wissen müssen, er war immerhin neben einem Schafstall geboren worden, er hatte seine zehn oder zwölf Jahre auf dem Lande gelebt, er hätte wissen müssen, daß man einen vierzehnjährigen Jungen nicht »He, du, Junge!« anruft. Das waren Städtermanieren. Er hatte ja den Namen gehört, er hätte sich schon besinnen können. Hütefritz oder Fritz wäre wirkungsvoller gewesen.

Die Kühe gaben sich mit Begeisterung dem streng verbotenen Klee hin, der Junge verschwand hinter einer Hecke. Doktor Kimmknirsch fing an zu laufen; als er hinter die Hecke tauchte, sah er grade an ihrem andern Ende den Jungen verschwinden. Er machte kehrt, verdammt noch mal, hat man dazu seinen Doktor gebaut, um Haschen mit Dorfbengeln zu spielen –?!

Beinahe hätte er den Jungen erwischt, aber der wußte ein Loch in der Hecke und war wieder fort. Auf allen Vieren kroch Doktor Kimmknirsch nicht mehr durch Heckenlöcher. Das ging ihm gegen das Gefühl. Also rief er. Da fingen die Hunde bei den Kühen ohrenbetäubend zu bellen an. Der Doktor rief noch einmal und ging leise und listig rasch um das Heckenende. Grade sah er leise und listig eine Jacke ums andere Ende verschwinden.

Nun meinte es der Himmel auch noch gut, ein fauchender Windstoß jagte einen prasselnden Schauer Regen in sein Gesicht. Dieser verdammte Bengel besaß alle Wissenschaft und wollte sich nicht fangen lassen! Mit einem wütenden Ruck war der Arzt auf allen Vieren und kroch durch Schlehen, Rosen und Haseln.

Drüben war der Junge zwei Schritte von ihm ab, aber ehe der Doktor noch hochkam, waren es zehn. Kimmknirsch rannte über den ungepflügten Acker hinterdrein und gab Notsignale: »Rosemarie! He, Junge! Helfen! Gegen Schlieker!«

Er hätte sich besser mit einem lahmen Taubstummen verständigt, der Bengel jedenfalls tauchte in eine triefende Ginsterwildnis unter, in die ihm der Arzt keinesfalls folgen wollte.

Er machte kehrt und ging sauwütend zu seinem Motorrad zurück. Seine Schuhe quatschten vor Nässe und trugen einen kleinen Bauernhof Lehm an sich, seine Knie waren vom Kriechen durchgeweicht, die Hände dreckig. Hätte er den Hütefritz dagehabt, er hätte ihn ganz heimatlich hinterpommersch vermöbelt! Das aber war grade die Sache, der Junge war nicht da, weder zum Befragen, noch zum Verhauen. Das war überhaupt der ganze Schiet: in dieser Sache Rosemarie Thürke ging alles schief! Man mochte es anfassen, wie man wollte.

Kaum war das Motorrad in Gang, so stand der Junge schon auf einem Hecktor, gradeaus, fünfzig Meter ab, und winkte mit den tollsten Verrenkungen dem Arzt höhnische Abschiedsgrüße zu. Als der Arzt auf zehn Meter heran war, verschwand er natürlich, miserabler Feigling, der er war!

Es hatte nicht den geringsten Sinn, sich noch mit dieser ganzen Angelegenheit zu befassen. Doktor Kimmknirsch fuhr wütend darauf los, daß Dreck und Wasser spritzten. Er überlegte, ob er sich erst umziehen und dann den Amtsgerichtsrat aufsuchen sollte oder umgekehrt. Er entschloß sich für Erst-Umziehen.

Ach, an diesem ganzen Tag hatte der Doktor Georg Kimmknirsch kein Glück! Als er auf das Amtsgericht kam, mußte er erfahren, daß Herr Amtsgerichtsrat Schulz fortgefahren war, Gerichtstag zu halten im Flecken Krüselin. Zeitpunkt der Rückkehr ganz unbestimmt, kaum vor Abend. Und als er verdrossen und verärgert – warum eigentlich? er wollte sich doch gar nicht mehr damit befassen! – in seine Wohnung zurückkam, war dort zwar kein Patient gewesen, aber der Amtsgerichtsrat Schulz. Und hatte einen Brief für seinen Freund Kimmknirsch hinterlassen.

»Lieber Doktor« usw. »Tun Sie mir den Gefallen, vom Zwei-Uhr-Zug den Professor Kittguß abzuholen. Er hat viel Geld bei sich. Passen Sie auf das Unglückshuhn auf und erwarten Sie mich gegen sieben mit ihm im ›Erbherzog‹. Sie nehmen ja auch Interesse am Fall R. Th. Sonst möchte ich Ihnen so etwas gar nicht ansinnen. Ihr ...« usw.

Ja, und so stand denn Doktor Georg Kimmknirsch fünf Minuten vor zwei auf dem Bahnsteig und erwartete den Herrn Professor Kittguß, den er gar nicht kannte.

Und der Zug lief ganz ortsüblich mit zwanzig Minuten Verspätung ein, und ihm entstiegen vier Frauen und der alte Fellhändler Lau mit seinem Packen, aber sonst keiner.

Nichts ging in dieser Sache Thürke, wie es sollte. Bis zum nächsten Zug um sieben Uhr abends konnte sich nun Doktor Kimmknirsch um »das Unglückshuhn, das viel Geld bei sich hatte«, ängsten und den Amtsgerichtsrat verfluchen, der ihm auch noch diesen Stachel ins Fleisch gestoßen hatte.

Wenig konnte dabei ein Krankenbesuch bei dem Patienten Philipp Münzer trösten, dem es nun wirklich schon wieder recht gut ging und der da aus Bett und Krankenstube eine Holzschnitzerwerkstatt gemacht hatte und unermüdlich Holzlöffel für Stillfritzens und Kimmknirschs schnitzte. Glücklich war er, strahlend war er, der Junge – doch, doch, dies munterte den Doktor ein wenig auf –, und nur seine Freundin und Herrin Rosemarie hätte er gern wieder einmal gesehen, wenigstens für eine Minute, ja, Herr Doktor?

»Morgen, Philipp, morgen bestimmt«, log der Doktor gegen all seine Grundsätze und entzog sich hastig den besorgten, ängstlichen, rührenden Fragen nach dem Ergehen der Rosemarie, Fragen, auf die er selbst nicht die tröstlichste Antwort wußte.

Es stürmte und regnete, der Wind klirrte mit den Dachrinnen und heulte im Ofen der Stillfritzschen Gaststube. Nun hatte der Doktor bis zum Sieben-Uhr-Zug und der Rückkehr des Amtsgerichtsrats eigentlich nichts mehr, die Zeit zu verbringen, als den witzig-versoffenen Wirt Stillfritz – und was der für ein herzabdrückender Spuk aus dem Lebenspanoptikum sein konnte, das erfuhr Doktor Kimmknirsch so recht an diesem trostlosen Herbsttage.

»Hören Sie auf, Stillfritz«, sagte der Doktor schließlich schroff in die Jeremiaden des alkoholisierten Philosophen hinein, »mir ist schon schlecht genug. Machen Sie mir noch einen Grog.«

»Sehen Sie«, sprach der tüchtige Gastwirt Stillfritz triumphierend, »ich sage es ja. Mit dem Saufen fängt es an, bei jedem!«

## 22. Kapitel

### Worin Professor Kittguß die Frau Müller ängstet. Der Horizont wird rot

Ganz unwirklich schien es dem Professor Kittguß, in seinem stillen Arbeitszimmer, Akazienstraße 19, zu stehen, als sei er zurückgekehrt in urferne, längst versunkene Zeiten. Und unwirklich klang ihm auch die Begrüßung der Müllern in den Ohren: »Gottlob, daß Sie wieder da sind, Herr Professor. Ich dachte schon, Sie kämen überhaupt nicht mehr wieder. Aber wie Ihr Kragen aussieht! Und die Halsbinde! Und der Anzug ganz fleckig! Und magerer sind Sie auch geworden. Wo ist denn eigentlich Ihre Tasche? Es ist ja auch gestern früh einer von der Polizei dagewesen und hat sich nach Ihnen erkundigt. Ich bekam solchen Schreck! Soll ich nun Essen machen oder erst das Bad einlassen? Jetzt geht es doch mit der Arbeit wieder schön weiter!?«

Ungewohnter Wortstrom im gewohnten Zimmer. Ach, war das Zimmer wirklich so gewohnt? Der Professor sah die Bücher, die Papiere auf Schreibtisch und Regalen, er roch die vertraute Luft, tat einen tiefen Atemzug –: »Könnten wir vielleicht das Fenster ein wenig öffnen, Frau Müller?«

»Das Fenster?« fragte sie und sah ihn an, als sei er gar nicht der richtige Professor Kittguß. »Aber, Herr Professor, wir haben doch immer nur drüben im Schlafzimmer gelüftet. Es stürmt draußen, die Papiere könnten durcheinander wehen.«

»Wir wollen doch ein Fenster öffnen«, sagte der Professor milde, aber fest. »Die Papiere werden sowieso zusammengepackt werden müssen.«

»Zusammengepackt ...« Böser Ahnungen voll öffnete die Müllern das Fenster. Ein Windstoß fuhr hinein, bauschte die Gardinen, die Papiere bewegten sich raschelnd, als bekämen sie Leben. »Sehen Sie«, sagte sie klagend.

»Wir werden vermutlich ausziehen«, sagte der Professor. »Es wäre zweckmäßig, Frau Müller, wenn Sie während meiner Abwesenheit alles dafür vorbereiten würden. Ich reise erst einmal morgen früh wieder ab.«

»Sie fahren?« fragte die Müllern und starrte. »Sie ziehen?« flüsterte sie. »Herr Professor«, sagte sie und versuchte sich zu fassen, »ist es wegen des schrecklichen Jungen?!«

»Ja«, sagte der Professor und nickte, »auch der Junge wird dort sein. Aber er ist ein sehr guter Junge, Frau Müller.«

»Wo Ihre Sachen so schmutzig werden, Herr Professor«, klagte sie. »Und Ihre Arbeit –?«

»Nun«, sagte der Professor freundlich, »vielleicht werde ich dort auch meine Arbeit wieder aufnehmen. Aber – ich weiß noch nicht, ich denke jetzt anders darüber. – Wir werden dort auf einem kleinen hübschen Hof wohnen, Frau Müller«, suchte er die Trostlose zu trösten. »Mit Pferdchen und Kühen und Schweinen ...«

»Schweine!« sagte sie. »Dieser ekelhafte Bengel, ich habe es gleich gewußt, wie er in der Tür stand! Und die Polizei hat auch nach Ihnen gefragt ...«

»Liebe Frau Müller«, sagte der Professor, »Sie sind jetzt aufgeregt. Ich verstehe es ja, die Veränderung aller Lebensumstände ... Auch mir kam es erst ungewohnt. Aber als ich dann über den Zaun im Walde kletterte ...«

Sie sah ihn mit immer größeren Augen an, sie ging langsam zur Tür zurück, immer den Blick auf ihm. »über den Zaun kletterte«, wiederholte sie tonlos.

»Nun, ich sehe«, sagte der Professor freundlich, »wir müssen über all dies noch ausführlich sprechen. Ich fahre ja auch erst morgen früh. Jetzt hätte ich gern erst etwas gegessen, und dann vor allem eins, Frau Müller, ich habe mir schon den ganzen Weg überlegt, wo habe ich eigentlich meine Schlüssel –?«

»Ihre Schlüssel –?«

»Ja, ich sehe, die Lade zum Sparbuch ist abgeschlossen, meine Schlüssel müßten also irgendwo sein.«

»Ja«, sagte sie gedehnt und sah ihn an.

»Sie wissen es also auch nicht? Wir müssen es erfahren. Ich muß nämlich etwas Geld abheben, ich habe es mir aufgeschrieben ... Hier ist es, richtig, zweitausend Mark. Die muß ich morgen früh holen.«

»Für den Jungen –?«

»Aber, Frau Müller, es ist doch nicht nur der Junge da! Der natürlich auch. Aber auch mein Patchen, Rosemarie Thürke, und dann müssen die Schliekers abgefunden werden. Und dem Amtsgerichtsrat muß ich auch das Reisegeld zurückgeben, das habe ich mir nämlich geliehen ...«

»Ich weiß nichts von Ihren Schlüsseln«, sagte die Müllern plötzlich scharf. »Und jetzt mache ich Ihr Abendbrot, Herr Professor. Und dann baden Sie erst einmal und schlafen gründlich ...«

Sie sah ihn zweifelnd an und war aus dem Zimmer. Der Professor sah ihr nach, zog am Griff der Lade, sie war noch immer zu, sah sich unschlüssig im Zimmer um. Sein Blick fiel auf das, was er zuletzt geschrieben. Er las den Satz: »Anno 110, im dreizehnten Jahre Trajans, stieg der Nil nur auf sieben Schuh, wie Harduinus aus einer alten Münze beweist ...«

Es war vier Tage her, daß er dies geschrieben hatte, ihm war, als lägen mindestens ebenso viele Jahre dazwischen. Er schüttelte den Kopf, sah sich wieder um. Was in aller Welt sollte er bis morgen früh in diesem toten, leblosen Zimmer anfangen? Er zog noch einmal an der Lade. Zu. Immer noch zu.

Sie schliefen beide nicht gut in dieser Nacht, weder der Professor noch seine Wirtschafterin. Draußen, auf dem Lande, in Unsadel, im alten Kuhstall, auf dem Wildgatter oben, da war dem Professor sein Entschluß ganz selbstverständlich vorgekommen. Aber auf dem Gesicht der Witwe Müller war zu lesen gewesen, daß er dies nicht war. Wieder einmal konnte es neue Kämpfe, neue Schwierigkeiten geben.

Aber vor allem die Schlüssel – das nächste und wichtigste blieben die Schlüssel –, wo waren sie? Der Professor mußte zeitig um neun auf der Kasse sein, um den Zug zu erreichen – und wo waren die Schlüssel?! Wußte die Müller wirklich nichts von ihnen? Ihr Benehmen war seltsam gewesen, jawohl, seltsam bei einer so vertrauten Person. Es gab da seines Wissens Schlosser, Männer, die Schlösser berufsmäßig öffneten, aber wo war solch Schlosser zu finden ohne die Beihilfe der Müllern? Der Professor nahm sich vor, am Morgen sehr ernst mit Frau Müller zu reden, die Schlüssel mußten dasein!

Vorne quälte sich der Professor, am Hinterflur in ihrem Stübchen die Müllern. Freilich, da hatte der Professor zu viel von ihr verlangt, wo die Schlüssel waren, das wußte sie wirklich nicht. Aber sie brauchte das auch gar nicht zu wissen, denn das, was die Schlüssel Herrn Professor Kittguß verschaffen sollten, das Sparbuch, das hatte sie! Sie hatte es noch nicht lange, drei Stunden erst, erst seit sie die Kleider des Professors aus dem Badezimmer genommen hatte. Denn da hatte sie das Sparbuch in der linken, inneren Brusttasche seines Jacketts gefunden!

Der Professor hatte Herrn Amtsgerichtsrat Schulz in arge Erregung gebracht, weil er sein Sparbuch so unbeaufsichtigt in der Berliner Wohnung liegengelassen hatte, aber während alldem hatte es stumm und bescheiden in seiner Brusttasche gesessen, und nicht einmal bei der erregten Nachsuche auf der Lüttenhäger Dorfstraße hatte es sich gemeldet –!

Es konnte ja auch gar nicht anders sein, vor vier Tagen hatte der Professor das Buch am Morgen aus dem Schreibtisch genommen, das Sparbuch in der einen, die schwarze Reisetasche in der andern Hand, war er zur Kasse gewandert. Da hatte er zweihundertfünfzig Mark erhoben, das Geld wanderte in die Brieftasche, die Brieftasche in die rechte Brusttasche, das Sparbuch in die linke. Nun ging der Professor zur Bahn und all jenen Abenteuern entgegen, die wir geschildert haben.

Das Sparbuch wurde vergessen, und mit dem Sparbuch saß nun die Müllern im Bett, sie brannte noch Licht, sie las immer wieder die Zahl der Endsumme – es war wirklich eine recht unvernünftige Zahl für ein so behandeltes Sparbuch. Und das alles sollte diesen Räubern, diesem verkommenen Burschen in die Hände fallen?! Nie und nimmer, der Professor war zu gut. Die Witwe Müller löschte das Licht, sie schlief ein, das Buch mit beiden Händen umklammernd und mit dem festen Entschluß: nie und nimmer! Der Professor wachte recht früh auf, schon kurz nach sieben, aber die Müllern mußte noch früher wach gewesen sein, denn der Frühstückstisch war schon gedeckt. Der Kaffee stand unter der Mütze, zwei Eier lagen unter einer wärmenden Wattedecke im Körbchen, echt Berliner Knüppel, frische Butter, Marmelade – alles, wie es der Professor liebte.

Trotz Sturm und Regen draußen frühstückte Professor Kittguß mit viel Behagen und Appetit. Dann stand er auf und rief nach Frau Müller, sie kam nicht. Vielleicht war sie einen Augenblick für Besorgungen weggegangen, der Professor entschloß sich zu warten, trotzdem es schon halb neun war.

Er ging ungeduldig auf und ab, es wurde langsam Zeit, sein Zug wartete nicht, und seinen Zug mußte er erreichen – aber sie kam nicht. Es war erstaunlich, wie schnell die Zeit verging, und es war eigentlich noch erstaunlicher, wie zornig der Professor auf seine alte, treue Wirtschafterin werden konnte. Mußte er doch beinahe annehmen, daß dies Frauenzimmer einer Auseinandersetzung wegen der Schlüssel absichtlich aus dem Wege gegangen war.

Um neun Uhr zwanzig brach der Professor dies unnütze Warten ab. Sie würde nicht kommen, und für ihn eilte es. Vielleicht war der Zug doch noch zu erreichen.

Der Professor zog die Wohnungstür hinter sich zu. Der einfachste Weg ist immer der beste. Er würde zur Sparkasse gehen, der Beamte würde ihn kennen, am Ende war es doch sein Geld, er würde sein Geld schon bekommen. Schicksal von Büchern war es, häufig abhanden zu kommen. Sein Fall würde dort nichts Neues sein.

Eine gewisse zornige Entschlossenheit beseelte ihn, die widerspenstige Müllern hatte sein Blut angefacht, am Schalter sagte er entschieden: »Ich bin der Professor Gotthold Kittguß aus der Akazienstraße 19. Ich habe mein Sparbuch verlegt. Würden Sie mir bitte zweitausend Mark geben? Ich bin bereit, darüber zu quittieren.«

Der Beamte hinter dem Schalter sah ihn von unten her durch seine spiegelnde Brille an, mit gespitzten Lippen, als wolle er pfeifen.

»Bitte, rasch«, sagte der Professor ernst. »Ich habe nur noch eine halbe Stunde bis zu meinem Zug.«

»Gewiß! Gewiß!« sagte der Beamte eilig und lächelte mit so viel falscher Freundlichkeit, daß es sogar dem Professor auffiel. »Verlegte Sparbücher erledigt dieser Herr – wenn Sie ihm bitte folgen wollen?«

Er sah den Professor lächelnd und dabei doch ängstlich an, als fürchte er sich vor ihm.

»Bitte schön, Herr Professor«, sagte ein älterer würdiger Herr im Cutaway, der plötzlich auftauchte. »Wenn ich Ihnen den Weg zeigen darf ...«

»Aber es muß schnell gehen«, sagte der Professor ärgerlich.

»Sofort. Zwei Minuten, Herr Professor«, sagte der ältere Herr beschwörend und ging ihm voran aus der Schalterhalle durch eine Tür auf einen Gang. Zwei andere Herren folgten dem Professor. Der Führer klopfte gegen eine Tür. »Herr Direktor Kunze«, flüsterte er im Eintreten, »hier ist der fragliche Herr.«

Der Professor trat über die Schwelle. Hinter einem Schreibtisch saß ein dicker, rotgesichtiger Mann mit einer Glatze, der ihm erwartungsvoll entgegenstarrte. Und neben diesem völlig fremden Herrn in einem Sessel saß – der Professor traute seinen Augen nicht – die Witwe Müller! Die ewig erwartete Müllern, mit tränennassem Gesicht!

»Herr Professor«, rief sie schluchzend und schnellte empor. »Vergeben Sie mir, ich konnte nicht anders. Über zwanzig Jahre bin ich schon bei Ihnen, und wir haben so schön gespart, nun wollen Sie es den Räubern geben! Herr Professor, Sie müssen mir verzeihen, ich habe den Herren alles gesagt, und die Herren sagen auch ...«

»Halt!« rief der Sparkassendirektor und hob die Hand. »Wir haben natürlich überhaupt noch keine Stellung genommen. Was diese Frau, Ihre Wirtschafterin, uns erzählt hat, ist etwas verworren. Immerhin ... Bitte, Herr Professor, nehmen Sie Platz und berichten Sie uns zuerst einmal, wie ihr Sparbuch in die Hände Ihrer Wirtschafterin gekommen ist.«

»Müllern«, sagte der Professor vorwurfsvoll, »Ihretwegen versäume ich nun den Zug. Und Herr Amtsgerichtsrat Schulz erwartet mich doch mit dem Geld!«

»Amtsgerichtsrat«, flüsterten die Herren, als habe er ein Zauberwort gesprochen, und die Tränen der Müllern versiegten.

Es gab noch ein langes Hin- und Herreden, auch ein Telephongespräch nach Kriwitz, das dann nach Krüselin umgelegt wurde, die Müllern weinte öfters ...

Aber der Professor bekam sein Geld und Entschuldigungen dazu – nur seinen Zug bekam er nicht mehr. Es mochte sein, wie es wollte, er konnte erst mit dem Abendzug eintreffen.

Auf dem Bahnhof, unter der einzigen Gaslaterne, erwarteten ihn zwei Herren, Amtsgerichtsrat Schulz und Doktor Kimmknirsch: »Also wirklich noch der Herr Professor! Wo blieben Sie denn so lange?«

Die drei Herren gingen zusammen die nächtliche Kriwitzer Hauptstraße zum »Erbherzog« hinunter. Es war zwanzig Minuten nach sieben, gerade die rechte Zeit für ein Abendessen. Der Professor erzählte. Er hatte keinen Blick für so was, der Amtsgerichtsrat kannte ihn nicht, aber Doktor Georg Kimmknirsch hätte den Jungen mit dem zerwehten Strohdach an der Ecke des Bahnhofsgebäudes erkennen müssen. Es war genau der Junge, mit dem er heute früh, ganz gegen seinen Willen, Haschen gespielt hatte.

Hütefritz folgte den Herren unwillig. Er wollte den Amtsgerichtsrat für sich allein haben, ihm allein galt Rosemaries Botschaft. Der Anblick des jungen Arztes, mit dem Rosemarie so vertraut im Automobil gesessen hatte, war ihm völlig verhaßt – und nun war auch der alte Knacker wieder da, der immer auftauchte, wenn man ihn nicht brauchte. Würden die drei sich nie trennen?

Er folgte ihnen bis zum »Erbherzog«, in dem sie verschwanden. Unschlüssig blieb er vor der Türe. Nun vielleicht gar noch in die Gaststube gehen müssen, die voller Menschen saß, und dort seine Botschaft ausrichten, nein, lieber warten. –

Es ist nicht zu leugnen, daß die beiden jüngeren Herren sehr erheitert von des Professors Bericht waren.

»Einiges, mein lieber Herr Professor, habe ich mir ja nach dem telephonischen Anruf aus Berlin gedacht, aber dies doch nicht. Hoch die Witwe Müller! Denken Sie sich aus, Herr Professor, wenn sie diebisch veranlagt gewesen wäre –?«

»Aber wie soll sie das?« fragte der Professor etwas hilflos. »Sie ist doch schon über zwanzig Jahre bei mir.«

»Das ist auch ein Grund«, sagte der Amtsgerichtsrat und betrachtete fast schwermütig die Summe des Sparbuches. »Dies ist ein Betrag, der immerhin manches nicht ganz taktfeste Herz schneller klopfen ließe. – Stillfritz, Tinte und Papier! Lieber Herr Professor, ich bin immer der Ansicht, man sollte seinem Schutzengel das Behüten nicht gar zu schwer machen. Sie erlauben darum, daß ich ihn etwas entlaste. Jetzt geben Sie mir erst einmal Ihr Sparbuch, und da – ich sehe, Sie haben heute zweitausendzweihundertfünfzig Mark abgehoben – fünfzig Mark, nein, zwanzig Mark sind völlig genug für Sie, nicht wahr, Doktor?«

»Richtig«, sprach Doktor Kimmknirsch.

»Also, ich werde Ihnen jetzt eine Quittung ausstellen, Herr Professor.«

»Nicht nötig, ich bin Ihnen so dankbar ...«

»Doch nötig. – Was ist, Stillfritz?«

»Ein Junge, Herr Amtsgerichtsrat, will Sie eilig sprechen.«

»Na, ich sage es ja«, sagte der Amtsgerichtsrat gottergeben und erhob sich. »Wo gibt es nun wieder Mord und Totschlag?«

Er verschwand. Der Doktor und der Professor sahen sich an, beide lächelten ein wenig verlegen.

»Sie kennen mein Patkind schon länger?«

»Nein, erst seit ein paar Tagen.«

»Ich auch«, sagte der Professor. »Sie sind Arzt?«

»Ja«, sagte der junge Arzt. »Arzt ohne Praxis.«

»Das kommt, das kommt alles«, tröstete der Professor. »Sie haben mein Patchen doch nicht als Arzt kennengelernt?«

»Ein wenig«, sagte Doktor Kimmknirsch.

»Oh«, machte der Professor erschrocken.

Aber ehe er weiterreden konnte, kam der Amtsgerichtsrat eilig.

»Doktor, es hilft nichts, sehen Sie sofort, daß Sie das Auto von Tengelmann kriegen. Wir müssen auf der Stelle nach Unsadel.«

»Ja?« fragte der Arzt und sprang auf.

»Es ist doch ...«, fing der Professor an.

»Ja, ein Bote von Rosemarie Thürke. Schlieker hat alles gelogen, sie war gar nicht fortgelaufen. Schlimme Geschichte, wenn sie wahr ist. Hält sie wie eine Gefangene, hat auch Ihr Geld gestohlen, Herr Professor ... Los, los, ich laufe, daß ich Gendarm Gneis mobilisiere und Ihren Mammon erst einmal unter Verschluß bringe. Hier ist Treffpunkt. Stillfritz, lassen Sie den Jungen am Ofen sitzen und geben Sie ihm was zu essen. Los, Doktor, so schnell es geht, ich habe ein schlechtes Gefühl ...«

Es dauerte doch fast eine Stunde, ehe sie fortkamen. Gneis hatte sich nicht gleich finden lassen, dem schlafenden Tengelmann war der Garagenschlüssel nur schwer abzulisten gewesen. Das Auto schoß mit Arzt und Professor, Amtsgerichtsrat und Gendarm und mit dem Hütefritzen ins Dunkle.

Die Heckenwände seitlich des Weges standen im Scheinwerferlicht wie Gespenster da. Der Weststurm riß an ihnen. Der Amtsgerichtsrat schrie gegen ihn an: »Sieht alles so friedlich aus. Und doch habe ich ein verdammt schlechtes Gefühl im Magen. Wir hätten sie doch nicht zurückschicken sollen ...«

Keiner antwortete, das Auto stürmte weiter.

»Ich bitte«, rief der Gendarm, »halt!«

Der Doktor bremste: »Was ist denn?« fragte er unwillig.

Der Gendarm hob den Finger: »Hören Sie ...«

»Was ist?«

»Irgendwas bimmelt ...«

»Die Glocke, die Glocke von Unsadel ... Herr Amtsgerichtsrat ... da ... da!«

»Was ist denn los, Gneis, zum Donnerwetter?!«

Aber da sahen sie es schon alle ...

Es war, als ginge ein blutigroter Mond auf. Aber schon entblätterte er sich, hohe, hellrote Zungen stiegen in den Himmel. Eine düstere Glut reichte höher ...

»Es brennt, es brennt in Unsadel!«

»Und Rosemarie eingesperrt!« schrie Hütefritz.

»Rasch, Doktor, rasch!« rief der Amtsgerichtsrat und schlug dem Arzt auf die Schulter.

Der Wagen sprang los wie ein Tier, der immer mehr sich ausbreitenden Glut entgegen.

## 23. Kapitel

### Worin Rosemarie Thürke ihren Kampf allein kämpft

Sturm und Regen, trübe Wolken, ein grauer Tag, ein endloser Tag. Rosemarie ging hin und her, her und hin in ihrem engen Zimmerchen. Ja, wenn jetzt der Doktor noch einmal käme, sie würde nach ihm rufen, sie würde flehentlich bitten, sie fortzunehmen. Was wog es, daß er böse war auf sie? Gar nichts wog es! Allein die Angst in ihr bedeutete noch etwas. Sie wuchs an diesem regnerischen Tag, sie breitete sich aus mit dem Sturmwind, pfiff durch das Schlüsselloch, prasselte gegen die Scheiben. Alles war Angst, nur noch Angst.

Und es war nicht einmal Angst wegen des bösen Päule Schlieker, der sie wortlos aus der Kammer holte, an irgendeine Arbeit stellte, finster und hustend dabeistand und sie wieder einschloß. Nein, jetzt war es wegen der Frau, der Mali, die wortlos, bleich, mit ausdruckslosem Gesicht durch das Haus irrte, über den Hof ging, drei Minuten an einer glatten Wand nach einer nicht vorhandenen Klinke tastete. Ihr Gesicht war so ohne deutbaren Ausdruck, es schien klein geworden, als sei es von einem hitzigen Feuer in ihr zusammengetrocknet.

Die Frau kam in den Vorraum, wo Rosemarie – unter Schliekers Aufsicht – Schweinekartoffeln stampfte. Sie hatte eine Flasche in der Hand, eine geöffnete Flasche mit Petroleum. Sie blieb stehen, ohne von den beiden Notiz zu nehmen, sah sich um, als suchte sie etwas. Dann plötzlich neigte sie den Flaschenhals zur Erde, und breit aufklatschend spritzte das Petroleum vom Boden. Sie sah dem zu, gedankenlos, als sähe sie es gar nicht, sondern etwas anderes. Doch wollte es Rosemarie scheinen, als läge über dem starren Gesicht etwas wie ein Schimmer von Befriedigung, leiseste Andeutung eines Lächelns.

Mit einem Fluch war Schlieker zugesprungen, riß an der Flasche, die Frau hielt sie fest. Er zog und zerrte, dabei rief er – und auch in seiner Stimme klang etwas wie Angst: »Mali, Mali! Besinne dich! Was tust du?«

Päule begegnete dem aufmerksamen Blick des Mädchens, die Flasche war leer geronnen, er hatte sie der kleinen, schwachen Frau nicht fortnehmen können. Er faßte Rosemarie bei der Schulter und schob sie ohne ein Wort hastig durch Küche und Kinderzimmer in die Stube. Der Riegel klirrte vor, aufatmend lehnte Rosemarie den Kopf gegen die kalte Scheibe. Draußen hörte sie Schlieker aufgeregt sprechen, aber sie achtete nicht auf das, was er sagte. Nur die Angst war in ihr, gestaltlose Angst vor etwas Schrecklichem, das immer näher rückte.

Rechnete sie alles mit den längsten Zeiträumen, so mußte der Amtsgerichtsrat doch um sieben Uhr, spätestens um acht Uhr hier sein. Wenn sie nur bis dahin durchhielt, wenn es bis dahin nur nicht geschah! Aber was sollte eigentlich geschehen?

Unendlich langsam wurde es dämmrig, das Haus war totenstill. Wie glücklich wäre sie jetzt gewesen, wenn eine Kinderhand Kies gegen ihre Fenster geworfen hätte! Aber der Garten war leer, triefend naß beugten sich die Bäume, mit wild um sich schlagenden Ästen, beim Anprall des Windes. Auf dem See waren kleine, weiße Schaumköpfe. Dann regnete es wieder.

»Ich müßte Schlieker sagen, daß mein Wäschepaket noch immer in der Sandgrube liegt.«

Aber als er sie dann in der Dunkelheit zum Melken holte, sagte sie es nicht. Es kam nicht mehr darauf an, alles löste sich auf, ging seinem Ende zu. In einer Stunde konnte sie den Amtsgerichtsrat erwarten.

Nach dem Melken fütterte sie und putzte, sie machte Feuer im Herd und kochte irgend etwas schnell Fertiges zum Essen. Sie aßen allein in der Küche, Schlieker an der einen Seite des Holztisches, sie an der andern, der kleine Petroleumblaker zwischen ihnen. Die ganze Küche war voll dunkler, drohender Schatten. Und Mali war nicht da, kein Laut war im ganzen Haus zu hören, nur der Wind vor den Scheiben und manchmal das Kratzen einer Gabel auf dem Tellergrund. Jede Gesellschaft, selbst Päules, wäre ihr in dem verwunschenen Haus lieber gewesen als die abgeriegelte Einsamkeit ihrer Stube. Doch Schlieker jagte sie sofort nach dem Essen zurück, sie durfte nicht einmal abwaschen.

»Kannst dich hinlegen, schlafen«, murmelte er. Und schien zu lauschen. Dann klirrte der Riegel, und er war fort.

Sie stand wieder am Fenster, sah in die Nacht, aber es war nur Schwärze da, die wie eine Wand vor ihr stand. Ihr war, fast traumhaft, als hätte sie so ihr ganzes Leben hinter einem verschlossenen Fenster gestanden, mit dem blinden Blick auf eine Welt hinaus, die dasein mußte und ihr doch immer nur diese schwarze Rückwand zeigte.

Jetzt muß der Amtsgerichtsrat schon unterwegs sein, auf der Küchenuhr war es vorhin halb acht gewesen.

Das Haus war totenstill, aber sie meinte doch zu hören, wie es in den Wänden rieselte, wie die Tragbalken sich noch einmal spannten, um gleich, gleich für immer nachzugeben. – Ja, totenstill ... Das Dach duckte sich darüber, aber es konnte auch ein Gewicht sein, ein lastendes Gewicht, das alles zerdrücken würde. Sie fühlte es förmlich, eine Sekunde lang war es, als schwebe schon die Schutt- und Steinlawine über ihr. Sie zog den Hals ein, die Schultern hoch – dann brach in die atemraubende Stille von nebenan her der Schrei!

Sie fuhr zusammen und schrie auch auf, aber dann faßte sie sich wieder. Die Lawine war nicht abgestürzt, es war nichts, Mali hatte wieder einen Anfall bekommen, weiter war es nichts.

Eine Weile wartete sie, ob Schlieker sie zur Hilfe holen würde, aber es war schon wieder still, niemand kam. Sie legte den Kopf gegen die Trennwand, kein Laut, nichts. Müde setzte sie sich auf ihr Bett und zog das Kissen frierend über die Knie.

Wo blieb der Amtsgerichtsrat? Er müßte längst hier sein. Ach, er kam sicher nie!

Sie war sich bewußt, daß Schlieker vor ihr stand, die rötlich scheinende Stallaterne in der Hand, ein veränderter, geängsteter, aufgeregter Schlieker.

»Marie, Marie, wach auf! Die Frau ist weg ... Ich war eben vorm Haus, da lief jemand ... Sie ist weg, der Stall steht offen ... Komm, hilf suchen ...«

Er hustete keuchend. Sie sprang auf, Angst und Müdigkeit waren fort, die Stunde war da!

»Lief Mali draußen?«

»Nein, nein, sie kann das nicht gewesen sein. Ich sehe im Stall nach, such du hier im Haus.«

Er lief kopflos mit der Laterne fort, ließ sie im Dunkeln. Sie tastete sich in die Küche, ihre Hände suchten nach der Küchenlampe, sie war nicht da, sie suchte.

»Jetzt könnte ich fortlaufen«, dachte sie flüchtig und suchte weiter.

Dann dauerte es ihr zu lange, im Dunkeln lief sie über den Gang in das Zimmer ihres Vaters.

»Mali, Mali!«

Nichts antwortete. Sie kam auf den Flur zurück, ein kalter Luftzug blies sie an, die Luke zum Boden mußte offenstehen. Sie kletterte die Stiege hinauf und blieb, den Kopf eben durch die Luke steckend, stehen.

Da war der Boden und da war die Mali! Über den Boden lief es mit vielen aufhuschenden, sich senkenden Zungen, hellen Feuerzungen mit bläulichem Rand, und dazwischen stand im Hemd Mali ...

»Päule!« schrie Rosemarie hinunter. »Hierher! Es brennt!«

Sie sprang vollends hinauf, lief über die kleinen Flammen, die schon überall waren, zu der Frau hin, die starr, geistesabwesend und doch mit einem Lächeln zwischen dem steigenden Feuer stand.

»Mali!« schrie sie. »Komm! Komm bloß schnell!«

»Horch!« sagte die Frau. »Wie es knistert! Wir sind frei ...«

Ein hereinfauchender Windstoß blies ein Flammenbündel hoch wie einen Strauß riesiger, feuerroter Tulpen. Verzaubert schaute Rosemarie hin. Auf langen, blauen Stielen schwankten die Blüten ...

»Sieh«, flüsterte die Frau, »wir sind frei.«

Etwas biß in Rosemaries hängende Hand – neben ihr stieg eine weiße, glutzitternde Flamme auf. Sie riß an der Frau, zögernd folgte sie.

»Schnell«, flüsterte Rosemarie.

Unten in dem zitternden Schein, der nun schon durch die Luke leuchtete, stand groß und schwarz Schlieker.

»Brennt es?« fragte er leise.

»Es brennt«, antwortete sie.

»Wasser?«

»Nichts, nein«, schüttelte sie, »es brennt schon überall. Was sollen da ein paar Eimer Wasser?!«

»Ich ...«, fing er an. Er schüttelte den Kopf. »Das wollte ich nicht ... Nein, nein«, sagte er dann ungeduldig. »Jetzt ist alles zu Ende ...«

Er stand da und sah Rosemarie an. Von oben fiel röterer Schein hinab. Nun prasselte und knisterte es, wie es Rosemarie vorhin in ihrer Stube gehört hatte.

»Ich habe immer Pech gehabt«, sagte der Mann langsam. »Und du hast mir nun das größte Unglück gebracht, Marie.«

Er stand unentschlossen da. Plötzlich lachte er auf, breitete die Arme aus und sagte mit einem seltsamen Schluchzen in der Stimme: »Also, ich bin fertig! Es brennt ... Hast du es doch geschafft –!«

Er ging aus dem Gang, ließ sie dort stehen mit der bewegungslosen, teilnahmslosen Frau.

Als Rosemarie die Willenlose angezogen hatte, mit ihr aus dem Haus kam, schlug schon die Flamme aus dem Dach. Im Dorf wurde Schreien laut, die Glocke fing an zu bimmeln. Brausend stürzte sich der Sturm in die Flammen, riß Fetzen von ihnen ab, trieb sie in die Nacht wirbelnd über das Stalldach fort.

Die Kühe brüllten im Stall. »Man müßte das Vieh losmachen«, dachte Rosemarie, seltsam betäubt (ihr war, als sei sie ganz ruhig); aber sie ging nicht, sie ließ die Frau an ihrer Seite nicht los.

Die Flammen prasselten und sangen, sie schlugen immer höher in den Nachthimmel, noch waren die Fenster im Erdgeschoß dunkel.

»Man müßte Vaters Sachen heraustragen«, dachte Rosemarie wieder, aber die Erstarrung wich nicht von ihr.

Ein Funkenregen fiel stäubend hinter den Fenstern von Schliekers Schlafzimmer nieder. Flammend kam von niederfallenden Balken Schlag auf Schlag – eine Scheibe sprang klirrend ...

Und nun liefen die ersten Menschen herbei, schreiend, keuchend, zuerst ratlos umherirrend, dann zum Stall.

»Geht doch weg, ihr Weiber!« schrie einer und stieß Rosemarie an.

Langsam, Schritt für Schritt, ging Rosemarie aus dem Funkenregen mit der Frau dem Garten zu. Es war sehr schwer, etwas zu tun, und sei es auch nur zu gehen.

Bei einer Bank hielt sie an, setzte sich, zog die Frau Mali neben sich. Das Haus war eine glühende, lohende Fackel. Beide starrten sie bewegungslos hinein.

So wurde sie von ihren Freunden gefunden, von Professor Kittguß und Doktor Kimmknirsch, vom Amtsgerichtsrat Schulz und dem Hütefritz. So in die Flammen starrend, ohne Wort und Träne.

»Hast du es doch geschafft«, klang es in Rosemarie. Und immer wieder die Frage: »Ich –? Wirklich ich?«

## 24. Nach- und Schlusskapitel

Worin gegessen, getrunken
und getanzt wird;
aber zwei stehn für sich

Dreiviertel Jahre sind nicht so sehr viel Zeit, darum kann doch viel geschehen sein in solchem Dreivierteljahr vom Oktober bis Juni. Ja, es ist jetzt Juni, Juni 1913, und auf den Unsadeler Seewiesen mähen sie das Gras. Auf dem Firstbalken eines Hauses am Unsadeler See steckt der Stock mit der Tannengrün-Krone und den wehenden bunten Seidenbändern, und Zimmerpolier Straten mit dem roten Gesicht hat den Richtspruch gesprochen, der dem gnädigen Herrn einen güldenen Tisch und der gnädigen Frau viel Braten und Fisch wünscht.

Die Leute haben sich ein bißchen angestoßen und gegrinst, denn das war wohl ein seltsames Paar, dem die Wünsche galten: der alte greise Professor Gotthold Kittguß und das blutjunge Mägdlein Rosemarie Thürke. Aber sie haben nicht bösartig, sondern freundschaftlich gegrinst, denn was sie für eine Bauherrschaft hatten, das haben sie nicht nur aus mancher Zigarre und mancher Flasche Bier erfahren, sondern mehr noch aus freundlicher Gesinnung und gütigem Wort.

Nun ist es Feierabend geworden, und die Leute stehen in kleinen Grüppchen und sehen wartend auf die Herrschaft, die ihnen zum Kruge und Richtfest voranschreiten soll. Die Rosemarie spricht noch mit dem Jungen Philipp, den sie auch mithaben möchte.

»Philipp«, sagt sie, »lieber Philipp, komm doch heute einmal mit, wir wollen auch tanzen.«

Aber der Junge schüttelt den Kopf: »Nein, Rosemarie, ich bleibe beim Haus. Das Haus soll nicht allein bleiben.«

Sie sieht ihn an, und dann lacht sie: »Alter Philipp, guter Philipp, warte, ich schicke dir und dem Bello auch Braten und Fisch. – Komm, Pate, Philipp will nicht, er mag das Haus nicht allein lassen.«

»Da hat er so unrecht nicht, Fräulein«, sagt der Zimmerpolier Straten und geht mit ihr und dem Professor an die Spitze des Zuges – und hinter ihnen singen und wimmern die beiden Ziehharmonikas. »Ein Haus, das wächst, soll an das Lebendige gewöhnt werden. Sonst wird es kein Haus, sondern bloß ein Steinkasten.«

Philipp horcht und schaut dem Zuge nach. Nun klettert er die Leiter empor und hockt sich oben in das Dachgebälk. Aber er sieht nicht nach dem Dorf hinüber, wo zwischen den Häusern Lachen und Musik allmählich verklingen – er sieht auf den See hinaus.

Der See ist wie eine mattglänzende Scheibe im Sonnenschein, aber nachdem Philipp eine Weile darauf gesehen hat, entdeckt er doch den schwarzen Punkt, auf den er gewartet hat.

Nun klettert Philipp wieder hinab vom Dachstuhl holt den Hund Bello und geht mit ihm ans Wasser. Der schwarze Punkt ist unterdes ein Kahn geworden, der Mann darin tut jetzt nur manchmal einen Ruderschlag und treibt sachte längs des Seeufers hin. Philipp hebt einen Stein und wirft ihn gegen den Kahn. Der Stein fällt fünf, acht Meter vom Kahn nach Philipps Seite zu ins Wasser.

Philipp nickt befriedigt, das ist das stillschweigende Abkommen, das er mit dem Manne im Kahn, Päule Schlieker aus Biestow, getroffen hat bis so weit, aber nicht weiter!

Und nun gehen Philipp und Bello am Ufer auf und ab, bis der Kahn langsam treibend um die Biestower Spitze verschwunden ist. Sie halten beide ihre gute Wacht, sie sind sorgsam und aufmerkend, obwohl die Wacht nicht mehr nötig ist. Denn jener Mann im Boot würde das Land auch nicht betreten, wenn keiner dort stünde, ihn zu hindern. Zu viel ging ihm dort verloren. Für ihn ist es verhextes Land, verwunschenes Land – er ist von ihm freigekommen, warum sollte er zurückkehren?

Es war eine furchtbare Nacht gewesen, da er kopflos vor den Flammen in den schwarzen, winddurchheulten Wald gestürzt war; es war eine bittere, lange Zeit gewesen, als er schwerkrank im Stift gelegen hatte, ohne einen Menschen. Er war noch jung, er konnte etwas zulernen, er hatte irgendwie begriffen, daß der Macht des Bösen ein Ziel gesetzt ist auf dieser Erde, daß am Ende die Werke des Bösen einander auffressen.

Er war darum nicht gut geworden, beileibe nicht. Jetzt hatte er sich auf den Fischhandel gelegt, mit Wagen, Pferd und Fisch fuhr er über Land und haute die Leute ein wenig übers Ohr, wo es eben ging. Kleine Freuden eines Bösewichts und Quälers, gewiß, der einmal große Freuden gehabt hatte.

Aber wenn er nicht gut geworden war, so war er doch klüger geworden. Er hatte einen Vertrag gemacht, er hatte gutes Geld bekommen – für einen so mißratenen Fall sehr viel Geld. Er hatte sich dafür verpflichten müssen, nicht wieder an Rosemarie Thürke und ihre Getreuen heranzutreten.

Nein, er dachte nicht daran, diesen Vertrag zu verletzen, er fuhr mit seinem Kahn nicht ans Ufer, der dämliche Bengel mochte seinen Stein werfen oder nicht. Aber er sah das wachsende Haus an, es litt ihn nicht, wenn er Zeit hatte, fuhr er hin und sah es an. Aus der Asche wieder aufgebaut. Seine Frau war noch immer in der Anstalt, sie wollte nicht zurück zu ihm. Nun gut, da er niemand quälen konnte, konnte er doch sich noch quälen.

Das Boot treibt langsam um die Ecke – das stattliche Haus ist nicht mehr zu sehen. Zu Philipp kommt nun Trudi Beier mit einem Korb und bringt ihm seinen Anteil am Richtschmaus. Als sie wieder fort ist, klettert Philipp durch ein Fensterloch des Rohbaus in eine Kammer; es sind nur erst die vier nackten Wände. Aber hier setzt er sich auf einen umgestürzten Wassereimer und ißt mit dem Hund sein Essen: es wird seine Kammer werden, Philipps Kammer, in der er jetzt sitzt. Vier Wände, ein Fenster, ganz allein für Philipp Münzer erbaut! Etwas Herrliches!

Und nun wird es langsam dunkel …

Vor dem Krug von Otto Beier steht ein Automobil, nicht der alte Kasten vom Bierverleger Tengelmann, sondern der neue Wagen des Doktor Georg Kimmknirsch. Der Arzt ist aus dem Landstädtchen Kriwitz gekommen, um am Richtfest seiner Freunde teilzunehmen, und den Amtsgerichtsrat Schulz hat er auch mitgebracht.

Viele Dorfleute stehen an den Fenstern von Beiers großem Tanzsaal und spähen hinein und sehen sie da sitzen: neben dem Professor der Amtsgerichtsrat und das junge Mädchen Rosemarie Thürke zwischen dem Arzt Doktor Kimmknirsch und dem Hütefritz. Eben hat sich der Professor gesetzt, er hat eine Rede gehalten, er ist sehr bewegt, der alte Mann. Er hat all seinen Helfern am Werk gedankt, und er hat davon gesprochen, daß sie viel mehr gebaut haben als nur ein Haus, er hat sie an den alten

Spruch erinnert, daß wir hier wohl unser Haus bauen, aber auch für die Ewigkeit drüben. Er hat ihnen erzählt, daß er schon ein sehr alter Mann ist, der gemeint hatte, sein Leben sei vorbei, es gebe nur noch ein bißchen Papiergekritzel für ihn. Aber dann ist ihm hier in Unsadel viel mehr verbrannt als ein altes Haus, ein eigensüchtiges Leben ist verbrannt; er hat sich daran klammern wollen, er hatte gemeint, nicht ohne das leben zu können, und nun war etwas viel Schöneres daraus entstanden. Manches andere noch sei vielleicht verbrannt, und hier nickte Rosemarie mit dem Kopf –, aber nun wehe die Krone mit ihren bunten Bändern über dem neuen Haus.

Eine etwas ungewöhnliche Richtfestrede – aber jeder konnte sich etwas aus ihr nehmen. Nicht nur Rosemarie, auch die Kinder alle, ihre Freunde, nickten. Und die Bauarbeiter nickten – sie waren alle zufrieden mit dieser Rede.

Nun ist das Essen vorbei, die Ziehharmonikas treten in Tätigkeit, die Jugend tanzt los.

»Nein, Herr Straten«, sagte der junge Arzt. »Ich weiß wohl, Ihnen steht der erste Tanz mit Fräulein Thürke zu, aber diesmal lassen Sie ihn mir – ich muß nämlich gleich noch fort zu einer Geburt. Und da bekäme ich ja gar keinen Tanz.«

»Immer zu, Herr Doktor!« lacht Straten. »Wir sind schon in den Fünfzigern, wir können es abwarten.«

Und nun tanzen die beiden. Sie tanzen einmal herum, zweimal herum, durch das Gewühl der andern, dann bleiben sie in der Tür stehen und sehen, rascher atmend, in die Juninacht hinaus.

»Wollen wir –?« fragt der junge Arzt.

»Ja«, sagt sie – und so laufen die beiden durch den dämmrigen Garten zum See hinunter.

Am Ufer stehen sie beide still und lauschen. Vom Saal her jubelt und singt es, im Rohr weht leise der Nachtwind, etwas links, über den See weg, sehen sie ein kleines, rötliches Licht.

»Das ist Philipps Laterne«, sagt Rosemarie und zeigt. »Dort steht das Haus.«

»Ja, dort steht es«, bestätigt der Doktor.

»Finden Sie, es ist zu abgelegen?« fragt Rosemarie etwas ängstlich. Der Doktor überlegt, dann antwortet er etwas rätselhaft: »Abgelegen, ja – zu abgelegen, nein. Ich habe ja jetzt ein Auto.«

Nun ist es an Rosemarie zu überlegen. »Lohnt sich das Auto?« fragt sie zögernd.

»Ja«, antwortet er. »Faulmann hat entdeckt, daß er wirklich alt wird, und gibt mir gerne seine Überlandpraxis ab. Die Geburt heute abend habe ich auch von ihm.«

»Ach ...«, sagt Rosemarie nur. Und dann schweigen sie beide. Sie stehen mindestens einen Schritt voneinander entfernt und denken beide angestrengt über etwas nach.

»Ja«, sagt schließlich der Doktor und wendet sich ihr plötzlich zu. »Die Bauern gewöhnen sich hier schwer an ein neues Gesicht – zwei, drei Jahre wird es wohl noch dauern, bis ich eine richtige Praxis habe. Ich meine eine, die mich ernährt und ...«

Er bricht ab und sieht sie gespannt an.

»Ach«, sagt sie und streckt sich, »Herr Doktor, ich bin doch erst siebzehn ...«

Und nun gehen sie beide, Hand in Hand, langsam zurück, dem leuchtenden, jubelnden Saal entgegen.

Ende